1

L'ÉVEIL DES MACCHABS

Couverture : studio Bayard Éditions

Ouvrage originellement publié par Sourcebooks Jabberwocky,
un département de Sourcebooks Inc. – Naperville – Illinois – États-Unis,
sous le titre : *The Undertakers – Rise of the Corpses*

18, rue Barbès, 92128 Montrouge Cedex
Première édition
ISBN : 978-2-7470-4444-8
Dépôt légal : avril 2014

Loi n° 49-956 du 16 juillet 1949 sur les publications destinées à la jeunesse.

TY DRAGO

1

L'ÉVEIL DES MACCHABS

TRADUIT DE L'ANGLAIS (ÉTATS-UNIS)
PAR PATRICE LALANDE

bayard jeunesse

Les enfants font les meilleurs héros.
– Anonyme

Quand on prend pour héros un adolescent, le mieux est encore de consulter un expert. Ce livre est dédié à mon fils, Andy Drago, qui l'a lu et m'a fait des remarques utiles (et souvent très judicieuses) sur les réalités de cette période de son existence, sa culture, et la langue souvent mystérieuse dans laquelle il s'exprime.
Mon fils, je n'aurais pas pu le faire sans toi.

1

DES MORTS QUI MARCHENT

Ma vie bascula du tout au tout un mercredi matin ensoleillé du mois d'octobre, quand je découvris que mon voisin était un mort-vivant.

La journée avait pourtant débuté on ne peut plus normalement : ma mère me harcelait pour que j'enfile mes vêtements, et ma sœur Emily, cinq ans, pleurait parce que le câble était en panne et qu'elle ne pouvait donc pas regarder *Dora l'exploratrice*. Moi, j'étais dans la salle de bains, à essayer de plaquer sur mon crâne cette mèche rebelle qui s'obstinait à s'y dresser.

Mon nom complet est William Karl Ritter, mais tout le monde m'appelle Will. J'ai douze ans, et il serait difficile d'être plus « dans la moyenne » que moi. Je ne suis ni maigre ni gros, pas particulièrement grand, mais pas petit non plus. Et si je ne suis pas moche comme un pou, on ne peut pas dire que je sois très beau. Ce qui me singularise, en fait, c'est que je suis roux. J'ai le teint pâle et les yeux verts de ma mère, et les taches de rousseur et les cheveux poil-de-carotte de mon père, qui qualifiait toujours cette tignasse « d'héritage familial ». Il prétendait en effet que le premier Ritter à avoir mis les pieds sur le sol américain avait déjà les cheveux roux, caractéristique qui s'était ensuite transmise de génération en génération. Si cette histoire est avérée, c'est quand même un étrange héritage ! Qui a déjà entendu parler d'un Allemand aux cheveux roux, hein ?

J'ai toujours détesté être roux, et c'est encore le cas aujourd'hui. Enfin, plus ou moins...

On peut dire qu'il y avait pas mal de choses que je ne supportais pas à cette époque. Le collège, par exemple. Je m'ennuyais en cours. Et je détestais qu'on m'appelle « rouquin ». Le pire, c'était quand les durs du bahut s'amusaient à me plaquer au sol et à jouer à « Relie les points » avec un stylo. Les points en question, c'étaient mes taches de rousseur...

Mais ce qui me faisait le plus souffrir, c'était que mon père ne soit pas là pour intervenir et régler les problèmes.

– Le bus arrive dans dix minutes, Will ! lança ma mère depuis le rez-de-chaussée. J'ai un toast à la confiture pour toi !

– D'accord, maman !

Poussant un grognement, je laissai la victoire à ma tignasse rebelle, évacuai la salle de bains et dévalai les marches quatre à quatre. Ma mère était dans la cuisine, consolant Emily en lui servant un verre de jus de pomme.

– Je ne peux rien faire pour le câble, ma chérie. Ça reviendra tout seul, mais je ne sais pas quand. Will, mange quelque chose ! Et il te reste… huit minutes et trente secondes !

– T'inquiète, je gère ! dis-je, en engloutissant la moitié du toast d'un coup.

– Ce n'est pas aujourd'hui, la date limite pour t'inscrire au foot ? demanda ma mère en m'observant du coin de l'œil.

Le toast se coinça au fond de ma gorge.

– C'est possible…

Elle me décocha un de ses regards mauvais spécial « mère en colère » :

– Je veux que tu occupes ton temps libre à autre chose que jouer à la Xbox. Un peu d'exercice te ferait du bien ! Pourquoi ne t'inscris-tu donc pas ?

– Le foot, ça craint, grimaçai-je.

– Tu adorais y jouer, il y a encore deux ans. Rappelle-moi combien de buts tu as marqués au cours de ta dernière saison… Huit, si je me souviens bien, non ?

– Oui, admis-je. Mais ce n'est… plus pareil, maintenant.

– Will, ton père aurait voulu que tu continues à faire ce qui te plaît.

– Je sais, soupirai-je.

– Inscris-toi aujourd'hui, répondit ma mère d'un ton ferme. Emily et moi, on a envie de te voir disputer quelques matches à l'automne. C'est compris, bonhomme ?

– Ça marche, cédai-je, à moitié sincère.

Elle me força à lui faire un câlin, après quoi Emily me déposa un bisou baveux sur la joue. J'attrapai mon sac à dos suspendu près de la porte et sortis.

– Passe une bonne journée ! s'écria ma mère.

Ma journée fut tout sauf bonne.

Je sautai au bas des marches, laissant la porte claquer dans mon dos. J'étais bien déterminé à atteindre l'arrêt de bus, tout en haut de la colline, en moins de trente secondes chrono. Mais je n'étais même pas arrivé sur le trottoir que le vieux Pratt m'appelait. Au ton de sa voix, je devinai qu'il était en pétard. Comme d'hab', quoi !

Je poussai un grognement muet :

« Qu'est-ce que j'ai encore fait ? »

Et, à la seconde où je me tournai vers lui, école, foot et arrêt de bus, tout ça fut balayé d'un coup de mon esprit.

– Hé, gamin, t'as encore mis tes ordures avec les miennes !

Ça faisait environ deux ans que le vieux Pratt avait emménagé juste à côté de chez nous. Sa maison était pratiquement identique à la nôtre, c'est-à-dire pratiquement identique à toutes les autres maisons de Grape Street, notre rue, cette dernière étant pratiquement identique à toutes les autres rues de Manayunk, dans la banlieue de Philadelphie, là où on habitait : une enfilade de maisons à un étage, avec un bardage en vinyle, des fenêtres carrées et un toit plat en bitume. « Le standard Manayunk », comme l'appelait ma mère.

Pratt était le ronchon du quartier. Il avait dépassé les soixante-dix ans, vivait seul, ne recherchait pas la compagnie des autres, et devenait furibard sans raison valable plus rapidement que n'importe qui.

– C'est à toi que je cause, Ritter !

Je m'efforçai de répondre. Si, si, je jure que c'est vrai ! Mais aucun son ne sortit de ma bouche. Quand on se retourne en s'attendant à voir quelque chose de familier – pas nécessairement agréable, hein, mais familier – et qu'on découvre à la place un truc totalement inattendu, il faut un peu de temps avant que le cerveau se mette d'accord avec ce que les yeux lui montrent. On pourrait parler d'effet de choc. Moi, j'appelle ça l'effet « J'hallucine total ! ».

Ernie Pratt était mort, du genre mort de chez mort, ce qui ne rimait à rien, car, pour autant que je sache, les morts ne se mettent pas en pétard.

Comme tous les matins, il était habillé de pantoufles et d'un peignoir blanc en éponge, sauf que la peau de ses pieds était à présent aussi craquelée que du vieux papier. Son visage était couleur de cendre, et la chair semblait adhérer à son crâne. Un de ses yeux pendait hors de son orbite, se balançant au bout d'un gros nerf. L'autre présentait une couleur laiteuse, comme celui d'un aveugle, et était rivé sur moi. Ses lèvres étaient invisibles, entièrement retroussées, laissant voir une bouche aux gencives noircies et la moitié des dents qui lui restaient, jaunies comme de l'œuf pourri.

Et c'est d'ailleurs ça qu'il sentait. La puanteur me frappa avec l'impact d'un coup de massue. Ce fut si violent que je reculai d'un pas en chancelant. L'odeur fétide de la chair en décomposition me retourna l'estomac, menaçant le toast d'une éjection aussi soudaine que violente. Si je réussis à le garder au fond de mon ventre, c'est surtout parce que je voyais bien que le vieux Pratt ne me quittait pas des yeux, ou plutôt de son œil « valide ». Qu'espérait-il découvrir ? De la peur ? Du dégoût ? À cet instant-là, j'en avais à revendre ! Mes genoux menaçaient de céder sous moi, et tout mon univers, tout ce monde qui m'était familier et dans lequel je me sentais en sécurité, semblait glisser comme du sable entre mes doigts.

– Qu'est-ce que tu regardes comme ça, Ritter ? demanda le cadavre ambulant. T'as un problème ? T'as perdu ta langue ?

Il sourit, fendant ce qui lui restait de bouche en une grimace qui me glaça l'échine et me fit frissonner jusqu'au bout des orteils.

Pratt n'était pas mort récemment. À le voir, il était clair qu'il était décédé depuis un bout de temps... peut-être même depuis plusieurs semaines ! Mais pas plus tard que la veille, il n'appartenait pas à la catégorie des cadavres ambulants. De ça, j'en étais sûr ! Alors, que lui était-il arrivé ?

– Ça... ça va, balbutiai-je, un peu surpris d'entendre des mots sortir de ma bouche.

Le mort me considéra, la tête penchée sur le côté en un angle étrange, l'air plongé dans ses réflexions. Et tandis qu'il se tenait ainsi, une série de scarabées noirs sortit en file indienne d'une plaie béante sur son cou, avança sur sa clavicule et disparut sous son peignoir blanc.

Ce fut la goutte d'eau qui fit déborder le vase. Les yeux écarquillés, je m'éloignai de lui en titubant. J'avais l'impression que mon estomac allait bondir hors de ma bouche. Je jetai un coup d'œil vers la façade de ma maison, espérant surprendre ma mère sur les marches, en train de s'assurer que je partais bien au collège. Ça lui arrivait, à l'occasion. Mais aujourd'hui, apparemment, ce n'était pas le cas. Sans doute Emily restait-elle inconsolable.

J'allais mourir à cause d'une panne de télé.

– T'es sûr ? s'enquit Pratt-le-Mort. Parce qu'on dirait pas...

Et, à mon horreur absolue, il me saisit par le bras. Là, je ne criai pas. Si je l'avais fait, ma mère aurait pu l'entendre et serait venue à la porte. Et les choses auraient pris une tournure différente... peut-être pire.

Au lieu de cela, je fouettai l'air des bras et reculai tant bien que mal.

Pratt était costaud. Je le sentais à la façon dont il me serrait de ses doigts secs et gris. Il me gratifia une nouvelle fois d'un hideux sourire ; il ressemblait à un cadavre en décomposition qui viendrait juste de gagner au loto. Son œil laiteux brillait comme un phare tandis qu'il essayait de m'attirer vers lui.

C'est alors qu'il recommença à parler. Sauf que non. Sa bouche noircie aux lèvres retroussées resta bien fermée. J'eus l'impression que les mots sortaient de ma tête... Décousus, comme s'il les prononçait l'un après l'autre, chacun censé former un bout de phrase.

– *Que. Vois. Tu. Garçon ?*

Je réagis aussi instinctivement qu'un animal et fis décrire un grand moulinet à mon bras avant de l'abattre sur son poignet. Le coup n'était pas prévu. Je n'avais pas visé. Je l'avais fait, c'est tout. Je ne savais pas ce qui allait se passer. Mais ce qu'il y a de sûr, c'est que je ne m'attendais vraiment pas à ce que la main noircie de Pratt-le-Putréfié se casse net !

Me retrouvant soudain libre, je trébuchai, faillis tomber à la renverse, recouvrai mon équilibre, et déguerpis vers le haut de la rue, en direction de mon arrêt de bus. À mi-chemin, je m'aperçus que la main était toujours accrochée à ma manche. Et pire que ça : elle gigotait encore un peu.

C'est là que je poussai enfin mon premier cri.

Me tordant dans tous les sens, comme si une guêpe s'était glissée sous ma chemise, je jetai au loin cette horrible chose, qui alla rebondir dans les fourrés. Puis je repartis au pas de course, risquant tout de même un coup d'œil par-dessus mon épaule.

Pratt était immobile, se contentant de me suivre du regard. Son sourire laissa place à une mine renfrognée quand il considéra son moignon. S'il souffrait d'avoir la main sectionnée, il n'en laissait rien paraître.

Je crois que j'ai gagné l'arrêt de bus en moins de trente secondes chrono. Record absolu. Rien de tel qu'une bonne grosse terreur pour se bouger les fesses !

Quelques élèves attendaient déjà le car scolaire, parmi lesquels Mike Reardon, un de mes amis. J'arrivai à sa hauteur, haletant et dégoulinant de sueur.

– Tu vas crever, ou quoi ? dit-il en guise d'accueil.

– Regarde en bas de la colline ! m'exclamai-je, essayant de reprendre mon souffle.

J'avais l'impression que mon cœur allait exploser dans ma poitrine.

Il fit ce que je lui demandais, fronça les sourcils et éclata de rire :

– Qu'est-ce que tu as fait au vieux Pratt ? Il a l'air sacrément furax, dans son peignoir !

Je déglutis, m'armai de courage, et regardai à mon tour.

Le peignoir était bien là, mais la chose qui était dedans n'était pas humaine... En tout cas, ça faisait un bon bout de temps qu'elle ne l'était plus. Et alors que je l'observais, le cadavre m'adressa un signe de sa main valide.

Cette fois, le frisson glacé remonta depuis le bas de mon dos et me sortit par les oreilles.

– Voilà le bus ! annonça quelqu'un.

Mon portable était dans mon sac à dos. Fallait-il que j'appelle la police ? Ma mère ? Et pour lui dire quoi, au juste ? Qu'Ernie Pratt était mort, environ un mois auparavant, et que le pauvre vieux n'était apparemment même pas au courant ? Mais alors, pourquoi Mike n'avait-il pas vu ce que je voyais ?

Je frémis et j'arrachai lentement mes yeux à la chose en bas de la colline pour regarder le car scolaire s'arrêter dans le virage. Les portes en accordéon s'ouvrirent et les écoliers grimpèrent en file indienne. Je m'installai sur la banquette du fond, et mon cerveau se mit à carburer à toute vitesse.

« Est-ce que je suis en train de devenir dingue ? »

2
LE CORPS ENSEIGNANT

Le trajet jusqu'à Ridge Avenue prenait à peine dix minutes. Mais ces dix minutes-là durèrent bien longtemps. Monter dans ce bus, c'était s'engager : notre conductrice, Mme Gardner, refusait de laisser descendre quiconque était à bord, du moins pas avant qu'on soit arrivés au collège John-Towers. Changer d'avis et se précipiter à la maison pour y retrouver ma mère n'était plus au programme. Tout ce que je pouvais faire, c'était rester assis le plus droit possible à côté de Mike, à trembler, sans rien dire, pendant que le bus se traînait jusqu'au sommet de la colline, s'arrêtant toutes les deux ou trois minutes pour laisser entrer des écoliers supplémentaires.

Et plus je restais assis là, moins j'étais sûr de ce que j'avais vu.

Après tout, les cadavres n'ont pas pour habitude de se balader dans les rues, si ? Pas plus qu'ils ne s'amusent à vous saisir par la manche et à laisser leur main pendouiller de votre chemise après une simple chiquenaude.

Hein ?

Je ne comprenais pas ce qui avait pu se passer devant chez moi, et je commençais peu à peu à me persuader que ça n'avait été qu'une sorte d'hallucination étrange. Un toast pas super frais, peut-être ?

Je sortis du bus en titubant, perturbé et désorienté, et butai dans le dos de Mike. Il n'apprécia pas :

– Décidément, toi, ça ne va vraiment pas !

– Je ne sais pas, répondis-je, avec la sensation que la main de Pratt était encore collée à mon bras.

– T'es malade, ou quoi ?

– Possible.

– Bon, eh bien... à plus !

Sur ce, Mike partit, pas trop à l'aise.

« Il pense que je suis cinglé. »

Il y avait toujours deux ou trois professeurs postés à hauteur des portes. Ils étaient là pour s'assurer que tous les élèves entraient dans l'enceinte du collège avant la sonnerie. Ce jour-là, c'était le tour de Lafferty. Lafferty, c'était un prof de gym du genre baraqué et nerveux, qui n'arrêtait pas d'aboyer afin que tout le monde avance. En face de lui, je vis Titlebaum, le principal adjoint, qui regardait les élèves passer sous son nez.

Je ne l'aurais pas reconnu sans la fleur débile qu'il ne manquait jamais d'épingler sur le revers de son costume bariolé.

Parce que le type qui portait ce costume était mort.

Pas aussi mort que le vieux Pratt. Enfin si, bien sûr qu'il était *aussi mort* que l'autre. Je veux dire pas depuis aussi longtemps. Pratt n'était plus qu'une vieille coque de noix, craquant un peu de partout dès qu'il tournait la tête. Titlebaum était plus... juteux. Sa chair était encore souple et transparente, et on voyait bien les muscles en dessous. Sa peau avait une couleur légèrement violacée et elle semblait humide.

Il hochait lentement la tête, examinant les élèves de ses yeux morts, cherchant... cherchant quoi ?

Et ses yeux se posèrent sur moi.

Je lâchai un hoquet de surprise et me laissai entraîner de l'autre côté de la file pour me rapprocher autant que possible de M. Lafferty.

– Ho ! Fais gaffe, rouquin ! m'apostropha quelqu'un quand je lui rentrai dedans par inadvertance.

– Pardon, balbutiai-je.

Frissonnant de peur, je parvins à dépasser la grille et me retrouvai à l'intérieur de l'établissement.

– Hé, Will ! me salua Brian Kowalsky, un de mes meilleurs amis.

J'essayai de lui sourire, mais en fus incapable. Brian ne remarqua rien.

– Tu as révisé pour le contrôle de maths ?

– Uh-uhh, répondis-je, ce qui voulait dire oui.

Le pire, c'est que c'était vrai. Mais c'était la nuit précédente, du temps où ma vie était quand même vachement plus simple.

– Pas moi. Je me suis endormi devant *Les experts*. Ma mère a pété un câble ! Elle a dit que j'allais rater mon interro, et que ce serait bien fait.

Réaction maternelle typique, pas de doute là-dessus.

– De toute façon, je suis au point ! déclara Brian sur un ton dénué de toute conviction. Dis, je pourrais pomper sur toi... au cas où je serais pas tant au point que ça ?

– Si tu veux.

Une journée de cours tout ce qu'il y avait de plus classique, quoi !

La première heure se passa normalement. Mon prof principal, la rondouillette Mlle Carvelli, n'avait, de toute évidence et par bonheur, rien d'un zombie. Elle nous fit réciter le serment d'allégeance au drapeau américain, nous donna les informations du jour et, au moment où la sonnerie retentit, nous souhaita une bonne journée. J'hésitai un instant à tout lui raconter. Mais je me ravisai.

Finalement, Brian et moi partîmes ensemble affronter l'heure de maths. Brian flippait toujours à cause de l'interro. Moi, je priais pour que la prof, Mlle Laterre, soit vivante et en bonne santé.

Raté.

– Oh non…, soupirai-je, en découvrant le cadavre installé au tableau.

– Relax, chuchota Brian. T'as révisé, hein ? Sérieux ? Pas question que je pompe sur toi si t'as pas révisé.

Je ne dis rien, détournai les yeux et m'assis à ma place, au troisième rang. Brian était deux rangs derrière, en diagonale. Je l'entendis remuer sa chaise pour se rapprocher un peu.

– Sortez vos affaires pour le devoir sur table ! ordonna Mlle Laterre.

– Salut, rouquin ! me héla une voix, tout près de moi.

Alors, en dépit de tout ce qui m'arrivait, mon moral remonta un peu. Helen Boettscher me saluait en s'installant à sa table, à côté de la mienne, comme à chaque cours de maths. Quand je la vis, ma bouche se dessécha, et ces histoires de morts-vivants passèrent un peu au second plan. Elle chassa machinalement une mèche de cheveux bouclés qui cachait ses grands yeux noisette.

– Tu es prêt pour l'interro ? me lança-t-elle.

J'eus du mal à trouver mes mots. Ce qui n'avait rien de rare quand je me retrouvais en face d'elle.

Enfin… en face d'elle ou de zombies, bien sûr.

– Je… crois.

– Les interros de la « Reine des Maths » sont toujours tellement dures ! soupira Helen. C'est comme si… elle était pas humaine.

Un frisson glacé descendit et remonta à toute vitesse le long de mon dos. Je restai à la fixer sans rien dire, bouche bée, jusqu'à ce que feu Mlle Laterre reprenne la parole depuis le tableau :

– Écoutez-moi attentivement ! Et que tout le monde regarde par ici !

C'était bien la dernière chose que je voulais faire. Mais j'obéis quand même. J'avais en face de moi une vieille noix desséchée enveloppée d'une robe imprimée à fleurs, qui brandissait un tas de feuilles agrafées dans son poing osseux et grisâtre. Des petits bouts de peau tombaient de son corps, flottant vers le sol comme d'étranges confettis. Une colonne de scarabées suivait ses moindres mouvements. On aurait dit qu'ils mangeaient les confettis.

Je jetai un coup d'œil dans la classe. Il n'y en avait pas un qui avait l'air nerveux, sauf Brian, bien sûr, étant donné qu'il n'avait pas révisé. Aucun ne voyait que la prof était un macchabée. Pas plus qu'ils ne semblaient avoir remarqué les scarabées.

– Interdiction de parler, ajouta-t-elle. Les yeux sur votre copie, pas celle du voisin ! Oubliez l'heure. Concentrez-vous uniquement sur votre devoir.

– Ça va ? chuchota Helen.

Je hochai misérablement la tête, avec une folle envie de me confier à elle. Mais je comprenais bien que sa remarque sur Mlle Laterre était juste une blague, du genre de celles qui nous auraient fait rigoler la veille et qu'on aurait oubliées juste après.

Helen ne me croirait pas. Personne ne me croirait.

Soudain, le téléphone mural sonna. Je laissai échapper un petit glapissement. Quelques élèves gloussèrent.

– Tu n'as pas l'air bien, insista Helen.

Interrompue dans son discours, Mlle Laterre-la-Trépassée s'approcha du téléphone d'un pas traînant, faisant voleter des flocons de peau morte derrière elle. Les scarabées semblèrent se régaler de ce petit sillage grisâtre.

Soulevant le combiné de sa main osseuse, elle prononça les mots qui ne manquaient jamais de faire rire toute la classe :

– Allô, ici Laterre.

Tout le monde rigola.

Sauf moi.

Et Helen.

La morte jeta un regard irrité à ses élèves. Puis elle écouta la voix à l'autre bout du fil. Et je vis son corps noirci et flétri devenir raide... si je puis dire. Elle tourna la tête et me dévisagea.

« C'est le vieux Pratt ! Il a appelé le collège pour dire à Titlebaum et à Laterre que je peux les voir... que je peux *tous* les voir ! »

Sans trop savoir pourquoi, je me tournai vers Helen. Ses yeux étaient rivés sur moi.

– Ne panique pas, me murmura-t-elle, de façon plus que surprenante.

Notre regrettée prof de maths replaça l'appareil sur le combiné.

– William Ritter. Dans le bureau de M. Titlebaum. Tout de suite.

Je restai pétrifié. Les paupières pourries du cadavre se plissèrent. Quelque chose qui ressemblait horriblement à un sourire illumina le visage squelettique.

– Vous êtes sourd, monsieur Ritter ?

– N... non, madame.

Au ralenti, comme englué dans un cauchemar, je rassemblai mes affaires et me levai, ignorant la mine défaite de Brian. La classe était silencieuse, les élèves muets comme autant de tombes. Ils savaient qu'il se passait un truc vraiment sérieux.

La prof morte me regarda avancer lentement jusqu'à la porte.

« Dès que je suis dans le couloir, je pique un sprint jusqu'à la sortie la plus proche. Je vais à la maison comme je peux, à pied ou en faisant du stop s'il le faut. Je raconte tout à maman. Je la convaincrai que je dis la vérité. »

À la seconde où la porte se referma derrière moi, je compris que ça n'allait pas être possible.

Titlebaum-le-Trépassé était à environ six mètres de moi, au bout du couloir. À l'autre bout se trouvaient deux autres zombies. Je ne les avais jamais vus. Ils portaient la tenue du personnel d'entretien. Ils étaient du genre juteux, comme le principal adjoint. Trois paires d'yeux, sans vie et pourtant maléfiques, étaient braquées sur moi. Trois cadavres en décomposition me privant de tout espoir de fuite.

– Par ici, William, ordonna Titlebaum en agitant un doigt enflé et violet.

Je plaquai mes livres contre ma poitrine, incapable de bouger.

– S... s'il vous plaît, balbutiai-je, sentant une larme couler le long de ma joue. Je... je veux voir ma mère.

– *Pas. Maman. Garçon*, dit le principal adjoint, parlant cette fois comme l'avait fait le vieux Pratt... sans bouger ses lèvres exsangues. *Pleure. Donc.*

Je me surpris à prier d'être devenu fou. Mieux valait être cinglé que subir le sort que me réservaient ces créatures.

Les zombies approchèrent. Je savais qu'il fallait que je détale, mais mes jambes refusaient de bouger.

La porte de la classe de Mlle Laterre s'ouvrit d'un coup dans mon dos.

– Bouge ! s'exclama une voix.

Quelqu'un me poussa violemment. Mes livres volèrent de mes bras tandis qu'une silhouette me dépassait en courant. Et, sous mes yeux ébahis, Helen

Boettscher traversa le couloir à toute vitesse et pressa le bouton de l'alarme incendie.

La sirène beugla à travers les haut-parleurs du collège. Les trois zombies se figèrent. Quelques secondes plus tard, des portes s'ouvraient sur toute la longueur du couloir. Des élèves sortirent, arborant tous cette expression particulière que l'on a lorsque quelque chose d'inattendu vient rompre la routine.

« Si seulement ils savaient ! »

Je poussai mon premier soupir d'espoir. Au même instant, une main osseuse se posa sur mon épaule, et Mlle Laterre susurra à mon oreille :

– Que voyez-vous, monsieur Ritter ?

À quelques mètres de part et d'autre, les macchabées s'étaient ressaisis, et leur attention était désormais focalisée sur Helen. Titlebaum se jeta sur elle, bras tendus, se déplaçant avec une étonnante rapidité.

Ne manifestant pas la moindre peur, la jeune fille passa une main dans son dos et en sortit un pistolet.

Sauf que ce n'était pas un vrai, mais une arme en plastique bleu clair.

« Un pistolet à eau ? »

Alors que les doigts de Mlle Laterre meurtrissaient mes épaules comme des serres, la pensée saugrenue que Helen allait se faire exclure du collège pour y avoir introduit un pistolet à eau fut la seule qui me vint à l'esprit.

Quand le principal adjoint fut à quelques centimètres, Helen appuya sur la détente, arrosant ce dernier en pleine face. À ma grande surprise, le mort recula en titubant, portant les mains à ses yeux comme s'il était aveuglé. Pivotant brusquement sur ses talons, Helen envoya deux rafales supplémentaires, visant cette fois les pantalons des agents d'entretien.

Conséquence immédiate : l'un changea de direction et alla s'écraser droit contre un mur, faisant tomber un extincteur au passage. Il resta là où il se trouvait, saisi de tremblements spasmodiques. Les jambes de l'autre étaient comme pétrifiées, et il était tout bonnement incapable de bouger. Son tronc pencha en avant, ses bras moulinèrent dans le vide, et il tomba sur le sol. Lorsqu'il essaya de se relever, je fus horrifié de constater qu'un peu de la peau de son visage était restée collée sur le carrelage, et qu'on voyait sa chair et ses muscles.

Helen ignora les zombies, retraversa le couloir et envoya une rafale d'eau par-dessus mon épaule. La giclée atteignit le visage de Laterre, l'envoyant bouler en arrière dans sa salle de classe. J'étais estomaqué, incapable de comprendre ce qui se passait autour de moi.

Une main chaleureuse se posa sur la mienne.

– Si tu ne veux pas mourir, suis-moi ! dit Helen.

3

CHASSE À MORT

– Attends une minute ! m'écriai-je.

Helen ne releva pas mon cri de protestation, m'entraînant sans ménagement dans la salle de classe, le pistolet à eau pointé sur Mlle Laterre qui s'agitait spasmodiquement, dos au tableau, comme si elle faisait une crise d'épilepsie.

Autour de nous, la plupart des élèves étaient debout à côté de leurs tables… sans doute en raison de l'alerte incendie. Ils regardaient leur professeur de maths sauter et s'agiter dans tous les sens, comme un poisson au bout d'une canne à pêche, et l'expression de leurs visages allait de l'étonnement à la peur.

Seul Brian semblait avoir gardé sa voix :

– Will ? Qu… qu'est-ce qui se passe ?

Je ne savais absolument pas quoi lui répondre. Soudain, Helen me lâcha la main et saisit une chaise.

– Arrière ! ordonna-t-elle.

Sous les yeux horrifiés de toute la classe, la fille qui me plaisait depuis la rentrée de septembre balança la chaise d'un mouvement ample, l'envoyant briser la fenêtre la plus proche. Et même mieux que ça : elle le fit sans effort, comme si c'était quelque chose dont elle avait l'habitude.

– Par la fenêtre ! m'ordonna-t-elle. Attention aux éclats de verre.

– Elle a cassé la vitre ! cria Brian.

– Noooon ! hurla notre prof de maths.

Elle fit quelques pas en avant, tentant de nous atteindre de ses mains momifiées, sa face desséchée déformée par la rage.

« Mais qu'est-ce qu'ils voient, les autres ? ! »

Helen n'accorda même pas un regard au cadavre qui s'approchait. Elle se contenta de brandir son pistolet et d'asperger le genou droit de Mlle Laterre, juste au-dessous de l'ourlet de sa robe à fleurs. La défunte se mit à tourner sur sa jambe droite, décrivant un cercle maladroit, comme si son membre était désormais inutile. Quelques scarabées, qui la suivaient toujours, périrent écrasés au passage.

– Bouge ! répéta Helen.

Bien que quelque peu engourdi, j'obéis, prenant soin d'éviter les éclats de verre qui saillaient du mastic telle une rangée de dents de requin.

L'air était frisquet. Les feuilles des arbres alignés sur Ridge Avenue étaient jaune orangé. À cinquante mètres sur ma gauche, on voyait le croisement de Shurs Lane, où, comme toujours, la circulation de la fin de matinée était dense. À droite...

À droite, il y avait trois zombies qui, venant de l'entrée principale du collège, arrivaient vers moi en courant ! Ils portaient tous des blouses de professeur et étaient en état de décomposition plus ou moins avancée. L'un d'eux en était à un tel stade qu'on aurait dit que certaines parties de son corps allaient tomber. Mais cela ne l'arrêtait pas. Tous fondaient sur moi à vive allure.

– *Là. Capturer. Garçon. Tuer. Fille. Attraper. Garçon.*

J'entendis soudain la voix d'Helen.

– Fonce vers Shurs Lane ! Je te rejoins tout de suite.

– Que... C'est quoi, ces choses ?

– Tais-toi et cours !

Alors, je courus, jetant un coup d'œil par-dessus mon épaule suffisamment longtemps pour voir Helen bondir par la fenêtre après moi. Derrière elle, les visages blêmes et terrifiés des élèves étaient collés aux autres fenêtres de la salle de classe. Brian était parmi eux.

« Pas d'interro aujourd'hui, mec ! »

On atteignit le croisement. Le feu était rouge et les voitures nombreuses. Je m'immobilisai, haletant, et m'appuyai à un lampadaire pour reprendre ma respiration. Helen semblait à peine essoufflée.

– Est-ce que tu vas enfin..., commençai-je.

– Ne t'arrête pas. Cours !

Elle me saisit de nouveau par la main, m'entraîna vers Shurs Lane... vers ma maison.

– Ils vont se passer le mot à notre sujet ! On doit éviter les routes principales ! s'écria Helen.

Deux croisements plus loin, on tourna à gauche sur Mitchell Street, traversant la route en plein milieu de la circulation, ce qui nous valut des coups de klaxon énervés. Mitchell Street, rue encore plus typique de Manayunk que la mienne, était étroite et se résumait à une enfilade de maisons. J'entendais les télévisions et les radios à travers les fenêtres ouvertes... Les sons d'une vie normale.

Au bout de la rue, Helen prit une perpendiculaire, puis tourna encore une fois. Nous nous rapprochions peu à peu de la rue principale, non loin de la rivière. On courut jusqu'à ce que les seuls bruits soient ceux de nos pas rapides... et de ma respiration sifflante.

– Où... allons... nous ? croassai-je.

Helen ne répondit pas. Au loin, j'entendais des sirènes de police. Je déglutis et posai une autre question :

– C'est nous qu'ils cherchent, hein ?

Helen me fusilla d'un regard qui voulait dire : « À ton avis, crétin ? »

– Ma maison est juste à côté, suggérai-je. Ma mère…

– Non, dit Helen posément. Impossible.

– Mais pourquoi ?

– Pas le temps de t'expliquer. S'il te plaît, on ne peut pas s'arrêter !

Elle me guida dans une succession d'allées et de rues transversales, et finalement on se retrouva près de l'église Saint-John, en face du parc municipal de Manayunk, qui était désert.

– Par là ! s'exclama Helen. Vite !

Elle traversa la rue et bondit par-dessus la haie du parc, comme si elle avait l'habitude des courses d'obstacles. Aucun doute : elle me battait à plates coutures ! Quand je l'eus enfin rejointe, elle me fit signe de me plaquer au sol. Juste à temps ! Allongés là, dans les buissons, on vit une voiture de police, en provenance du collège, qui arrivait sur Churchview Street. Ses gyrophares étaient allumés, mais la sirène ne marchait pas. Il y avait deux policiers à l'avant.

Celui côté passager était mort.

Je faillis pousser un cri, mais Helen posa sa petite main sur ma bouche.

La voiture de police passa lentement devant le parc. J'imaginai les yeux laiteux du cadavre en train de scruter les balançoires vides et les cages à écureuils. J'en eus la chair de poule. Il nous avait repérés, c'était sûr !

La voiture tourna à l'angle de la rue. Se pressant contre moi, si près que je sentis presque les battements de son cœur, Helen poussa un profond soupir de soulagement.

– Ils sont partis. En avant !

– D'accord, couinai-je.

On arriva finalement au bas de la colline. À cet endroit, la rue principale de Manayunk était parallèle à un sentier qui longeait la rivière Schuykill. Avec son enfilade de magasins à la mode, de brocanteurs et de restaurants chic, cette partie de la ville était toujours noire de monde. Recroquevillés l'un contre l'autre dans une rue transversale, on jeta un coup d'œil aux piétons et à la circulation.

– Deux voitures de flics, annonça Helen. La première qui s'éloigne à trois intersections au sud, l'autre qui arrive dans notre direction, arrêtée au feu à l'angle de Cotton Street.

– Ce sont tous des... zombies ? demandai-je.

– Ne les appelle pas « zombies ».

– Pourquoi ça ?

Elle se contenta de secouer la tête.

– D'accord... Est-ce qu'ils sont tous morts ? l'interrogeai-je encore.

– Non.

– Alors, on peut en trouver un qui n'est pas mort et lui demander de l'aide, non ?

Elle me regarda d'un air mauvais :

– À ton avis, qui croira le flic ? Deux gamins qui viennent de s'en prendre à des professeurs et se sont enfuis du collège, ou un autre flic ?

Elle avait raison, évidemment. Ça me rendit malade.

– Alors, qu'est-ce qu'on fait ?

– On attend que la voie ait l'air libre. On traverse la rue principale et on détale vers le chemin de halage.

– Le chemin de halage ?

Elle hocha la tête.

– Mais où va-t-on ?

– Dans un endroit où on sera en sécurité pendant quelque temps.

– Helen ?

– Quoi ?

– Pourquoi es-tu venue à mon aide ?

Elle me dévisagea :

– Je fais partie des Fossoyeurs.

– Quoi ?

Au lieu de m'expliquer ce qu'elle voulait dire, elle se pencha et jeta un coup d'œil à l'angle de la rue :

– La deuxième voiture de flics vient juste de partir sur Cotton Street. On fonce !

Et donc, on fonça. Le chemin de halage passait derrière le canal Manayunk, creusé un siècle auparavant.

Très prisé des joggeurs et des cyclistes, il était traversé de ponts qui donnaient sur des usines installées entre la rivière Schuykill et lui.

On progressa en toute hâte le long de la rive, n'apercevant personne, puis on emprunta un pont et on se retrouva sur la bande de terre séparant le canal de la rivière. Helen me conduisit alors vers un terrain vague envahi de mauvaises herbes, à l'ombre d'un gigantesque pont à tréteaux tout en béton. Le canal et, au-delà, Manayunk se trouvaient sur notre droite. Sur notre gauche, la rivière gargouillait entre les poutres du pont qui soutenait Belmont Avenue. On entendait le grondement de la circulation un peu plus loin.

Je suivis Helen jusqu'au bas d'une sorte d'escalier qui se composait de blocs de béton de tailles irrégulières, et qui s'interrompait presque devant la rivière. Un énorme tuyau de canalisation était à demi enterré là, invisible sous la berge – sans doute une relique d'un projet de construction abandonné.

À l'intérieur de cette ouverture, qui mesurait bien deux mètres de diamètre, quelqu'un avait posé une planche de contreplaqué. Dessus, j'aperçus une sorte de couchage, un gros sac à dos et une lampe de camping.

Helen sortit un briquet et alluma la lampe. Une lueur jaune envahit la canalisation.

– Où sommes-nous ? demandai-je.

– C'est là que je dors.

– Tu dors *là* ?

Elle hocha nonchalamment la tête et entreprit de fourrer ses quelques affaires dans le sac à dos, me laissant tout le loisir d'observer les lieux. J'étais complètement abasourdi. Que comptait-elle faire quand l'hiver arriverait ?

– Helen..., commençai-je.

– J'aime bien ça, m'interrompit-elle.

– Quoi ?

– La façon dont tu prononces mon nom.

– C'est donc pour ça que tu m'as aidé... parce que je prononce ton nom comme il faut ?

Elle éclata d'un rire sans joie :

– Non.

– Alors pourquoi... ?

– On aura le temps pour les explications plus tard. Pour le moment, il faut partir d'ici. Ils ne vont pas tarder à trouver ma planque.

– Helen, je veux rentrer chez moi.

Elle arrêta de ranger ses affaires et me lança un regard si empreint de tristesse que je frissonnai de partout à l'intérieur.

– Je sais, mais ce n'est pas possible. Du moins, pas maintenant.

Ce n'était pas la réponse que je voulais entendre, et je me rendis soudain compte que je n'étais pas obligé de l'écouter. Je n'avais qu'à partir, tout simplement, rentrer chez moi en courant. La journée avait à peine commencé. Ma mère était peut-être encore à la maison. Je pouvais presque sentir ses bras autour de moi. Même un bisou baveux d'Emily aurait été paradisiaque à cet instant précis !

– Tu les mettrais en danger, dit Helen, comme si elle lisait dans mes pensées. Pour l'heure, le mieux que tu puisses faire, c'est de venir avec moi.

– Où ça ?

– À Center City.

Center City, le centre-ville de Philadelphie, avec ses gratte-ciel, ses musées et ses monuments. C'était à quelques kilomètres au sud-est, en longeant la rivière.

– Il y a quoi, là-bas ? demandai-je.

– Tu le sauras quand on y sera, répondit-elle. Écoute, Will, tu as la trouille, c'est normal. Si ça peut te consoler, moi aussi j'ai peur. Mais tu dois me faire confiance. Je sais ce que je fais.

La promesse était gratinée, venant de quelqu'un qui vivait dans une canalisation. Helen n'avait-elle vraiment pas une maison à elle ? Elle ne ressemblait pourtant pas à une SDF. Elle était toujours bien habillée, et ses cheveux étaient propres et bien coiffés. Aux dernières nouvelles, les enfants des rues ne vont pas à l'école, si ? En tout cas, pas à Manayunk. Et puis, les SDF sont parfois un peu dérangés... Helen, elle, était on ne peut plus normale.

À la seconde précise où je me fis cette réflexion, elle se mit à parler à son poignet :

– Ici Manayunk 1. Je suis en route.

Je clignai des yeux. Il y eut un bruit de parasites, puis une voix de garçon s'éleva :

– Ici le Refuge, Manayunk 1. Quelle est ta situation ?

– J'ai un Clairvoyant avec moi. Couverture bousillée. Macchabs à nos trousses.

– Bien reçu, Manayunk 1.

Une pause, puis :

– Le chef est là. Il veut savoir si c'est Ritter qui est avec toi.

Helen eut un petit sourire :

– Dis-lui que oui.

Autre pause.

– Le chef veut que tu l'amènes ici.

Helen fronça les sourcils :

– Au Refuge ?

– Affirmatif.

– Pas à la base Alpha ?

– Pas à la base Alpha, Manayunk 1.

– OK..., répondit-elle, visiblement déconcertée. Mais on doit quand même trouver un moyen de quitter la zone.

– Apparemment, la station de métro la plus proche est au croisement de Shurs Lane et de Manayunk Avenue.

– Elle sera surveillée.

– D'accord. Alors, que penses-tu de Bala – ligne Bala-Philadelphie Centre ?

– Ce n'est pas tout au bout de la R6 ?

– Affirmatif. Même destination, numéro de ligne identique, mais itinéraire différent, avec pas mal de marche à pied. Ça devrait désorienter les Macchabs.

– Ça roule.

– Et quand vous sortirez, préparez-vous à un 24.

Helen rit un peu en entendant cela :

– OK. Merci, Refuge. J'envoie le signal dès qu'on est sur Market East.

– Entendu. Bonne chance. Refuge, terminé.

Helen se passa une main sur le visage.

– Qui c'était ? demandai-je.

– Je t'expliquerai plus tard. Là, on doit y aller.

Elle ramassa son sac à dos et avança vers la sortie de la canalisation.

– Attends !

– Quoi ? soupira-t-elle, visiblement agacée.

– Ces choses, là-bas... Ces morts...

– Eh bien ?

Je déglutis :

– Tu peux les voir, toi aussi ?

Elle me scruta intensément pendant une seconde ou deux, puis elle sourit :

– Oui, Will. Je peux les voir, moi aussi. Tu n'es pas fou. À présent, on y va. Je te promets que je répondrai à toutes tes questions, mais pas maintenant. Quand on sera en lieu sûr.

– Ça existe, un endroit pareil ? demandai-je, quelque peu désespéré.

Son sourire s'élargit.

– Et comment !

4

EN ROUTE POUR LE CENTRE-VILLE

On n'arriva à la gare de Bala qu'au milieu de l'après-midi, après un long périple au cours duquel on franchit la rivière, longea des routes étroites bordées d'arbres et traversa des lotissements chic. Enfin, fatigués et affamés, on sortit en titubant sur City Line Avenue, ainsi nommée parce qu'elle marque la limite nord-est de Philadelphie. C'était une très grande artère, bien plus large que n'importe quelle rue de Manayunk, avec ses six voies encombrées de voitures et de bus.

– Quelle direction ? demandai-je d'une voix lasse.

Helen pointa le doigt vers le nord.

City Line était un quartier très commerçant ; il y avait plein de gens partout. Mais, par bonheur, personne ne fit attention à nous tandis que nous nous traînions sur le trottoir.

– Je n'en vois aucun, ici, dis-je.

– Moi non plus.

– Il n'y en a qu'à Manayunk ?

– Dans tes rêves.

– Mais alors, pourquoi les zombies...

– Ne les appelle pas « zombies », martela-t-elle.

– Pourquoi ça ?

– Parce que les zombies sont lents et stupides. Pas les Macchabs – ou Macchabées, ou Cadavres, comme tu veux. Conseil d'amie : ne l'oublie jamais.

– OK, cédai-je. Alors pourquoi est-ce que je ne vois aucun... Macchab... dans les parages ?

Évidemment, juste à cet instant, une Limousine ralentit et s'immobilisa à quelques mètres de nous. Une portière noire et brillante s'ouvrit, et un homme en costume trois pièces en sortit, suivi d'un autre.

Le deuxième type était mort.

C'était le cadavre le plus frais que j'avais vu jusqu'alors. Il était grand et se tenait bien droit sur le trottoir, en face de son ami. Ils se trouvaient devant un grand building aux parois de verre, sur lequel on pouvait lire *NBC* en gros caractères surmontés d'un paon – l'emblème de cette chaîne de télé.

– Tu as parlé trop vite, fit remarquer Helen.

– On dirait quelqu'un d'important.

Helen me regarda avec insistance :

– C'est Kenny Booth.

J'étais estomaqué :

– Le type du journal télévisé ? Le Kenny Booth qui présente *Au fond des choses* ?

Elle hocha la tête.

– Il est... mort ?

– C'est un Macchab.

– Ce n'est pas la même chose ?

– Pas vraiment.

– Il ressemble à ça, quand il passe à la télé ?

Elle haussa les épaules :

– Bien sûr, si tu es un Clairvoyant.

– Comme nous ?

– Comme nous.

– Mais comment peut-on le savoir ? Je veux dire, il ne se ressemble pas du tout. Il a juste l'air... mort. Comment sais-tu que c'est Kenny Booth ? demandai-je.

Il avait un joli costume, certes, mais ce n'était pas ça qui manquait sur City Line Avenue.

– Je peux voir son Masque, répondit-elle.

Je la dévisageai, perplexe, puis jetai de nouveau un coup d'œil aux deux types sur le trottoir, qui discutaient comme de vieux amis.

– Bon, écoute-moi, reprit Helen. Tu as déjà vu ces posters où il y a deux images en une ? Tu sais... ceux où on peut apercevoir une autre image quand on regarde la première sous un certain angle ?

J'acquiesçai. Mon père avait rapporté un poster de ce genre quelques années auparavant, et j'avais passé la moitié de la nuit à essayer de repérer le joueur de basket en relief qui était censé se trouver dans le dessin représentant un globe terrestre. Ma mère n'avait jamais réussi à voir le basketteur. Moi, si. Ça m'avait pris un peu de temps, et ça m'avait même donné mal à la tête, mais j'avais finalement réussi. « Un autostéréogramme », voilà comment mon père m'avait dit que ça s'appelait. C'était assez chouette, comme truc.

– Bien, alors maintenant, observe Booth, mais cette fois essaye de ne pas te concentrer sur lui. Garde les yeux dans le vague. Et vois ce qui se passe.

Debout sur le trottoir ensoleillé, avec une circulation dense à notre gauche et des piétons qui nous dépassaient sur la droite, je fis ce qu'elle me demandait. Puis je me mis à loucher un peu, comme je l'avais fait avec le poster de mon père.

Et ça fonctionna aussitôt.

Flottant juste devant la face violacée et boursouflée du Macchab, j'aperçus le visage bien connu de Kenny Booth, le présentateur de JT préféré des habitants de Philadelphie. Il était coiffé à la perfection et ses dents étaient d'un blanc immaculé.

Les déguisements des Macchabs étaient vraiment au point.

Cela me terrifia.

Je clignai des yeux, et le Masque de Booth disparut, laissant la place à un bout de chair morte qui remuait, riant d'un commentaire de son ami.

– Allez, dit Helen. On ne devrait pas rester si longtemps à découvert.

J'étais totalement d'accord. On traversa donc la rue, décrivant une large boucle pour éviter les deux hommes.

La gare était située quelques pâtés de maisons plus loin. Nous rejoindrions Center City en trente minutes. À cette heure, ma mère était sûrement là-bas. Elle était infirmière dans un hôpital pour enfants et, ce jour-là, elle travaillait de midi à vingt heures. Emily, elle, devait être chez mamie, comme d'habitude. Ma vie. Tellement normale. Tellement ennuyeuse...

J'aurais tout donné pour la retrouver !

Alors que nous étions sur le quai et attendions le train, je jetai un regard nerveux en direction d'Helen. Qui était cette fille ? Elle était arrivée au collège en septembre, un peu plus d'un mois auparavant. Nouvelle dans notre ville, avaient dit les profs. Jolie et sympa, elle était rapidement devenue populaire. Mais pas du genre à traîner avec une bande en particulier pour passer ensuite son temps à dénigrer les autres. Elle s'était toujours montrée très gentille avec moi, même si, avant ce jour-là, j'avais manqué de courage pour aligner dix mots consécutifs devant elle.

Et voilà qu'elle m'avait sauvé la vie, que je la voyais courir comme si se battre contre des zombies – pardon... des Macchabs – et échapper à la police était pour elle une simple routine ! Par-dessus le marché, elle vivait dans un gros tuyau près d'une rivière !

Où étaient ses parents ?

Et qui étaient ces Fossoyeurs dont elle avait parlé ? N'était-ce pas le nom qu'on donnait aux gens qui travaillent dans les cimetières, ou un truc de ce genre ?

Le train arriva et on monta à bord. Quelques minutes plus tard, nous étions en route pour le centre-ville de Philadelphie, laissant toute ma vie derrière nous.

Je me tournai vers Helen, bien résolu à obtenir des réponses, mais elle me coiffa au poteau :

– Ton père était flic, n'est-ce pas ?

– Hein ? Quoi ? Ah, oui, balbutiai-je, surpris.

– Il est mort ?

– Il y a deux ans.

– Pendant son service ?

Je hochai la tête. Ce n'était pas mon sujet de conversation préféré. Sa mort m'avait vraiment ébranlé.

Elle me regarda attentivement :

– Désolée.

– Pas autant que moi, répondis-je, sans émotion.

– Sans doute. Tu t'es déjà dit que tu deviendrais policier plus tard ?

– Ça m'arrive.

– Tu ferais un bon flic, me dit-elle, ce qui me surprit. Tu es courageux.

– Je n'ai pas cette impression.

– Comme tous les gens courageux. Mais tu es resté calme, dans la classe. J'en connais un paquet qui se seraient enfuis en courant.

– C'est ce que je voulais faire.

– Normal, mais tu ne l'as pas fait. C'est ce qui montre que tu es courageux.

– Pas autant que toi.

Elle rougit un peu :

– Bah... C'est plus facile quand on sait ce qui se passe.

– À ce propos, si tu éclairais un peu ma lanterne ? Qu'est-ce qui se passe ?

– Tu le sauras bientôt.

– Pourquoi tu ne peux pas me le dire maintenant ? maugréai-je.

– Le règlement. Désolée. On doit attendre d'être arrivés là-bas.

– Au Refuge ? demandai-je, en me souvenant de sa conversation bizarre avec son poignet.

– Ouais.

– C'est à eux que tu parlais... dans la canalisation ? Aux gens de ce Refuge ?

Elle confirma d'un hochement de tête.

– Mais tu ne peux pas me dire ce qu'est le Refuge ?

– Non. Pas avant qu'on y soit.

– Comme tu veux, grommelai-je, mécontent. Tu peux au moins me raconter deux ou trois choses sur les Macchabs ?

Elle acquiesça.

– Bien, enchaînai-je, toujours agacé. Première question : pourquoi sont-ils morts ?

– Les Macchabs ne sont pas des gens morts. Ce sont des corps possédés et réanimés.

– Possédés... par qui ?

– On ne sait pas, répliqua-t-elle en haussant les épaules.

– OK. Alors... comment ?

Nouveau haussement d'épaules.

– Ça non plus, on ne le sait pas vraiment... Enfin, on n'en est pas sûrs.

– D'accord, continuai-je, de plus en plus frustré. Et comment se fait-il que toi et moi on les voit, et pas le reste des gens ?

– Les seules personnes capables de les voir sont des enfants, répondit-elle. Mais ils ne sont pas nombreux. Et pas un seul adulte.

– Aucun ?

– Disons *plus aucun*, précisa-t-elle, avant de détourner le regard.

– Et pourquoi ça ?

– On l'ignore.

– En fait, tu ne sais pas grand-chose, hein ? fis-je amèrement remarquer.

– Désolée.

– Il y a combien de Macchabs ?

– Des milliers. Peut-être des dizaines de milliers. Ils sont apparus il y a environ trois ans... Au début, il n'y en avait pas beaucoup, mais leur nombre n'a cessé d'augmenter. À présent, il y en a dans toute la ville.

– C'est une sorte d'invasion ?

– En tout cas, ça y ressemble.

– Qu'est-ce qui se passerait si je rentrais chez moi ?

– Ils te retrouveraient et ils te tueraient, lâcha-t-elle, l'air de rien. Ta famille aussi, probablement. Au cas où... Ils traquent tous ceux qui peuvent les voir.

– Mon voisin en est un, enchaînai-je.

– Je sais, dit-elle avec un sourire en coin.

– J'ai cru que je devenais cinglé !

– Tu m'étonnes ! souffla-t-elle sur un ton compatissant. Je m'en suis rendu compte dès le début du cours, ce matin au collège. À la façon dont tu regardais Mlle Laterre, j'ai compris que tu étais devenu un Clairvoyant.

– Un quoi ?

– Un Clairvoyant. C'est comme ça qu'on appelle ceux qui voient les Macchabs tels qu'ils sont vraiment.

– Et donc tu pouvais *voir* Mlle Laterre, toi aussi, dis-je.

Helen opina du chef.

– Et ça ne te dérangeait pas ?

– J'ai l'habitude.

– Et elle a toujours été, euh... comme ça ?

Helen fit oui de la tête.

– Elle était déjà comme ça au début de l'année scolaire ?

Troisième hochement de tête.

– Mais pourquoi un Macchab irait-il donner des cours de maths dans un collège ?

– C'est une couverture. Ils doivent prétendre mener une vie normale... être pareils aux humains qui les entourent.

– Alors ils sont partout ! m'exclamai-je.

– Il y en a beaucoup à Manayunk, nuança Helen. Plus que dans le reste de la région.

– Pourquoi ça ? Qu'est-ce qu'il y a de si spécial dans une petite ville comme Manayunk ?

– Tom répondra mieux que moi à cette question, fit-elle.

– Tom ?

Pas de réponse.

– Tom qui ?

Autre secouement de tête.

– Il est au Refuge ?

– Oui. Allons, un peu de patience, petit rouquin ! On est bientôt arrivés.

Je me rassis et fermai les yeux, écoutant les battements de mon cœur. Il faisait vraiment beaucoup de bruit.

– Rends-moi un service, s'il te plaît, ajoutai-je.

– Tout ce que tu voudras.

– Ne m'appelle pas « petit rouquin ».

Une pause.

– Ça marche.

Et on n'échangea plus un mot durant tout le reste du trajet.

5

INTERVENTION 24

Un jour, quand j'avais dix ans, mon père nous avait tous emmenés en balade dans le centre-ville de Philadelphie. On avait visité Independence Hall, la maison de Betsy Ross, et on avait vu la Liberty Bell – la fameuse cloche de la liberté – dans son pavillon de verre. Mon souvenir préféré de cette promenade, c'est notre visite au sommet de la tour de l'hôtel de ville, où trône la gigantesque statue de William Penn, l'homme qui a fondé Philadelphie.

La vue depuis cette hauteur m'avait épaté, mais Emily, qui n'avait que trois ans à l'époque, avait été effrayée. Maman avait dû redescendre avec elle, nous laissant seuls, papa et moi, sur la petite plateforme d'observation.

Mon père m'avait montré tous les gratte-ciel des alentours et m'avait raconté que, du temps de sa jeunesse, l'hôtel de ville était le bâtiment le plus élevé de la ville. Apparemment, il existait alors une loi interdisant de construire des bâtiments plus hauts que la tête de William Penn. Je me souviens de nous deux, admirant la statue : un bonhomme avec un manteau ample, des chaussures bizarres et des mèches bouclées à moitié cachées par son chapeau à large bord. Il paraissait bien grand, le vieux William Penn.

Mais pas aussi grand que mon père.

Durant toute mon enfance, j'étais persuadé qu'il était invincible et éternel, comme cette fameuse statue. C'était un type super, toujours prêt à rigoler, à me chatouiller ou à jouer, toujours partant pour une partie d'échecs ou pour raconter ses exploits de policier dans les rues de Philadelphie. Et ce jour-là, debout l'un à côté de l'autre, ni lui ni moi ne pouvions deviner qu'il restait à l'inspecteur Karl Ritter moins de six mois à vivre.

Cela faisait maintenant deux ans. J'avais parfois l'impression que ça faisait un siècle. À d'autres moments, c'était comme s'il était mort la veille. Ma mère m'avait toujours dit qu'avec le temps je m'habituerais. Elle avait tort.

– Will ? demanda Helen, interrompant le fil de mes pensées. Ça va ?

Je hochai la tête.

Nous avions quitté le train et étions dans les rues de Philadelphie, à l'angle de Market Street, attendant que le feu piéton passe au vert. J'avais oublié à quel point tout était imposant au centre-ville d'une métropole : les bâtiments, la circulation ; même l'air paraissait plus lourd qu'à Manayunk. C'était un peu étourdissant.

– Ne jette pas autant de coups d'œil autour de toi, me chuchota Helen.

– Pourquoi ça ?

– Parce que des Macchabs se rapprochent de nous.

Dès qu'elle m'eut dit ça, je me sentis obligé de regarder un peu partout.

Un Cadavre avançait dans notre direction... C'était une femme tenant un sac du magasin Macy's dans sa main molle et décomposée. Elle essayait de paraître aussi normale que possible, mais ses yeux sans vie ne cessaient de se diriger vers nous. Un second Macchab, un type avec une tenue et un casque de chantier, était debout, de l'autre côté de l'avenue. Il attendait, comme nous, de pouvoir traverser.

Je déglutis. Et j'aperçus alors notre troisième adversaire. Encore un flic mort, assis dans une voiture de police garée à une dizaine de mètres. Les yeux braqués sur nous.

– Helen..., marmonnai-je.

– Je les vois, répondit-elle calmement. Reste près de moi.

Le feu piéton passa au vert.

Helen porta son poignet à ses lèvres et murmura quelque chose dans la radio.

Les passants s'engagèrent sur la voie, nous entraînant dans leur sillage. Flic-Mort sortit de sa voiture. Derrière nous, Dame-Macy's se rapprocha, séparée de nous par quelques passants qui ne se doutaient de rien. En face, Ouvrier-Trépassé avançait, sa peau violacée tendue, ses lèvres émaciées retroussées en un rictus que personne d'autre que nous ne pouvait voir.

– Au signal, tu fonces, murmura Helen.

J'acquiesçai, m'efforçant de garder mon sang-froid. Les Macchabs arrivaient de trois côtés. Le flic posa la paume de sa main décharnée et gluante sur sa matraque. Ils nous avaient piégés ! Ils avaient prévu que nous prendrions le train pour venir jusque-là, et ils nous attendaient ! Nous étions au milieu de la rue, à présent, et les Cadavres à quelques pas de nous seulement. Mon cœur martelait ma poitrine.

Allaient-ils simplement s'emparer de nous et nous jeter dans la voiture de police ? Pourquoi pas ? On pourrait crier comme des malades... qui nous croirait ? Qui irait douter de la parole d'un policier en uniforme face aux propos délirants de deux collégiens qui avaient fait le mur ?

Le filet se refermait sur nous. Le flic avait commencé à faire s'entrechoquer ses chicots pourris, comme s'il avait l'intention de nous manger. Il s'activait tant et si bien qu'un de ses yeux jaillit de son orbite et tomba par terre devant lui. La seconde d'après, il marchait involontairement dessus, réduisant son œil en gelée avec un bruit écœurant. Je crus que j'allais vomir.

– Libérez le passage ! s'écria soudain quelqu'un.

Autour de nous, les gens poussèrent des cris en apercevant une dizaine de gamins juchés sur des vélos, qui venaient de surgir de derrière un bus. Leurs âges allaient de quatorze à peut-être dix-sept ans. Ils zigzaguèrent entre les voitures arrêtées au feu rouge de Market Street avant de donner de grands coups de pédales, fonçant droit sur les piétons qui traversaient la rue.

Tout le monde se dispersa.

Flic-Mort poussa un cri de rage. Les deux autres Macchabs bondirent vers nous, tentant de nous attraper. Ils bougeaient sacrément vite, mais la bande sur les vélos était plus rapide encore. En tête du groupe, une fille à la peau noire avec des dreadlocks sortit quelque chose de derrière son dos.

C'était un sabre japonais.

Sous mes yeux ébahis, elle asséna sauvagement un coup de lame à Ouvrier-Trépassé, lui sectionnant les bras à hauteur des coudes. Les deux avant-bras tombèrent sur l'asphalte. Le Cadavre regarda ses moignons, l'air plus ennuyé qu'autre chose. La seconde d'après, deux jeunes armés de pistolets à eau arrivèrent. L'un arrosa le visage de l'ouvrier, l'autre celui de la femme.

Les passants couraient de tous côtés, certains poussant des jurons, d'autres hurlant, mais pas un ne semblait avoir remarqué la scène d'amputation qui venait de se dérouler en direct devant eux.

Avant que je puisse réagir, j'étais entouré de bicyclettes. Les vélos formaient un cercle infranchissable, chacun des enfants en selle avait un pistolet à eau à la main, prêt à tirer. Ils avaient tous le même modèle de vélo : un Stingray de chez Schwinn. Plus cool que ça comme bécane, c'est bien simple : ça n'existe pas. Cadre customisé, selle banane ultra-basse, guidon dragbar : le top ! Le garçon le plus proche de moi, plus âgé que les autres, avec un blouson de cuir et des lunettes de soleil noires, me saisit et me fit asseoir à l'arrière de son vélo.

– Accroche-toi ! ordonna-t-il.

Je passai les mains autour de sa taille avec joie. Flic-Mort essaya une dernière fois de m'attraper. Tous les cyclistes l'aspergèrent en même temps. Le Macchab s'agita dans tous les sens et tituba dans la rue.

La bande se mit à pédaler avec une rapidité impressionnante, virant à gauche et filant vers le nord, laissant le chaos dans son sillage.

– C'était du gâteau ! me lança Helen, me souriant depuis l'arrière d'un autre vélo, ses cheveux châtains volant au vent.

Alors, en dépit de tout, je souris en retour.

Parce que, oui, ça avait vraiment été du gâteau. Qui que soient ces ados à vélo, ils assuraient !

On fonça dans les rues de Philadelphie, prenant des virages brusques pour débouler sur des routes étroites et des contre-allées. En quelques minutes, nous avions laissé les gratte-ciel du centre-ville derrière nous, et nous arrivions dans une zone qui semblait se résumer à une série d'entrepôts, d'usines et de terrains vagues.

Je n'avais jamais mis les pieds dans cette partie de la ville. Il y avait moins de circulation, et les rues plus sombres étaient bordées de grandes bâtisses. On voyait des clochards partout, certains recroquevillés devant des portes, d'autres marchant au hasard sur les trottoirs.

Un dernier tournant, et on arriva sur Green Street. À plusieurs mètres devant nous, une rampe en contreplaqué permettait d'accéder à un garage souterrain désaffecté. Le bâtiment de six étages, dont toutes les issues étaient barrées, était truffé de panneaux indiquant les risques qu'on encourait à y pénétrer : *Attention : danger ! Immeuble condamné par la municipalité de Philadelphie. Les contrevenants s'exposent à des poursuites.*

Les vélos fondirent sur le parking comme autant d'abeilles rentrant à la ruche.

6

LE REFUGE

Au bas de la rampe, la lumière se fit plus ténue. Les vélos entamèrent leur descente le long d'un tunnel en spirale, semblable à ceux des parkings souterrains. Je jetai un coup d'œil en arrière et vis que l'entrée se refermait derrière nous.

– Will ? lança Helen. Ça va ?

– Oui.

– Du calme, Helen ; il ne craint rien avec moi, ton mec ! lança celui qui m'avait pris en charge.

Plusieurs de ses copains éclatèrent de rire. Mes joues s'empourprèrent. La fille avec des dreads avait remis son sabre japonais dans le fourreau noir qu'elle portait en travers de son dos.

– La ferme, derrière ! Préparez-vous à sauter ! annonça-t-elle.

– À sauter ? demandai-je.

– À sauter ! confirma mon chauffeur.

La seconde d'après, le tunnel revenait brutalement à l'horizontale sur une vingtaine de mètres et se terminait en cul-de-sac sur un mur de briques, devant lequel quelqu'un avait posé une rampe en bois.

– Euh..., commençai-je.

La fille aux dreads fonça la première. Elle poussa un grand cri joyeux, se jetant droit sur la rampe et le mur... où elle disparut. On aurait dit que le mur avait frémi, mais il reprit tout de suite son aspect normal.

Je me frottai les yeux, incrédule. Sur ma gauche, j'entendis Helen éclater de rire.

– À nous, Burton ! s'exclama-t-elle, avant d'embrasser le casque du garçon devant elle. Regarde ça, Will !

Burton et elle s'élancèrent à leur tour sur la rampe, et le même phénomène se produisit... comme si le mur de briques les avait avalés d'un coup.

– Mais... ? Comment... ? balbutiai-je.

– C'est de la magie ! répondit mon chauffeur.

Alors, d'un puissant coup de pédale, il nous propulsa sur la rampe à la suite des autres...

Je fermai les yeux. Il n'y eut aucun choc. Quelque chose qui ressemblait à du plastique rigide vint frotter mon visage et, l'instant suivant, nous étions de nouveau sur la terre ferme. J'ouvris prudemment un œil.

Nous nous trouvions dans une sorte d'entrepôt puissamment éclairé et aussi grand qu'un terrain de foot. Le plafond était à une bonne quinzaine de mètres au-dessus de ma tête, traversé de part en part par des tuyaux et des néons. De grands morceaux de contreplaqué saillaient des murs, cloisonnant quelques zones de cette immense surface totalement ouverte. Le sol était en ciment gris.

Pris de vertige, je regardai derrière moi. Il n'y avait pas de mur. Simplement un passage assez large pour laisser passer un camion... et un étrange rideau en travers. On aurait dit qu'il se composait de dizaines de bandes de plastique rigide, toutes peintes pour donner l'impression qu'il s'agissait de briques. Vue de ce côté, l'illusion n'était pas géniale. Mais de l'autre, dans le tunnel mal éclairé, ces petites bandes ressemblaient à s'y méprendre à un mur infranchissable.

Les cyclistes garèrent leurs engins dans un endroit prévu à cet effet. Des gens accoururent pour débarrasser les arrivants de leur matériel et les aider à descendre de selle. Je restai bouche bée devant cette ruche bourdonnante. Tout le monde s'activait. Tout le monde était occupé. Et tous, jusqu'au dernier, étaient des adolescents, la plupart à peine plus vieux que moi.

La fille avec les dreads semblait être le chef de l'équipe qui avait volé à notre secours. Elle ôta son casque, qu'elle jeta négligemment dans les mains d'une fille plus jeune – treize ans environ. Elle descendit de son Stingray et s'approcha rapidement d'un garçon de grande taille, à la peau noire, comme elle, et sensiblement du même âge, qui interrompit sa conversation avec deux autres afin de la saluer.

– Tout s'est bien passé, Sharyn ? l'entendis-je demander d'une voix grave et autoritaire.

– Une vraie promenade, frangin ! répondit-elle en souriant. Mais il faut remercier Helen, pas moi. C'est elle qui nous a filé le tuyau, de sorte qu'on fasse le ramassage et le décollage avant que les Macchabs aient compris ce qui se passait.

Elle éclata alors d'un rire qui résonna de façon étrangement musicale.

Je descendis de mon vélo. Mon chauffeur me donna une petite tape amicale dans le dos :

– Belle virée, hein ? Moi, c'est Chuck Binelli.

– Will... Ritter.

– Je sais, dit-il avec un grand sourire. Bienvenue à bord !

Je voulais lui demander à bord de quoi j'étais le bienvenu lorsque Helen arriva. Elle me saisit par le bras et m'entraîna avec elle.

– C'est quoi, cet endroit ? la questionnai-je.

– C'est le Refuge ! répondit-elle. Oui, je sais, le nom craint un peu, mais bon... comme on a commencé avec celui-là, on ne peut plus vraiment changer. Cette immense pièce est l'endroit où l'on fait le gros du travail. On l'appelle l'Entrepôt. Bien trouvé, hein ? Bref, viens avec moi... Il y a quelques personnes qui attendent de te rencontrer depuis un bon bout de temps.

« Un bon bout de temps ? »

– Tom, Sharyn, je vous présente..., commença Helen, tout en se rapprochant du grand garçon et de la fille aux dreads.

À cet instant, je m'aperçus à quel point ils se ressemblaient. Leurs yeux marron étaient identiques.

– ... Will Ritter, compléta le garçon en souriant et en me tendant la main. Tom Jefferson. Et voici ma sœur, Sharyn.

On se serra la main – quelque chose que j'avais rarement fait auparavant.

– Euh... salut ! fut tout ce que je trouvai à dire.

– Il veut devenir policier ! déclara Helen.

Je la dévisageai, un peu surpris qu'elle ait lâché ça en guise d'introduction.

– Sérieux ? commenta Sharyn en me donnant un coup de coude. Un policier du genre honnête, ou plutôt ripou ?

– Sharyn ! la rabroua Tom.

– Ça va, je rigole ! dit-elle en m'adressant un clin d'œil. Un flic honnête, hein, Will ?

– Comme son père, ajouta Tom.

– Qu'est-ce que vous savez sur mon père ? demandai-je.

Tom regarda Helen :

– Tu ne lui as pas dit ?

– Je ne le sentais pas, répondit-elle. Je ne l'ai pas connu, alors que vous…

– Merci, Helen, dit Sharyn, sur un ton apparemment sincère.

Son frère hocha la tête avec un air grave :

– Will, il y a un tas de choses que tu as besoin de savoir, mais là, on n'a pas le temps. Tu as dû avoir la trouille comme jamais, aujourd'hui ; c'est bien normal. Alors, pour l'instant, on va y aller en douceur. Quand as-tu commencé à voir les Macchabs ?

– Ce matin.

Avec son cou de taureau et ses épaules larges, Tom ressemblait à un sportif professionnel. Sous ses cheveux crépus coupés court, ses yeux sombres étaient pleins de chaleur, de sympathie et d'une redoutable sagacité.

– Ça craint, hein ? ajouta-t-il calmement.

La question contenait tant de compassion que je dus ravaler un sanglot.

– Oui.

Helen me passa une main dans le dos pour me réconforter.

– Tu as dû penser que tu devenais fou. C'était qui ? Un de tes profs ?

– Et aussi mon voisin, marmonnai-je. Et des flics.

– Et Kenny Booth, intervint Helen.

Sharyn éclata de rire :

– Eh bien, rouquin ! T'as eu une journée chargée !

– Je pense que tu as compris que tu n'es pas seul dans ta galère, expliqua posément Tom. Tu vois tous ces jeunes autour de toi ? Nous sommes tous des Clairvoyants. Et, chacun à notre façon, nous avons tous connu la journée que tu viens de vivre… le jour où nous avons été confrontés aux Macchabs pour la première fois.

Je hochai la tête, trop ému pour parler.

– J'aimerais répondre à toutes tes questions, poursuivit Tom, mais, en faisant son job dans ton collège, Helen a bousillé sa couverture. J'ai d'abord besoin de faire un débriefing avec elle. OK pour toi, Helen ?

– C'est bon, répondit-elle.

– Pour l'instant, Will, repose-toi. Sharyn, si tu l'emmenais manger un morceau et lui attribuais un lit ?

– Je m'en charge, accepta cette dernière.

Sharyn m'invita à me diriger vers un mur au fond de l'Entrepôt. Je jetai un coup d'œil à Helen par-dessus mon épaule. Elle me renvoya un sourire.

– En avant, rouquin ! lança gaiement Sharyn. Un petit en-cas, et tu te sentiras vachement mieux. Fais-moi confiance !

Au lieu de ça, j'appelai Tom, qui s'éloignait avec Helen :

– Attends ! Pourquoi tu as parlé de mon père ?

– Plus tard, grommela-t-il. Bon... je vais juste te dire deux choses.

Il engloba la grande salle d'un geste du bras :

– La première, c'est que rien de tout ça n'existerait sans ton père. Sharyn et moi, on l'a bien connu. Et deuxio : ton arrivée ici était prévue, Will. Ça fait même un bout de temps qu'on t'attend.

Je peinais à digérer toutes ces informations. Trop de choses à la fois et trop vite.

– Mais vous êtes qui, à la fin ? finis-je par dire, mi-apeuré, mi-irrité.

– Tu as déjà rencontré les Macchabs, rétorqua-t-il en souriant. Logique que tu fasses à présent la connaissance des Fossoyeurs !

7

SHARYN

– Ça va comme tu veux, rouquin ? me demanda Sharyn, en me conduisant à l'autre bout de l'Entrepôt.

Tout autour de nous, le Refuge était une ruche bourdonnant d'activité.

– Ne m'appelle pas « rouquin », fis-je d'un ton las.

Sharyn arqua un sourcil :

– C'est pas trop la forme, hein ?

Je ne répondis pas.

– Pas non plus envie de causer, j'ai l'impression, observa-t-elle en haussant les épaules.

– Hé, Sharyn !

Une fille pas très grande et un peu potelée, aux cheveux bruns et bouclés, arriva en courant, frottant ses mains pleines de cambouis sur son tablier de mécanicien.

– Qu'est-ce que tu as pensé des nouveaux amortisseurs qu'Alex et moi avons montés sur les Stingrays ? lança-t-elle.

– Ils sont mortels ! répliqua Sharyn avec enthousiasme. On avait l'impression de voler ! T'aurais dû voir les Macchabs dégager le passage quand on a déboulé !

Elle toucha la poignée du sabre toujours sanglé dans son dos :

– J'ai même réussi à en découper un avec Vador.

Puis elle passa un bras étonnamment musclé autour de mon épaule, ce qui me déplut beaucoup.

– Au fait, Tara, je te présente Will Ritter. Il a eu sa grande révélation aujourd'hui, et lui et Helen ont dû se tirer de leur bahut en arrosant du Cadavre. Will, je te présente Tara Monroe. C'est notre chef des Teckos.

– Des Teckos ?

– Lui, il est *vraiment* nouveau ! fit Tara. Pas de base Alpha ?

– Will est à part, expliqua Sharyn. Tom tenait absolument à le voir tout de suite.

– Tu m'étonnes ! s'esclaffa Tara, avant de se tourner vers moi : « Teckos » est le mot qu'on emploie pour dire « technicien », « mécano » ou « réparateur ». Et « chef » signifie seulement que je décide qui répare quoi... comme les vélos, et le reste.

– Ah, soufflai-je. Enchanté.

– C'est pas un grand bavard, commenta Sharyn.

– Lâche-le, répondit Tara. C'est son premier jour ! Tu dois avoir la tête qui tourne dans tous les sens, Will...

Je hochai la tête.

– Moi, c'était il y a dix-huit mois. C'est un miracle si j'ai pu me retrouver au Refuge avant que les Macchabs me chopent. Et même comme ça, il m'a fallu, genre... une bonne semaine avant que le choc commence à s'atténuer !

– Je vois, bredouillai-je.

– Tu vas t'y habituer, m'encouragea joyeusement Sharyn.

Tara fit un signe de la main à un grand garçon blond :

– Hé, Alex, devine quoi ! Le fils de Karl Ritter nous a rejoints aujourd'hui.

Je parvins à esquisser un sourire.

– Aujourd'hui ? répéta Alex sur un ton sec. Et il est déjà ici ?

Sharyn se rembrunit :

– Ça veut dire quoi, ton « et il est déjà ici » ? Il est ici parce que Helen l'a amené ici.

– Ah ouais ? rétorqua Alex en la dévisageant. Et comment ça se fait ? C'est marrant, quand j'ai commencé à les voir, on m'a enfermé pendant deux semaines dans une blanchisserie abandonnée... et on m'a ordonné de m'entraîner.

– Will est un cas à part. C'est un peu, genre... une célébrité ! commenta Tara.

– Ou une Taupe, grogna Alex.

Quelque chose me dit que cette grande asperge venait de m'insulter, même si, étant donné les circonstances, j'étais incapable de trouver la force de m'énerver.

– Will n'est pas une Taupe ! le contra Sharyn. Il va passer par la base Alpha, mais Helen l'a conduit au Refuge parce que Tom lui a demandé de le faire. Et ce n'est pas un inconnu ! Ça fait pas des années qu'on le surveille, peut-être, à attendre ce qui s'est passé aujourd'hui ?

Alex renifla, pas impressionné pour deux sous. Il me toisa rapidement :

– Tout ce que je vois, c'est un rouquin maigrichon qui ne servira pas à grand-chose tant qu'il n'aura pas pris un peu de poids.

– Et tout ce que je vois, moi, c'est une pauvre tache qui me gonfle ! aboya Tara. D'ailleurs, en parlant de tache, si tu retournais graisser tes vélos ?

Alex lui décocha un sourire qui n'avait rien de sincère, avant de se tourner vers moi, et de lâcher, méprisant :

– À la prochaine, la vedette !

– Désolée pour Alex, intervint Tara, mal à l'aise, tandis que ce dernier s'éloignait. C'est un super mécanicien. Il est juste...

– Ce que Tara essaye de te dire, la coupa Sharyn, c'est qu'Alex Bobson est un crétin.

Honnêtement, Alex Bobson était le cadet de mes soucis.

– C'est quoi, la base Alpha ? demandai-je.

– On a tout le temps pour ça ! insista Sharyn. Allez, rouquin, on y va ! À bientôt, Tara !

Là-dessus, elle repartit sans même se retourner pour vérifier si je suivais. Alors que j'allais lui emboîter le pas, une main barbouillée de cambouis me toucha le bras.

– Écoute... au sujet d'Alex, murmura Tara. Il a plus morflé que la plupart d'entre nous. Ses parents sont morts quand les Macchabs ont essayé de le capturer. Il s'en est tiré de justesse et a erré dans les rues pendant, genre... trois mois avant qu'on le trouve. C'était il y a plus d'un an. Ça lui a un peu perturbé la tête...

– Je comprends, dis-je.

– Je sais que tu es secoué, Will. Dans mon ancienne vie, mon père était sergent à la retraite. Et sa devise était : « Sois courageux. » Quoi qu'il advienne, un peu de bravoure te permettra toujours de te tirer de toutes les situations. Alors, le conseil que je te donne – mais ce n'est que mon conseil –, c'est ça : sois courageux.

– J'essaye, répondis-je en haussant faiblement les épaules.

– Qu'est-ce que tu fiches, rouquin ? beugla Sharyn, à quelque distance de là.

– J'aimerais bien qu'elle arrête de m'appeler « rouquin », marmonnai-je.

Tara roula de grands yeux :

– Tu fais déjà une overdose de Sharyn ?

Je haussai encore les épaules, ce qu'elle prit pour un oui.

– Il faut un peu de temps pour s'y habituer, reprit Tara, mais, une fois que tu la connais, elle est juste... géniale ! Tom et Sharyn sont devenus orphelins très jeunes, et ils se sont retrouvés dans la rue bien avant de devenir Clairvoyants. Du coup, Sharyn ne comprend pas toujours très bien ce qu'on a laissé derrière, nous autres. Tom un peu mieux. Elle est cool, hein, me fais pas dire ce que j'ai pas dit. Mais Sharyn c'est, genre... Sharyn, quoi ! Bon, j'ai du boulot. Tu verras, ça va aller, Will. Promis !

– Bien sûr, dis-je, n'en croyant rien.

– Hé, Will ! m'appela de nouveau Sharyn. Tu rappliques ?

Tara sourit et s'éloigna, me laissant rattraper mon escorte à dreads au pas de course.

– Dis donc, tu fais du sport, toi ! commenta-t-elle en souriant.

– Hein ?

– Je viens de te regarder courir. Tu as la forme ! Tu t'entraînes ?

Je me souvins des trois coupes identiques posées sur une étagère de ma chambre. *Meilleur joueur de l'équipe de foot*.

– Pas vraiment.

– Ton père jouait au foot, non ?

– Oui, quand il était à l'université.

J'avais passé mon enfance à entendre les histoires de mon père à ce propos.

– Je ne l'ai jamais vu jouer, évidemment, dit la jeune fille, mais j'ai eu la chance de le voir courir plus d'une fois. Il tenait la forme ! Comme toi.

– Hmmm... merci.

Elle sourit une nouvelle fois.

– Sharyn ?

– Oui ?

– Quand est-ce que Tom va me parler de mon père ?

– Dès qu'il le pourra. C'est un peu l'homme de la maison. C'est lui qui gère cet endroit, du sol au plafond, et il est pas vraiment du genre à déborder de temps libre.

– Donc c'est, en quelque sorte, le boss des Fossoyeurs ?

– Le Chef avec un C majuscule, me corrigea-t-elle.

– Chef Jefferson ?

– Chef Tom. Mais appelle-le Tom tout court.

– Je voudrais savoir quel est le lien entre mon père et cet endroit, insistai-je.

Sharyn me regarda longuement, comme si elle débattait avec elle-même pour prendre une décision :

– Oui, je pense que c'est normal. On te doit bien ça.

8

TOM ET SHARYN

– Karl Ritter était un flic sympa avec les enfants fugueurs, comme Tom et moi, soupira Sharyn. Ton vieux était vraiment cool, Will. Pour un flic, je veux dire. Et, bien sûr, c'était le seul et unique adulte – en tout cas à notre connaissance – capable de les voir.

– Quoi ? m'écriai-je, si violemment que Sharyn tressaillit.

– J'ai dit un truc choquant ?

– Mon père pouvait voir les Macchabs ?

Elle hocha la tête.

Je me sentis comme emporté dans un tourbillon irréel. Ces deux dernières années, j'avais été un garçon sans père, et mes souvenirs de celui-ci avaient hanté pas mal de mes nuits sans sommeil. Et voilà que j'apprenais qu'il y avait tout un pan de sa vie qui m'était totalement inconnu ! Je me demandai si ma mère était au courant.

– Ça t'en bouche un coin, hein ? ajouta Sharyn. Désolée, je pensais que Helen te l'avait dit.

– Non. Mais ça va. Continue.

– Eh bien, enchaîna-t-elle en haussant les épaules, Tom et moi, on est jumeaux. Orphelins depuis l'âge de deux ans. On est passés de famille d'accueil en famille d'accueil. Il y en a eu tellement que je saurais pas dire combien. Bref, quand on a eu ton âge, on en avait assez. Donc, on a mis les voiles et on s'est retrouvés à vivre dans la rue.

» La rue, c'est pas facile, Will. Quand on a grandi dans une banlieue chic, comme toi, on peut pas se rendre compte. Chaque enfoiré qu'on rencontrait voulait tirer quelque chose de nous et, la plupart du temps, c'était loin d'être joli. Tom et moi, on a vite compris que, pour survivre, on ne pouvait compter que sur nous-mêmes. Pas sur les flics. Pas sur les éducateurs. Juste nous. Et faire ce qu'il y avait à faire. Tu piges ? Et ça, ça voulait dire, eh bien... enfreindre la loi.

» Au début, c'étaient seulement des petits trucs. On piquait dans les magasins. On tirait des sacs. Puis on a commencé à braquer des maisons dans les quartiers friqués. Des petites effractions. On pète une vitre, on prend, et on se casse ; tu vois le genre ? Mais plus ça allait, plus on savait y faire, et rapidement il n'y avait plus un délinquant qui nous arrivait à la cheville dans toute la ville ! Et quand je te dis qu'on était des boss, c'est vraiment qu'on l'était. Surtout Tom. Il planifiait tout dans les moindres détails. Les flics nous ont jamais cramés. Enfin, jusqu'à ce fameux soir…

Sharyn eut un sourire nostalgique et poursuivit :

– On était en train de s'occuper de cette chouette résidence aux murs de briques. BMW dans l'allée. Vue sur la rivière. La totale. On pouvait presque sentir le pognon de loin ! Bref, on arrive un soir où les proprios sont partis sur une île ou je sais pas trop où. On crochète la serrure. On neutralise l'alarme. Tranquille. Sauf que, lorsqu'on se tire par la porte de derrière avec notre butin, ton père est là et nous attend.

– Mon père ? Et qu'est-ce qu'il a fait ?

Elle gloussa :

– Disons qu'il nous a fait une offre qu'on pouvait pas refuser. Mais je devrais laisser Tom te raconter la suite. De toute façon, il raconte bien mieux les histoires que moi. Et puis, on est arrivés, on va pouvoir casser la croûte.

J'étais déçu et je faillis insister. Mais, à cet instant, je sentis l'odeur de la nourriture, et mon estomac se mit à gargouiller. Je n'avais pas mangé à midi et j'avais l'impression que mon toast datait de la préhistoire.

Nous étions dans une zone qui avait été transformée en cafétéria de fortune. On apercevait quelques vieux frigos, deux ou trois fours à micro-ondes, une plaque chauffante et même un distributeur de boissons. Des tables en métal étaient alignées contre les murs. Quelques jeunes étaient assis là, se partageant le contenu d'un sac de pop-corn passé au micro-ondes.

– Tu aimes les wraps ? me demanda Sharyn.

– Les quoi ? Ah oui, je crois que j'aime ça.

Elle hocha la tête, sortit deux wraps du congélateur le plus proche et les glissa dans un four. Pendant que ça chauffait, elle me présenta les Fossoyeurs attablés, et j'oubliai leurs noms dans la seconde qui suivit.

– Il y a combien de Fossoyeurs ? demandai-je.

– On arrive à environ cent vingt, en comptant les dernières recrues.

– Je ne suis pas une recrue.

– Comme tu veux.

– Et ils peuvent tous voir les Macchabs ?

– C'est la raison pour laquelle ils sont là.

– Mais... comment sont-ils arrivés ici ? Comment faites-vous ? Vous mettez des annonces dans les journaux ? *Vous aussi vous voyez des morts ? Venez donc rejoindre les Fossoyeurs !*

Sharyn éclata de rire :

– Non, mais l'idée est assez cool ! La plupart arrivent comme toi. Un jour, ils se mettent brusquement à les voir. Ça les fait flipper... et c'est ce qui met la puce à l'oreille des Macchabs. L'un de nous intervient, et on procède à l'opération de sauvetage.

– Mais comment savez-vous à l'avance que vous allez devoir intervenir ?

– On surveille les collèges.

– Tous ?

– Oui, on a au minimum un Infiltré par bahut pour repérer les Clairvoyants.

– Un Infiltré ?

– Un Fossoyeur qui se fait passer pour un élève normal.

– Comme Helen ?

Sharyn hocha la tête.

– Alors... aucun des Fossoyeurs ne peut rentrer chez lui ?

– Aucun.

Je déglutis, ravalant un gémissement de désespoir. Je ne voulais pas rester là ! Même si je leur étais très reconnaissant de m'avoir sauvé, il était hors de question que j'abandonne ma vie pour rejoindre ce... « gang » fut le seul mot qui me vint à l'esprit.

– Après, je vais te présenter à Steve-O, continua Sharyn.

– Steve-O ?

– Steve Moscova. Notre génie des gadgets. C'est lui qui les conçoit tous. Tu sais, comme Q dans *James Bond*. C'est un pur geek, mais on l'adore.

Le micro-ondes sonna. On s'assit pour manger, mais le wrap n'avait pas vraiment de goût. Bizarre. Même pas deux minutes avant, j'étais affamé.

– J'aime pas le nom, lâcha Sharyn, sans transition.

– Quel nom ?

– « Les Fossoyeurs ». C'est Tom qui l'a trouvé juste après la mort de ton père. Je comprends l'idée, bien sûr, le fait qu'on s'occupe des Cadavres et tout, mais je trouve pas ça très stylé.

Je haussai les épaules.

– J'aurais bien vu un truc plus cool, genre « les Kid Kommandos »... avec un K.

– Ça ne commence pas par un C, « commando » ?

– Ben si, mais c'est plus classe d'avoir les deux mêmes initiales. Ça fait une allitération. Ils t'ont rien appris à l'école ?

– Faut croire que non.

– Bref, en tout cas, ça serait super. Tu crois pas ?

– Si.

– T'as fini de manger ? continua-t-elle, ravie de ma réaction.

– Oui.

– Prends-en quelques-uns, suggéra-t-elle, désignant un bol rempli de bonbons multicolores posé au centre de la table.

– Qu'est-ce que c'est ? demandai-je en me servant.

– Des chocolats enrobés de sucre, répondit-elle. Fabrication maison ! Goûte ! C'est vachement meilleurs que des M&M's.

J'en goûtai un. C'était bon.

– Ils sont faits ici ?

– Oui, par les Mères.

– Les mères ? dis-je, relevant brusquement la tête.

– Pas des vraies mamans, me détrompa-t-elle. C'est juste comme ça qu'on appelle ceux qui s'occupent de la cuisine. En fait, c'est Nick qui prépare ces chocolats. Parfois, il met même des noisettes. C'est bon, hein ?

– Oui. Je peux en prendre un autre ?

– Autant que tu veux, rouquin ! Il n'y a pas de parents dans les parages. Pas de dentiste non plus, évidemment – ce qui pose problème de temps en temps. Mais bon, rien n'est parfait.

Je pris une poignée de bonbons, que je fourrai dans ma bouche. Sharyn éclata de rire :

– Je te proposerais bien de te remplir les poches, mais je l'ai déjà fait, et les bonbons fondent. Tu es prêt ?

Je hochai la tête, la bouche pleine de chocolat.

– Cool ! On y va !

9

LA SAUMURE

À l'angle sud-ouest de l'Entrepôt, une série de grandes tables avaient été disposées en carré. Dessus, on apercevait des ordinateurs, des becs Bunsen, des tubes à essai et quantité d'autres appareils de ce genre. Une demi-douzaine d'adolescents d'âges variés étaient occupés à diverses tâches, prenant des notes, examinant des fioles, bricolant des passe-partout ou tournant des cadrans.

Au centre de ce capharnaüm scientifique, un gamin maigre, aux cheveux raides et à grosses lunettes, passait de table en table, encourageant l'un, corrigeant l'autre.

– Yo, Steve-O ! l'interpella Sharyn. Je te présente Will Ritter, le fils de Karl. Il vient de nous rejoindre.

Je faillis rappeler à Sharyn que je n'avais rejoint personne. Les gamins autour des tables me regardèrent bizarrement.

– Karl qui ? demanda distraitement Steve.

Ses acolytes pouffèrent, et le visage de Sharyn s'assombrit.

– Qu'est-ce que tu racontes, « Karl qui ? » ! Karl Ritter !

– Ah oui. Salut.

Sharyn émit un grognement :

– Désolée, Will. Je te présente Steve Moscova.

Désignant l'ensemble des tables d'un geste ample, elle ajouta :

– Nous appelons ce nid « le Neurolab ». Le petit frère de Steve, Burton, était aussi sur un vélo aujourd'hui.

Je me souvenais de lui. Helen était montée sur son porte-bagages lors du sauvetage.

– Plus connus sous leur nom de scène : les Frères Moscova ! plaisanta Sharyn. Mais évidemment, tu peux voir que Steve n'est pas aussi... comment dire ?

– Sportif ? suggéra Steve. Ou disons plutôt qu'il a choisi entre muscles et cerveau...

– Steve est celui qui invente tous nos gadgets anti-Macchabs. Il fait des miracles !

– J'ai du travail, confirma Steve sur un ton indifférent. Heureux d'avoir fait ta connaissance, Bill.

– Will, rectifiai-je.

– Oui, pardon.

Énervé, je détournai les yeux et j'aperçus une série d'énormes pistolets à eau faisant penser à des armes de films de science-fiction. Il y en avait une bonne dizaine, accrochés au mur.

– Hé, ce sont des Méga-Blasters, n'est-ce pas ?

Steve hocha distraitement la tête.

– À quoi servent-ils ?

– À arroser les Cadavres, quelle question ! rétorqua-t-il avec une grimace. À quoi veux-tu qu'ils servent ?

Je me souvins brusquement du pistolet à eau d'Helen.

– Qu'est-ce qu'il y a dedans ?

– Absolument rien. Les réservoirs sont vides, pour le moment.

Je lui décochai un regard irrité :

– D'accord, mais supposons qu'ils soient chargés. Qu'y aurait-il dans le réservoir ?

– H_2O, répondit malicieusement Sharyn. De l'eau du robinet.

– L'eau est efficace contre les Macchabs ? m'étonnai-je.

– Et comment ! lança-t-elle.

Steve soupira :

– Sharyn t'embrouille. Elle aime volontiers raconter aux recrues que les Macchabs ressemblent à ces aliens stupides qu'on voit dans *Signes*[1]. Tu connais ce film, je suppose ? Mais la vérité, c'est que l'eau ne leur fait

1. *Signes* (titre original : *Signs*) est un film de science-fiction américain, réalisé par M. Night Shyamalan et sorti en 2002.

strictement rien. Nous utilisons une solution à base d'eau et de sel.

– De la saumure ? suggérai-je.

– Excellente réponse, rouquin ! s'exclama Sharyn, en me donnant une tape dans le dos. C'est Steve qui l'a découvert. Si tu asperges le bras ou la jambe d'un Macchab, ça l'engourdit. Si tu lui arroses le visage, il devient aveugle et commence à buter contre les murs !

Je me souvins de ce qui était arrivé à Laterre et à Titlebaum.

– Ça les tuerait si on leur envoyait une grosse dose ? demandai-je.

Les occupants du Neurolab devinrent tous silencieux.

– On ne sait pas comment tuer les Macchabs, Will..., souffla Sharyn, la mine renfrognée. Du moins, pas encore. La saumure les ralentit, mais ça n'a rien de permanent.

– Il leur suffit de quelques minutes pour redevenir comme avant, ajouta Steve.

Mon regard passa de l'un à l'autre.

– Mais, Sharyn... sur Market Street, tu as coupé les bras de l'un d'eux avec le sabre accroché dans ton dos.

– Vador, précisa-t-elle en touchant la poignée de l'arme.

– Ah, d'accord... N'empêche que ça, ça fait des dégâts, non ? Ne me dis pas que leurs bras repoussent !

– Ils ne repoussent pas, confirma Steve. Mais le Macchab touché n'aura qu'à se transférer.

– Se transférer ?

– Toi, tu n'es pas passé par la base Alpha, devina-t-il.

Sharyn et moi fîmes un « non » de concert, même si je ne savais toujours pas ce qu'était cette base Alpha.

Steve hocha la tête :

– Bon, alors, je vais te faire la version courte. Les Macchabs ne sont pas des êtres humains morts. Ce sont des envahisseurs qui prennent possession de cadavres. Plus les corps sont frais, mieux c'est. Ce sont comme des véhicules pour eux, leur permettant de se déplacer. Ils les gardent pendant un certain temps, jusqu'à ce qu'ils soient trop décomposés, et qu'il leur soit nécessaire de se transférer. Le corps dont tu viens de parler, celui qui a eu les bras coupés, est devenu inutilisable pour le Macchab, qui va donc se transférer.

– Il l'a sans doute déjà fait, intervint Sharyn.

– Oh, fis-je. Et le corps dans lequel il était... ? Enfin... pourquoi les gens n'ont-ils pas vu les bras que Sharyn avait coupés ?

– Les Macchabs sont capables de bloquer la vision des gens, expliqua Steve. Mais tu en sauras plus là-dessus lors de ton stage à la base Alpha.

– Tu veux dire que ça fait partie de leur Masque ? Helen m'en a parlé. Elle m'a même montré comment repérer un Masque de Macchab en regardant d'une certaine façon.

Steve acquiesça :

– Même technique que pour voir un autostéréogramme. Tu apprendras ça à la base Alpha.

– Oui, ajouta Sharyn. Mais c'est bien que tu le saches déjà. Ça va accélérer les choses pour toi.

« Génial », songeai-je amèrement.

– J'avais donné à ton père un autostéréogramme que j'avais conçu et imprimé, poursuivit Steve. C'était il y a pas mal de temps, quand nous commencions tout juste à comprendre les Macchabs. Ton père était, à notre connaissance, le seul adulte capable de les voir, mais, au début, il avait du mal avec les Masques. Je m'étais dit qu'un peu d'entraînement pourrait aider. Et puis, il...

Sa voix s'effilocha, ses yeux se perdirent dans le vague. Lorsqu'il fut de nouveau concentré, il se rendit compte que Sharyn et moi le dévisagions.

– Désolé, marmonna-t-il.

– Pas grave, dit Sharyn. Hé, rouquin, t'inquiète pas pour ça. Allez, viens, je vais te montrer les chambres.

Je les regardai l'un et l'autre, mal à l'aise, tandis que les questions se bousculaient dans mon esprit. D'où venaient ces envahisseurs ? Comment mon père les avait-il découverts ? Pourquoi était-il le seul adulte capable de les voir ?

Et pourquoi n'étais-je au courant de rien avant ce matin ?

C'était la question qui me faisait le plus mal.

Soudain, je n'eus plus envie de la poser. Je n'avais en fait plus envie de poser la moindre question. Je me tournai pour suivre Sharyn.

– Attendez une seconde, nous arrêta Steve. Aidez-moi à tester quelque chose avant de partir.

Sharyn poussa un nouveau grognement :

– La dernière fois que tu m'as embauchée comme cobaye, ma peau est restée verte une semaine entière !

– Ce n'est pas pareil. Je travaille sur une nouvelle façon d'arroser les Macchabs. Tom pense que les pistolets à eau sont trop visibles et que ça aide à repérer les Infiltrés. Mais ce n'était pas à toi que je pensais. Mon prototype est conçu pour quelqu'un de plus... petit. Bill, ici présent, fera l'affaire.

– Will, rectifiai-je, agacé.

– Oui. Désolé. Viens par ici.

Je jetai un coup d'œil à Sharyn, qui haussa les épaules. Puis, me sentant vaguement inquiet, je passai derrière une des tables et entrai dans l'enceinte du Neurolab. Steve me toisa de la tête aux pieds :

– On fait à peu près la même taille. Quel âge as-tu ?

– Douze ans. Et toi ?

– Mon âge n'a aucune espèce d'importance.

– Il a quinze ans, intervint Sharyn.

– Ôte ta chemise, indiqua Steve.

– Quoi ?

– Ôte ta chemise.

– Pour quoi faire ?

– Tu as envie de m'aider ou pas ?

En vérité, je n'en avais pas particulièrement envie. Je ne m'intéressais pas vraiment aux pistolets à eau non plus, à ce moment-là. Je voulais juste rentrer chez moi.

– Je vais t'aider, cédai-je malgré tout.

– Alors, ôte ta chemise.

– Je peux, euh... garder mon pantalon ?

– Évidemment que tu peux garder ton pantalon !

Je fis passer mon tee-shirt par-dessus ma tête et je le jetai à Sharyn, qui le renifla :

– Beurk ! On va te trouver des vêtements propres !

Je faillis lui signaler que j'en avais un placard entier à la maison, mais je me retins. Steve prit une boîte et en sortit un réservoir rectangulaire muni de deux tubes souples qui partaient de chaque extrémité. Il le fixa au creux de mon dos à l'aide d'un élastique. Il était rempli d'eau et froid. Steve fixa ensuite les tuyaux sous mes bras et mes avant-bras avec des bandes Velcro. Chacun d'eux se terminait dans mes paumes sur une petite poire. Le tout était en plastique.

– Bien. Maintenant, rhabille-toi.

Je m'exécutai. À l'exception des petites poires, tout le système était à présent invisible.

– À quoi ça sert ? demandai-je.

– Le réservoir dans ton dos est rempli de saumure. Les poires pompent l'eau et la propulsent à grande vitesse. Essaye donc sur la cible d'entraînement…

Il désigna du doigt un mannequin posé devant un mur de béton.

– Quelle contenance ? se renseigna Sharyn.

– Environ un demi-litre. Mais on peut solidariser jusqu'à quatre réservoirs. Ce qui ferait dans les deux litres de munitions.

– C'est beaucoup, remarqua Sharyn.

Steve hocha la tête :

– De toute façon, le poids est toujours un problème, hein ? Impossible de rendre l'eau plus légère ! Vas-y, Bill, essaye.

Je soupirai et tendis le bras vers la cible. Je recourbai l'index et le majeur, et pressai la poire.

Une giclée jaillit du tube pour s'écraser sur le visage du mannequin.

– Joli ! s'exclama Sharyn. Essaye l'autre !

Impressionné, j'essayai avec l'autre main. Encore dans le mille ! J'éclatai de rire malgré moi.

– J'ai l'impression d'être Spider-Man !

– Vas-y avec les deux mains ! lança Sharyn en gloussant.

– Non ! Attends ! intervint Steve.

Trop tard. J'avais levé les bras et appuyé sur les deux poires en même temps. Le réservoir en plastique collé sur mon dos explosa, inondant le bas de mon tee-shirt et le haut de mon pantalon. Je poussai un juron tandis que l'eau coulait sur mes sous-vêtements.

Sharyn pouffa.

– Tu ne peux pas appuyer sur les deux à la fois ! se lamenta Steve. Si tu veux que l'eau sorte d'un côté, il faut que l'autre soit libre pour faire entrer de l'air. Sinon ça crée trop de pression et le réservoir se fissure. Argh ! Regarde-moi ça ! Ne bouge pas, Bill, laisse-moi l'enlever...

Je fis volte-face, détrempé, et soudain très en colère.

– Mon nom est Will ! lui hurlai-je au visage. Pas Bill ! Will !

Steve pâlit et recula d'un pas. Derrière lui, dans le Neurolab, les autres s'interrompirent dans leurs tâches respectives.

– Oui, bien sûr, marmonna-t-il. Désolé.

Soudain, Sharyn était entre nous :

– Allez, les gars, du calme ! Hé, Will, laisse Steve t'enlever ce truc, et ensuite on va aller te sécher et te trouver des fringues. Steve-O, arrange-toi pour te rappeler son nom, OK ?

Et tout ça était sorti de la bouche d'une fille qui ne cessait de m'appeler « rouquin »...

– D’accord, bredouilla le garçon à lunettes. Will. C’est noté.

– Bien, murmurai-je, me sentant fatigué, embarrassé, et surpris de moi-même, n’ayant pas l’habitude de passer mes nerfs sur les gens de cette façon.

Il était clair que les choses changeaient… et moi avec.

Alors, d’un coup, je compris que je ne pouvais pas rester dans cet endroit.

10

ÉVASION

Une heure plus tard, j'étais assis sur un lit de camp, habillé de vêtements qui n'étaient pas à moi, et j'avais le moral dans les chaussettes.

Le Refuge comportait deux dortoirs, un pour les garçons, un pour les filles. Les deux étaient en fait des sections de l'Entrepôt que l'on avait cloisonnées au moyen de planches de contreplaqué. Chaque Fossoyeur avait sa couchette attitrée, même si celle qu'on m'avait donnée ne serait que temporaire. Apparemment, j'allais passer une nuit ici, puis je me rendrais à la base Alpha le lendemain matin, quoi que puisse être cette fameuse base.

Passer une nuit ici... avec les Fossoyeurs.

À présent, ma mère avait dû apprendre une partie des événements qui s'étaient déroulés au collège. Elle devait être morte d'inquiétude. Elle était sans doute à la maison, à passer des coups de fil à tous les anciens collègues de mon père, leur demandant de l'aider à retrouver son fils disparu. Et moi, j'étais là, dans cette planque introuvable, au sous-sol d'un bâtiment condamné, avec une bande d'adolescents fugueurs qui semblaient bien résolus à ce que je fasse partie de leur groupe.

Combien de ces flics que ma mère appelait à son secours étaient en fait des Macchabs ?

Il fallait que je rentre chez moi !

Venir ici – plus exactement, *me laisser entraîner ici* – avait été une terrible erreur. C'était devenu très clair à mes yeux.

« Oublie ce que Helen t'a raconté au sujet de maman et d'Emily qui se retrouveraient en danger. C'est ta mère ! Elle saura quoi faire ! »

Maman savait toujours quoi faire.

Je levai la tête. Il y avait deux autres garçons dans la chambre, jouant aux cartes et riant comme s'ils étaient bons amis. Je ne voulais pas me faire d'amis dans ce bâtiment ! Je ne voulais pas voir de Macchabs. Et je voulais encore moins devenir un de ces Fossoyeurs.

Je me redressai, mon cœur battant dans ma poitrine. Les deux garçons ne semblaient pas me prêter la moindre attention. Lentement, craignant de me faire héler, voire attraper, je sortis du dortoir.

La grande salle était aussi agitée que précédemment. Sur ma gauche, je remarquai une piste de skateboard d'intérieur, dotée d'un quarter pipe. L'endroit était vraiment un paradis pour les enfants. Bonbons à volonté. Beaux vélos. Snacks. Skates. Pas de parents. J'étais prêt à parier qu'il y avait une arcade de jeux vidéo dans les parages.

J'eus comme la nausée.

Il y avait des Fossoyeurs partout. Je passai devant, à côté ou au milieu d'eux, et personne ne m'appela. Personne ne me demanda ce que je fabriquais. Personne ne fit attention à moi, pas même quand je contournai l'endroit où ils garaient les Stingrays et franchis le rideau de plastique qui masquait l'entrée.

Tellement simple.

J'allais trouver une cabine téléphonique et appeler la maison. Ma mère viendrait me chercher. Elle croirait ce que je lui raconterais au sujet des Macchabs. Elle réglerait tous les problèmes.

Une fois dépassé le rideau, je remontai le tunnel en spirale. Je dus escalader la paroi de béton pour me retrouver à l'endroit exact où le gang à vélos avait sauté au moment de notre arrivée. Et je m'élançai. C'était long et ça ne faisait que grimper, mais je m'en moquais. Je courus jusqu'à ce que mes poumons me brûlent et que je commence à voir flou, mais, même ainsi, je ne ralentis pas l'allure une seule seconde. Enfin, je sortis en titubant sur Green Street, accueilli par le soleil de la fin d'après-midi, clignant des yeux et ruisselant de sueur. Je détalai immédiatement vers la rue la plus proche.

Il y avait des gens dans les parages, mais, par bonheur, pas un seul Macchab. C'était comme si j'étais invisible. La sensation était agréable. Je me sentais presque protégé. Il me fallut du temps avant de trouver une cabine. Le voisinage n'était pas du genre bien fréquenté. Finalement, à moitié épuisé, je me retrouvai dans une laverie automatique, où, sur un mur, j'aperçus un téléphone à pièces. Je soupirai de cette bonne fortune et décrochai le combiné. Je pouvais compter sur les doigts d'une main les fois où je m'étais servi de ce genre d'objet ! Tout le monde a un portable, maintenant. Si le mien n'était pas resté dans mon sac à dos dans la classe de feu Mlle Laterre, je n'aurais pas eu besoin de venir ici !

Du coup, je me demandai si ce téléphone-là marchait encore...

Oui ! Il y avait de la tonalité. Je fouillai au fond de mes poches en quête d'un peu de monnaie. Peine perdue. En composant le zéro, je tombai finalement sur une opératrice qui me proposa de passer un appel payé par la personne qui recevrait la communication. J'acceptai, donnai mon nom et le numéro de la maison.

– Ne quittez pas...

Une pause, puis une série de clics. Pas de sonnerie… Juste une attente sans aucun bruit, qui manqua de me rendre fou. Et soudain…

– Will ?

– Maman ? dis-je, manquant de suffoquer et fermant les yeux.

– Will ? Chéri ? C'est toi ? demanda-t-elle, soulagée et terrifiée à la fois. Où es-tu ? Que s'est-il passé ? Es-tu… ?

J'ouvris les yeux, essuyant les larmes qui les remplissaient… et me pétrifiai.

Un Macchab se tenait face à moi.

Je venais de changer de pantalon, et j'eus une telle trouille que je faillis bien devoir en changer une nouvelle fois. Elle était sacrément mûre, celle-là ! Grande et maigre, avec une peau grise et huileuse qui pendouillait de son corps. Ses cheveux tombaient en touffes sombres de son crâne, et ses deux pupilles laiteuses étaient rivées sur moi.

Je laissai échapper le combiné. J'entendais maman qui criait mon nom.

Le Cadavre sourit et ouvrit la bouche :

– William Ritter, je présume ?

Nous étions seuls dans la laverie. Je m'étais rué sur le téléphone si vite que je n'avais même pas pris la peine de vérifier si l'endroit était dégagé. Autour de nous, de gros séchoirs faisaient un boucan du diable.

J'essayai de courir, mais la morte était trop rapide… vraiment trop rapide. Elle me frappa au torse, et je basculai en arrière contre le mur, renversant une poubelle dans ma chute. Avant que je puisse me relever, elle s'approcha de nouveau, me bloquant le passage. Elle me saisit à la gorge d'une main qui empestait l'œuf pourri.

Ses doigts se refermèrent, et je me mis à gargouiller. Quelques secondes plus tard, je sentis mes pieds décoller du sol. J'étais suspendu dans les airs, les yeux exorbités, me débattant aussi vainement qu'un poisson au bout d'un hameçon.

Le visage de la morte se fendit d'un sourire plus hideux encore.

– Ne t'inquiète pas, petit, siffla-t-elle. Je ne vais pas te tuer.

Puis, comme je commençais à voir flou, je louchai involontairement et j'aperçus brièvement le Masque du tas de barbaque moisie qui me tenait par la gorge.

Des cheveux gris et ondulés. Le visage ridé. Une expression pleine de douceur. Le monstre qui m'étranglait se faisait passer pour une gentille petite vieille !

Les ténèbres m'engloutissaient peu à peu.

– Nous avons des plans en ce qui te concerne, William Ritter, chuchota Vieille-Dame-Putréfiée.

Et soudain, sa tête bascula de ses épaules !

Un instant elle était là, grimaçant avec ses lèvres noircies et ses chicots jaunis. La seconde d'après, elle arborait un air surpris tandis que sa tête volait dans les airs, formant comme un arc argenté. Il n'y avait pas beaucoup de sang. Après tout, son cœur ne battait plus depuis longtemps ; ses artères avaient dû s'assécher.

L'espace d'un horrible moment, la main qui serrait ma gorge continua à m'étouffer. Puis la prise se relâcha. La mamie s'effondra sur le sol carrelé. Mes baskets retombèrent par terre, et moi avec. Le monde semblait tanguer tout autour de moi. Il me fallut m'appuyer au mur pour me ressaisir et recouvrer mon équilibre. Ma vision s'éclaircit peu à peu.

Sharyn fit tournoyer sa lame d'un geste souple et la glissa dans le fourreau accroché à son dos.

– On était parti en balade, rouquin ? demanda-t-elle avec un grand sourire.

Je ne sus pas quoi répondre. Elle haussa les épaules :

– Toujours pas du genre causeur, hein ? Pas grave. Je t'ai vu te barrer du Refuge, et je me suis dit qu'il valait mieux que je te lâche pas. C'est pas un quartier bien fréquenté, tu sais...

Je regardai le combiné du téléphone qui pendait au bout du fil. Avant que je puisse l'atteindre, Sharyn raccrocha sans prononcer un mot. Pendant tout le temps qui s'était écoulé, j'avais entendu ma mère répéter mon nom. Non : le hurler.

Ma gorge, déjà bien douloureuse à cause du Macchab, se noua pour une autre raison.

– Je veux rentrer chez moi, murmurai-je.

Sharyn hocha la tête, sans cesser de sourire.

– Pourquoi t'en discutes pas avec Tom ? me conseilla-t-elle, avant de jeter un coup d'œil dans la laverie. Allons-y. Même les Macchabs font la lessive, apparemment... Et, vu le nombre de machines qui tournent, je doute que la mamie était seule ici. Quelqu'un d'autre va pas tarder à se pointer.

– Ils vont trouver le corps ?

– Non, sauf si c'est ce qu'elle veut.

– Je ne comprends pas... Tu as dit qu'on ne pouvait pas tuer les Macchabs.

– On peut pas. Et je l'ai pas tuée. Elle est toujours là-dedans. Seulement, on n'a pas le temps de parler de ça maintenant. Viens.

Sharyn me prit par le bras et m'entraîna à sa suite, gentiment mais fermement. On retourna au Refuge en marchant l'un à côté de l'autre, elle fredonnant un air que je ne connaissais pas, et moi la tête basse.

– Je vais avoir des problèmes ? demandai-je enfin.

– Pour quelle raison ?

– Parce que j'ai essayé de rentrer chez moi.

– Will, répondit-elle, si on devait punir chaque recrue qui essaye de mettre les voiles, on y passerait tout notre temps. T'en fais pas.

Puis, me regardant de côté, elle déclara :

– Dis donc, tu m'as posé aucune question au sujet de Vador.

– De qui ?

– De mon sabre. Ça te rend pas curieux ?

À cet instant précis, j'étais à la fois intrigué et complètement indifférent. Mais mieux valait parler de son arme que songer à ma mère et à ce qu'elle devait endurer en ce moment.

– C'est un katana, c'est ça ?

– Perdu. C'est un wakizashi. C'est un mot japonais qui signifie « arme de poing ». C'est plus petit qu'un katana… plus facile à cacher sous un blouson ou un pull.

– Pourquoi tu t'en sers ?

– Parce que j'aime pas les armes qui giclent, expliqua-t-elle. En plus, lorsque les Macchabs se prennent un jet d'eau, ils n'ont qu'à se secouer pour repartir. Mais si tu les tranches en rondelles, ils n'ont plus d'autre choix que de se transférer. Ça les met hors de combat un peu plus longtemps.

– Dans ce cas, pourquoi tout le monde n'a pas une épée, dans le groupe ?

Son sourire s'élargit.

– T'imagines une centaine de gamins qui se baladent tous avec une épée ?

Je fus bien forcé d'admettre que non, je ne l'imaginais pas.

– Je suis un cas à part, ajouta-t-elle.

Je n'allais certainement pas la contredire sur ce point.

– Où tu l'as trouvée ?

Je m'attendais à ce qu'elle l'ait volée, peut-être du temps où son frère et elle cambriolaient des maisons pour survivre, mais la réponse fut plus surprenante.

– C'est ton vieux qui me l'a donnée.

Mon père lui avait donné une épée ?

Encore un douloureux mystère. Encore quelque chose que je ne désirais pas trop explorer.

Je redevins silencieux. Elle respecta mon silence, et l'on rentra ainsi.

Lorsqu'on arriva au Refuge, repassant par le tunnel en spirale et le faux mur de briques, tout était plus ou moins comme je l'avais laissé. Si mon évasion avait fait sensation, rien ne le laissait paraître. Du moins, jusqu'à ce que Sharyn me ramène dans le dortoir des garçons.

Helen m'y attendait.

Les deux filles se regardèrent, et il se passa quelque chose entre elles. Sharyn me donna une petite tape sur l'épaule.

– Bonne chance ! chuchota-t-elle avant de partir.

Les joueurs de cartes étaient toujours là, nous ignorant complètement. Ils étaient les seules autres personnes présentes dans la pièce. Helen se tenait debout à côté de ma couchette, les mains sur les hanches. Elle braqua ses yeux sur les miens avec presque autant de férocité que l'avait fait le Macchab de la laverie.

Puis elle s'avança vers moi et m'asséna un grand coup de poing dans le ventre.

11

LA VÉRITÉ EN FACE

Je me pliai en deux, le souffle coupé ; j'avais l'impression que tout le sang avait reflué de mon visage.

– Tu sais ce que tu as failli faire ? s'exclama Helen.

J'ouvris la bouche pour aspirer une grande goulée d'air. Elle n'y était pas allée de main morte, mais quelque chose me dit qu'elle aurait pu frapper encore plus fort. Du coup, j'estimai que rester silencieux valait peut-être mieux qu'essayer de me défendre. De toute façon, elle ne semblait pas vraiment avoir besoin de ma moitié de conversation.

– Les Macchabs te cherchent, crétin ! s'écria-t-elle en agitant les mains en l'air. Ils sont dehors. En ce moment même. Ils sont des centaines ! Peut-être même des milliers ! Et ils savent tous à quoi tu ressembles ! Tu en as trouvé combien sur ton chemin ? Hein ? Combien ?

– Un seul, répondis-je enfin, retrouvant difficilement ma voix.

– Où ?

– À la... laverie.

Helen laissa échapper un soupir :

– Tu es allé aussi loin que ça ? Bon. Au moins, ils ne t'ont pas trouvé trop près d'ici.

Elle traîna les pieds en direction de ma couchette. Je me redressai en poussant un grognement. Elle se remit à parler, mais il y avait moins de colère dans son ton, à présent :

– Will, si les Cadavres t'avaient capturé, ils t'auraient contraint à les conduire jusqu'ici. Tu ne te rends pas compte ? Si jamais les Macchabs apprennent où nous sommes...

Sa voix se brisa, et il lui fallut pas mal de temps avant de conclure :

– Je suis désolée de t'avoir frappé.

– Moi aussi, répondis-je.

Ses lèvres s'incurvèrent légèrement. Elle avait un joli sourire, d'habitude, mais là, ni elle ni son sourire ne m'intéressaient.

– Je crois que... j'ai un peu oublié quel effet ça fait, le premier jour, murmura-t-elle. Ça va ?

– Ouais.

Elle eut un rire un peu étrange :

– Sinon… il paraît que tu t'es bien amusé avec Steve tout à l'heure. Je te file un tuyau : ne teste aucun de ses gadgets, sauf si tu as vu trois personnes le faire avant toi.

Puis, comme je restais silencieux, son visage se crispa.

– J'ai dit que j'étais désolée.

– Je sais.

– Parle-moi, s'il te plaît.

– Je veux rentrer chez moi, Helen.

– Je comprends ce que tu ressens.

– Non, je t'assure.

– Mais si, Will. Qu'est-ce que tu crois ? Que je suis née ici ?

Elle s'approcha, me prit par le bras et eut l'air dépitée quand je me mis à trembler. Elle m'escorta jusqu'à mon lit, me fit asseoir et s'installa à côté de moi. Puis, calmement, elle me raconta :

– J'ai grandi à Allentown. C'est à environ une heure de route, au nord-ouest d'ici. Tu en as déjà entendu parler ?

Je pris une profonde inspiration, les mains plaquées sur mon ventre :

– C'est la ville où il y a un grand parc d'attractions ?

– On y allait souvent quand j'étais petite, acquiesça-t-elle.

– Comment as-tu atterri ici ? demandai-je.

– Un matin, je me suis réveillée et j'ai commencé à voir des gens morts. Pas beaucoup… juste quelques-uns, çà et là. Ça m'a fichu une trouille monstre ! J'en ai parlé à mon père et à ma mère. Ils ont cru que je devenais cinglée. Ils m'ont fait passer plein de tests et ont commencé à me bourrer de médicaments. C'est ce qui se passe pour beaucoup d'entre nous. Mais, évidemment, ça n'a rien changé. Les Cadavres étaient toujours là.

» Mes parents m'ont donc fait interner chez les fous – ils appelaient ça "un hôpital". Les docteurs ne cessaient de me faire des piqûres et me posaient des questions au sujet de mes rêves. Je suis restée là-bas pendant un mois, jusqu'à ce qu'arrive une nouvelle infirmière : Mme Greer. Problème : Mme Greer n'était pas en vie. Tu vois où je veux en venir ?

Je hochai la tête.

– J'ai découvert plus tard que les Macchabs infiltrent les asiles pour enfants. Ils cherchent les Clairvoyants, ceux qu'on enferme parce qu'ils prétendent voir des cadavres animés.

– Que se passe-t-il quand les Macchabs en trouvent un ?

Helen grimaça et passa un doigt en travers de sa gorge, d'une oreille à l'autre. Je déglutis avec peine. Je n'arrivais pas à y croire.

– Une nuit, après l'extinction des feux, Mme Greer est venue me trouver, prête à me mettre un oreiller sur le visage et expliquer ensuite que ma mort était un accident ou un truc de ce genre… Et là, d'un coup, un garçon et une fille habillés comme des aides soignants ont surgi de derrière la porte. Le garçon a arrosé Mme Greer avec son pistolet à eau, et la fille a profité de la confusion pour lui trancher la tête d'un coup d'épée ! Je n'avais jamais vu quelqu'un bouger aussi vite ! Alors, le garçon m'a dit : « Helen, tu n'es pas folle. Et si tu ne veux pas mourir, viens tout de suite avec nous. »

– Tom et Sharyn ?

– Oui. À cette époque, ils s'occupaient encore tous les deux du sauvetage des Clairvoyants. Tu vois, les Fossoyeurs surveillent les hôpitaux exactement pour les mêmes raisons que les Macchabs. Bien sûr, on est trop jeunes pour s'y faire embaucher, mais on pirate les fichiers pour avoir accès aux dossiers des patients. Bref. Ils m'ont conduite ici. C'était il y a presque deux ans, pas très longtemps après que ton père…

Elle ne termina pas sa phrase.

Je déglutis encore et me mis à compter pour penser à autre chose.

– Alors… quel âge avais-tu quand tu as commencé à voir les Cadavres ? Dix ans ?

– Onze. J'ai treize ans, Will.

– Oh, dis-je, surpris, ayant toujours présumé qu'elle avait le même âge que moi. Tes parents ne te manquent pas ?

– Bien sûr que si. Tous les jours.

– Dans ce cas, pourquoi tu ne rentres pas chez toi ?

– Parce que je les aime et que je ne veux pas qu'il leur arrive malheur. Ce ne serait pas la première fois que les Macchabs massacreraient une famille entière, s'ils pensent que leur secret est menacé. De plus, j'ai beau savoir à quel point ils m'aiment, il n'y a rien – absolument rien – que je puisse dire qui les convaincrait. Les adultes ne croient jamais leurs enfants quand ils parlent des Cadavres. Ce n'est jamais arrivé, et ce n'est pas près d'arriver. Les Macchabs le savent et ils comptent dessus.

– Je suis prêt à parier que ma mère me croirait, insistai-je.

– Je suis sûre que non.

Ce fut à mon tour de m'énerver. Je bondis sur mes pieds.

– Écoute ! aboyai-je, regardant d'un air mauvais cette fille qui venait de me sauver la vie. Ce n'est pas parce que ta mère ne t'a pas crue que la mienne ferait pareil ! Elle est plus futée que ça ! Je suis certain qu'elle me croirait !

L'expression d'Helen se durcit. Elle se leva et se planta face à moi :

– J'aimerais qu'on puisse te laisser partir ! J'aimerais que tu rentres chez toi en courant, retrouver ta mère et lui demander son aide ! Juste pour voir ce qui se passerait ensuite ! Voir si tu ne finis pas à l'asile, dans une chambre toute blanche et sanglé de partout, pour le restant de tes jours – dans le meilleur des cas !

– Ma mère ne me ferait jamais ça ! hurlai-je, les larmes me piquant les yeux.

– Mais si, voyons ! C'est une grande personne, et comme les autres elle t'assurerait qu'elle t'aime et que c'est pour ton bien. Tu pourrais hurler et te débattre autant que tu veux, mais ils t'attacheraient quand même à un lit en te conseillant de te détendre et de te reposer… et l'histoire s'arrêterait là !

Helen claqua des doigts devant mon visage, puis s'approcha de moi, le nez à quelques centimètres du mien :

– Tu ne penses pas que nous aimerions tous rentrer chez nous ? Tu ne penses pas que les dizaines de Fossoyeurs qui passent leur temps à surveiller les collèges et dorment dans des égouts préféreraient être au chaud à la maison ? Tu ne penses pas que les jeunes qui voient des Macchabs et qu'on retrouve morts peu après l'espéraient, eux aussi, plus que tout ?

» Tu veux t'apitoyer sur ton sort ? Parfait ! Ne te gêne pas ! Mais ne t'avise pas – mais alors, pas une seconde – de prétendre que ta mère te croirait alors que la mienne ne m'a pas crue !

Pendant un long moment, on resta là, tous les deux, à se dévisager. Je m'attendais un peu à ce qu'elle me frappe une nouvelle fois, et je me demandai comment je réagirais si elle le faisait. Mon père m'avait toujours répété qu'on ne frappait pas les filles… ni personne d'autre, d'ailleurs.

Ceci dit, mon père parlait beaucoup, pourtant un simple coup d'œil ici prouvait qu'il avait aussi tu beaucoup de choses, et qu'il n'était pas celui que je croyais.

– Tu ne devrais pas être là, déclara enfin Helen.

– Je sais.

– Tu aurais dû commencer par la base Alpha. J'ignore pourquoi Tom voulait que je t'amène directement au Refuge.

Elle s'interrompit quelques secondes, comme pour réfléchir, et reprit :

– Si, en fait, je le sais. Il a pensé que tu serais différent. Tu es le fils de Karl Ritter ; il a dû en déduire que tu valais mieux qu'un collégien de base.

– Ce n'est pas le cas, marmonnai-je.

– Non, en effet, murmura-t-elle, en me jetant un regard plein de pitié qui était pire que sa colère ou son coup de poing. Une dernière chose : si tu t'amuses encore à mettre nos vies en danger, je te tuerai moi-même !

Avant que je puisse répondre, elle partit de la pièce en courant. Et, à ma grande surprise, je l'entendis pleurer.

– Beau boulot, rouquin ! se moqua l'un des joueurs de cartes.

– Oui, bien joué ! ajouta l'autre.

– Ça suffit, dit une troisième personne, qui calma tout de suite les deux premières.

Je regardai vers la porte d'entrée.

Helen était partie. Tom avait pris sa place. Il me pointa du doigt :

– Viens avec moi.

12

LE SANCTUAIRE

– À ce qu'il paraît, tu as essayé de nous fausser compagnie ? commença Tom, tandis que nous avancions côte à côte.

Je grimaçai, mais je ne voyais pas l'utilité de nier :

– On peut dire ça...

– Eh bien, je ne t'en veux pas.

– Non ?

– Après la journée que tu viens de subir ? Non...

– Je veux rentrer chez moi, Tom.

– On va en discuter. Mais laisse-moi d'abord te faire visiter les lieux un peu plus en profondeur, OK ? Tu verras qu'on est une sacrée organisation...

Je haussai les épaules, déçu :

– OK.

Tom sourit, comme si ma réponse avait sonné nettement plus enthousiaste qu'elle l'était en réalité. Puis, d'un geste englobant l'activité bourdonnante de l'Entrepôt, il continua :

– Tu sais ce que font tous ces jeunes ?

Je secouai la tête.

– Tu vois ces deux-là ? Ils sont en train de découper du bois de construction. Nous essayons de diviser cet endroit en sections plus petites, pour aménager des espaces privés. Les autres là-bas travaillent sur le câblage. On a déjà des tas d'appareils électroniques, mais on ne cesse d'en rajouter. Et du coup, les plombs sautent régulièrement. Ces gars, que tu aperçois là, on les appelle « les Hackers » et « les Chatters ». Les Hackers gèrent tout ce qui a trait à l'informatique, et ça va de la maintenance de base jusqu'à casser les codes des systèmes de sécurité. Les Chatters, eux, ce sont nos pros de la communication. Ils nous gardent en liaison permanente avec les Fossoyeurs en mission au-dehors.

– Et tous les Fossoyeurs sont des adolescents ? demandai-je.

Tom hocha la tête.

– Parce que ce sont les seuls à pouvoir voir les Macchabs ?

– Disons que c'est la principale qualité requise pour être admis chez nous.

– Mais mon père pouvait les voir.

– Oui. C’était le seul adulte dans ce cas. On ne sait pas pourquoi. Les règles sont assez mystérieuses, même s’il semble que ça ait un rapport avec les liens du sang. Si l’un des enfants d’une famille est Clairvoyant, il y a de bonnes chances pour que les autres le deviennent tôt ou tard. Steve pense que c’est une affaire de gènes.

J’avais appris quelques notions au sujet de l’hérédité en cours de biologie.

– Donc, tu penses que j’ai hérité mon don de Clairvoyance de mon père ?

– C’est une hypothèse.

– Alors, comment se fait-il que je ne sois devenu Clairvoyant qu’aujourd’hui ?

– Les filles commencent à voir les Macchabs vers l’âge de onze ans, expliqua Tom. Les garçons, vers douze ans. Ça a peut-être quelque chose à voir avec le début de la puberté. Personne n’en est vraiment sûr, pour l’instant. Mais on y travaille. Le seul véritable souci, c’est que les Cadavres planchent aussi sur la question.

– Comment ça ?

– Tu crois que c’est une coïncidence si tu es tombé sur autant de Macchabs, ce matin ? Si la morte de la laverie est arrivée pile au moment où tu y étais ? Tu n’as pas un peu l’impression que, d’un coup, ils sont tout autour de toi ? dit Tom avec un léger sourire.

– Un peu, si…

– Les Cadavres te surveillaient.

– Pourquoi ? demandai-je, sentant un frisson glacé dans mon dos.

– Parce qu'ils savaient que ton père les voyait, qu'il était même le seul adulte dans ce cas, et ils se doutaient que tu commencerais à les repérer à ton tour. Ils se sont donc arrangés pour se trouver près de toi, à attendre que ce jour arrive.

– Oh, répondis-je. Alors, j'ai eu de la chance que Helen soit là.

– C'était tout sauf de la chance, rétorqua-t-il en souriant. C'est moi qui l'ai envoyée là-bas, Will. Comme tu venais d'avoir douze ans, on a pensé que tu allais sans doute devenir Clairvoyant à un moment ou un autre de l'année scolaire. On a donc infiltré Helen dans ton collège, avec pour mission de garder un œil sur toi. Si un jour tu te pointais en étant devenu Clairvoyant, son rôle était de te faire sortir de là à toute vitesse et de t'escorter jusqu'à nous. Et elle a assuré !

– Carrément ! admis-je. C'était donc un peu mon... garde du corps ?

– Un truc de ce genre, oui. Nous avons des Fossoyeurs dans chaque collège de la ville, et tous ont pour objectif de chercher des enfants comme toi.

– Les Infiltrés...

Tom hocha la tête.

– Depuis combien de temps fais-tu ça ?

– Environ trois ans.

– Tu as toujours été le chef ?

– Non. Au début, c'était ton père. J'ai pris la relève après qu'il est… après sa mort.

– Mon père est mort il y a plus de deux ans.

– Je sais.

– Donc, pendant l'année qui a précédé, il était un peu comme un général, à se battre contre les Macchabs ?

– Eh bien, oui, confirma Tom, mais ce n'est pas comme ça que tout a commencé.

– Quoi ?

– Suis-moi. Je voulais attendre un peu avant de te le montrer ; finalement, je crois que c'est le bon moment.

Il passa un bras autour de mes épaules et me conduisit vers l'une des petites pièces isolées derrière une cloison. Alors qu'on arrivait près de la porte, il s'écarta et me fit signe d'entrer le premier.

Je me sentis déconcerté… et sursautai.

La pièce, comme les dortoirs, n'avait pas de plafond. Il y avait juste des pans de contreplaqué de deux mètres cinquante de haut. L'ameublement se résumait à un lit de camp, un petit vestiaire, un bureau et, sur l'un des murs, une série de photos punaisées…

Toutes de mon père.

Je fus pris de vertige. Lentement, comme dans un rêve, j'examinai chacun des clichés, essayant de me concentrer sur ce que je voyais. Sur l'un, Karl Ritter était dans l'Entrepôt, qui paraissait nettement plus vide qu'à présent, bras dessus bras dessous avec Tom et Sharyn, qui semblaient plus jeunes. Tous les trois souriaient.

– On a pris cette photo le jour où il a dégotté cet endroit, raconta Tom avec nostalgie, en arrivant à ma hauteur. À l'époque, il n'y avait que nous trois. L'appareil photo était en mode différé, et on l'avait posé sur un tas de cartons.

Qu'est-ce que mon père avait l'air heureux ! Je sentis soudain un violent aiguillon de jalousie. C'était mon père à moi, pas le leur ! Et ces étrangers s'étaient approprié une partie du temps que, sans ça, il aurait passé avec sa famille.

Avec moi.

– Sharyn m'a dit que vous l'aviez rencontré alors que vous cambrioliez une maison ?

– Oui, pouffa Tom. On avait fait le plein et on était en train de se glisser en douce par la sortie arrière. Et là, on a entendu un sifflement. C'est sans doute la seule fois de ma vie où j'ai entendu Sharyn hurler. On s'est retournés et on a vu ce flic roux en uniforme, adossé à un lampadaire, un drôle de sourire en travers du visage. Il n'avait pas sorti son flingue.

– Il vous a arrêtés ?

– Oui, il nous a passé les menottes, nous a fait monter à l'arrière de sa bagnole. À cette époque, on vivait en vidant des maisons de riches et on avait un peu d'argent de côté. Je me disais qu'on allait pouvoir se payer un bon avocat. En fait, on devait avoir environ deux mille dollars, cachés dans un pot de mayonnaise qu'on avait planqué sous une passerelle pas loin de Callohill Street. Deux mille dollars ne suffisent même pas à payer son repas du midi à un bon avocat !

Il secoua la tête, perdu dans ses souvenirs :

– Si ton vieux avait joué suivant les règles, Sharyn et moi on serait encore dans un centre de détention pour délinquants juvéniles, à attendre nos dix-huit ans. Au lieu de ça, il nous a parlé. C'était la première fois qu'un adulte nous parlait depuis... en fait, on ne se rappelait même plus qu'un adulte nous ait déjà parlé. Et il ne nous a pas sorti les discours moisis des éducateurs sur « les défis que doivent relever les orphelins ». On en avait assez mangé dans nos familles d'accueil. Non, non, Karl nous a parlé de la cervelle, des tripes et du talent qu'il fallait avoir pour survivre comme on le faisait, depuis aussi longtemps. Au début, Sharyn et moi, on croyait qu'il cherchait à récupérer un pourcentage sur nos vols ! conclut-il en éclatant de rire.

– Et qu'est-ce qu'il voulait, en fait ? demandai-je.

– Qu'on se serve mieux de nos talents. Il connaissait du monde à la mairie, et il pouvait nous confier une mission qui nécessiterait qu'on utilise notre savoir-faire, nous mettrait à l'abri de la police, et qui, en plus, serait *légale*.

– Et vous avez accepté ?

– Pas tout de suite. On vivait dans la rue depuis des années. On avait du mal à accorder notre confiance. Mais, quand on a vu qu'il ne nous avait pas vendus et se contentait de nous surveiller, de venir nous parler chaque fois qu'il en avait l'occasion… on a fini par comprendre qu'il était réglo. Et que sa proposition était vraiment chouette.

Sur une autre photo, on voyait mon père en uniforme de policier, ce qui lui arrivait rarement depuis qu'il était devenu inspecteur. Il était entouré d'une demi-douzaine de gamins, tous au garde-à-vous et en train de saluer l'appareil photo.

– Celle-là date d'environ une semaine avant sa mort, dit Tom. Ça faisait déjà un petit bout de temps qu'on se battait contre les Macchabs, et c'est l'une des rares fois où on s'est un peu détendus. Burton Moscova – c'est lui, là, derrière – voulait voir Karl dans son vieil uniforme de flic. Et ton père a accepté de le mettre, rien que pour nous.

Je fronçai les sourcils, blessé sans trop savoir pourquoi. Je me souvenais encore de l'époque où je refusais de partager mon père avec ma sœur, juste après sa naissance ! L'idée qu'il passe autant de temps en compagnie de ces bandits, alors que son fils – son propre fils ! – l'attendait à la maison…

– Ça va ? s'enquit Tom.

– À quoi sert-elle, cette pièce ? demandai-je, essayant de dissimuler ce que je ressentais : « C'était *mon* père ! »

– Tu n'as pas deviné ?

Je secouai la tête, même si je savais ce qu'il allait me répondre.

– C'était le bureau de Karl quand on a ouvert le Refuge.

« Son bureau. Son bureau secret, dans son repaire secret, où il faisait son travail secret. »

– Ah..., marmonnai-je amèrement. Et, euh... c'était quoi son travail, au juste ? Et le Refuge ? Je veux dire... avant qu'il y ait des Macchabs...

– Un abri pour enfants fugueurs. Ils venaient ici, on leur donnait à manger et un endroit sûr pour dormir. On essayait d'organiser des rendez-vous pour les guider et les conseiller. À l'époque, cet endroit s'appelait « le Refuge du Monde ». Notre tâche, à Sharyn et à moi, était de veiller à ce que ça reste propre, à ce que tout roule... Officiellement, on était là pour « filer un coup de main » à ton père. Mais, en vérité, il y avait toi, ta mère et ta sœur dans sa vie, donc, la plupart du temps, on était seuls, Sharyn et moi.

Entendre cela me remonta un peu le moral. Peut-être que notre famille avait été une priorité dans la vie de mon père, après tout...

Soudain, une pensée me vint à l'esprit.

– Ce bâtiment appartenait-il à mon père ?

– Non, répondit Tom. À la mairie. C'est toujours le cas, d'ailleurs. Ton père s'est occupé de toute la paperasse pour qu'on puisse le louer... C'est un peu compliqué à expliquer, mais disons qu'il savait comment marchait la machine administrative.

– Mais comment payez-vous tout ça ? Il faut de l'argent, quand même ! Qui achète la nourriture, les couvertures, les ordinateurs...

– ... et paye le téléphone, le loyer ? finit Tom à ma place.

– Oui.

Il regarda la photo de Karl Ritter avant de répondre :

– Environ six mois avant sa mort – bien après qu'on a laissé tomber le foyer pour fugueurs pour commencer à se battre contre les Macchabs à plein temps –, ton père a pris une police d'assurance décès à son nom. Une *grosse* police d'assurance. Ce n'est pas facile d'en avoir une quand on est flic – du moins, en dehors de celles proposées par la police elle-même. En plus, une assurance normale était hors de question parce qu'il ne pouvait pas prendre le risque que quelqu'un nous découvre. Alors, il s'est débrouillé pour faire ça en douce ; ça lui a coûté un gros paquet de fric, mais il y est arrivé. Et, plus tard, après qu'il s'est... enfin... juste au moment où on se disait qu'on allait devoir arrêter la guerre, on a reçu un chèque d'un quart de million de dollars.

Je le dévisageai d'un air un peu stupide. J'étais de nouveau sous l'effet « J'hallucine total ! ».

Tom poursuivit son récit :

– Nous non plus, on n'arrivait pas à y croire. La somme était liée à un fonds de placement, et seuls Sharyn et moi étions autorisés à retirer l'argent. Depuis, grâce à une gestion très serrée, les Fossoyeurs s'en sortent bien, financièrement parlant.

– Ma mère est-elle au courant que cet endroit existe ?

– Du temps où c'était juste un abri pour jeunes, oui, répondit Tom. Mais, quand les Macchabs sont apparus, Karl a préféré la protéger. Il lui a raconté que le Refuge avait été fermé. Après ça, on a tout fait en douce.

– Et elle n'en a jamais rien su ?

– Il ne fallait surtout pas qu'elle sache. Depuis que Karl n'est plus là, on continue ce qu'il nous a appris. Il s'est arrangé avec la mairie pour que le bail soit renouvelé tous les ans, sans problème et sans qu'on vienne nous poser de questions. On a juste à remplir les papiers et à payer.

– Mais les panneaux à l'extérieur ? protestai-je. Le bâtiment va bientôt être détruit, non ?

Tom secoua la tête :

– C'est nous qui avons mis ces panneaux, mec ! Ça éloigne les curieux. Même les vagabonds évitent les parages. Et on sait s'occuper de ceux qui essayent quand même d'entrer.

» Will, ce que tu dois comprendre, c'est que l'organisation des Fossoyeurs telle qu'elle est aujourd'hui existe grâce à ton père. C'est notre fondateur et notre inspiration. Il n'a peut-être combattu dans cette guerre que durant un an, seulement, au cours de cette année, il nous a enseigné ce dont nous avions besoin pour nous battre sans lui.

Mon regard passa successivement des photos à Tom. Tout ce pan de la vie de mon père dont je ne connaissais absolument rien !

Une autre pensée m'assaillit :

« Il devait savoir qu'un jour j'apprendrais tout cela. Peut-être même comptait-il dessus. »

La question jaillit de ma bouche avant même que je m'en rende compte :

– Comment est-il mort ?

Tom resta silencieux pendant peut-être trente secondes.

– Qu'est-ce qu'on t'a raconté ?

Je n'oublierai jamais ce jour-là. Les policiers qui étaient venus à la maison. Leurs visages sombres. Les pleurs de maman.

– Qu'il avait été envoyé enquêter sur un cambriolage dans les quartiers nord de Philadelphie, que quelque chose avait mal tourné, qu'il avait été poignardé, et qu'on l'avait retrouvé sur place, mort.

C'était deux ans plus tôt, et la douleur était toujours aussi violente et vivace, comme si c'était arrivé la veille. Soudain, en dépit de tous mes efforts, des larmes que je connaissais bien vinrent me piquer les yeux.

– Comme je te l'ai dit, commença Tom sur un ton maussade, ton père s'est battu pendant une année après l'apparition des Macchabs. C'est lui qui a écrit la plupart de nos règles et de nos protocoles. Il nous a appris comment agir et comment penser, pour pouvoir rester en vie. Mais, plus que ça, il était sur le terrain. Lorsqu'un Clairvoyant se trouvait en difficulté, il prenait la tête de la mission de sauvetage et n'hésitait pas à affronter les Cadavres en combat singulier.

» Pour autant qu'on le sache, l'un d'eux a dû l'identifier. Cette nuit-là, quelqu'un lui a tendu un piège. Il n'y avait pas de cambrioleur dans ce magasin. C'était un Macchab, peut-être même plusieurs. Ils ont tué ton vieux et ont maquillé la scène pour donner l'impression qu'il s'était trouvé au mauvais endroit au mauvais moment.

– Tu en es sûr ? lui demandai-je, les yeux rivés sur lui.

– Oui. Parce qu'il nous a appelés avant de mourir.

– Quoi ?

– Nous communiquons par radios-bracelets ; tu les as peut-être vues. Ton père a trouvé la force de nous contacter après que le Cadavre l'a poignardé et laissé pour mort. Il nous a raconté ce qui s'était passé et nous a indiqué où il se trouvait. Sharyn et moi, on a foncé là-bas aussi vite qu'on a pu, mais les flics avaient déjà dressé un cordon autour de l'endroit. On n'a rien pu faire, à part rester là, à regarder la scène depuis une allée, et on les a vus le transporter sur une civière, le corps recouvert d'un drap.

» Je suis désolé, mec..., conclut-il en me regardant d'un air triste.

– Ça va, répondis-je, même si ça n'allait pas du tout.

– L'essentiel, aujourd'hui, c'est que nous honorions ce qu'il était. Ton père a tout changé pour ma sœur et moi. Nous étions deux petits délinquants ; il nous a pris sous son aile, nous a remis sur le droit chemin, puis a fait de nous des soldats. C'est pour ça qu'on a aménagé cette pièce pour lui. C'est un sanctuaire... Un mémorial. Nous l'aimions, Will. Je voulais que tu le saches ; voilà pourquoi je t'ai amené ici.

J'observai les photos et je songeai à ce que Tom venait de révéler. Une bonne partie de son récit me donnait encore l'impression d'une trahison, même si je comprenais pourquoi mon père avait gardé tout cela secret. Depuis que j'étais arrivé ici, on ne cessait de me répéter que je ne devais pas rentrer chez moi, parce que, si je le faisais, je mettrais maman et Emily en danger. Pour la première fois, je compris que ces mots avaient été prononcés par mon père, et qu'ils m'étaient transmis par la bouche d'étrangers. Je commençais à voir la vérité qu'ils contenaient.

Et cela me brisait le cœur.

– Je ne veux pas rester là, Tom, répétai-je.

– Je sais.

– Mais je n'ai pas le choix ?

– Si, mec. Tu as le choix. Tu peux te tirer quand tu veux. Personne n'ira te chercher une seconde fois, promis.

– Mais si je le fais, je mettrai sans doute le Refuge en danger, c'est ça ?

– Oui.

– Ainsi que ma mère et ma sœur.

– Oui.

De nouveau, je sentis son bras autour de mes épaules. Mon père faisait ça aussi ; depuis sa mort, plus personne ne m'avait tenu comme ça.

– Les Macchabs ne savent pas pourquoi seuls certains enfants peuvent les voir, et ça leur met les nerfs, enchaîna Tom. Toi, moi, Sharyn, Helen... les Fossoyeurs, on est le grain de sable dans leur mécanisme, le bug dans leur programme, le cheveu dans leur soupe. Tu captes ? Ils ne peuvent pas se permettre de nous ignorer. Donc, quand ils trouvent des Clairvoyants, ils les tuent.

– Est-ce qu'il y a eu beaucoup de morts ?

– Aucun moyen de le savoir, dit-il en haussant les épaules. La plupart des garçons et des filles qui se mettent à voir des Macchabs ne finissent pas Fossoyeurs, ils finissent assassinés. Mais, aussi impitoyables qu'ils soient, les Cadavres ne sont pas stupides. Ils ne tuent pas pour tuer, sinon les gens commenceraient à se poser des questions. C'est pour ça qu'ils ne t'ont pas capturé ou zigouillé tout de suite. Ils ont attendu de vérifier si tu allais devenir un Clairvoyant, attendu que tu sois un danger pour eux. Une fois que ça s'est produit, ils ont essayé de t'enlever, sans doute pour organiser un des « petits accidents » dont ils ont le secret. C'est pareil avec ta famille : tant que les Macchabs n'ont aucune raison de penser qu'elles savent quelque chose, ta mère et ta petite sœur ne sont pas en danger.

Je me cachai le visage entre mes mains :

– Je ne peux pas rentrer chez moi.

– Non.

– Alors, je peux rester ici ? lui demandai-je, en relevant la tête vers lui.

Tom eut un petit éclat de rire :

– Will, tu n'as pas à poser la question, voyons !

– Mais qu'est-ce que je vais faire, ici ? Je ne connais rien à la guerre ! Je ne sais pas me battre, encore moins construire des murs ou poser des câbles électriques. À quoi je servirai ?

– On t'enseignera ce dont tu auras besoin, m'assura Tom. Et, pour ce que ça vaut, *moi* je crois en toi. Tu es l'unique fils de Karl Ritter ; en ce qui me concerne, ça te donne une vraie crédibilité. Deviens Fossoyeur, mec ! Aide-nous à lutter contre les Macchabs. En échange, un jour, tu pourras rentrer chez toi.

Sur ces mots, il recula d'un pas et me tendit la main.

Je le regardai, comprenant que cette poignée de main signifierait autre chose que : « Salut, ça va ? » Ce serait un geste lourd de sens. Un engagement.

Après un moment de réflexion, je lui serrai la main.

13

LA BASE ALPHA

Lorsque je me réveillai de ma première nuit de sommeil agitée en tant que Fossoyeur, mon oreiller était trempé de larmes. La plupart de mes camarades avaient déjà quitté le dortoir. Je les suivis avec des gestes raides.

Le petit déjeuner consistait en un bol de lait froid, des céréales et un jus de fruit. De quoi regretter la cuisine de ma mère. On était jeudi. Elle était de service l'après-midi, ce qui signifiait qu'elle était encore à la maison, à préparer des pancakes, juste pour Emily, à présent. Sauf qu'elle n'était sûrement pas en train d'en préparer. Elle devait être quelque part, à me chercher. Je me demandai si elle avait aussi mal dormi que moi. Cette idée me fit mal au ventre.

D'une façon générale, les repas au Refuge faisaient beaucoup penser à ceux de la cantine. Tout le monde était assis avec ses amis ; je me trouvai donc un endroit à l'écart, au bout d'une grande table. Je m'assis là, essayant de trouver un intérêt à mes corn flakes et à ma pomme flétrie, lorsque Sharyn se laissa tomber en face de moi :

– Salut, rouquin ! Prêt à commencer ton entraînement ?

Mon entraînement ? Tom en avait vaguement parlé la veille, après que je lui avais serré la main. Sur le coup, ça m'avait paru étrange. Mais, apparemment, j'allais bel et bien devoir m'entraîner.

– Euh... oui, on va dire ça.

– Super ! Au fait, je t'ai trouvé d'autres fringues. Elles devraient mieux t'aller que celles que tu portes. Tout est là, ajouta-t-elle en me montrant un sac poubelle bien garni.

– Merci.

– De rien. Allez, avale tout ça, et après on bouge !

Ma curiosité l'emporta brièvement sur mon désespoir.

– Vers la base Alpha ?

– Exactement !

– C'est quoi, au juste, la base Alpha ?

– C'est un petit endroit super confortable où, environ deux fois par mois, on entraîne les recrues, répondit-elle. La dernière session vient juste de démarrer ; je pense qu'on peut t'y faire entrer sans problème.

– Mais… pourquoi ne pas entraîner les gens ici ? Il y a de la place.

– C'est pas une question de place. C'est une question de sécurité. Parfois les Macchabs chopent quelques malheureux Clairvoyants avant nous. Ils leur font ensuite subir une sorte de lavage de cerveau et ils les lâchent dans la nature, pour qu'on les « trouve ». Les Cadavres s'en servent comme espions. Des Taupes. Leur mission consiste à localiser le Refuge pour nous balancer. Et si les Macchabs avaient un jour cette information, ils arriveraient en quatrième vitesse et nous dézingueraient tous !

C'était plus ou moins ce que Helen m'avait dit. J'essayai de me représenter le Refuge envahi de morts-vivants et je frissonnai.

– Donc, poursuivit Sharyn, ton père et Tom ont créé la base Alpha, afin qu'elle serve à entraîner les nouveaux. Comme ça, si une Taupe passe à travers les mailles du filet, on n'a qu'à fermer cet endroit et en trouver un autre.

– Et que se passe-t-il, dans ce… camp d'entraînement ? demandai-je.

– Des tacs de trucs ! On t'apprend à te battre, on t'explique comment fonctionnent nos gadgets, quelles sont nos règles et nos protocoles… Tout ce qui fait un Fossoyeur. En même temps, on te teste ; on s'assure que tu es réglo, et non un indic des Macchabs.

– Mais je ne suis pas une Taupe ! protestai-je.

Sharyn tendit le bras et passa la main dans mes cheveux. Ça ne me plut pas.

– Évidemment que t'en es pas une, rouquin ! Quand je disais « tu », je parlais en général, pas de toi en particulier. Sinon on n'aurait jamais laissé Helen t'amener directement ici, sans passer par la base Alpha comme c'est la procédure.

Traitement de faveur. Pas étonnant qu'Alex Bobson ne m'ait pas loupé la veille !

– Et je vais y rester combien de temps ?

– Tu reviendras au Refuge avec le reste de ta classe, dans une petite quinzaine de jours.

– Ah..., murmurai-je sombrement.

– Hé, tout va bien ! Tu verras, la base Alpha, ça craint pas ! Tu es occupé à longueur de journée, et le temps passe vite.

J'examinai l'expression de son visage, essayant de déterminer si elle était sincère, mais, avec Sharyn, c'était impossible à deviner.

– Je peux voir Helen avant qu'on y aille ? demandai-je.

Je voulais m'excuser auprès d'elle.

Le sourire de Sharyn disparut.

– Même pas en rêve, désolée ! Tom l'a renvoyée en reconnaissance à Manayunk pour voir ce qui se passe depuis que vous avez mis les voiles. Elle sera pas de retour avant minuit.

– Ce n'est pas dangereux ?

Sharyn se pencha au-dessus de la table.

– Will, tout ce qu'on fait est dangereux, dit-elle posément mais fermement. Alors, mange, et on bouge après. Tu as une grosse journée devant toi.

Vingt minutes plus tard, elle et moi montions la rampe en spirale et nous retrouvions sur Green Street, chacun sur un Stingray, cette fois – deux jours auparavant, cela m'aurait rendu fou de joie.

Je suivis Sharyn sur un trajet assez compliqué, qui se termina devant un magasin aux volets fermés, dans un quartier pas génial, quelque part au nord du centre-ville. Un panneau sur la porte indiquait : *Blanchisserie à sec*, mais on avait l'impression que c'était fermé depuis des années. Après avoir soigneusement inspecté les alentours, on descendit une allée qui longeait le bâtiment en poussant nos vélos, et on s'arrêta devant une vieille porte de service couverte de crasse.

– Écoute bien, déclara Sharyn. Avant qu'on entre, il y a deux choses que je dois te dire. La première, c'est que tes camarades en sont à la troisième journée de leur formation. Le jour 1, on les installe. Le jour 2, on les fait causer : ils nous expliquent pourquoi ils ont envie, ou besoin, de rejoindre les Fossoyeurs. C'est clair ?

– Oui, répondis-je.

– Sauf qu'on fait pas que ça, continua-t-elle. On les étudie aussi, pour voir si certains sont des Taupes potentielles. Aujourd'hui, jour 3 ; c'est là que ça commence vraiment, avec ce que Tom appelle son « discours d'orientation ». Faut que tu comprennes que, pour l'instant, il n'y en a pas un qui l'a rencontré. Donc, rappelle-toi ça : quand tu vas entrer, tu feras comme si t'avais jamais vu Tom. Officiellement, tu viens de te faire cramer par les Macchabs, et on t'amène en catastrophe. C'est clair ?

– Pas de problème, dis-je en haussant les épaules.

– OK, deuxième chose : tu vas vivre avec les autres nouveaux pendant quelque temps, et il y en a sans doute qui vont devenir tes amis. Tant mieux pour toi. Mais, quand ce moment-là arrivera, tu lâches aucune info sur le Refuge. C'est important, rouquin.

– Pour la sécurité ? demandai-je.

– On doit surveiller nos arrières.

– Et si l'une des recrues se révèle être une Taupe ?

Elle grimaça :

– Dans ce cas, on lui montre ce qu'on en pense, on l'emballe et on fait un largage aux urgences les plus proches. Après ça, on met les voiles de la base Alpha et on se trouve un nouvel endroit.

– C'est déjà arrivé ? l'interrogeai-je, ahuri.

– Deux fois.

Sharyn ouvrit la porte de service avec une clé, et me fit entrer dans une pièce sombre, de mêmes dimensions que l'un des dortoirs du Refuge. Il y avait des tapis sur une bonne moitié du sol, entourés de cordes à la façon d'un ring. Une douzaine de chaises pliantes rouillées étaient alignées en face, dans l'autre moitié de la salle. Le tout éclairé par une unique lampe qui pendait au-dessus des tapis.

Cinq jeunes étaient assis sur les chaises pliantes et regardaient Tom, debout sur un tapis. Il avait l'air grand, costaud, et on voyait que c'était lui qui était aux commandes. Il était en train de parler et il s'interrompit quelques secondes quand on entra. Comme ses yeux rencontraient les miens, il me sourit imperceptiblement.

– ... n'êtes pas seuls, reprit-il. Vous êtes cinq sur des centaines d'ados et de préados qui ont hérité de ce que qu'on appelle « le don de Clairvoyance » : la capacité de voir à travers ce que les Macchabs mettent sur eux pour cacher leur corps en putréfaction.

» J'aimerais vous dire qu'on a tout compris. Ce n'est pas le cas. J'aimerais vous dire que cette guerre sera bientôt terminée. Je ne le peux pas. Mais je peux vous promettre deux choses. La première, c'est que vous êtes en sécurité ici. Nous vous apprendrons tout ce dont vous aurez besoin pour lutter contre les Cadavres. La deuxième, c'est que si vous décidez de partir, vous serez confrontés à des risques majeurs. Les Macchabs traquent les Clairvoyants et, quand ils les trouvent, ils les tuent.

» Je sais que ce n'est pas juste. Je sais que, pour la plupart, vous avez un chez-vous qui vous manque. Je sais que vous êtes effrayés. Mais c'est la guerre, et à la guerre les enfants sont parfois obligés de grandir très vite. C'est encore plus vrai dans cette guerre, puisqu'il n'y a que des enfants dans notre camp.

» Comprenez bien ceci : cette guerre, nous pouvons la gagner. L'endroit qui vous entoure ne ressemble pas à grand-chose. Mais faites-moi confiance : il n'y a pas que ça. Ce lieu un peu délabré n'est qu'une toute petite partie d'une grande machine, une machine assemblée par un homme formidable afin de repousser cette invasion. Nous sommes cette machine. Nous sommes les Fossoyeurs.

» Travaillez dur, apprenez vos leçons, et, plus tôt que vous ne le pensez, je vous montrerai de quoi il s'agit.

Le chef des Fossoyeurs paraissait immense, debout sur le tapis, son visage carré illuminé par la lumière du plafonnier. Il toisa les nouvelles recrues, l'air d'une sorte de héros aux dimensions colossales, remplissant toute la pièce, toute la base Alpha. Lorsqu'il parlait, les autres l'écoutaient, captivés. Ils le croyaient et croyaient en lui.

C'est à ça que ressemble un vrai leader.

– Souvenez-vous, conclut Tom. Vous n'êtes pas seuls, et nous avons tous une tâche à accomplir. Parce que, dans cette guerre, nous ne sommes ni la première ni la dernière ligne de défense. Nous sommes *l'unique* ligne de défense.

14

LE KARATÉ DE RUE

Dans le silence qui s'ensuivit, je jetai un coup d'œil aux autres recrues. Il y avait deux garçons et trois filles. La plus petite était une blonde qui semblait tout juste assez vieille pour voir des Macchabs. On aurait dit qu'elle allait éclater en sanglots.

Tom hocha la tête dans notre direction.

– Un nouveau nous a rejoints aujourd'hui, annonça-t-il. Son nom est Will Ritter. Vous avez deux jours d'avance sur lui, c'est pourquoi je compte sur vous pour bien l'accueillir. Will, si tu prenais une chaise ?

Obéissant, je m'assis à côté de la petite blonde, qui me gratifia d'un sourire timide. Je fis de mon mieux pour répondre à son sourire. À ses joues, on voyait qu'elle avait pleuré. Je savais exactement ce qu'elle ressentait.

– Aujourd'hui, continua Tom, nous allons commencer pour de bon. À présent, je vais tous vous laisser en compagnie de ma sœur, Sharyn. Elle va vous faire une démonstration de quelques-unes des techniques de combat des Fossoyeurs. Si vous avez des questions, c'est maintenant.

Un garçon maigre portant des lunettes cerclées d'acier leva la main :

– Est-ce que le coiffeur de ma mère est mort depuis… eh bien… toujours ?

– Bonne question, Ethan, répondit Tom. Dis-moi : depuis combien de temps va-t-elle chez lui ?

– Environ un an…

– Ça se tient. Vois-tu, les Macchabs ne sont pas vraiment des gens morts. Ce sont des envahisseurs venus d'ailleurs qui prennent possession de cadavres. Nous pensons que c'est leur façon de survivre et de se déplacer dans notre monde. Ils se glissent dans un corps, en prennent le contrôle, et ils le « portent », comme on porte un costume, jusqu'à ce qu'il pourrisse trop. Ensuite, ils se transfèrent dans une autre dépouille. Mais, quel que soit le corps qu'ils portent, ils projettent toujours une image de *la même fausse identité*. Voilà pourquoi il est plus pratique d'identifier un Macchab à son Masque plutôt qu'au cadavre dans lequel il se trouve. Et, pour ça, il y a une technique ; on vous la montrera.

» Donc, pour résumer : oui, mon gars, le coiffeur de ta mère a toujours été un macchabée, même si ce n'était pas tout le temps le même. C'est clair ?

Cette réponse ne rendit pas Ethan très joyeux.

Une grande fille avec des cheveux courts et le teint pâle leva une main :

– Certains Macchabs sont des femmes, n'est-ce pas ? Je veux dire… elles ressemblent à des femmes… enfin, à des mortes. Mais dessous, est-ce que ce sont de vraies femmes ?

– Nous n'en sommes pas sûrs à cent pour cent, Maria, répliqua Tom. Mais nous pensons que les Cadavres sont des créatures sexuées, comme les humains. Les mâles s'emparent de corps masculins et prennent l'identité d'hommes, et idem pour les femelles.

Le dernier garçon du groupe était plus costaud et paraissait plus vieux que les autres. Son visage rond, à moitié dissimulé sous son épaisse tignasse blonde, arborait sans arrêt un air provocateur, comme si ce gars en voulait au monde entier. Il avait la tête d'un type qui aime martyriser les gens.

– Sans rire ! lâcha-t-il. Et il n'y a pas de travelos chez les Cadavres ?

Il jeta un coup d'œil autour de lui, comme s'il s'attendait à ce que tout le monde éclate de rire. Comme personne ne réagit, il se mit à bouder.

Ethan leva encore la main :

– Est-ce que les… Macchabs sont seulement à Philadelphie, ou y en a-t-il partout ?

– Pour autant qu'on le sache, répondit Tom, l'invasion a commencé ici, à Philadelphie, et la plupart des Macchabs sont toujours dans la région, même si, au cours de l'année passée, ils se sont étendus à New York, Baltimore, Washington…

Ethan déglutit, la main toujours en l'air.

– Alors, il doit y avoir d'autres groupes comme le nôtre dans d'autres villes, n'est-ce pas ? demanda-t-il, l'air presque désespéré.

« Il aimerait que les Fossoyeurs soient une grosse organisation, songeai-je. Il veut croire qu'il est en sécurité au sein d'une très, très grande entité. »

Ethan allait être déçu.

– Peut-être y a-t-il d'autres groupes quelque part, murmura Tom. Mais, jusqu'à présent, nous n'en avons pas trouvé un seul. Et, crois-moi, on a cherché. Désolé, Ethan.

Le garçon pâlit et baissa la main.

– D'autres questions ? demanda Tom.

– J'en ai une, intervins-je, presque sans y penser. Comment pouvons-nous gagner cette guerre si on ne sait même pas comment tuer un Macchab ?

Un murmure nerveux parcourut l'assemblée, et je compris que j'avais fait une belle boulette. J'étais censé être nouveau. Alors, comment pouvais-je savoir que les Fossoyeurs n'avaient aucun moyen de tuer les Cadavres ?

Je trépignai intérieurement de rage et j'entendis Sharyn grogner doucement.

– Nous avons des techniques pour les blesser, déclara Tom en choisissant ses mots. Nous sommes capables de les forcer à se transférer dans d'autres corps en certaines occasions. Mais il est vrai que nous n'avons pas encore trouvé le moyen de mettre un Macchab définitivement hors d'état de nuire. Et ce n'est pas faute de chercher.

Puis, me regardant d'un air mauvais, il ajouta sur un ton neutre :

– Ce que je ne comprends pas, Will, c'est comment tu es au courant de ça...

Je déglutis. Tom connaissait évidemment la réponse à sa question. Il me mettait la pression pour me tester. C'était mon erreur ; à moi de la réparer.

Je réfléchis à toute vitesse. Autour de moi, les autres recrues étaient silencieuses, tendues, attendant mes explications. Enfin, je haussai les épaules :

– Quand ils sont venus me chercher, j'avais l'arme de service de mon père. J'ai vidé le chargeur sur un de ces Macchabs, et ça ne l'a pas ralenti une seconde. Comment est-ce qu'on est censé tuer un truc pareil ?

Tom soutint mon regard, une expression maussade sur le visage. Puis il sourit :

– On dirait que tu t'es bien éclaté, Will ! À présent, s'il n'y a plus de questions, je vous laisse en compagnie de Sharyn. Ouvrez grand vos oreilles, apprenez ce que vous avez à apprendre, et je vous revois très bientôt.

Il quitta le tapis, passant par-dessus la corde. Personne n'applaudit. Sa sœur émergea de l'ombre et le croisa.

– Tape-m'en cinq ! lâcha-t-elle en tendant la main.

Ce qu'il fit, même si j'eus l'impression que ça le rendit mal à l'aise.

Sharyn sauta sur le tapis, ses dreads volant dans les airs comme autant de petits ressorts noirs. Elle avait ôté le sweat-shirt qu'elle portait quand nous étions arrivés. Elle était à présent vêtue d'un jean et d'un débardeur sur lequel on pouvait lire *Mopey Teenage Bears* en grosses lettres roses. Ses bras étaient longs, minces et bien musclés. Des bras d'athlète. Elle se plaça au centre du tapis et se frotta les mains :

– Mon nom est Sharyn Jefferson, et je vais vous montrer ce qu'on peut faire aux Macchabs !

La main du grand garçon se leva aussitôt.

– Euh... ouais, mais t'es une fille.

– Bravo ! Merci de l'avoir remarqué ! dit Sharyn.

– Et c'est toi qui vas m'expliquer comment je dois me battre ?

Sharyn inclina la tête :

– C'est toi le mec qui n'est arrivé qu'hier ? C'est quoi ton nom, déjà ? Dave Kebab ?

Le garçon fronça les sourcils :

– Burger.

– Ah, désolée, Burger Kebab !

Le garçon bondit sur ses pieds :

– Dave Burger ! Et hors de question que je...

Le sourire de Sharyn disparut.

– N'en fais pas tout un plat, Kebab.

– Je suis pas venu ici pour entendre des craques ! s'exclama Dave, tout rouge. Et je suis pas venu non plus pour qu'une fille m'apprenne à me battre !

– Donc, t'as rien à apprendre de moi ? demanda Sharyn. Tu crois que tu peux me mettre au tapis comme ça ?

– C'est débile ! lança le garçon.

– Ah ouais ? Prouve-le, qu'on voie ! Comme t'as dit, je suis qu'une fille. Alors, ramène ta fraise ! Essaye donc de me coucher, le balaise... Si t'y arrives, je te laisse ma place !

Les autres recrues assistèrent timidement à cet échange de politesses. Même s'il était visiblement décontenancé, Dave était soit trop fier soit trop têtu pour lâcher l'affaire.

Finalement, il monta sur le tapis avec un sourire en coin – l'image même du type sûr de lui.

– Ne crois pas que je vais y aller mollo juste parce que t'es une fille...

Le sourire de Sharyn revint.

– Ça m'était même pas venu à l'idée.

– Souviens-toi : c'est toi qui l'as voulu…

– Arrête, je frémis de peur.

Dave cligna des yeux, ne sachant pas trop si elle se moquait de lui. Puis il avança brusquement, et son poing vola vers le visage de la jeune fille. Il était bien trop lent. D'un mouvement trop rapide pour que l'œil puisse suivre, Sharyn pivota sur elle-même, esquiva sans aucun problème la charge de Dave, et lui asséna un coup sec derrière les genoux.

Le garçon poussa un glapissement de douleur et s'affaissa sur lui-même. Sharyn le saisit alors par le col, tira et le fit tourner sur lui-même avant de le lâcher. Dave s'écroula sur le dos, l'une de ses jambes repliée sous lui. Son glapissement se transforma en cri.

La jeune fille posa son pied nu sur le torse du garçon et se pencha près de lui.

– Écoute-moi bien, Kebab… C'était facile, susurra-t-elle.

Juste avant que le garçon se mette à hurler de douleur, elle ôta son pied, se redressa et fit face au reste des recrues :

– Les Macchabs sont plus forts que nous. Ils sont aussi plus rapides et nettement plus vicieux.

L'assemblée échangea des regards nerveux. Sharyn poursuivit :

– Vous pensez que je noircis le tableau ? Dites-vous bien que j'ai combattu plus de Macchabs que je saurais en compter. Vous ne les battrez pas avec votre force. Vous gagnerez grâce à votre vitesse, votre intelligence et votre précision.

Derrière elle, Dave se releva tant bien que mal. Ses joues le brûlaient de honte, et ses cheveux blonds étaient trempés de sueur. Voyant que la fille avait laissé ses arrières sans défense, il eut un sourire mauvais et chargea, tout en muscles et en fureur.

Je voulus pousser un cri d'avertissement, mais je n'en eus même pas l'occasion.

Sharyn se pencha brusquement, pivota sur elle-même et, du tranchant de la main, flanqua à Dave un violent coup dans le ventre, qui chassa tout l'air de ses poumons. Il poussa un halètement rauque et ses yeux s'écarquillèrent. Puis la jeune fille se recroquevilla sur elle-même, avant d'effectuer un balayage de la jambe, heurtant Dave à hauteur du tibia et le faisant basculer. Il s'écroula une seconde fois, sans pouvoir se retenir. Cette fois, il ne se releva pas.

La jeune fille, elle, se releva, l'air de rien.

– Les Macchabs ne sentent pas la douleur, expliqua-t-elle. Vous pouvez leur tirer dessus, les poignarder, leur briser les os... ils ne s'arrêteront pas pour autant. C'est l'avantage d'être mort... sans doute le seul avantage.

» Mais ça ne veut pas dire qu'ils n'ont pas de points faibles. Ils se promènent dans des corps volés, des corps humains, ce qui signifie qu'ils sont coincés avec le système nerveux des humains. Il y a des endroits de l'anatomie qui servent à contrôler les mouvements des bras, des jambes ou même du corps tout entier. On appelle ça "les centres névralgiques". Et, douleur ou pas, aussi morts soient-ils, les Cadavres en ont besoin, tout comme nous.

» En voici un, précisa-t-elle en levant le bras. Collez un coup dans les aisselles d'un Macchab, et tout le bras sera engourdi.

Elle baissa le bras et toucha son nez :

– Un bon coup sur l'arête du nez les aveugle pendant quelques secondes. Et le mieux : plantez votre poing juste là, sur la partie arrière du crâne, et vous les paralyserez pour un bout de temps. Vous allez apprendre toutes ces techniques de combat dans la semaine qui vient.

» Conclusion ? Se battre contre un Macchab, c'est avant tout rester calme, choisir le bon moment et bien doser sa force. Au cours des prochains jours, on va travailler les positions et l'équilibre. Une fois que ce sera maîtrisé, on passera aux mouvements et aux styles d'attaque. Quand on en aura terminé, vous aurez tous acquis une bonne connaissance de base de cette « danse ». Des questions ?

Je levai la main, abasourdi :

– C'est une forme de karaté ?

Sharyn réfléchit à la question.

– Eh bien, je crois qu'on peut appeler ça « MAM », répondit-elle finalement en souriant. « Mélange d'Arts Martiaux ». C'est un concentré de boxe, de taekwondo et de kandoshin. Mais ici, entre nous, on appelle ça « le karaté de rue ».

15

UN ÉLÈVE DOUÉ

Cinq jours plus tard, le mardi matin, j'étais sur un tapis de la base Alpha, face à un garçon de treize ans couvert de taches de rousseur, dénommé Ethan Maxwell, qui voulait me mettre la pâtée.

Les autres recrues étaient assises, assistant au spectacle depuis leurs chaises. Tous et toutes avaient déjà été confrontés à leurs « sparring partners »[1] respectifs, à l'exception de Dave, installé sur un banc, contre le mur du fond. Il faisait un gros câlin à un sac de glace, souvenir de son dernier combat avec Sharyn. Elle était sa sparring partner attitrée, parce qu'opposer ce garçon massif à n'importe qui d'autre aurait été, selon l'expression de Sharyn, « comme lâcher Shrek sur l'un des Sept Nains ».

1. Littéralement : « partenaires de bagarre ».

Habituellement, les trois filles, Harleen, Maria et la petite blonde, Amy Filewicz, ne s'entraînaient qu'entre elles, ce qui me laissait Ethan comme unique partenaire. Jusqu'à présent, j'avais gagné tous nos duels, mais plus ça allait, plus cette situation frustrait Ethan. Et ça commençait à se voir.

Il sautait et bondissait autour de moi, se déplaçant trop vite, les poings brandis de façon agressive. Je tournais lentement sur moi-même, suivant ses mouvements, guettant le moment où il lancerait un crochet du droit. Quand ce moment arriva, je levai tout de suite mon bras droit, bloquant sa main. Il tenta de me décocher un direct du gauche, mais le mouvement était trop ample, et je parai aussi ce coup-là. Il passa une nouvelle fois à l'attaque avec son poing droit, visant mon estomac. Je sautai en arrière, donnai un léger coup, juste assez fort pour le déséquilibrer et l'envoyer tituber à l'autre bout du tapis.

Ethan poussa un petit juron. Sharyn le conseillait depuis le côté de notre ring improvisé :

– N'attaque pas si vite. Attends le bon moment... mais ne le loupe pas quand il arrive !

Ethan me regarda d'un air mauvais.

– Cette fois, tu vas mordre la poussière, Ritter ! dit-il, un tantinet trop fort.

« Il a la trouille, et il essaye de le cacher derrière son pseudo-courage. »

Comment avais-je deviné cela ? Après tout, je n'avais pas plus d'expérience que lui en matière de combat. Mais je le ressentais avec certitude.

Ethan revint vers moi, en chargeant cette fois comme un âne, tête baissée, les bras moulinant l'air. Comptait-il m'assommer, me renverser comme une quille ? Peu m'importait. J'attendis l'instant exact, me pliai brusquement et lui administrai un violent coup de poing au ventre. Ethan en eut le souffle coupé. Ses lunettes à monture métallique volèrent de son visage tandis qu'il tombait à genoux.

– Oh, non ! Ethan ! Je suis désolé, m'exclamai-je.

Je m'accroupis à côté de lui alors qu'il haletait comme un poisson échoué sur un bateau.

– Tout va bien, intervint Sharyn.

Elle s'agenouilla et saisit le visage d'Ethan entre ses mains puissantes. Les yeux du garçon étaient hagards, sa peau soudainement pâle.

– T'as juste eu le souffle coupé, c'est tout. Je sais que t'as les jetons, mais t'as pas à t'inquiéter. Reste calme, et ça va revenir.

Elle continua à parler d'un ton rassurant, jusqu'à ce que le garçon reprenne des couleurs et se remette à respirer normalement. Sharyn sourit, tapota l'épaule d'Ethan et se redressa pour se positionner en face de moi.

– Je suis vraiment désolé ! lui dis-je. Je ne voulais pas le frapper si fort !

– Ça n'a rien à voir avec la force que t'as mis dans le coup. Le problème, c'est l'endroit où tu as frappé. Il existe un point spécial, ajouta-t-elle en touchant son ventre au-dessus du nombril et en ne s'adressant plus seulement à moi, mais à toutes les recrues : on l'appelle « le plexus solaire ». Touchez-le correctement, et vous déréglerez le rythme corporel de votre ennemi pendant un temps ; il lui sera donc difficile de respirer. Le souci, c'est que les Macchabs ne respirent plus, alors les frapper à cet endroit ne vous sera pas trop utile. C'est un détail à ne pas oublier.

Elle jeta de nouveau un coup d'œil vers moi. Je hochai la tête. Elle aida Ethan à se relever et lui redonna gentiment ses lunettes :

– Va te reposer quelque part.

Puis, à ma grande horreur, elle appela Dave :

– Hé, Kebab ! T'es chaud pour une petite danse avec Will ?

– Sharyn ? murmurai-je.

– T'es meilleur que tu crois, rouquin, dit-elle avec un clin d'œil. En fait, t'es peut-être même un « fighter-né ».

Dave s'arracha à son banc et s'approcha de moi sur ses jambes aussi épaisses que des troncs d'arbre. J'avalai ma salive avec peine :

– Un fighter-né ?

Je pouvais compter les bagarres auxquelles j'avais participé sur les doigts d'une main, et trois de ces doigts auraient servi à comptabiliser mes matches contre le pauvre Ethan ! Être meilleur que ce garçon maigrichon et sans expérience était une chose, mais ce… bulldozer ambulant de Dave en était clairement une autre !

Alors qu'il mettait le pied sur le tapis, une pensée m'assaillit :

« Sharyn l'a battu. Alors pourquoi pas moi ? »

Mais cette réflexion était complètement absurde. Je n'étais pas Sharyn ! J'étais loin d'avoir son niveau.

Dave me regarda de ses yeux vides de toute expression. Son message muet était clair : « Je suis toujours très vexé d'avoir perdu contre cette fille, donc je compte bien me défouler sur toi. Je vais t'écraser comme un insecte ! » Je sentis mon estomac se nouer.

Dave mit un casque d'entraînement sur sa tête et enroula ses poings dans du ruban adhésif. On n'utilisait pas de gants.

– Souviens-toi, me dit calmement Sharyn, c'est pas une question de taille ou de force. Il faut avant tout de la vitesse, de la précision… et y croire.

– Croire à quoi ?

– Croire en toi, rouquin !

Elle sourit et quitta le tapis.

À trois mètres de moi, Dave m'adressa une grimace. J'essayai de lui sourire en retour, de me convaincre que j'allais y arriver. Rien à faire. Ça ne marchait pas.

– Allez-y ! déclara Sharyn.

Dave avança, plus lentement qu'Ethan. Avec plus de confiance en lui. Je le fixai, immobile. J'avais l'impression d'être un lapin pris dans les phares d'une voiture.

– Attention à ta garde, Will ! me prévint Sharyn.

Trop tard. Le gigantesque poing de Dave jaillit et atteignit ma tempe. Quelque chose me dit qu'il n'avait même pas utilisé la moitié de sa puissance, mais c'était déjà suffisant pour m'envoyer au tapis. Dave s'esclaffa et recula d'un pas. Pendant quelques instants qui me parurent durer une éternité, je restai allongé, sonné.

« Tu parles d'un fighter-né ! »

– Relève-toi, Will, intervint Sharyn.

Je me redressai tant bien que mal et me remis face à Dave, en dépit de moi-même. Il arborait un petit sourire en coin, et frappait son poing droit dans la paume de sa main gauche, à un rythme régulier. *Boum, boum, boum !* Je fronçai les sourcils :

« Il pense que je suis un trouillard. Une chiffe molle. Est-ce qu'il a tort ? Oui, peut-être bien qu'il a tort. »

Et soudain, la peur s'évanouit. Elle n'avait pas disparu, je l'avais juste mise dans un recoin de ma tête, là où elle ne me gênerait pas. Je me concentrai alors sur ce que Sharyn m'avait appris ces derniers jours : position, équilibre, confiance, timing, vitesse et précision.

Dave me sourit de nouveau. Cette fois, je lui rendis son sourire. Puis j'écartai les jambes, me mis en garde, et je plantai mes yeux dans les siens. Son visage s'assombrit. Il avança vers moi, lentement, prudemment.

Je m'attendais à un autre coup de marteau-pilon de son poing droit, et je ne fus pas déçu. Sauf que, cette fois, je l'évitai et donnai à Dave un rapide coup de poing dans l'aisselle droite. Il ne parut pas sentir le coup, mais je vis que son bras se ramollissait... exactement comme Sharyn l'avait expliqué.

Il était rapide. Il pivota sur ses talons et visa ma tempe avec son poing gauche. Je le remarquai une fraction de seconde avant l'impact et parvins à esquiver. Dave se retourna vivement, en colère. Son bras droit pendait inutilement le long de son tronc.

– Tu l'auras voulu, la crevette ! grogna-t-il, avant de s'élancer sur moi, tout en puissance et en rage.

Je calculai le nombre de pas et choisis mon moment. Au dernier instant, alors que Dave me préparait un « punch » de derrière les fagots qui aurait enfoncé mes dents jusqu'à mes oreilles, je fis un pas de côté. J'effectuai un balayage du pied, qui atterrit sous le genou droit de Dave. Il alla aussitôt embrasser le tapis. J'attendis qu'il se redresse à quatre pattes, plus rageur que jamais... et là, je lui collai un méchant coup de pied dans les côtes.

Dave bascula sur le côté ; cette fois, il ne se releva pas. Il resta là, sur le dos, à gémir, les mains posées sur son volumineux plexus solaire.

Je me baissai à sa hauteur :

– Ça va ? Tu peux respirer ?

– Ouais ! gronda Dave. Ça va ! Je gère !

– Ça ira comme ça ! décréta Sharyn. Kebab, comment tu te sens ?

Le garçon se laissa rouler sur le sol et, me décochant un regard suspicieux, se remit tant bien que mal sur ses pieds. Une fois debout, tenant toujours son ventre, il poursuivit :

– Super... Je vais juste, euh... m'asseoir là-bas, au fond.

– Pas de problème, dit Sharyn en souriant.

Dave me gratifia d'un coup d'œil étrange, puis il quitta le tapis. Je l'observai, incapable de croire ce qui venait de se passer.

J'avais gagné.

J'avais vraiment gagné !

16

LE BURGERMEISTER

– La leçon est terminée, annonça Sharyn. On casse la croûte dans une demi-heure. Reposez-vous un peu. Vous vous débrouillez comme des chefs. Ça fait des mois que j'ai pas vu des recrues pareilles ! D'ailleurs, c'est tellement vrai que, Tom et moi, on vous a préparé une surprise pour cette après-midi !

Sur ce, elle partit vers la porte d'entrée, où Tom l'attendait dans l'ombre. Depuis combien de temps le chef était-il là ? Les trois filles s'éloignèrent vers leur dortoir, et Ethan partit aussi, la mine dépitée. Je poussai un soupir, et j'allais m'élancer après lui, lorsque Tom me héla :

– Will, attends !

J'obéis et, intrigué, je regardai les Jefferson s'approcher du tapis. Nous n'étions plus que tous les trois dans la salle d'entraînement.

– Tu assures bien, question fight, mec ! me complimenta Tom.

– J'ai eu de la chance, répondis-je.

Sharyn secoua la tête :

– La chance, je connais. Toi, c'est différent : tu as le talent de ton père pour les combats singuliers.

Mon père était-il doué pour ce genre de combats ? Je n'en étais pas sûr. Le Karl Ritter que j'avais connu ne se séparait jamais de son arme de service et de sa matraque de policier. Quoi qu'il en soit, il m'avait toujours paru invincible...

– Ethan ne vaut pas grand-chose comme adversaire, poursuivit Sharyn. Il est sympa et a sa place parmi nous, mais ce sera pas un combattant. Harleen, je la vois plus... Quant à Amy et Maria, c'est encore trop tôt pour le dire.

– Et Dave ? demandai-je. Je n'arrive pas à croire que je l'ai battu.

Sharyn gloussa :

– Plutôt deux fois qu'une ! Dès que t'as compris que tu devais pas avoir peur de lui, c'était gagné.

– Je ne suis pas tranquille au sujet de ce gars, marmonna Tom. Il se la joue, et il n'assure pas derrière.

– C'est pas tant qu'il se la joue ; c'est surtout qu'il cause pour rien, commenta Sharyn avec un haussement d'épaules. Et puis, il a pas inventé l'eau tiède. En plus, son âge m'inquiète. Il dit qu'il a quatorze ans – c'est vieux pour devenir Clairvoyant, même pour un garçon. C'est peut-être une Taupe, tu crois pas ?

– Possible.

J'étais choqué. Dave était certes du genre bagarreur sans cervelle... mais de là à être un espion pour les Macchabs ? Je n'arrivais pas à y croire.

– Comment peut-on le vérifier ? demandai-je.

Sharyn sourit à son frère :

– T'entends ça ? Il dit « on », à présent...

Je ne relevai pas.

– T'inquiète, enchaîna Tom. On a des règles et des protocoles pour ça. La semaine prochaine, on va vous faire pratiquer quelques exercices en expliquant qu'ils servent à dépasser notre peur. En vérité, ils sont faits pour avoir bien peur. Et si ce n'est pas le cas, ça signifie qu'on a affaire à une Taupe.

– Ou à un crétin, ajouta sa sœur, ce qui pourrait bien nous ramener à l'ami Kebab.

– Et je peux vous aider ? proposai-je.

– Oui, continue à t'entraîner, répondit Tom, et garde les yeux bien ouverts. Si tu aperçois quelqu'un qui rôde dans les parages quand ce n'est plus l'heure, balance-le. Il y a un Fossoyeur qui a pour nom Kyle Standish et qui s'occupe de cet endroit. C'est un peu le chef de la base Alpha. Si tu ne l'as pas encore rencontré, ça ne va pas tarder. Il est toujours là la nuit, avec au moins un autre Fossoyeur parmi les plus âgés, au cas où il y aurait un problème. Tu préviens l'un ou l'autre, et ils laisseront tomber ce qu'ils font pour venir te filer un coup de main.

– Compris.

– Va rejoindre les autres et te laver, ajouta Sharyn. Une belle après-midi vous attend !

– Ah oui ? fis-je. La surprise dont tu as parlé ?

– Une sortie éducative au Refuge, expliqua Tom.

– On va au Refuge ?

– Juste pour l'après-midi, confirma Sharyn.

– C'est la première fois qu'on essaye, précisa Tom. C'est un peu expérimental. L'idée est de vous faire découvrir l'Entrepôt et tout ce qui s'y passe. De vous apprendre quelques trucs sur chacune des équipes et ce qu'on sait sur les Macchabs. Et puis on vous ramènera ici avant l'heure du dîner.

– Mais la sécurité ? Toutes ces histoires au sujet des Taupes ?

– T'inquiète ! pouffa Sharyn. Vous aurez droit à un aller-retour en première classe... sauf que vous aurez un sac sur la tête.

– Un sac ?

– On peut montrer aux recrues ce qu'est le Refuge, Will, mais pas où il se trouve. C'est pour ça qu'on vous y conduira en prenant une route un peu compliquée, pleine de détours, et pareil au retour. Comme ça, s'il y a une Taupe, impossible pour les Macchabs de savoir où on vous a emmenés.

– Mais pourquoi prendre ce risque ?

– Pour le moral, dit Tom en haussant les épaules. Tu as vu à quel point Ethan était abattu, l'autre jour, quand il a posé sa question au sujet des autres groupes de Fossoyeurs ? Eh bien, toutes les recrues partagent ce sentiment, à des degrés divers.

– Cette petite balade, poursuivit Sharyn, leur montrera que les Fossoyeurs ne se limitent pas à cette vieille blanchisserie pourrie.

– Bonne idée, acquiesçai-je, sincère.

Ainsi, j'aurais une chance de revoir Helen, même si ça devait être bref. J'aurais l'occasion de lui présenter mes excuses.

– Une dernière chose, rouquin, reprit Sharyn. Rendez-vous ici, sur le tapis, ce soir, après l'extinction des feux, pour un cours particulier.

– Pourquoi ?

– Tu as l'âme d'un fighter. Je veux voir comment tu t'en sors avec un partenaire à ta mesure.

Je n'aimais pas ce que je venais d'entendre, et je m'éloignai du tapis, un peu mal à l'aise mais ressentant aussi un plaisir coupable. Moi, un bon combattant ? D'où est-ce qu'ils sortaient ça ? Je me rendis compte que j'attendais avec impatience de me retrouver face à ce « partenaire à ma mesure ». C'était d'ailleurs la première fois depuis des jours que quelque chose me rendait impatient.

Ma mère n'aurait jamais été d'accord, évidemment. Mais bon, ma mère n'était pas là. Cette pensée me rappela douloureusement ma solitude et vint ronger mon optimisme naissant.

J'ouvris la porte qui séparait la salle d'entraînement du coin cuisine. Dave se tenait juste là, dans l'embrasure. L'air rageur, il fit un pas en avant. Je restai immobile. Ce type était gigantesque, aussi grand que Tom et bien plus massif. La veille encore, je me serais senti intimidé. Je m'aperçus, à ma grande surprise, que cette époque-là était révolue. De toute façon, il n'était pas en état de se lancer dans un nouveau combat. Il tenait un sac de glace contre son ventre.

« Je n'arrive pas à croire qu'avant je trouvais les gars dans son genre effrayants ! Forcément, maintenant que j'ai vu des morts-vivants... »

Presque machinalement, j'examinai la tête, le cou et le corps de Dave, me remémorant les phases de notre entraînement. Ce serait si facile de remettre ça... Un coup sec sur la tempe, et il s'écroulerait comme une masse.

« Sauf que Dave n'est pas mon ennemi... »

De plus, le Dave Burger qui se dressait devant moi ne ressemblait plus à une grosse brute prête à me maltraiter. Ses manières étaient plus retenues, presque anxieuses.

– Tu t'appelles Will, hein ?

– Oui, répondis-je, me demandant bien qui avait encore besoin de rappeler son nom après deux jours passés dans cet endroit.

– Moi, c'est Dave Burger. Pas Kebab. Burger.

– Je sais.

– Mais tout le monde m'appelle « Burgermeister ».

– Ah oui ? Comment ça se fait ?

Il haussa les épaules :

– C'est un prof qui m'a appelé comme ça à la maternelle, et c'est resté. « Meister », en allemand, ça veut dire « maître », et le « Bürgermeister », c'est le maire. Tous mes amis m'appellent comme ça.

– OK, Burgermeister.

– Et toi, tu as un surnom ?

– Tant que tu ne m'appelles pas « rouquin », ça ira, dis-je en secouant la tête.

– Sharyn t'appelle comme ça.

– Oui. Disons que j'ai un peu lâché l'affaire avec elle.

– OK, pas « rouquin », répéta-t-il en s'agitant nerveusement d'un pied sur l'autre. Vous... vous avez parlé de moi ?

– Qui ça ?

– Sharyn, Tom et toi. Là, à l'instant.

– Non, mentis-je, ne voyant pas vraiment l'intérêt de lui raconter que Tom pensait que c'était peut-être un espion à la solde des Macchabs.

– Ils, euh... veulent que je fasse un entraînement supplémentaire.

– Pourquoi ? T'en as pas besoin.

– Quoi ? dis-je en le regardant, incrédule.

– Tu rigoles ? À la seconde où t'as arrêté de trembler, t'étais plus détendu qu'un vieux slip !

J'éclatai de rire, et il s'esclaffa à son tour.

– Tu le croirais si je te disais que je ne m'étais jamais battu avant de venir ici ?

– Tu plaisantes ? s'exclama Dave. C'est dingue ! T'as ça dans le sang ! Crois-moi, je me suis bagarré assez souvent pour le savoir.

Je sentis tout à coup une vague de fierté me submerger :

– Merci. Tom et Sharyn ont dit à peu près la même chose. Ils veulent que je m'entraîne encore, mais contre quelqu'un... d'autre.

J'avais failli dire « de meilleur que toi » ; je m'étais rattrapé à temps.

– Ah oui ? Quand ?

– Après l'extinction des feux.

– Tu crois qu'ils me laisseraient y assister ?

– Sharyn a précisé que c'était privé.

– Oh, fit-il, visiblement déçu.

– Mais bon, je peux toujours demander, on ne sait jamais.

– Ouais ? Tu ferais ça ?

– Pourquoi pas ? Au pire ils refuseront.

– J'espère que tu ne vas pas te battre contre Sharyn, me prévint Dave, l'air inquiet. C'est une arme de destruction massive, cette fille !

Il ajusta son sac de glace :

– Quand tu m'as frappé, j'ai eu mal. Mais je sens encore les coups qu'elle m'a envoyés jeudi !

J'éclatai une nouvelle fois de rire. Dave secoua la tête :

– Je suis sérieux. Je me suis battu des dizaines de fois. C'était presque un hobby. Et je n'avais jamais perdu un combat, pas un seul, avant d'arriver ici. Will, je t'assure, je n'ai jamais vu – de ma vie entière – quelqu'un se déplacer aussi vite que Sharyn. Enfin, excepté ce Macchab, l'autre jour, évidemment.

– Ce Macchab ?

– Oui. J'ai commencé à les voir il y a environ six mois. Juste quelques-uns, aux alentours de Collegetown ; c'est là que j'habite. Au début, je croyais que c'étaient des types avec des costumes d'Halloween... une bonne grosse blague, quoi ! Et puis j'ai compris que ce n'était pas le cas, et que j'étais le seul à les voir. Je t'explique pas comment ça m'a retourné le cerveau !

– Et tu es resté comme ça pendant six mois ?

– Qu'est-ce que je pouvais faire d'autre ? demanda-t-il en haussant les épaules. Je vis – enfin je vivais – avec ma grand-mère, et si je m'étais mis à lui raconter ça, elle m'aurait forcé à aller à l'église. Pas question d'en parler aux flics... pas après avoir découvert que deux d'entre eux étaient des Macchabs ! Et je ne pouvais rien dire à mes potes ; ils auraient pensé que j'étais cinglé. Tu vois ce que je veux dire ?

– Oh que oui ! répondis-je, plus que sincère.

– Donc, j'ai juste essayé de me tenir à l'écart. Chaque fois que j'étais obligé de leur parler, je faisais en sorte que ça ne dure pas longtemps, et je m'arrangeais pour ne pas les regarder en face. Ils ont des yeux laiteux trop bizarres ; comme s'ils te voyaient et qu'ils ne te voyaient pas en même temps, tu sais ?

– Je sais.

– Il y a cinq nuits, reprit-il, j'ai buté sur un Macchab dans la rue alors que je revenais d'une salle de jeux vidéo. Bien gluant, en plus ! T'en as déjà vu un bien gluant ?

Je me souvins de Kenny Booth sur City Line Avenue, et je hochai la tête.

– Aucune idée de qui c'était, ou qui il prétendait être... Juste un type en jean et chemise de flanelle. Je devais me sentir invincible, cette nuit-là, parce que je me suis lâché et je l'ai traité de zombie.

– Ce n'est pas conseillé, ça, intervins-je.

– Quoi ?

– De les appeler « zombies ».

– Pourquoi ça ? me demanda Dave, en me dévisageant.

Je répétai ce que Helen m'avait raconté :

– Dans les films, les zombies sont lents et stupides. Ne va surtout pas les confondre avec ces créatures.

– Je vais pas te dire le contraire ! acquiesça-t-il après un moment de réflexion. Surtout avec ce qu'il a fait...

– Il a essayé de te tuer ?

– Et comment ! s'écria Dave en levant son tee-shirt.

Je poussai un hoquet de surprise. Son torse musclé et ses abdominaux d'athlète étaient couverts de bleus. Certains récents, sans doute l'œuvre de Sharyn, mais d'autres avaient viré au jaune, ce qui signifiait qu'ils avaient plus d'une semaine.

– Ce zombie, euh... je veux dire ce Macchab, m'a balancé un vrai coup de marteau-pilon. J'ai carrément décollé du sol !

– Eh bien, pas étonnant que ça te fasse si mal quand Sharyn te touche ! m'exclamai-je.

– Ah oui, peut-être que c'est à cause de ça ! dit-il d'une voix soudain plus joyeuse.

– Alors, que s'est-il passé ensuite, avec le Cadavre ?

– On s'est battus. J'y ai mis tout ce que j'avais ! J'y suis allé jusqu'à ce que de gros morceaux de chair pourrie commencent à tomber de mes mains. Mais j'avais beau frapper, c'était comme s'il ne sentait rien du tout. À la fin, il m'a pris par les épaules et m'a soulevé dans les airs, me tenant à bout de bras au-dessus de sa tête. Et il a fait ça super vite ! Si vite que j'ai à peine vu le geste !

» Je ne me rappelle pas grand-chose, après ça. Il m'a balancé depuis la rue dans un ruisseau en contrebas, qui se jette dans un petit cours d'eau un peu plus loin. Il a dû se dire que j'étais mort parce qu'il n'est pas venu achever le travail...

– Waouh..., murmurai-je.

– Eh oui, commenta le Burgermeister avec un rire triste. Je me suis réveillé le lendemain matin, à l'aube, et j'ai foncé à la maison. Les flics étaient déjà là, sur le perron, et ils parlaient à ma grand-mère. Je les ai observés depuis les buissons. Je n'arrivais pas à entendre ce qu'ils racontaient, mais j'ai tout de suite compris qu'il fallait que je mette les voiles.

– Comment ça ?

– Les deux flics étaient des Macchabs, précisa-t-il sombrement.

– Oh...

– Après qu'ils sont partis, ma grand-mère est allée chez notre voisine, sans doute pour lui parler de ce qui s'était passé. Je me suis faufilé à l'intérieur, le temps de prendre à manger et de laisser un petit mot. Pour ne pas qu'elle s'inquiète... Même si, de toute façon, elle allait se faire du souci.

– Oui, acquiesçai-je, en songeant à ma mère, qui n'avait même pas eu de mot.

– Ensuite, j'ai pris un train pour le centre-ville. Je voulais mentir sur mon âge et m'engager dans la marine, ou un truc dans ce genre...

– Bonne idée.

– Sauf que ces crétins ont insisté pour que je leur fournisse un certificat de naissance ! T'y crois, toi ?

Je le croyais sans problème ! Les adultes trouvent toujours comment empêcher les enfants d'aller dans les endroits où ils ne sont pas censés se trouver.

– J'ai erré sans but, poursuivit Dave, et j'ai passé la nuit dans une benne à ordures. J'étais dans de sales draps. Mon argent n'allait pas durer longtemps et, pire, je me suis rendu compte qu'il y avait encore plus de Cadavres à Philadelphie qu'à Collegetown !

– T'as pas vu Manayunk !

– Ah oui ?

– Oh oui !

Dave frissonna pour de bon.

– Et comment es-tu arrivé ici, alors ? demandai-je.

– J'ai eu de la chance, pour changer. J'étais sur Market Street mercredi, quand, soudain, je vois une bande de jeunes sur des vélos top cools, cachés derrière un bus. Et les voilà qui démarrent à plein tube, fonçant droit sur un tas de gens qui traversent la rue. Là, ils récupèrent deux gamins au passage et ils s'enfuient aussi sec. Mais le truc, c'est qu'il y avait trois Macchabs sur place, que les jeunes à vélos ont aspergés à coups de pistolets à eau ! Il y en avait même un qui avait une épée ! Je pense que c'était Sharyn, même si je ne pouvais pas le savoir, à ce moment-là.

Je souris, silencieux, et Dave poursuivit :

– Des gens capables de traiter les attrape-mouches comme ils venaient de le faire, forcément, c'était avec eux que je voulais me retrouver. J'ai donc posé des questions à tous les passants et les badauds du coin, jusqu'à ce que je tombe sur un gars appelé Jonathan, et il se trouve qu'il faisait partie du gang à vélos. Quand je lui ai raconté que je voyais les Cadavres, il m'a proposé de me conduire ici. Je dois bien admettre, conclut Dave en jetant un coup d'œil autour de lui, que je m'attendais à mieux.

Pendant quelques instants, je songeai à lui parler de notre petite sortie de l'après-midi, puis je changeai d'avis. Tom et Sharyn le suspectaient d'être une Taupe, et, si c'était le cas, il n'aurait pas été très avisé de ma part de lui confier que j'en savais plus sur les Fossoyeurs que ce que j'avais l'air.

Sauf que... il ne ressemblait pas à une Taupe.

– On mange un morceau, Burgermeister ?

– Carrément !

À ma grande surprise, il s'inclina légèrement et esquissa un mouvement de balancier avec le bras, mimant un « Après vous ! » qui me fit sourire.

Je me rendis compte que je l'appréciais bien, ce Dave « Burgermeister » Burger.

17

SORTIE ÉDUCATIVE

Cette après-midi-là, après un copieux repas à base de hot-dogs et de macaronis au fromage passés au micro-ondes ainsi que de jus de pomme, les six recrues de la base Alpha furent une nouvelle fois rassemblées dans la salle principale. Nous n'étions pas assis, mais alignés près de la porte arrière de la blanchisserie. On distribua un sac noir à chacun de nous.

– Aujourd'hui, annonça Sharyn, on va faire une petite sortie de quelques heures. Pour commencer, passez ces sacs sur vos têtes. Ensuite, je vous conduirai, l'un après l'autre, jusqu'à l'arrière d'un van. Le van est équipé de deux banquettes munies de cordes qui servent de ceintures de sécurité. Une fois que vous serez là-dedans et attachés, on décollera.

– Où va-t-on ? demanda Amy.

– C'est une surprise. Mais ne t'inquiète pas : on sera de retour pour le dîner. Ça roule ?

Harleen et Maria hochèrent la tête. Le Burgermeister fronça les sourcils. Amy et Ethan avaient l'air nerveux.

– Bien, enchaîna Sharyn. Attention : vous n'ôtez pas le sac avant que je vous dise que c'est OK, compris ? Je serai assise à l'arrière avec vous, et si un seul essaye d'enfreindre cet ordre, eh bien… il aura droit à une séance d'entraînement personnalisé dès qu'on reviendra ici. C'est clair pour tout le monde ?

Dave, qui avait déjà goûté aux entraînements personnalisés de Sharyn, fut le premier à mettre le sac noir sur sa tête. Il le fit avec une telle vitesse que j'eus du mal à réprimer un sourire. Les autres suivirent son exemple. Et, après une grimace et un hochement de tête de Sharyn, je fis de même.

On étouffait, là-dedans, et il faisait tout noir. Je ne pouvais rien voir. En même temps, c'était le but recherché…

Dix minutes plus tard, nous étions tous installés à l'arrière d'un vieux van qui grinçait, assis sur des bancs bien durs.

– On en a pour une demi-heure, prévint Sharyn alors que les portes se refermaient avec fracas.

Premièrement, le sac était inconfortable, même s'il ne nous empêchait pas de respirer. Deuxièmement, le conducteur n'était pas très doué, loin de là. Les pneus crissaient à chaque virage ou presque, nous balançant dans un sens et dans l'autre, et les uns contre les autres. Il y eut beaucoup de virages : l'itinéraire complexe mis au point par Tom pour nous conduire au Refuge. Je ne pense pas que le meilleur espion du monde aurait été capable de nous pister.

J'avais perdu tout sens de l'orientation lorsque le van s'immobilisa enfin. On aurait pu se trouver n'importe où, du musée d'Art à l'aéroport de Philadelphie.

– Je ne me sens pas bien, marmonna Ethan, à côté de moi.

À vrai dire, c'était pareil pour moi... ce qui n'était pas très étonnant après avoir enduré un trajet plein de virages avec un sac sur la tête...

– On se détend, tout le monde ! déclara Sharyn, aussi enjouée qu'à l'accoutumée. On est arrivés !

Les portes s'ouvrirent, et on sortit. Sharyn nous aida à descendre, nous disposa en file indienne et nous fit avancer, le sac toujours sur la tête, dans un petit couloir. Il débouchait sur une salle qui, à en croire l'écho, ne pouvait être que l'Entrepôt du Refuge. Pas de rampe, pas de mur de briques. De toute évidence, le repaire souterrain des Fossoyeurs avait plusieurs entrées.

Une porte claqua dans notre dos.

– C'est bon, les gars : vous pouvez faire tomber les sacs ! lança Sharyn.

On obéit avec soulagement.

Je fis de mon mieux pour feindre le même étonnement que les autres recrues devant l'activité bourdonnant tout autour de nous. Ce ne fut pas difficile. En l'observant ainsi, sans être sous le choc et la peur qui me submergeaient le premier jour, la grande salle était vraiment impressionnante. Le plafond élevé, les rangées de vélos tout-terrain, les alignements de pièces cloisonnées sur les côtés... Tout cela rendait l'existence des Fossoyeurs plus tangible, plus rassurante. À cet instant, je compris clairement le but de cette sortie.

– Bienvenue au Refuge ! annonça Tom, qui venait d'arriver par la même porte que nous. J'espère que vous avez apprécié le voyage. Vous êtes les premières recrues à bénéficier de ce traitement de faveur avant la fin de votre formation à la base Alpha, alors profitez-en !

Je l'observai en songeant à mon estomac encore douloureux. Était-ce lui qui conduisait ? D'ailleurs, qui chez les Fossoyeurs avait le permis ou même savait conduire ? Et d'où sortait ce van ? Autant de questions auxquelles je n'aurais pas de réponse ce jour-là, c'était évident. Pour l'heure, il me fallait jouer les petits nouveaux, comme les autres.

– Écoutez-moi, dit Sharyn. On va vous faire visiter l'Entrepôt, vous montrer à quoi il ressemble et comment fonctionne l'organisation des Fossoyeurs. Cela vous permettra de découvrir les différentes branches d'activité ; certains d'entre vous sauront peut-être déjà vers laquelle ils voudront s'orienter après votre stage dans la base Alpha. Ensuite, on fera une petite pause, puis on vous parlera un peu des Macchabs, dans une sorte de cours qu'on a intitulé : *Les Macchabs pour les Nuls*.

Un grand sourire aux lèvres, elle s'avança dans l'Entrepôt et agita le doigt pour nous inviter à la suivre.

Ainsi que je le découvris, les Fossoyeurs travaillaient en équipe, chacun obéissant à un chef de service, lui-même dépendant soit directement du « big boss », Tom, soit de son adjointe, Sharyn. La plupart des équipes avaient un espace réservé, où elles accomplissaient leur mission. Cette après-midi-là, les recrues de la base Alpha passèrent entre quinze et soixante minutes à chacun de ces postes.

Tout d'abord les Chatters, qui occupaient une série de tables disposées en carré, et que leur chef, un garçon de petite taille aux cheveux noirs appelé Sammy Li, définissait comme étant « le centre géographique exact du Refuge ». D'après lui, cette position permettait au wifi de mieux fonctionner. Cette équipe était en charge de toutes les activités de communication. Ils étaient en contact permanent avec les Infiltrés, et surveillaient les agissements des Macchabs dans les médias locaux. Sammy nous laissa feuilleter le journal régional, à la recherche de photos de Cadavres. Ethan en trouva un et en fut tout excité.

Le groupe des Hackers disposait de trois rangées d'ordinateurs alignés contre le mur du fond. Ils passaient leurs journées à tenter de pénétrer tous les types de systèmes imaginables. Leurs buts : créer de fausses identités pour les Infiltrés, obtenir des informations sur des Macchabs connus, suivre l'état des finances des Fossoyeurs... Ils étaient sous la responsabilité d'une fille de seize ans, dénommée Elisha Beardsley, qui nous lança avec l'enthousiasme d'une candidate à l'élection des délégués de classe :

– Travaillez pour moi, et je vous montrerai comment déjouer tous les systèmes informatiques de la côte Est ! Plus cool que cette mission, c'est simple : il n'y a pas !

Je n'en étais pas convaincu, contrairement aux autres, surtout Maria, qui semblaient très emballés.

Ce fut ensuite le tour des Teckos, qui regroupaient les mécaniciens, les plombiers, les charpentiers et les électriciens. Ils étaient sous les ordres de Tara Monroe, la fille un peu boulotte qui s'était montrée gentille avec moi lors des premières minutes – déroutantes – que j'avais passées au Refuge.

– Mon équipe fait en sorte que les vélos soient opérationnels, expliqua-t-elle tandis que nous étions rassemblés près du garage à Stingrays. On veille aussi sur le bâtiment, on répare et on améliore nos outils au fur et à mesure. En bref : si vous êtes à l'aise avec un manche, et que vous n'en êtes pas un vous-même, on saura vous tenir occupé !

– Cool..., murmura le Burgermeister à côté de moi.

À la fin de son discours, les yeux de Tara se posèrent brièvement sur moi, et, comme elle me reconnaissait, ses lèvres s'incurvèrent en un léger sourire. Je parvins à lui sourire en retour ; c'était chouette d'avoir déjà une amie.

« Je me demande où est Helen. »

– Les Infiltrés et les Anges-Gardiens sont des équipes à part, nous expliqua Tom quelques minutes plus tard.

Nous avions quitté le garage à vélos et nous nous trouvions désormais près de la cafétéria.

– Pour commencer, continua-t-il, les Infiltrés n'ont pas de lieu de travail attitré au Refuge, parce que, eh bien... la plupart du temps, ils ne sont pas là. Ils sont dehors, dans le monde extérieur, cachés dans les collèges de la région, se faisant passer pour des élèves normaux. Leur job est difficile : ils doivent essayer de détecter les Clairvoyants et, quand ils en trouvent un, d'entrer en contact avec lui avant les Macchabs. Les Infiltrés sont entraînés à se battre, à se débrouiller par eux-mêmes, et à rester calmes, même quand ça dérape. C'est une mission risquée, raison pour laquelle c'est la seule équipe que je dirige en personne.

» Quant aux Anges-Gardiens, c'est notre équipe d'intervention et de sauvetage. La plupart du temps, ce sont eux qui se frottent aux Cadavres. Lorsqu'un Infiltré a besoin de renforts, les Anges-Gardiens débarquent. Quand un Macchab prépare un mauvais coup, les Anges-Gardiens le pistent et récupèrent les infos. C'est Sharyn qui gère cette équipe, et il n'est pas simple d'y entrer. Il faut subir un entraînement au combat et au maniement des armes, apprendre à tenir sur un vélo et sur un skate, et, bien sûr, on ne compte pas ses heures. Ce n'est pas facile et ce n'est pas pour les timides. Cela dit, si vous pensez que vous avez la trempe pour intégrer les Anges-Gardiens ou les Infiltrés, faites signe à Sharyn ou à moi, et on en discutera.

Apparemment, il n'y avait pas de volontaires immédiats, et Tom ne donna pas l'impression de s'être attendu à autre chose. Il esquissa un bref hochement de tête à l'intention de Sharyn, qui s'avança en se frottant les mains, avant d'annoncer :

– C'est l'heure de la pause ! Il y a des bonbons et du pop-corn, et je crois que Nick nous a préparé une tarte. Allez vous asseoir à la cafétéria, pendant que je pars jeter un coup d'œil en cuisine.

On obéit aussitôt. Le Burgermeister se laissa lourdement tomber sur une chaise, à côté de moi. Il goûta un bonbon maison, puis en envoya une bonne demi-douzaine dans son gigantesque gosier :

– Ils sont pas mauvais, mais j'espérais qu'on aurait de la vraie nourriture.

– On a déjeuné juste avant de partir de la base Alpha, lui rappelai-je.

– Je sais, mais j'ai faim !

Et il expédia une autre poignée de bonbons multicolores au fond de sa gorge.

Sharyn réapparut quelques secondes plus tard, entraînant dans son sillage un gars d'environ seize ans, grand et maigre.

– Je vous présente Nick Rooney, le chef des Mères.

Harleen et Maria gloussèrent tandis que Dave me chuchotait à l'oreille :

– Il ressemble à aucune mère de ma connaissance.

Il remarqua alors que le garçon tenait une tarte aux pommes fumante dans sa main droite encore recouverte d'un gant de cuisine.

– Hé, mec ! s'exclama-t-il soudain. Si tu me donnais un peu de ça ?

Il s'avéra que les Mères étaient un peu le bas du panier chez les Fossoyeurs, même si, évidemment, personne n'osait le dire clairement. C'était là que démarraient la plupart des recrues, avec des tâches pénibles et peu valorisantes : les courses, les poubelles, la lessive et, d'une manière générale, le rangement de ce que les autres laissaient traîner derrière eux. Personne n'aimait être une Mère, et la majeure partie changeait d'équipe dès qu'une nouvelle fournée de recrues arrivait.

Nick Rooney était l'exception qui confirmait la règle. Il était dans l'équipe des Mères depuis le jour de son arrivée, presque deux ans et demi auparavant, et il n'avait aucune envie de changer. Nick voulait devenir pâtissier, et c'était lui qui préparait, outre les tartes, les bonbons que tout le monde suçait autour de moi, Dave en particulier.

Moi, je n'avais pas faim. Je profitai de la pause pour m'isoler deux secondes avec Sharyn.

– Où est Helen ? lui demandai-je.

– Helen ? Dans le dortoir des filles, je crois. Elle a dit qu'elle était fatiguée.

– Oh, fis-je, essayant de dissimuler ma déception. J'avais peur qu'elle soit repartie pour une nouvelle mission.

Sharyn secoua la tête :

– Non. Du moins, pas encore.

– Tu lui passeras le bonjour de ma part ?

Sharyn me décocha un petit sourire entendu :

– T'auras qu'à le faire toi-même, rouquin, la prochaine fois que tu la verras...

Là-dessus, elle se détourna pour s'adresser aux autres recrues :

– Dernière étape, tout le monde ! Direction le Neurolab, où vous allez rencontrer Steve Moscova dans sa tenue de combat : blouse blanche, tee-shirt de geek, et lunettes ! Alors, en rang ! Vous allez vous éclater !

18

LES MACCHABS POUR LES NULS

– Mon nom est Steve Moscova. Je consacre tous mes efforts à comprendre qui sont ces envahisseurs, car c'est en les comprenant que nous trouverons le moyen de les vaincre.

Nous étions rassemblés à l'extérieur du Neurolab, assis sur les chaises disposées en demi-cercle autour des tables qui délimitaient le territoire de Steve. Son équipe était absente. Un tableau noir en piteux état avait été installé sur la table la plus proche. Steve y avait scotché une série de photos représentant différents Macchabs à des stades de décomposition divers. Je sentis mon estomac se retourner aussi sûrement que dans le van qui tanguait de tous les côtés.

– Pouah, j'aurais pas dû avaler tant de bonbons ! gémit Dave à côté de moi.

– N'hésitez pas à poser des questions, enchaîna Steve. Levez juste la main avant. Bon, on y va…

Il désigna la première photo. Le Cadavre qui y figurait ressemblait au vieux Pratt, du moins tel qu'il était le matin où j'avais quitté la maison : desséché, presque une coquille vide. De la nourriture pour scarabées.

– Voici un Macchab parasitant un corps de type 5. Sa décomposition est si avancée qu'il en est au stade final de son utilité. Il s'agit de la dépouille d'une personne décédée depuis plus de deux mois. Tous les fluides corporels ont disparu ; il ne reste plus que des os secs et cassants, et une peau semblable à du vieux parchemin. Un corps comme celui-ci est très fragile ; en cas de combat, il est presque inutile. Le Macchab qui l'occupe va bientôt se mettre à la recherche d'un habitat plus frais. Nous appelons cette opération « un Transfert ». Et cela nous amène au premier point important à retenir…

» Les Macchabs ne sont pas les âmes des corps qu'ils occupent. Les corps sont simplement ceux de gens morts. Les entités que nous désignons par les mots “Macchabs” ou “Cadavres” n'arrivent qu'ensuite. Nous ne savons pas d'où elles viennent, mais il y a de fortes chances pour que ce soit depuis une autre sphère d'existence… ce que nous pourrions appeler *une autre dimension.*

– Tu veux dire qu'ils viennent… de l'espace ? demandai-je.

– C'est une bonne question, mais... euh... Will, c'est bien ça ?

Je rougis. Il avait retenu mon nom ! Puis je me souvins que je n'étais pas censé l'avoir déjà rencontré.

– Oui, c'est ça, bredouillai-je.

– OK, Will : la prochaine fois que tu as une question, lève d'abord la main.

– Bien sûr, dis-je, toujours rouge.

– Quoi qu'il en soit, je vais te donner une réponse : ils viennent peut-être de l'espace, mais ce n'est sans doute pas le cas. Nous sommes pratiquement certains qu'ils arrivent dans notre monde sous forme d'énergie pure. C'est la raison pour laquelle, d'ailleurs, ils se doivent de parasiter des cadavres dès leur arrivée.

Il tapota les quatre autres photos l'une après l'autre, de gauche à droite :

– Nous attribuons des catégories aux Macchabs, qui varient en fonction de l'avancement de la décomposition.

Il s'arrêta sur le dernier de la série. Le corps avait l'air bien plus frais, plus gluant, que les autres.

– Quand cela est possible, les Macchabs choisissent des corps de type 1, c'est-à-dire morts depuis moins d'une semaine. Ce sont les plus forts, ceux qui résistent le mieux aux dégâts et, bien sûr, ceux qui durent le plus longtemps. Les Cadavres prennent grand soin de ces dépouilles, et ils vont même jusqu'à les embaumer eux-mêmes si ça n'a pas déjà été fait.

– C'est quoi, « embaumer » ? se renseigna Amy, en levant la main.

– Ça consiste à drainer le sang du corps et à le remplacer par une solution à base de formol.

Tous autant que nous étions fûmes envahis par un profond sentiment de « Beeeeuuurrrkk ! ».

– Et pour quoi faire ? questionna encore Amy.

– Ça empêche le cadavre de pourrir trop vite, intervint Dave.

Steve se racla la gorge :

– Pour faire court, c'est bien ça. Ça aide à fixer les protéines cellulaires, ce qui les rend d'autant plus difficiles à être ingérées par les bactéries. Un terme ayant été mis au processus d'alimentation, la poursuite de la décomposition est invalidée.

Amy le regarda avec des yeux comme des soucoupes.

– Je préfère ma réponse, dit Dave.

Steve se racla de nouveau la gorge. Je songeai aux Macchabs que j'avais vus. Kenny Booth était évidemment un type 1. Titlebaum, l'adjoint du principal, était un 2 ou un 3. Et Mlle Laterre ? Une 4, au mieux ; elle perdait beaucoup de petits bouts de peau sèche ! Quant à la femme dans la laverie ? Une 2. Je frissonnai en me rappelant la force qu'elle avait, celle-là !

– Cependant, poursuivit Steve, même si les Macchabs préfèrent les corps de type 1, ils prendront ce qui sera disponible s'ils n'ont pas le choix. La plupart de leurs cadavres sont volés dans des tombes fraîchement creusées ou à la morgue municipale, qu'ils dirigent, d'ailleurs. Nous ne comprenons pas vraiment comment se déroule le Transfert, mais il semble qu'il obéisse à des règles précises. À commencer par la portée, qui n'est pas très importante, peut-être même limitée au champ de vision. Les Macchabs ne peuvent pas se transférer dans des êtres vivants et, s'il n'y a pas de corps disponibles dans les parages, ils sont pris au piège, quel que soit l'état des corps qu'ils parasitent. Souvenez-vous de ça.

– Comment marche l'illusion ? m'enquis-je, et comme Steve se contentait de me fixer ostensiblement, je levai la main et reposai ma question.

– C'est la grande question, hein ? Si on le savait, on serait évidemment mieux armés pour les combattre. Malheureusement, je ne peux que vous donner quelques idées générales.

» Chaque Macchab projette une fausse image. Nous appelons ça "un Masque". C'est de la technologie ou de la télépathie – on l'ignore. Ce qu'il est important de comprendre, c'est que l'illusion n'a rien à voir avec le cadavre qu'ils parasitent. Les Macchabs n'essayent pas de prendre l'apparence de gens morts. Ils se servent des corps comme habitacles et projettent ensuite l'image de leur choix : celle que les gens verront. Faisons une expérience...

Il adressa un signe de tête à Sharyn, qui roula des yeux et distribua des enveloppes kraft. À l'intérieur de la mienne, je trouvai deux photos de Macchabs. Un de type 5 et un de type 2. Les corps étaient différents, mais tous deux étaient des hommes et portaient un uniforme de la police de Philadelphie. D'après les gémissements et les bruits de nausée autour de moi, je supposai qu'on avait distribué aux autres recrues les mêmes photos qu'à moi.

Sharyn gloussa, mais notre détresse semblait laisser Steve de marbre.

– À présent, je veux que *vous observiez bien* ces photos.

À ma gauche, Ethan était devenu vert et, de l'autre côté, Dave regardait les clichés des Macchabs comme s'ils allaient l'attaquer.

– Bon, dit Steve. Maintenant, détendez-vous...

Quelque part dans mon dos, j'entendis Maria avoir un haut-le-cœur.

– ... et laissez vos yeux se perdre dans le vague.

Évidemment, j'avais deviné ce qu'il cherchait à faire. Mais est-ce que ça allait marcher avec une photo ? Je dévisageai donc le type 5 pendant quelques secondes, puis je me mis à loucher en gardant le cliché dans mon champ de vision. Alors, je découvris la tête d'un homme d'une quarantaine d'années, avec une calvitie naissante, un visage doux, qui se mit à flotter au-dessus de la face parcheminée du Cadavre. Gardant mes yeux ainsi, je passai à la seconde photo, et je découvris le même visage, le même Masque, surimposé sur la photo d'une dépouille différente, plus fraîche. Deux corps différents, mais un seul Macchab.

– Je le vois ! s'exclama Amy.

– Bien, la félicita Steve. Quelqu'un d'autre ? Levez la main.

Tout le monde leva la main, sauf le Burgermeister, qui avait rougi et l'air frustré.

– Qu'est-ce que je suis censé voir ?

Steve reprit, ignorant complètement Dave :

– Le Masque d'un Macchab reste identique quel que soit le cadavre qu'il parasite. De plus, ce déguisement fonctionne sur toutes les traces laissées par ce corps : ombre, empreintes digitales, et évidemment les photos et les vidéos. Voilà la raison pour laquelle une photo ne révèle jamais la présence d'un Macchab à ceux qui ne peuvent pas le voir.

– Comme Kenny Booth ! s'exclama Ethan. Ça fait trois ans qu'il passe à la télé !

– Exactement, confirma Steve, mais, Ethan, la prochaine fois, lève la main.

– Mais ce n'était pas une question ! protesta Ethan. Tu as dit qu'on devait lever la main quand on avait une question.

Steve cligna des yeux. Sharyn pouffa. Et, après un moment, le chef du Neurolab annonça :

– Nouvelle règle : personne ne parle sauf s'il a levé la main avant.

On hocha tous la tête, et Steve poursuivit :

– Mais les Masques ont leurs limites…

– Tu n'as pas levé la main, l'interrompit Ethan, luttant pour réprimer un sourire.

– Sauf moi. Personne ne parle, sauf moi, lâcha Steve, irrité.

Quelques recrues gloussèrent.

– Les Macchabs, reprit Steve, ne peuvent pas donner l'illusion des vêtements. Ils doivent les acheter, comme tout le monde. Et il semble aussi qu'ils n'aient pas le choix : ils sont soit mâle, soit femelle – ils ne passent pas de l'un à l'autre.

Amy leva la main :

– Pourquoi cette illusion ne marche pas avec nous ?

– Il existe plusieurs théories, répondit Steve. Il est possible que nous ayons un gène qui bloque la transmission, un gène qui s'active au cours de la puberté. Ceci pourrait expliquer pourquoi personne ne devient Clairvoyant avant l'âge de onze ou douze ans.

Harleen Patel leva ensuite la main. Elle avait douze ans, était toute maigre avec un visage rond, des cheveux noirs coupés court, et avait des bagues sur les dents.

– Et qu'est-ce que c'est, leur façon bizarre de parler sans remuer les lèvres ?

– Nous appelons cela « la Morlangue », répondit Steve. Ce n'est pas une forme de langage au sens où nous l'entendons communément. Par exemple, il est impossible d'enregistrer ce qu'ils disent ; il n'y a donc pas de vibrations sonores, à la différence de n'importe quelle langue parlée. Il s'agit peut-être d'une autre forme de télépathie – peut-être est-ce ainsi que les Macchabs communiquent entre eux d'ordinaire, dans leur environnement d'origine, quel qu'il soit.

Je levai la main :

– Pour quelle raison les mots sont-ils si... hachés, quand ils parlent comme ça ? Comme si leurs phrases ne devaient pas comporter plus de dix mots.

– Il s'agit sans doute d'une forme limitée de télépathie. Ainsi, elle ne marche pas sur une longue durée. Elle fait appel à des images mentales, pas à des mots, pour transmettre des idées. Apparemment, nous autres Clairvoyants sommes capables de voir ces images, que notre cerveau traduit en quelque chose de compréhensible pour nous : des mots.

Je gardai la main levée :

– Et qu'advient-il d'un Macchab qui perd une partie de son corps ? Comment parvient-il à maintenir son Masque quand un bout de son cadavre traîne par terre ?

Je veux dire... ils ne peuvent pas bouger sans avoir la tête sur les épaules, si ?

Steve pointa le doigt dans ma direction, l'air d'aimer ma question :

– Les Macchabs animent des corps, et ils sont contraints par les limites de ces corps. Donc, tu as raison, Will : si son cadavre perd la tête, le Macchab est immobilisé. Il ne peut plus aller nulle part, et il ne peut se transférer que s'il y a une dépouille disponible à proximité. C'est valable aussi – à un degré moindre – s'ils perd un bras ou une jambe. Il est encore capable de se déplacer, mais il ne le fera pas, car, en s'éloignant du membre sectionné, il aura du mal à maintenir l'illusion de son Masque.

» Dans ces cas-là, les Macchabs s'entraident. Lorsque l'un d'eux est paralysé de la sorte, les autres le sentent instinctivement. Peut-être une autre forme de télépathie. En tout cas, quelle que soit la façon dont ils s'y prennent, les Cadavres trouvent leur compagnon en mauvais état, le récupèrent ainsi que les morceaux dispersés, et ils l'emmènent en lieu sûr pour procéder au Transfert. Entre-temps, la dépouille immobilisée a continué de faire fonctionner l'illusion, et les gens qui le voient pensent qu'il s'agit de quelqu'un qui s'est évanoui, ou quelque chose de ce genre... On a été témoins de ce type de scène à plusieurs reprises.

» Grâce à ces observations, nous sommes mieux armés pour comprendre le comportement de ces créatures : leur langue, leur culture et leurs méthodes d'attaque...

– Et qu'est-ce que c'est, leurs méthodes d'attaque ? demanda Ethan.

– Ethan...

Il leva la main en maugréant, et Steve répondit :

– Comme vous devez le savoir, de nombreux Macchabs sont policiers. Ils n'utilisent pas leurs armes – de façon générale, les Cadavres n'utilisent jamais d'armes. Ils préfèrent frapper leurs victimes, les étouffer, parfois les mordre...

Je sentis un frisson désormais familier courir le long de mon épine dorsale.

– La plupart des enfants dont nous avons retrouvé le corps sont morts consécutivement à des contusions multiples.

– Qu'est-ce que c'est ? demanda Amy d'une voix fluette.

Dave répondit de nouveau à la place de Steve :

– Ils ont été battus à mort.

– C'est cela..., bredouilla Steve, mal à l'aise.

Maria se mit à pleurer.

– Ce n'est pas le pire, enchaîna Steve. Je suis désolé, mais vous devez tous le savoir. Il arrive souvent que les

Macchabs mordent leurs victimes et leur arrachent des bouts de chair. Et là...

Sa voix s'effilocha.

– Quoi ? le relança Amy.

– Ils les mangent, déclara Steve.

Tout le monde se tut. Steve se racla une nouvelle fois la gorge.

– Bien évidemment, d'un point de vue nutritionnel, cela n'a aucun sens. Les corps qu'ils parasitent ne peuvent rien digérer. Cependant, en plusieurs occasions, nous avons vu des Macchabs ingérer des aliments normaux – hot-dogs, pop-corn, ce genre de choses... – dans des lieux publics, et, apparemment, aimer cela. Qu'est-ce que ça signifie ? On ne le sait pas – c'est peut-être culturel. À vrai dire, nous ne savons même pas ce qu'ils peuvent manger.

– Mère de Dieu ! gémit faiblement Maria en se signant.

Je ne la blâmais pas.

– Comment se fait-il qu'ils soient aussi forts ? demandai-je, sans oublier de lever la main. Si ce sont juste des gens normaux... des *morts* normaux...

Je laissai ma phrase en suspens.

– Le corps humain est plus fort que tu le crois, répondit Steve. N'as-tu jamais entendu parler de ces femmes prises de panique, qui soulèvent une voiture sous laquelle est coincé leur bébé ? Cette espèce de force de secours provient d'une substance corporelle qu'on appelle « l'adrénaline ». Eh bien, il semblerait que les Macchabs soient capables de générer à volonté le même niveau de force dans le corps parasité. Ce n'est pas de l'adrénaline dans leur cas, puisque le corps est mort et qu'il lui est impossible d'en sécréter, mais c'est quelque chose qui y ressemble.

» Seulement, cette force et cette vitesse supplémentaires ont un coût pour les Cadavres. Plus ils en demandent à la dépouille, plus vite elle se décompose.

Ethan intervint dans la discussion :

– On a dit que certains Macchabs étaient des flics. Ce que je ne comprends pas, c'est comment ils font pour devenir policiers. Ils n'ont pas besoin de prouver qu'ils sont de vrais gens ? Avec des certificats de naissance, des permis de conduire, et des papiers de ce genre ?

Steve parut se détendre. Cette question était nettement moins gênante que celle d'Amy. Il ne sembla même pas s'offusquer que sa fameuse règle des mains levées ait été ignorée une fois de plus.

– Les Macchabs sont passés maîtres dans l'art des faux, expliqua-t-il. Chacun d'eux a tous les papiers nécessaires, de l'extrait de naissance aux diplômes, en passant par un dossier fiscal en règle. Nous ne savons pas comment ils font, mais chaque Cadavre qui arrive dans notre monde amène avec lui une paperasse en bonne et due forme. Ensuite, il ne leur reste qu'à s'incarner dans cette existence-là. Ce qu'il faut garder à l'esprit, c'est que cette fausse identité n'a rien à voir avec les corps successifs qu'un Macchab va parasiter au fil du temps. Comme je l'ai dit, les Cadavres ne prennent la place de personne qui ait réellement existé. Les corps ne sont que des hôtes temporaires. Leur apparence et leur identité restent les mêmes de corps en corps, et ils y font très attention. L'expérience nous a appris que les Macchabs ont bien plus peur de voir leur identité percée à jour que de recevoir une blessure dans le corps qu'ils occupent.

– Puisqu'ils ont l'air d'avoir toutes les cartes en main, commenta Dave, comment on fait pour les vaincre ?

– On essaye de les comprendre, répliqua Steve. Et, évidemment, on s'arme.

Le Burgermeister applaudit de ses deux grosses paluches :

– Ah, je préfère ça ! Avec quel genre d'arme ?

Steve brandit un pistolet à eau :

– Avec ça et de la saumure. On ignore pour quelle raison, mais un peu de sel suffit à leur faire perdre le contrôle du corps qu'ils habitent, ce qui les met hors de combat. Si vous leur touchez le bras, il sera inutilisable pendant un certain temps. Si vous tirez dans la tête, le Macchab sera aveuglé, et ses réflexes moteurs touchés. Enfin, si le Cadavre reçoit une dose suffisante, il sera obligé de se transférer.

– Mais ça ne les tue pas ? voulut savoir le Burgermeister.

– Non, j'ai bien peur que non.

– Mais, dis-moi, mec : comment on fait pour battre ces choses si on ne peut pas les tuer ?

– Quand tu veux poser une question, articula patiemment Steve, lève la main, s'il te plaît.

Le Burgermeister pesta, puis, avec un grognement irrité, il leva la main.

– Oui ? fit Steve.

– Quoi ?

– Je constate que tu as la main levée.

– Tu m'as demandé de le faire !

– Eh bien, dans ce cas, quelle est ta question ?

– Je te l'ai déjà posée, ma question ! s'empourpra Dave.

– Je crois que je l'ai oubliée.

Le Burgermeister semblait sur le point d'exploser :

– Comment peut-on battre les Macchabs si on ne sait pas comment les tuer ?

– Oh oui. C'est une très bonne question...

– Ne le frappe pas, chuchotai-je à Dave.

– Ce problème est notre priorité numéro 1, affirma Steve. Et nous explorons à l'heure actuelle plusieurs pistes tout à fait prometteuses. Si d'aventure certains parmi vous estiment qu'ils ne sont pas faits pour le travail sur le terrain, peut-être rejoindrez-vous le Neurolab et plancherez-vous avec moi sur la question.

– Pas moi, maugréa Dave.

– Sage décision, marmonnai-je.

– Non mais, sérieux, ce type a l'air d'être le roi des « no life » !

Il avait parlé un peu fort. Steve entendit et blêmit. Sharyn pouffa. Quelques secondes plus tard, toutes les recrues étaient pliées de rire, et on aurait dit que le pauvre Steve venait d'avaler un aliment un peu trop aigre...

Alors, soudain, je me rendis compte de quelque chose.

Les Fossoyeurs étaient des enfants.

Des enfants. Tous, du premier au dernier. Bien organisés, certes. Assez efficaces, jusqu'à un certain point. Mais des gamins... qu'une simple blague au sujet d'un des leurs pouvait distraire en un rien de temps.

À cet instant, je fus saisi d'une peur immense.

On n'avait pas une chance.

19

HEURES SUPPLÉMENTAIRES

On revint à la base Alpha un peu plus tard, la tête de nouveau dans un sac et ballottés dans tous les sens dans le van. On mangea des tourtes au poulet réchauffées au micro-ondes et on passa les deux heures qui suivirent dans nos dortoirs. Ethan n'arrêtait pas de jacasser, répétant sans arrêt que les Hackers étaient géniaux et qu'il allait adorer se joindre à eux, tandis que Dave restait immobile devant l'écran de la petite télévision de notre chambre, regardant des rediffusions de sitcoms.

– Ils n'ont même pas le câble ! grogna le Burgermeister.

J'étais allongé sur ma banquette, à songer à ma journée et à me demander ce que ma mère avait préparé pour le dîner d'Emily.

Pour la « je-ne-sais-pas-combientième-fois », j'envisageai de filer en douce et de lui passer un autre coup de fil. Il devait bien y avoir une cabine téléphonique quelque part dans la rue. Une autre laverie, peut-être...

« *Hum... Oui, salut, maman, c'est moi. Je vais bien. Je suis chez des amis, à Philadelphie. On est un peu une armée, sauf que je crois pas qu'on ait une chance de s'en tirer. Quoi ? Ah, je ne t'ai pas dit ? Tu vois, il y a ces zombies, enfin... ce ne sont pas des zombies. Plutôt des cadavres animés, parasités par des créatures venues d'une autre dimension. On les appelle "les Macchabs" ou "les Cadavres". Je suis d'accord : c'est un peu simplet, comme noms, mais bon – que veux-tu ? – on est juste une bande de gamins. Oh, tant que j'y pense : notre voisin, M. Pratt, est un Macchab. Comme ma prof de maths. Et il n'y a que les enfants qui peuvent les voir comme ils sont vraiment. Enfin... il y avait aussi papa. Oui, je sais ; ça m'a étonné, moi aussi. Mais, maintenant qu'il est mort, il n'y a plus que des enfants. Et puisque, comme moi, tu es au courant que personne ne croit jamais les enfants, on est un peu obligés de lutter sans aide. Donc, voilà ce qui se passe, pour résumer vite fait. Je te rappelle, ne t'inquiète pas. Seulement, je ne sais pas quand. Embrasse Emily pour moi, tu veux bien ?*

Ah, au fait, maman, je t'aime. Je reste loin de toi parce que je t'aime. »

Je m'attendais à ce que des larmes bien familières viennent couler sur mes joues. Mais, pour la première fois, elles n'arrivèrent pas.

Sept heures sonnèrent. La porte s'ouvrit, et Kyle Standish passa la tête :

– Extinctions des feux, la troupe !

En tant que chef de la base Alpha, le travail de Kyle consistait à faire fonctionner cet endroit un peu déglingué, à s'assurer que les recrues aient de quoi manger, et à garder l'œil ouvert dès la tombée de la nuit. Il passait la majeure partie de la journée à dormir, dans une chambre privée au bout du couloir, et n'en ressortait habituellement qu'au coucher du soleil. Certains gamins l'appelaient, à moitié pour rire, « le vampire du coin », mais il ne ressemblait pas à un vampire. Il était grand, assez musclé, et ses cheveux tiraient sur le roux, mais pas autant que les miens. Il souriait beaucoup – beaucoup trop à mon avis, car son travail n'était pas vraiment reluisant.

– Pourquoi on ne peut pas regarder la télé encore un peu ? demanda Ethan.

– Vous connaissez les règles, déclara Kyle en secouant la tête. On coupe le jus à la tombée de la nuit.

– Ça craint ! se plaignit Dave.

– Oui, je suis d'accord, concéda Kyle. Le problème, c'est qu'on pourrait voir la lumière depuis l'extérieur. Cet endroit est censé être abandonné, vous vous souvenez ? Vous ne voudriez pas que des flics qui patrouilleraient dans le coin viennent fouiner par ici, n'est-ce pas ?

– Pas vraiment, admit Ethan.

– Ça craint ! répéta Dave, avant de s'étendre sur sa couchette.

– Tu survivras, dit une nouvelle voix.

Kyle s'écarta sans dire un mot tandis que Tom entrait dans la pièce. Si Kyle était grand, il avait l'air d'un nain à côté de Tom. Le chef avait les mains sur les hanches et il nous observait comme un sergent instructeur. Ses yeux sombres rencontrèrent les miens.

– T'es prêt ?

J'acquiesçai sans joie et me relevai.

– Je veux voir Will se battre, intervint le Burgermeister.

– Moi aussi, ajouta Ethan.

– La prochaine fois, peut-être. Là, c'est une séance privée.

– Donc lui, il a le droit de s'amuser, pendant que, moi, je dois rester ici à admirer le plafond ? demanda Dave d'un ton aigre.

– Il ne va pas s'amuser, répondit Tom avec un grand sourire. Fais-moi confiance à ce sujet.

Sur ce, il m'entraîna à l'extérieur.

– Ça aurait été plus futé de ne pas parler à Dave de la session spéciale de ce soir, murmura Tom, quand nous fûmes seuls dans le couloir. Il l'a raconté à tout le monde.

– Je sais, répondis-je. Désolé.

– C'est trop tard pour les regrets, à présent, dit-il en haussant les épaules.

Le petit couloir passait devant la cuisine et donnait sur l'arrière-boutique de la blanchisserie, c'est-à-dire la salle d'entraînement. Tom allait partir, quand je le retins par le bras :

– Je peux te parler une seconde... avant d'aller là-bas ?

– Bien sûr, accepta-t-il en me regardant d'un air bizarre. Allons à la cuisine.

La cuisine de la base Alpha se résumait à quelques vieilles chaises en plastique, un lavabo, un four micro-ondes en piteux état et un vieux frigo bruyant. Même pas une table. Des torchons usés jusqu'à la corde faisaient aussi office de serviettes et de sets de table. Une unique ampoule pendait au plafond.

– Assieds-toi, dit Tom. De quoi veux-tu parler ?

Je me posai sur une chaise. Tom s'installa juste à côté de moi. Tandis que je cherchais les mots justes, un puissant *CLANG !* retentit. Les lumières s'éteignirent, nous laissant dans des ténèbres absolues.

– Aaaah ! fis-je en sursautant.

– C'est juste Kyle qui coupe le courant, m'expliqua Tom. Tu sais comment ça se passe : à partir de maintenant et jusqu'au lever du soleil, on n'utilise plus que des lampes torches, et uniquement si on ne peut pas faire autrement. Ne t'en fais pas : dans quelques secondes, tes yeux se seront habitués à la pénombre.

Pour être honnête, j'accueillais l'obscurité soudaine avec une certaine joie. Le fait de ne pas avoir à regarder le chef dans les yeux rendait plus facile ce que j'avais à dire :

– Tom, je ne crois pas que nous puissions vaincre les Macchabs.

Il y eut un long moment de silence. Je déglutis avec peine.

– Comment es-tu arrivé à cette conclusion ? dit-il posément.

Au moins, il n'était pas furieux.

– Eh bien... On est juste des enfants !

Je discernais vaguement la silhouette de Tom. Mes yeux commençaient à s'accoutumer au noir.

– Tu crois ?

– Oui ! répondis-je. Je veux dire... c'est le cas, non ? Cette après-midi, au Refuge, quand Steve nous faisait son discours sur les Macchabs, Dave et Sharyn ont commencé à le chercher, en sortant des blagues... Et là, ça m'est venu d'un coup ! J'ai douze ans, Tom ! Tu n'en as que dix-sept ! Sans vouloir t'offenser...

– T'inquiète.

– Les Cadavres sont partout ! Certains sont même des flics ! Quelles chances a-t-on de l'emporter ?

Une seconde pause, plus longue que la première.

– Will, je suis impressionné.

– Quoi ?

– Il faut de la maturité pour être capable de repérer l'immaturité chez les autres.

– Je ne..., commençai-je, intrigué.

Il me fit taire d'un geste que je vis à peine.

– Il y a des enfants parmi les Fossoyeurs, Will, mais peu d'enfance. Nous grandissons tous bien plus vite que nous le devrions. Ce que tu as vu aujourd'hui, c'était un groupe de petits nouveaux qui n'ont pas encore appris cette leçon. Ils sont désorientés et ils ont peur. Tout à l'heure, au Refuge, vous vous êtes tous retrouvés comme à l'école, un lieu que vous connaissez bien, et là, vos comportements naturels ont repris le dessus. Vous avez chahuté. Vous êtes redevenus des enfants.

– Mais Sharyn...

– Sharyn est Sharyn, gloussa Tom. Les règles ne s'appliquent pas quand il s'agit de ma sœur. Si je devais choisir quelqu'un pour se battre à mes côtés, je ne l'échangerais contre personne d'autre sur cette planète... mais c'est une grande gamine.

– Oh, fis-je.

Il voyait bien que je n'étais pas convaincu.

– Écoute, juste entre toi et moi : je ne dis pas qu'on peut vaincre les Macchabs. Quand on y réfléchit deux secondes, ils sont plus nombreux et bien mieux équipés que nous. Mais, ce que je sais, c'est que notre réseau de résistance vaut aussi bien que tous ceux qui ont jamais existé. Nous avons des Fossoyeurs infiltrés dans vingt collèges répartis sur toute la région, à la recherche de

Clairvoyants. Et tu sais comment on les fait entrer dans ces écoles, mec ?

– Grâce aux Hackers, devinai-je. Ils leur trouvent de fausses identités.

– Exactement. Les Infiltrés sont sous mes ordres directs. C'est moi qui les choisis et les envoie en mission. Puis chaque Infiltré est mis en relation avec un Chatter au Refuge, qui surveille ses activités à longueur de temps. Ensuite, celui-ci rédige un rapport pour le chef des Chatters, qui me le résume. Tu vois où je veux en venir ?

– Tu veux dire… que nous sommes organisés ? demandai-je, incertain.

– Exactement, répéta-t-il en hochant la tête. Il y a trois ans, il n'y avait que ton père, Sharyn et moi. Et on a grossi peu à peu. Ce mois-ci, on est six de plus, en te comptant, et c'est un mois normal. On vient de dépasser les cent vingt Fossoyeurs, avec environ un quart de nos effectifs en mission sur le terrain. On est bons, Will. Vraiment bons.

Je réfléchis à tout cela.

– Ça a l'air bien…, murmurai-je.

– C'est une impression, ou tu vas ajouter un « mais » ?

– Je comprends ce que tu m'expliques, soupirai-je. Je suis désolé, je ne voulais pas…

Sur ce, je commençai à me relever. La main puissante de Tom se posa sur mon épaule.

– Ne te dégonfle pas : rien de ce que tu m'as dit ne m'a mis en rogne. Je te le répète, je suis même impressionné que ça t'inquiète. Alors, maintenant, vas-y : raconte-moi ce qui te préoccupe.

– Eh bien, les Fossoyeurs sont là depuis trois ans... Presque depuis le jour où les Macchabs sont apparus pour la première fois.

– Exact...

– Et, au cours de ces trois années, à part devenir plus nombreux et être mieux organisés... quels résultats avez-vous obtenus ?

Malgré les ténèbres, je le vis un peu défaillir. Je me rétractai aussitôt :

– Je suis désolé.

– Non, non, ça va, répliqua-t-il calmement, l'air songeur. C'est juste que tu tiens le même discours que Sharyn.

– Vraiment ?

– Elle n'arrête pas de m'asticoter ! D'après elle, on doit arrêter de faire joujou avec nos tactiques défensives et porter la guerre dans le camp des Macchabs.

– Et tu es sûr qu'elle a tort ?

– Non, admit le chef. Will, est-ce que tu sais qui était Harriet Tubman ?

– Qui ?

– Harriet Tubman. C'était une esclave noire qui vivait dans un état au sud du pays, il y a environ cent cinquante ans. Tu en as déjà entendu parler ?

Ce n'était pas impossible ; le nom me semblait vaguement familier. Peut-être un cours d'histoire à moitié oublié ? Mais bon, je secouai la tête.

– Elle s'est enfuie et est montée vers le nord. Puis elle a fait demi-tour et elle est redescendue pour aller libérer d'autres esclaves. C'est devenu l'un des leaders du Chemin de fer clandestin. Tu sais ce que c'est ?

Cette fois-ci, je hochai la tête :

– Oui. C'était tout un réseau de maisons où se réfugiaient les esclaves après s'être évadés.

– C'est ça. Ce que la plupart des gens ne pigent pas, c'est que la lutte contre l'esclavage a commencé bien avant la guerre de Sécession. Ce n'étaient pas des armées qui s'affrontaient sur des champs de bataille, mais des gens ordinaires qui s'efforçaient de s'en tirer et d'aider les autres.

J'esquissai une moue dubitative et fixai mes chaussures, mal à l'aise. Tom rit un peu :

– C'était un beau discours, hein ?

– Pas mal, fis-je en haussant les épaules.

– Le truc, c'est que j'y crois. Écoute, mec : personne n'a plus que moi envie de dégommer les Macchabs. Mais vouloir rester en vie dans une telle situation, ce n'est pas de la lâcheté ; c'est du pragmatisme. Si nous attaquons maintenant, nous perdrons. Direct. Pour l'instant, les Macchabs savent qu'on existe et ils nous cherchent. Mais, vu qu'on ne fait rien qui leur apparaisse comme une menace réelle, ils ne se forcent pas trop. D'accord, ils ont attaqué nos premières bases Alpha, mais ils n'ont pas trouvé le Refuge. Et j'ai bien l'intention que ça n'arrive pas.

– Je comprends, dis-je.

– Vraiment ? me demanda-t-il, et je lus dans ses yeux à quel point il espérait que ce soit vrai.

– Oui, mais on ne peut pas rester Harriet Tubman à tout jamais, ajoutai-je.

– C'est aussi ce que dit Sharyn.

– Elle a peut-être raison ?

– Il n'y a pas de « peut-être ». Seulement, avant de partir en guerre, il nous faudra trouver une arme, une *arme mortelle*, contre les Macchabs. Et on devra être plus nombreux. Nous devons devenir une véritable armée, comme Sharyn et toi le pensez... L'armée dont rêvait ton père.

– Mon père rêvait *de quoi* ?

– Will, c'est ton père qui a créé toute cette organisation, de A à Z. Je n'ai pas été clair là-dessus ?

– Si, je crois.

J'allais de surprise en surprise. J'avais toujours admiré mon père, et, à voir la tournure que prenaient les événements, cela ne risquait pas de s'arrêter.

– Will, reprit Tom sur un ton soudain grave, j'ai besoin que tu comprennes quelque chose.

– Oui ?

– J'ignore quand les Fossoyeurs seront prêts à se lancer dans une offensive. Mais je sais ceci : le jour où ça se produira, ce sera à mon initiative. Je suis le chef, Will, depuis que ton père est mort, et le respect de cette hiérarchie nous aide à rester en vie. Donne-moi ta parole que tu respecteras ça, quoi que tu penses au fond de toi. Tu me le promets ?

Je regardai Tom droit dans les yeux.

– Oui, fis-je. Je te le promets.

C'était une promesse que j'avais bien l'intention de tenir.

Du moins, c'est ce que je croyais.

20

UN PARTENAIRE PLUS ENTRAÎNÉ

Se déplaçant sans hésiter dans le noir, Tom me conduisit hors de la cuisine et me fit passer par la porte qui donnait sur la salle d'entraînement. Là, au moins, il y avait de la lumière… Une lampe torche à piles, posée dans un coin. Kyle vérifiait si les fenêtres condamnées n'avaient pas de fissures, et il posait du gros scotch noir quand il en repérait une. Une mission horriblement ennuyeuse. Je me promis de ne jamais me porter volontaire pour prendre sa place.

Sharyn était sur le tapis, les mains sur les hanches. Elle arborait son sourire habituel :

– Il était temps que vous arriviez ! J'étais sur le point de lancer une expédition à votre recherche !

Je ne répondis rien, embarrassé.

– Désolé, frangine, déclara Tom en haussant les épaules. On avait des trucs à se dire.

– Ah ouais ? Eh bien, il se fait tard, et il faut se dépêcher. Viens donc par ici, rouquin !

Puis, plus sérieusement, elle ajouta :

– Tu as l'air nerveux.

– Je le suis, admis-je, en montant sur le tapis. Un peu.

– Ne le sois pas. On veut juste voir comment tu te débrouilles face à un adversaire entraîné. Tu as facilement étalé Ethan, et même Kebab, aussi gros soit-il. Mais…

– … ils n'étaient pas entraînés.

– Exactement. Ôte tes pompes et montre-moi comment tu te tiens, ordonna-t-elle en m'examinant de haut en bas. Bien. À présent, petite leçon : quand tu te bats, le moindre mouvement de ton adversaire est prévisible si tu sais être attentif aux détails. Le combat à mains nues, c'est avant tout être capable de lire dans son ennemi, de déduire quel sera son prochain mouvement, et d'agir en conséquence. Tu saisis ?

– Je saisis, confirmai-je, quelque peu sceptique.

Elle sourit de nouveau :

– Bien, mais entre savoir et faire, il y a de la marge ! Allez, dis-toi que tout ça n'est qu'un test. Ne cherche pas à remporter ce combat ; tu n'y arriveras pas, crois-moi. On va t'opposer à l'un de nos meilleurs éléments ; contente-toi de faire de ton mieux. C'est pas la technique qui m'intéresse, mais l'instinct. Donc, n'essaye pas de la jouer comme tu imagines que je le voudrais. Fais les mouvements qui te semblent les bons. Compris ?

– Oui.

– Des questions ?

– Non.

– Cool ! Il est temps d'aller danser, alors ! Will... dis bonjour à ton « sparring partner ».

Helen Boettscher émergea des ombres de la salle. Elle était vêtue d'un short et d'un débardeur. Ses bras et ses jambes étaient bronzés et musclés. Ses cheveux étaient tressés. Elle traversa la pièce et s'élança sur le tapis avec souplesse, ses yeux rivés sur les miens, le visage indéchiffrable.

– Salut, dis-je, tandis que le souvenir de notre dernière entrevue et des propos horribles qu'on avait échangés me revenait brusquement en mémoire.

– Salut, répondit-elle d'un ton neutre.

– Mettez un casque et des bandages autour de vos mains, nous ordonna Sharyn.

On hocha tous les deux la tête, et je marmonnai :

– Je... Désolé pour l'autre jour.

– C'est gentil, chuchota-t-elle, sans daigner me regarder.

Je déglutis. Puis j'enfilai un casque de boxeur. Il me serrait la tête et me donna chaud. Sharyn nous inspecta :

– Tout est prêt. Helen, ne fais pas trop de mouvements olé olé, d'accord ? Mais ne te retiens pas trop non plus. Je sais que vous vous appréciez beaucoup l'un l'autre ; essayez d'oublier ça pendant un petit moment.

Le visage d'Helen était pareil à de la pierre.

– Pas de problème.

– Euh... oui, ajoutai-je.

Sharyn quitta le tapis et alla rejoindre son frère.

– Commencez, dit Tom.

Sans un mot, sans crier gare, Helen passa à l'attaque. J'eus à peine le temps de me mettre en position que, déjà, elle me balançait dans le ventre un coup de pied qui me scia en deux. Puis, pivotant sur un talon, elle fit tourner sa jambe, et ses orteils s'écrasèrent sur ma tempe à la vitesse de l'éclair, m'envoyant direct au tapis, où je restais allongé, étourdi et la respiration sifflante.

Depuis le bord du ring improvisé, j'entendis la voix de Sharyn s'élever :

– Règle numéro 1, rouquin : ne jamais présumer que ton adversaire attendra que tu sois prêt. Pigé ?

– Pigé, grognai-je.

Helen, debout, me dominait de toute sa hauteur, et il était impossible de se méprendre sur la colère froide au fond de ses yeux.

– Joli coup, balbutiai-je.

– Ouais, répliqua-t-elle.

Je me relevai comme je pus. Helen fit un pas en avant, crocheta un pied derrière mes genoux et, des deux mains, me poussa violemment. Et je m'écroulai encore une fois sur le dos. Sharyn soupira :

– Vas-y mollo, Helen. Laisse-lui le temps de se mettre en position.

La fille hocha la tête et recula. Au prix d'un certain effort, je me redressai une seconde fois. J'avais mal aux côtes et je sentais que je rougissais. Ce n'était pas le fait d'être battu par une fille qui me gênait. Vraiment. Les combats entre Sharyn et Dave m'avaient fait dépasser ce genre de considération. Mais que je n'arrive même pas à la toucher portait un coup dur à ma fierté.

– Prends ton temps, me conseilla Helen. Respire.

Je me préparai et positionnai mes pieds comme Sharyn me l'avait appris, avant de lever les poings.

– Prêt ? me demanda-t-elle doucement.

Je laissai la question en suspens.

Helen et moi étions à peu près de la même taille. J'étais un peu plus corpulent qu'elle ; elle était bien plus entraînée que moi. Je me rappelai l'agilité avec laquelle elle se mouvait lors de notre évasion, à Manayunk. Sharyn n'avait pas exagéré en prétendant qu'elle était un très bon élément. Seulement, il y avait un point sur lequel elle avait tort. Ce match n'était pas amical. Ce n'était pas un combat contre un sparring partner. C'était une vengeance. Je n'avais absolument aucune chance de l'emporter. Mais cela ne signifiait pas que j'allais accepter de perdre de façon aussi pitoyable.

– Prêt, confirmai-je.

Helen fonça sur moi. J'ignorai mon instinct, qui me hurlait de me protéger. Au lieu de cela, je restai immobile, les muscles relâchés, mais prêt à passer à l'action. Attentif. Pied gauche. Pied droit. Ses tresses volaient dans son dos. Son bras droit. Replié, comme celui de Dave un peu plus tôt. Mais son gauche... Oui, c'est de là qu'allait venir le coup ! La position de son bras droit était un piège !

Au dernier instant, je pivotai, évitant de justesse le poing gauche qui visait mon abdomen. Dans le même mouvement, je passai mon bras droit dans le sien, immobilisant son coude, et je poussai. Lâchant un hoquet de surprise, Helen fut déséquilibrée. Je lui donnai un petit coup de pied dans le pli du genou. Et elle mordit la poussière.

– Joli ! lança Sharyn.

Tandis que Helen se remettait sur ses pieds, je repris ma position. J'aurais dû éprouver un sentiment de victoire, pourtant ce n'était pas le cas. J'avais envoyé une amie au tapis... Une fille qui m'avait sauvé la vie.

Une fille que j'aimais bien.

– Désolé, bredouillai-je.

Les yeux noisette d'Helen s'étrécirent. Elle avança de nouveau, plus lentement.

– Se battre, ce n'est pas s'arrêter à la défense, Will! commenta Sharyn.

J'acquiesçai et sentis une boule au niveau de mon estomac. Je détestais ce que je faisais.

Helen se rapprocha. Je feignis de lancer un crochet du droit, puis me baissai, avec l'intention de lui administrer une balayette qui l'enverrait par terre. Mais elle comprit tout de suite ma feinte. Ignorant mon faux punch, elle sauta par-dessus ma jambe qui décrivait un arc de cercle en arrivant vers elle, puis elle m'asséna un violent coup de pied à l'épaule, me projetant en arrière. Je me laissai rouler, attendant d'avoir atteint le bout du tapis pour me relever.

Helen était déjà en train de charger, ses traits figés en une expression dure et déterminée. À la position de son corps, je devinai qu'elle avait l'intention de me balancer un coup qui m'enverrait directement à jeudi prochain.

Alors, je ne pensai plus à rien; je ne fis que réagir. Au lieu de bloquer ou de m'écarter, je bondis pour lui donner un coup, moi aussi. Si mon mouvement n'était pas génial, mon timing était bon, parce que, une fraction de seconde avant qu'elle saute sur moi, Helen reçut le coup en plein ventre.

Elle heurta brutalement le tapis, la tête la première. De mon côté, après un atterrissage maladroit, je me préparai à une nouvelle attaque. Mais Helen restait immobile sur le sol, la face contre le tapis.

– Oh, non !

Je jetai un coup d'œil vers Tom et Sharyn, mais n'arrivai pas à les voir dans la pénombre.

– Elle est blessée ! hurlai-je.

Pas de réponse.

Je tombai à genoux près d'Helen et répétai son prénom. Rien. Lui avais-je cassé une côte ? Autre chose ? Avait-elle besoin d'une ambulance ? Où étaient-ils, les deux autres ?

– Kyle ! criai-je, essayant de me souvenir si le chef de la base Alpha était resté dans la pièce pendant le match.

Toujours pas de réponse. Finalement, après hésitation, je passai les mains sous le corps inerte de la jeune fille et la fis rouler sur le dos.

Ses yeux s'ouvrirent.

Et elle m'en colla une en plein dans le nez.

21

UN PARTENAIRE NETTEMENT PLUS ENTRAÎNÉ

Je reculai, une main sur le visage. Du sang coulait de mes deux narines. Mes yeux étaient noyés de larmes. J'entrevis Helen, qui se remettait debout avec une expression triomphale.

– Ne fais jamais confiance à un ennemi, même s'il est blessé, dit-elle d'un air suffisant.

Je m'assis sur le tapis, goûtant mon propre sang et la regardant à travers un voile d'incompréhension et de douleur.

– Ce n'est pas ce que j'ai fait ! m'écriai-je. Je pensais que j'aidais une amie !

Le sourire victorieux d'Helen disparut de son visage.

– À ce moment-là, ce n'est pas ton amie, intervint Tom depuis les ombres de la pièce. C'est ton adversaire.

– Non ! m'exclamai-je, pas loin de crier. Elle a cessé d'être mon adversaire à la seconde où j'ai cru que je l'avais blessée !

– Tu ne dois surtout pas penser comme ça, me prévint Sharyn. Pas quand tu te bats.

Je me redressai avec difficulté, tachant le tapis d'empreintes de doigts sanglantes. Je tremblais comme une feuille, plus de colère que de douleur.

Deux mains se posèrent délicatement sur mon bras.

– Je suis désolée, murmura Helen.

J'essayai de m'arracher à son étreinte, mais elle serra plus fort.

– Tourne-toi, demanda-t-elle. Je veux voir si c'est grave.

J'obéis à contrecœur. Helen essuya le sang qui maculait mon visage avec une serviette et me palpa délicatement. Elle appuya un peu sur l'arête de mon nez. Ça faisait un peu mal, pas trop. Elle soupira, soulagée :

– Il n'est pas cassé. Mais tu auras un joli bleu demain. Je suis vraiment désolée, Will.

Je me dégageai, le feu aux joues. Une boule s'était formée dans le creux de mon ventre, pleine de bile et d'amertume. Je décochai un regard mauvais à Helen, qui me répondit par un petit sourire timide, comme pour s'excuser encore. Elle avait eu sa vengeance. On pouvait donc oublier. Évidemment.

Cette idée fit grandir ma rage.

– Allez, on recommence ! lança Sharyn depuis les ténèbres.

– Je suis allée trop loin, refusa Helen. Je pense que ça suffit pour ce soir.

Tom se glissa sur le tapis :

– Tu es d'attaque pour un autre match, Will ?

– Non, répondis-je d'une voix pâteuse. J'ai eu ma dose... J'arrête.

– D'accord, acquiesça Tom, sans la moindre émotion.

Je hochai la tête et quittai le tapis. Helen me suivit, mais je remuai les épaules pour me débarrasser d'elle. Je n'avais ni envie ni besoin de son aide.

C'est alors que j'aperçus quelque chose qui me fit m'immobiliser. Une silhouette était recroquevillée au fond de la salle, près de la porte menant au couloir. Était-ce Kyle qui, assis dans le noir, savourait le petit spectacle ? Mais l'individu était trop massif pour être le chef de la base Alpha. La seconde d'après, j'aperçus Kyle ; il était juste à côté de la lampe torche, occupé à lire une BD à la lumière de celle-ci.

Alors, qui était-ce ?

Soudain, je le reconnus. Peut-être à cause de l'inclinaison de ses gigantesques épaules. Peut-être en raison de la forme un peu bizarre de sa tête. C'était Dave.

Il n'était pas censé être là ; Tom avait été très clair à ce sujet. Et pourtant, il était tout de même là, faisant preuve d'un silence remarquable pour lui et d'une discrétion encore plus étonnante. Je savais qu'il voulait assister à mon combat d'entraînement ; il l'avait répété une centaine de fois. Mais là...

Je faillis dire quelque chose, annoncer sa présence à Helen et aux autres, tandis que les mots « Taupe » et « suspect » passaient à toute vitesse dans ma tête. Je faillis.

À cet instant précis, le chef des Fossoyeurs lança :

– Mais, évidemment, un Macchab s'en fiche si tu n'es pas d'humeur à te battre.

Je me figeai.

– Tu as perdu, continua Tom d'un ton grave. C'est humiliant ; crois-moi, je le comprends tout à fait.

Je ne me retournai pas. Ma colère, qui s'était un peu apaisée, repartit de plus belle. Le Burgermeister voulait voir le combat ? Et alors ? La boule dans mon estomac se resserra un peu plus douloureusement.

– Si tu as l'intention de survivre, poursuivit Tom, tu dois être capable de tenir jusqu'au bout, quoi qu'il advienne. En lâchant l'affaire maintenant, comment peux-tu savoir si tu auras les tripes nécessaires lorsque le moment viendra ?

– Tom, intervint Helen, tu ne crois pas que sa journée a déjà été bien remplie ?

– Alors, mec ? me relança le chef, ignorant la question d'Helen.

« Eh bien, Burgermeister, songeai-je amèrement, tu as envie d'assister à un combat ? D'accord. Je vais te faire une vraie démonstration... »

Je me retournai lentement. Tom était de marbre. Je compris soudain que ma rage n'était pas réellement dirigée contre Helen. À ce moment-là, elle ne l'était même pas contre les Cadavres. En fait, elle était dirigée contre l'adolescent qui se tenait en face de moi, Tom Jefferson, chef des Fossoyeurs, qui m'avait obligé à lutter contre quelqu'un qui comptait pour moi, contre une amie. Qui avait essayé de me transformer en une personne capable de lui faire du mal.

– Pas question que je me batte une fois de plus contre Helen, dis-je.

Tom eut l'air déçu :

– C'est toi qui vois, Will, mais...

– Mais je veux bien me battre contre toi, complétai-je.

Un silence de plomb s'abattit sur la salle d'entraînement. Puis Sharyn laissa échapper un juron qui ne lui ressemblait absolument pas et qui déclencha chez Tom un haussement de sourcils étonné.

– Oh... crotte !

– Will ? demanda Helen d'un ton hésitant.

Je vis Kyle poser sa BD, l'air sonné. Je les ignorai l'un et l'autre.

– Alors, chef, qu'en dis-tu ?

Tom m'examina soigneusement, puis lança, d'une voix résignée :

– Ça marche.

– Euh… frangin, intervint Sharyn. Je crois pas que…

– C'est ce qu'il veut, répliqua son frère.

Il marcha jusqu'au bord du tapis, prit des bandes adhésives et entreprit d'en entourer ses mains. Il avait de très gros poings.

– Helen, prête-moi ton casque, dit-il.

Le regard d'Helen passa plusieurs fois de Tom à moi, puis, consternée, elle ôta son casque et le jeta sur le tapis. Tom se débarrassa de son tee-shirt avant de ramasser le casque. Tandis qu'il le coiffait et l'ajustait, je fus frappé par l'incroyable force physique qui semblait être la sienne. Il était large d'épaules et puissamment musclé. Il n'y avait aucune comparaison possible entre ses bras aussi noueux que des troncs d'arbre et les deux brindilles qui saillaient de mes maigres épaules.

L'appréhension vint mettre un frein à ma colère. Je la repoussai au loin et m'avançai d'une démarche crâne sur le tapis. Tom se mit dans la position de combat habituelle des Fossoyeurs :

– Amène-toi, mec !

Son expression – si mesurée, si maîtrisée – attisa les flammes de ma fureur. Poussant un rugissement, je me jetai d'un pas lourd et le chargeai, les poings fermés. À la seconde où il fut à ma portée, je lui décochai un direct du droit, visant son visage si détendu que cela m'énerva encore un peu plus. La seconde d'après, avant même de m'en être rendu compte, j'avais le nez sur le sol.

– Ne laisse pas ta colère dicter ta façon de te battre, me conseilla Tom. Ça te rend imprudent. Détends-toi. Calme-toi. Prends le contrôle des choses.

– Je n'en veux pas, de tes leçons ! lançai-je en me redressant.

Je pivotai sur mes talons, et ma jambe effectua un demi-cercle, visant Tom. Celui-ci s'écarta, me saisit le pied et le serra comme un étau. D'un geste fluide, il tordit son poignet. Je me retrouvai à tournoyer sur moi-même, une fois, deux fois, avant de m'écraser à nouveau sur le tapis.

Tom ne me donna pas de conseil supplémentaire. Frustré, furieux envers moi-même, je vacillai un peu avant de me remettre en position de combat. Le chef se tenait à quelques pas de moi, me fixant de ses yeux pareils à la surface d'un lac noir aux eaux étales.

Je feignis une nouvelle attaque avec les pieds, mais, au lieu de cela, je lui assénai une série de petits coups secs, qu'il para facilement, patiemment, les uns après les autres. Je m'acharnai assez pour qu'il en vienne à baisser sa garde. Et là, sans crier gare, je lui envoyai un violent coup dans le ventre. Seulement, j'eus l'impression d'avoir frappé un mur de briques. Je rebondis littéralement sur lui, perdis l'équilibre, et tombai en arrière.

Tom recula de quelques pas, de façon un peu maladroite, grognant de surprise. Il toussa et se mit à sourire :

– Je ne l'ai pas vu venir, celui-là ! Pas mal !

Je sautai de nouveau sur mes pieds, le visage empourpré. Tom avait le dessus, et il n'avait même pas encore décoché un seul coup de poing !

– Attaque ! m'exclamai-je, exaspéré.

– S'il t'attaque, il va te mettre la pâtée, rouquin, marmonna Sharyn.

– Will, s'il te plaît..., me supplia Helen.

Je les ignorai.

– Après qui en as-tu, mec ? me demanda Tom.

– Toi ! hurlai-je.

– Pourquoi ?

– Parce que tu veux faire de moi ce que je ne suis pas !

– C'est-à-dire ?

– Un combattant !

– Je ne suis pas intéressé par les combattants, rectifia-t-il en secouant la tête. Ce dont j'ai besoin, c'est de soldats.

Je criai tant que les murs en frémirent :

– Je ne suis pas un soldat ! Je vais au collège ! Au collège ! C'est ton monde, et il est hors de question que j'en fasse partie !

Je me lançai une troisième fois à l'attaque, bien déterminé à faire décoller la tête du chef des Fossoyeurs de ses grandes épaules musclées.

Tom frappa à la vitesse d'un serpent, et le coup que je reçus sur le menton me fit partir en arrière. Mes oreilles bourdonnèrent. Mes genoux fléchirent sous moi, et j'eus l'impression qu'un bout du tapis se soulevait pour venir à la rencontre de ma joue. Le monde était devenu flou... Je ne ressentais pas la moindre douleur ; j'étais juste gagné par un engourdissement général.

Une voix retentit à mon oreille, toujours aussi calme :

– Tu veux rentrer chez toi, Will ? Eh bien, va faire la queue avec les autres. On veut tous rentrer chez nous. Mais tu connais la différence entre toi et moi ? Toi, t'as une maison. Moi, je n'en ai jamais eu. Réfléchis un peu à ça, mec !

Et les ténèbres m'engloutirent.

22

LE COUTEAU DE POCHE

– Il revient à lui, dit Tom.

J'ouvris les yeux. J'étais allongé sur mon lit, dans le dortoir des garçons de la base Alpha. Dave se tenait à côté, se tordant nerveusement les mains. Helen et Sharyn étaient à la porte, en train de discuter. Tom était assis sur une chaise, près de ma couchette. Il avait remis son tee-shirt noir. Aucune trace de Kyle ou d'Ethan dans les parages.

J'essayai de tourner la tête. La douleur fut si aiguë qu'elle m'arracha un gémissement.

– Désolé pour le mal de crâne, soupira Tom.

– Qu'est que tu m'as fait ? dis-je, fermant les yeux pour essayer de chasser la douleur.

– Je t'ai frappé sous le menton. Le coup t'a assommé.

– C'était voulu ?

– Tu m'as bien fait comprendre que tu n'allais pas lâcher l'affaire. Il valait mieux que j'abrège. Un coup bien porté peut assommer un adversaire en deux secondes.

– C'est une technique de karaté de rue ?

Il hocha la tête.

– Où avez-vous appris à vous battre comme ça, tous les deux ?

– C'est une longue histoire, fit Tom après un instant de réflexion. Je te la raconterai un autre jour.

– D'accord, murmurai-je. Je crois que ça signifie que tu as gagné, hein ?

– Ça dépend. Tu me tiens toujours pour responsable de tout ce qui t'est arrivé ?

– Non, pas vraiment, dis-je, essayant d'analyser mes sentiments.

– Alors, oui, j'ai gagné.

J'ouvris de nouveau les yeux, plus prudemment, cette fois :

– C'est drôle... Je me souviens que j'étais super énervé, et là... Je ne sais pas. Tu m'as dit quelque chose juste avant que je tombe dans les pommes, n'est-ce pas ?

– Je n'étais pas sûr que tu t'en souviendrais, avoua Tom, penaud. C'était un peu... égoïste de dire ça. Je le regrette, désolé.

Je souris :

– Tu étais peut-être un peu énervé, toi aussi...

– Peut-être.

Constatant que j'étais réveillé, les autres s'approchèrent de moi. Les yeux d'Helen étaient rouges, comme si elle avait pleuré. Sharyn arborait son éternel sourire. Et Dave avait l'air dégoûté de quelqu'un qui observe une chose parfaitement immonde.

– Qu'est-ce que tu regardes comme ça ?

– T'as un œil au beurre noir, et un bleu sur le menton de la taille d'un melon.

Je tâtai précautionneusement mon menton, ce qui me valut une nouvelle onde de douleur. Je grimaçai.

– N'y touche pas, me conseilla Tom. Ça sera passé d'ici un jour ou deux.

Il se tourna vers Sharyn :

– Tu as apporté de la glace ?

– Oui, répondit-elle en lui donnant deux petits sachets remplis de glaçons. Helen pense qu'il a besoin de voir un médecin. Moi, je pense qu'elle est cinglée.

– Elle n'est pas cinglée, souffla Tom, mais elle n'a pas raison pour autant. Will va se remettre, Helen. Je sais comment je l'ai frappé.

– Et son œil ? demanda-t-elle.

Là, elle parlait du coup qu'*elle* m'avait donné.

– Quoi, son œil ?

– Il a l'air enflé.

– J'aime bien, moi, commenta Sharyn. Ça lui donne un genre...

– Ça ira, Helen. Il n'a pas de fracture sur le visage. Ce n'est peut-être pas très beau à voir, mais il n'y aura pas de séquelles, je te le promets.

Helen hocha la tête, même si elle n'avait pas l'air convaincue. Tom déposa un sac de glace sur le bas de mon visage, et l'autre, très délicatement, sur mon œil gauche. La sensation était bizarre. Je levai la main pour essayer de l'ajuster.

– Je t'assure : ça dégonflera plus vite si tu n'y touches pas, insista Tom.

– OK.

Il sourit avant de s'adresser aux autres :

– Vous pourriez sortir de la pièce, s'il vous plaît ?

Helen s'apprêtait à protester, mais Sharyn lui passa un bras autour des épaules et la conduisit dehors. Le Burgermeister me décocha un nouveau regard triste avant de sortir à son tour, refermant la porte derrière lui.

– Ce gars est loyal, affirma Tom. On a découvert qu'il s'était faufilé dans la salle d'entraînement. Super discret, le mec. Mais, à la seconde où il a cru que tu étais blessé, il est arrivé au pas de course. Il avait l'air encore plus énervé que toi et moi réunis. Pendant un instant, j'ai bien cru que j'allais devoir me battre contre lui aussi.

– Où est Ethan ? demandai-je.

– Ethan ? Dans la cuisine. Sharyn l'a fait sortir quand je t'ai amené ici.

Arborant un drôle de sourire, Tom ajouta :

– Pourquoi ?

– Pourquoi quoi ?

– Pourquoi tu me parles d'Ethan ?

Je haussai les épaules, ce qui me fit mal :

– C'est le dortoir des garçons. Puisqu'il n'est pas là, je voulais juste savoir où il se trouvait.

– Vraiment ?

– C'est quoi, ce sourire ? l'interrogeai-je en le dévisageant.

– Oublie ça, dit Tom. Écoute, je...

– Pourquoi Helen ? l'interrompis-je.

– Quoi ?

– Pourquoi as-tu choisi de me faire affronter Helen ? Parmi tous les gens ici, c'est la seule que je considère plus ou moins comme une amie.

– Je suis ton ami, Will. Et ma sœur aussi.

– Ce n'est pas ce que je voulais dire...

– Oui, je sais. Le truc, c'est qu'on a justement choisi Helen *parce que vous êtes amis*. On savait que tu serais nerveux, et on a supposé qu'un visage familier te faciliterait la tâche. Sharyn et moi, on ne savait pas que vous vous étiez embrouillés. Helen nous l'a expliqué plus tard, après que...

Il s'interrompit un instant.

– Mais bon, reprit-il, ce n'est pas la raison pour laquelle je voulais me retrouver seul à seul avec toi.

– Tu comptais me mettre une autre raclée ? dis-je, en essayant de sourire.

Mais le chef n'était pas d'humeur à plaisanter :

– En fait, je te dois des excuses.

– Pourquoi ? Pour m'avoir assommé ?

– Non. Je ne suis pas désolé de ça. En fait, c'est parce que, quand tu t'es pointé, la semaine dernière, je t'ai montré des choses que tu n'étais pas prêt à voir.

– Je ne comprends pas...

– En plus de deux ans, personne n'est arrivé au Refuge sans passer par la base Alpha. Et personne n'a eu le droit de voir le Sanctuaire dès le premier jour. Tu sais pourquoi c'était différent dans ton cas ?

– À cause de mon père ?

– Voilà. Et ce n'était pas juste pour toi.

– Je ne comprends toujours pas, marmonnai-je après un instant de réflexion. Pourquoi ce n'était pas juste ?

– Tu venais de subir un choc très violent. Plus violent que celui vécu par la plupart des Fossoyeurs. Comme eux, tu as été arraché sans crier gare à ta maison, à ton collège et à ta vie, pour être jeté sans ménagement dans cette nouvelle existence. Mais, en plus, tu as appris que ton père avait, disons... cette autre famille. Et qu'il vous l'avait cachée, à toi, ta mère et ta sœur.

Je déglutis péniblement, traversé par toute une série d'émotions.

– Oui, murmurai-je.

– Eh bien, tout ça, c'est de ma faute, poursuivit Tom. C'est moi qui ai demandé à Helen de t'amener directement ici. C'est moi qui t'ai appris les liens qui existaient entre Karl et les Fossoyeurs. Et c'est encore moi qui t'ai montré le Sanctuaire tout de suite, au lieu d'attendre que tu sois mieux préparé. Je l'ai fait parce que... parce que je t'attendais, mec. Le fils unique de Karl. Je m'étais toujours dit que tu deviendrais Clairvoyant, que tu nous rejoindrais, et qu'un jour tu serais un super Fossoyeur. Avec le recul, je vois combien tout ça était injuste. Tu avais raison de vouloir me mettre la pâtée, ce soir. Je le méritais. Et je suis désolé.

Ses yeux se posèrent sur les miens une nouvelle fois, et je compris qu'il était sincère.

– Ce n'est rien, dis-je, et je fus surpris d'être sincère, moi aussi.

– Vraiment ?

Je hochai la tête. Cette fois, j'eus un peu moins mal ; mon visage était engourdi par la glace. Tom laissa échapper un soupir :

– Merci. Tiens, j'ai un cadeau pour toi.

Il sortit quelque chose de son jean, et me le tendit.

C'était un couteau de poche.

Sauf que, de près, il ne ressemblait à aucun des canifs que j'avais pu voir. Il mesurait environ quinze centimètres, était doté d'une lame en acier argenté aussi brillante qu'un miroir. Il n'y avait aucune inscription ou décoration, comme sur les couteaux suisses ou ceux des boy-scouts. Il y avait simplement six petits boutons disposés sur la longueur du manche, et à chacun correspondait un nombre.

– Waouh !

– Ton père l'a fabriqué un mois avant sa mort, révéla Tom.

– C'était pour mon anniversaire. Sharyn a eu son sabre wakizashi à cette occasion.

– Mon père l'a fabriqué ?

– Et il ne m'a jamais quitté depuis. Enfin, jusqu'à maintenant.

– Il est gros, m'étonnai-je. Combien y a-t-il de lames ?

– Ce n'est pas un cran d'arrêt normal, précisa Tom. Tu vois ces boutons ?

– Oui.

– Regarde bien...

Tom tendit la main et appuya avec le pouce sur le premier bouton. Ce qui jaillit alors ressemblait moins à une lame qu'à une sorte de fine fourchette à deux dents.

– Qu'est-ce que c'est ? demandai-je, les sourcils levés.

– Un crochet de serrurier. Il se jouera de n'importe quelle serrure en moins de trente secondes. À condition que tu aies appris à t'en servir, évidemment. Je vais m'arranger pour que tu disposes d'un peu de temps pour ça dans la semaine qui vient.

– Waouh ! fis-je de nouveau.

Il appuya encore sur le bouton, et le crochet se replia. Puis il pressa le second : deux nouvelles dents, bien plus grandes que les premières, émergèrent à l'autre bout.

– Un autre crochet ?

– Non.

Tom garda le doigt enfoncé sur le bouton. Un arc bleu électrique jaillit entre les extrémités des dents. Je poussai un hoquet de surprise.

– C'est un Taser, expliqua Tom. Il balance du cent cinquante mille volts. Assez pour terrasser un adulte, ou un Macchab, et qu'il reste étendu un bout de temps. Donc, attention à ne pas t'amuser avec avant de savoir t'en servir.

– Purée !

Tom relâcha le bouton, et le Taser se rétracta avec un bruit sec. Il pressa le bouton suivant, ce qui fit jaillir une véritable lame.

– Quatorze centimètres d'acier à haute teneur en carbone, commenta-t-il. Il n'y a pas grand-chose que ça ne pourrait pas couper. Et la lame est équilibrée.

– Équilibrée ?

Tom pivota sur place, et son bras se déploya d'un coup. La lame fila à travers la pièce, comme une flèche, pour se planter dans le mur d'en face, où elle resta fichée. J'ouvris de grands yeux :

– Waouh...

Le visage fendu par un large sourire, Tom alla récupérer le couteau.

Les quatrième et cinquième boutons servaient à actionner des tournevis, l'un plat, l'autre cruciforme. Et le sixième actionnait une lampe torche, petite mais très puissante.

– La pile est rechargeable, précisa Tom en me rendant le couteau. Elle dure environ une semaine. Je te donnerai aussi le chargeur.

– C'est mon père qui l'a fabriqué ? répétai-je.

– C'est lui.

– Et le sabre de Sharyn ? C'est lui aussi ?

Il hocha la tête.

Je réfléchis un moment.

– Non, finis-je par dire, je n'y crois pas.

– Quoi ?

– Tom, j'adorais mon père... mais il était incapable de changer une ampoule sans prendre un coup de jus. Un jour, ma tartine s'est coincée dans le grille-pain ; il a essayé de la dégager avec un couteau à beurre et s'est à moitié électrocuté. Ma mère a failli appeler une ambulance.

– Sérieux ?

– Sérieux.

– Ça ne colle pas, alors… Ton père m'a affirmé qu'il les avait fabriqués lui-même. Le cran d'arrêt *et* le sabre. Il a même blagué à leur sujet, prétendant « qu'ils lui étaient venus en rêve ».

– Il les a peut-être fait fabriquer par quelqu'un d'autre ? suggérai-je.

– Le sabre, c'est possible, mais le couteau ? Non. Sharyn et moi, on connaît cette ville comme notre poche : il y a bien quelques types qui font des couteaux sur mesure, mais personne qui serait capable d'en créer un comme celui-là. Je me suis toujours imaginé que ton père avait un atelier chez lui, peut-être au sous-sol, équipé d'engins dernier cri. Je m'attendais même à ce que tu en aies un sur toi.

– Même pas en rêve ! soufflai-je en secouant la tête.

– Eh bien, dit-il en riant un peu nerveusement, on va mettre ça sur le compte des petits mystères de la vie !

– Ouais, répondis-je, même si ça ne me plaisait pas vraiment. Mon père qui fabrique des sabres japonais et des super couteaux… Impossible !

Je me raclais la gorge avant de poursuivre :

– De toute façon, je ne peux pas accepter ce cadeau.

– Mais si, tu le peux !

– Mon père te l'a offert pour ton anniversaire !

– Donc, comme il est à moi, j'ai le droit de le donner à son fils, répondit Tom posément.

– Mais pourquoi ?

Le chef se pencha vers moi :

– En partie parce que je suis désolé de ce que je t'ai fait subir à ton arrivée. Et aussi parce que j'en attends beaucoup de toi, Will. Tu as des tripes. Plus que n'importe quelle recrue, depuis bien longtemps, voire depuis toujours.

– Des tripes ? Mais oui, c'est ça ! Tom, je suis vert de trouille !

– On est tous verts de trouille, répondit-il en haussant les épaules.

– Jusqu'à présent, ce que j'ai fait de plus courageux, ça a été de te provoquer en duel !

– Et, à ton avis, ils sont combien, les nouveaux arrivants qui font ça ?

– Dave a défié Sharyn dès son deuxième jour ! répondis-je.

– C'était plus de la stupidité que du courage. Il essayait de jouer les gros durs pour effrayer une fille. Bon, il a vite compris que ce genre de craques n'allait pas le mener loin avec ma sœur...

– C'est un excellent combattant, ta sœur ! m'exclamai-je avant de me corriger – je veux dire : un excellent soldat.

– T'as pas idée !

– Toi aussi, tu es un bon soldat, ajoutai-je.

– Merci, mec !

– Meilleur qu'elle, peut-être.

– Rends-moi service, tu veux ? Ne dis jamais ça à Sharyn. J'ai assez de bleus comme ça.

– OK, acceptai-je en souriant.

Puis je soupesai le couteau :

– Tu es vraiment sûr de vouloir me le donner ?

– À cent pour cent.

– Si, un jour, tu as envie de le récupérer...

– Ça n'arrivera pas. Mais merci de l'avoir proposé.

– Merci pour le cadeau.

– Donc... entre toi et moi, il n'y a pas de problème ?

– Pas de problème.

– Super, dit-il en se redressant. Maintenant, rendors-toi. Demain matin, tu te reposes, mais tu reprends l'entraînement l'après-midi. Il te reste encore six nuits à tirer avant que vous rejoigniez le Refuge. D'ici là, promets-moi quelque chose...

– Oui ?

– Que tu ne t'amuseras pas avec le couteau. Ce n'est pas un jouet ; c'est un outil et une arme. Veille à bien apprendre à quoi sert chacun des boutons. Manquerait plus que tu appuies sur le mauvais et que tu te coupes ou que tu prennes le jus ! Sharyn ne va pas être contente quand je lui dirai que je te l'ai offert. Elle trouve que t'es trop jeune.

– Réponds-lui de ma part qu'il y a beaucoup d'enfants chez les Fossoyeurs, mais pas beaucoup d'enfance.

– J'aurais pas dit mieux !

23
UNE LONGUE NUIT

Après la visite du Refuge, les choses changèrent à la base Alpha. Tom et Sharyn nous rencontrèrent les uns après les autres, en rendez-vous individuel, pour nous demander quelle équipe nous attirait. Dave aimait bien les Teckos, Ethan les Chatters, Maria et Harleen les Hackers. Amy, qui était toujours la plus réservée du lot, se mit à pleurer quand on lui demanda de faire un choix. Personne n'émit le souhait de rejoindre le Neurolab.

Quant à moi, je penchais pour les Infiltrés, même si j'aurais été bien incapable d'expliquer pourquoi. Cela dit, je n'étais pas fichu de distinguer le manche d'un marteau de sa pointe, ni de reconnaître un tube à essai. Et pour ce qui était des ordinateurs, c'était tout juste si je savais les allumer et les éteindre. Enfin, l'idée de passer ma journée à parler dans une radio ou à feuilleter des journaux me rendait presque malade.

La seule chose pour laquelle j'avais montré une réelle aptitude depuis mon arrivée à la base Alpha, c'était le combat.

Et puis, Helen était une Infiltrée et, sans trop comprendre pourquoi, c'était important à mes yeux. Heureusement, cette décision n'était pas pour tout de suite. Les nouveaux Fossoyeurs commençaient au Refuge en tant que Mères, sous les ordres de Nick Rooney… et on pouvait y rester jusqu'à trois mois, selon la date d'arrivée des prochaines recrues.

Trois mois ! Moi qui avais déjà du mal à croire que j'avais quitté la maison depuis presque deux semaines ! Peu à peu, je parvenais à repousser ce genre de pensées quand elles se présentaient à moi.

C'était ma dernière nuit à la base Alpha. L'extinction des feux avait eu lieu plusieurs heures auparavant, et mes deux colocataires étaient endormis. Pas moi. J'étais allongé sur ma couchette, occupé à triturer le couteau de Tom, dans la lumière ténue de la ville qui filtrait par les interstices de la fenêtre barricadée.

Le lendemain, on partirait pour le Refuge. On dirait au revoir à ce bouge, et on se retrouverait dans un endroit où l'air sentirait autre chose que la crotte de rat. Je frissonnai en m'apercevant que je me rappelais à peine le confort de mon lit, chez moi. Cette pensée fit grossir la boule dans mon estomac.

« Le couteau. Pense plutôt au couteau. »

Tom avait toujours cru que mon père l'avait fabriqué. Je savais que c'était impossible. Pourtant, j'étais sûr qu'il ne l'avait pas acheté à la quincaillerie du coin. Seul dans le noir, pendant toutes ces nuits, je m'étais familiarisé avec cette arme, je l'avais étudiée en détail. Pas le moindre numéro de série, pas la moindre signature de fabricant. Où que cet objet ait été conçu, ce n'était pas dans une usine. De plus, il était trop... *parfait* pour ça. Les ressorts étaient tout à fait silencieux. Les boutons ne produisaient pas un bruit quand le mécanisme se déclenchait. J'avais suffisamment demandé et obtenu de cadeaux pourris pour mon anniversaire et Noël par le passé pour avoir désormais l'œil et savoir reconnaître un objet de qualité.

Alors, d'où venait-il ?

Des bruits de pas.

Je jetai un coup d'œil vers la porte. Fermée.

D'autres bruits de pas. Hésitants, discrets, cherchant à ne pas être repérés.

Une petite lumière apparut sous la porte. Disparut. Si fugitive qu'elle avait à peine été visible.

C'était peut-être Kyle, évidemment, faisant un tour d'inspection. Sauf que ça ne ressemblait pas à Kyle, qui avait une démarche caractéristique, assez lourde.

Là, les bruits étaient légers… Des pieds nus, peut-être. Personne ne se déplaçait pieds nus dans la base Alpha. Il y avait trop d'échardes sur le plancher.

Bizarre.

La curiosité me fit me lever. J'enfilai mes baskets. Comme je dépassais le lit de Dave sur la pointe des pieds, le Burgermeister s'agita dans son sommeil, marmonnant quelque chose au sujet de bonbons et d'une fille dénommée Sarah. Sur le lit contre le mur opposé, Ethan était immobile.

J'ouvris prudemment la porte, me souvenant que les gonds couinaient volontiers, et je scrutai le couloir. La lumière était ténue, mais je vis une silhouette à l'autre extrémité. D'après la taille, ça ne pouvait être qu'une des filles, qui observait la salle d'entraînement. La mystérieuse inconnue ouvrit la porte et se glissa à l'intérieur.

Que se passait-il ?

Je m'élançai après elle, avançant à pas de loup dans le couloir mangé par les ténèbres, avant de m'immobiliser à l'endroit exact où la fille se trouvait quelques secondes plus tôt. La porte était entrouverte. À travers la fente, je discernai deux Fossoyeurs qui jouaient aux cartes à la lumière d'une lampe torche.

Le garçon, c'était Kyle. La fille, Tara Monroe, chef des Teckos. Apparemment, c'était son tour d'être le Fossoyeur de service à la base Alpha.

Seulement, j'étais presque certain que Tara n'était pas la fille que j'avais vue dans le couloir. Alors, où était-elle ?

Ni Kyle ni Tara ne me remarquèrent tandis que je me faufilais dans la salle d'entraînement. Je fouillai l'obscurité du regard, m'efforçant de trouver un indice qui me permettrait de repérer l'intruse, et j'aperçus un bref éclat de lumière sur ma droite. Ça venait de la partie avant du magasin. Ça n'avait duré qu'une fraction de seconde ; c'était bien suffisant.

Je considérai le passage entre la salle d'entraînement et l'avant de la boutique. La devanture du magasin, en verre, avait été condamnée avec des planches. La porte qui donnait sur la rue – celle qu'empruntaient autrefois les clients – était cadenassée. Le sol était recouvert d'une épaisse couche de poussière.

Personne n'était censé aller là. Il y avait trop d'espace entre certaines planches, et l'on pouvait être repérés de la rue, même en pleine nuit.

Pourtant, il y avait quelqu'un. J'entendais très vaguement une voix féminine me parvenir de l'autre côté de la pièce. Je plissai les yeux, mais ne vis personne. Elle devait être accroupie derrière le vieux comptoir en formica qui longeait le mur du fond. Je m'approchai, mon cœur martelant ma poitrine.

Les mots commencèrent à se faire plus distincts, et le ton plus empressé :

– … je ne peux pas. Ils vont m'entendre. Ils jouent aux cartes dans la pièce d'à côté. Non, j'ai demandé. Ils n'ont jamais eu la clé de la porte de devant… seulement de la grosse, celle en acier qui donne sur la ruelle. Mais devant, ce n'est que du bois. Vous ne pouvez pas… l'enfoncer ?

Qu'est-ce que j'espionnais, au juste ? Je l'ignorais, mais ça n'avait pas l'air bien. Pire : je ne parvenais pas à déterminer qui parlait. Lentement, sans oser respirer, je sortis le couteau de ma poche. La voix murmura de nouveau :

– Qui ? Oh, oui. Mais pourquoi est-il si important ? Je veux dire… c'est Sharyn et Tom que vous voulez vraiment, non ? Ce sont eux, les chefs. Ils dirigent tout. Écoutez, demain, on part au Refuge. Pourquoi n'attendez-vous pas un jour de plus ?

Devais-je aller chercher Kyle et Tara ? Je me souvenais vaguement que Tom me l'avait conseillé si ce genre d'événement se produisait. Mais peut-être n'y avait-il rien de grave… Je craignais que quelqu'un ait des problèmes à cause de moi et qu'on me reproche d'être une balance.

– Non, je ne suis pas sûre que Will vienne avec nous, murmura la fille. C'est à cause de lui que vous ne voulez pas attendre ? Je ne vois toujours pas…

En entendant mon nom, mon cœur, qui battait déjà très vite, mit le turbo. Je bondis dans un coin de la pièce, et mon pouce pressa le bouton numéro 6 de mon couteau.

La lumière de la torche illumina le visage d'Amy Filewicz.

Elle était recroquevillée derrière le comptoir, les pieds nus, habillée d'un sweat gris. Je l'aurais plus imaginée dans un pyjama *Barbie*, mais ce n'était pas le genre de vêtement qu'on nous donnait à la base Alpha. Elle ouvrit de grands yeux horrifiés et blêmit. Dans une main, elle tenait un minuscule téléphone portable, collé à son oreille.

Dans l'autre, elle agrippait un couteau de cuisine.

Un gros.

24

LA TAUPE

– Qu'est-ce que tu fais ? demandai-je, même si je connaissais déjà la réponse.

Aussi surprenant que cela puisse paraître, mon premier sentiment fut le soulagement. Ouf, ce n'était pas Dave ! Je le savais ! Amy leva les yeux vers moi, le visage cendreux, sa lèvre inférieure tressautant spasmodiquement, incapable de dire quoi que ce soit.

Puis, bondissant sur ses pieds, elle rugit dans le téléphone portable :

– Will m'a trouvée ! Il est là !

Elle laissa tomber le téléphone et se jeta sur moi avec le couteau. L'attaque fut si soudaine et sauvage que le gamin que j'étais deux semaines auparavant aurait été mort en un clin d'œil. Mais le Will Ritter de ce moment-là avait passé de nombreuses heures à s'entraîner au combat. Mon corps réagit instinctivement, avant même que mon esprit comprenne ce qui se passait.

Je m'écartai d'un coup, saisis Amy par le poignet et le tordis. La fille poussa un gémissement de douleur. Elle laissa échapper le couteau, qui heurta le sol en résonnant.

– Tara ! hurlai-je. Kyle !

Des cris d'alerte retentirent dans la salle d'entraînement, suivis de bruits de pas. La douleur d'Amy se transforma en panique, mais, au lieu de vouloir s'arracher à mon étreinte, elle fit un pas en avant et tenta d'enfoncer un genou au creux de mon ventre. Je vis venir le coup et me contorsionnai de sorte qu'elle touche mes côtes plutôt que mon estomac. J'eus mal, mais je n'eus pas le souffle coupé.

Les yeux grands ouverts, furieuse, la fille baissa le visage vers ma main, qu'elle mordit. À mon tour, je poussai un cri de douleur. Le faisceau de ma lampe fit courir des ombres délirantes sur les murs. D'un geste désespéré, je retournai mon couteau, appuyai sur le bouton numéro 2 et tapotai l'épaule d'Amy avec le Taser.

Grosse erreur.

Le courant électrique parcourut le corps de la jeune fille et, puisque que je la tenais encore, le mien.

Je fus projeté en arrière, tous mes membres soudain engourdis. Le couteau vola de ma main. Mon atterrissage fut rude, et je vis des nuages de poussière se soulever. Amy se raidit, puis s'affaissa au sol. Ses yeux terrorisés perdirent de leur vivacité.

Les bruits de pas atteignirent le seuil.

– Will ? demanda Tara sur un ton pressant. Que se passe-t-il ?

Kyle était à côté d'elle, tenant la lampe torche. Il balaya la pièce de son faisceau lumineux.

– Amy ? demanda-t-il, abasourdi.

Tara s'agenouilla à côté de moi. J'essayai de dire quelque chose, mais j'avais l'impression que mes lèvres étaient tombées.

– Que s'est-il passé, ici ? répéta la chef des Teckos.

– Mmmhh..., balbutiai-je. Mmmooo...

– Quoi ? Je ne comprends rien.

Kyle se précipita près d'Amy, la lampe toujours à la main. Elle était sonnée et parcourue de légers soubresauts, les doigts à quelques centimètres du couteau.

– Nmmm..., bredouillai-je, essayant de le prévenir.

– Bon, me dit Tara, je vais te faire sortir de là.

Elle me souleva par les épaules. Elle était étonnamment forte. Je parvins à lever un bras et, rassemblant mes forces, à le pointer faiblement dans la direction d'Amy :

– *Tttttaaaauupppe !*

Tara cligna des yeux. Puis, sous mon regard impuissant, sa confusion se transforma en compréhension, et sa compréhension en inquiétude. D'un coup, et sans vraiment d'égards, elle me laissa retomber sur le sol et bondit. Kyle était agenouillé près d'Amy, essayant de la réconforter.

– Kyle ! s'exclama Tara.

Tressaillant encore, mais reprenant à chaque seconde qui passait un peu plus le contrôle d'elle-même, Amy tendit le bras, et ses doigts se refermèrent autour du couteau.

Ce qui advint ensuite est gravé à jamais dans ma mémoire.

La lame monta rapidement et sans hésitation. Kyle haleta, et ses yeux s'écarquillèrent.

Au même instant, la porte d'entrée cadenassée fut enfoncée.

Des Macchabs se déversèrent dans la pièce.

Il y en avait quatre, tous de type 2 ou en début de type 3, tous en uniforme de policier. Je n'en avais pas revu un seul depuis l'épisode de la laverie, à l'exception des photos, et j'avais presque oublié l'horreur qu'ils représentaient. Ils puaient la mort ; cette odeur innommable vint assaillir mes narines et amena des larmes dans mes yeux. Leurs uniformes étaient humides des fluides relâchés par leurs corps putréfiés. Leurs quelques cheveux pendaient en mèches mortes de leurs crânes luisants et décomposés.

– Kyle ! gémit de nouveau Tara.

Le chef de la base Alpha ne répondit pas. Il était avachi, le dos contre le mur, se tenant le ventre à pleines mains. La lampe lui avait échappé et gisait à ses pieds. Grâce à la lumière qu'elle dispensait, je pouvais voir le visage pâle d'Amy, dont les yeux étaient presque aussi écarquillés que ceux de Kyle. Elle essayait de se relever. Le couteau était toujours dans sa main. Il y avait du sang dessus.

Entre-temps, les Macchabs essayaient de se déployer afin de bloquer les deux issues de la pièce.

Au-dessus de moi, Tara s'arracha à Kyle et dégaina un pistolet en plastique. Une rafale d'eau s'abattit sur le visage du Macchab le plus proche, qui poussa une sorte de gémissement. Puis il se mit à vaciller et alla heurter l'un de ses acolytes, le renversant au passage. Tous deux s'écrasèrent au sol en soulevant un gros nuage de poussière.

Les deux autres, pas émus pour deux sous, s'écartèrent.

– *Nous. Voulons. Garçon !* dit l'un en Morlangue.

Pour toute réponse, Tara leva son arme et les tint au bout de son viseur. Elle avait l'air effrayée, mais déterminée.

Mes bras et mes jambes fonctionnaient de nouveau. J'étais toujours nauséeux et pris de vertige, seulement ça pouvait tout aussi bien venir de l'odeur des Cadavres dans la pièce que du coup de Taser que je m'étais infligé. Je tournai la tête et jetai un coup d'œil à l'autre bout de la pièce, où se trouvait le couteau de Tom.

– Debout, Will ! gronda Tara. Vite !

Ignorant son ordre, je roulai sur le côté, me mis à genoux et bondis en avant. La pièce étant noyée dans la pénombre, le Cadavre le plus proche ne me repéra pas tout de suite. Je passai entre ses jambes écartées et tendis la main pour saisir mon couteau.

– Will ! s'écria Tara.

– Attention ! hurla Amy au même moment.

Avec un gémissement outragé, les deux Macchabs se retournèrent. Tara appuya sur la détente, et un jet d'eau atterrit dans le creux du genou de l'un d'eux. Il se mit à tituber, tentant de conserver son équilibre malgré sa jambe engourdie. Pour l'instant, au moins, il était tout aussi hors course que ses copains à terre.

Il n'en restait donc qu'un, celui qui était le plus près de moi.

Avançant encore de quelques pas, je cherchais le couteau à tâtons lorsque je sentis un poing gluant se refermer autour de ma cheville. La seconde d'après, je pendais la tête en bas à une cinquantaine de centimètres au-dessus du sol, et le sang me montait à la tête. Une voix, horriblement proche, gronda :

– Tu as perdu quelque chose, gamin ?

Je me retournai avec peine et aperçus le hideux sourire du Cadavre sans lèvres. Me forçant à ignorer ma peur, je lui rendis son sourire.

– Je l'ai retrouvé, merci, dis-je en brandissant le couteau.

Puis je tordis une jambe de toutes mes forces et, une fois dégagée, j'enfonçai le tranchant de mon pied dans l'aisselle du Macchab. J'espérais juste que ça allait aussi bien marcher avec le mort qu'avec le Burgermeister.

« Yes ! »

Une expression de surprise vint altérer les traits du Cadavre. Son poing luisant lâcha ma seconde jambe, et je heurtai brutalement le sol. Je serrai les dents sous la violence de l'impact, et enterrai ma douleur là où reposait ma peur. Puis je m'assis et j'actionnai le Taser sur le pantalon du Macchab.

Le bruit me fit penser à un claquement de fouet. Le Cadavre frissonna de la tête aux pieds, avant de s'affaisser à côté de moi.

Je me relevai, vacillant.

À présent, les quatre Macchabs étaient à terre, même si les deux premiers – celui que Tara avait aspergé en plein visage et celui qui avait été heurté par son camarade – semblaient sur le point de se remettre. Pire : j'entendais des bruits de pas à l'extérieur de la blanchisserie.

D'autres arrivaient.

Je jetai un coup d'œil à Kyle. Son tee-shirt était rouge de sang. Amy était toujours penchée au-dessus de lui, immobile, l'air en état de choc. Puis, comme si elle sentait mon regard, elle se retourna et me fixa. Il y avait de la peur dans ses yeux, à laquelle se mêlait une haine terrifiante, brûlante. Elle parut vouloir dire quelque chose… peut-être me maudire. Au lieu de cela, elle partit en courant et en criant à l'aide vers la porte ouverte.

Tara et moi, on se précipita sur Kyle. Il leva vers nous son visage d'une pâleur cadavérique. Lorsqu'il essaya de prononcer un mot, un filet de sang s'écoula du coin de sa bouche.

On le prit chacun par un bras et, à deux, on le traîna jusqu'à la salle d'entraînement. Derrière nous, les bruits de pas – nombreux – se rapprochaient rapidement de la vitrine du magasin.

– Écoute-moi bien, Will, articula Tara. Tu dois emporter Kyle hors d'ici. Cours à l'arrière et réveille les autres recrues. Fais-les tous sortir par l'issue de secours.

– Et s'ils surveillent cette porte ? demandai-je.

– Tu as raison ; passe plutôt par la fenêtre de la cuisine, rectifia-t-elle après un instant de réflexion. La planche n'est pas fixée. Prends le pistolet à eau et la radio-bracelet de Kyle. Arrange-toi pour qu'il reste en vie, Will. Compris ?

– Compris.

– Vas-y ! Je les retiendrai aussi longtemps que possible.

– Mais tu ne peux pas…

– Pars ! Sois courageux !

À cet instant, elle lâcha Kyle. Le poids du blessé ne pesa plus que sur moi, rendant toute protestation supplémentaire impossible. Haletant sous l'effort, je le guidai vers la porte de la cuisine et le couloir menant au dortoir. Il était à peine conscient. Il faisait ce qu'il pouvait pour me faciliter la tâche, mais à chaque pas ça devenait de plus en plus dur.

Derrière moi, une nouvelle fournée de Macchabs déferla par la porte défoncée de la blanchisserie.

25

BATAILLE ET ÉVACUATION

Kyle était lourd et salement blessé. Il essayait pourtant de m'aider. Nous progressions péniblement dans le long couloir qui nous rapprochait des dortoirs et, dès que je trébuchais, il tendait une main vers le mur pour nous stabiliser. Chaque fois qu'il faisait ça, il laissait derrière lui une empreinte de main sanglante, qui s'ajoutait au sillage rouge foncé qui nous suivait sur le sol depuis la salle d'entraînement.

Si les Macchabs dépassaient le barrage de Tara, ils n'auraient aucun mal à nous retrouver.

Le temps était compté.

Le loquet de la porte du dortoir était cassé. Je le savais. Donc, quand on arriva devant, je ne perdis pas de temps avec la porte. Je donnai juste un grand coup de pied pour l'ouvrir et dirigeai la lampe torche sur les visages des deux garçons endormis.

Dave et Ethan se réveillèrent d'un coup, et clignèrent des yeux sous la puissance du faisceau lumineux.

– Hé ! se plaignit le Burgermeister. Éteins ce truc !

– Debout, vite ! Les Macchabs nous attaquent ! En ce moment même !

Cinq horribles secondes s'écoulèrent avant qu'Ethan, lâchant un hoquet, cherche ses lunettes à tâtons. Dave, en revanche, sourit à pleines dents et sauta sur ses pieds :

– Cool ! Ils sont où ?

– On évacue ! lui dis-je.

– Pas question ! J'ai une revanche à prendre sur ces types !

– Écoute-moi ! Je vais réveiller les filles ! Aide-moi avec Kyle. Il est blessé !

– Blessé ? Comment ça ?

– Allez ! On n'a pas le temps !

Quelque chose dans mon ton le fit s'activer. Il hocha la tête d'un air sinistre, puis souleva Kyle comme si ce dernier était aussi léger qu'une plume. Dès que je fus libéré de ce poids, je me ruai vers la chambre des filles. Maria et Harleen répondirent plus vite que les garçons.

– Où est Amy ? demanda Maria tandis qu'elle mettait ses chaussures.

– C'est une Taupe, répondis-je. Elle nous a piégés.

– Quoi ? s'écrièrent les deux fillettes à l'unisson.

J'entendis un cri provenant de la salle d'entraînement. Ça ne ressemblait pas au beuglement que pouvait pousser un Macchab. Je fus saisi d'un grand frisson.

– Vite ! dis-je aux filles. N'emportez rien ! Venez, simplement !

Quelques longues secondes plus tard, toutes les recrues étaient rassemblées dans le couloir enténébré.

– On sort par la fenêtre de la cuisine. Dave, tu veilles sur Kyle.

– Il saigne, précisa le Burgermeister.

– Je sais. Amy l'a poignardé.

– Je n'y crois pas..., chuchota Harleen.

– On s'inquiétera de ça plus tard. Pour le moment, on a besoin de trouver un endroit pour se cacher, et ensuite d'obtenir de l'aide. Restez ensemble et ne faites pas de bruit. OK ?

Une série de hochements de têtes inquiets me répondit. Réprimant ma propre peur, qui menaçait de me submerger, je me servis de la lampe torche pour nous conduire jusque dans la cuisine.

– Ethan, cette planche n'est pas fixée. Enlève-la.

– OK.

Il traversa la pièce, monta sur le vieux plan de travail et écarta la plaque qui recouvrait l'unique fenêtre de la cuisine, laissant une place suffisante pour se faufiler. Il n'y avait plus de vitre depuis longtemps, et la ruelle de derrière était faiblement éclairée.

– Dave, tu passes en premier, ordonnai-je. Fais attention avec Kyle. Ensuite, ce sera le tour des filles. Ethan et moi, on formera l'arrière-garde. Allez, vite !

Dave obéit. Ils obéirent tous. À la lettre.

Et tout à coup, je me demandai :

« Depuis quand ai-je été désigné comme leur chef ? »

J'enfouis cette pensée avec ma peur et ma douleur. Pas le temps. Un hurlement – un hurlement très humain – fendit le silence nocturne. Tout le monde se figea. Je pivotai sur mes talons, et ma respiration se bloqua dans ma gorge. Mon instinct me criait de courir dans cette direction. Tara était en danger de mort. Puis, soudain, ses derniers mots me revinrent en mémoire. Malade de culpabilité, je beuglai aux autres :

– Bougez-vous !

Je sortis le pistolet de Kyle de ma ceinture. Dans le couloir, la porte de la salle d'entraînement vola d'un coup. Des bruits de pas retentirent.

– C'est ton tour, Will ! me pressa Ethan. Allez !

– Vas-y ! répondis-je. Je te couvre !

– Ne sois pas stupide ! Tu as besoin de moi pour garder la fenêtre ouverte !

C'était vrai.

Le premier Macchab apparut sur le seuil de la cuisine. Encore un flic. Ravalant un cri, je pressai la détente de mon pistolet, et une rafale d'eau salée vint asperger le visage du Cadavre. Comme il reculait, je traversai la cuisine en courant, me jetai par-dessus le comptoir et sautai en aveugle par la fenêtre.

Me souvenant de mon entraînement de Fossoyeur, je me roulai en boule à la dernière seconde, me servant de mes épaules et du haut de mon dos pour accompagner ma chute. Cela marcha... à peu près : j'étais encore conscient et je n'avais aucun os cassé, mais mon corps était douloureux et sans doute recouvert d'une dizaine de mauvaises égratignures. Harleen m'aida à me remettre sur mes pieds.

Nous étions tous là, blottis les uns contre les autres dans une allée crasseuse derrière la blanchisserie.

Tous sauf un.

– Ethan !

Je me retournai juste à temps pour apercevoir Ethan en train de sauter. Les Macchabs étaient derrière lui, arrivant à une vitesse terrifiante.

– Vite ! hurlai-je.

À la seconde où il retomba sur le sol, la planche de contreplaqué vint claquer contre la fenêtre. Ça allait les ralentir, mais pas très longtemps.

– On fonce vers la rue ! dis-je à tout le monde.

Une nouvelle fois, ils obéirent sans discuter. Et, une nouvelle fois, je me refusai à me demander pourquoi.

À plus de minuit, on entendait encore la circulation de la ville. Toutefois, la rue sans nom où nous nous trouvions était totalement déserte.

– On fait quoi, maintenant ? ahana Dave, qui commençait à peiner sous le poids de Kyle à présent évanoui.

Bonne question.

Aucun signe des Macchabs dans l'allée, du moins pour l'instant. Il ne leur faudrait pas longtemps pour deviner où nous étions passés.

J'avais la radio-poignet de Kyle, seulement je ne pouvais pas prendre le risque de m'en servir. Il valait mieux trouver d'abord une cachette et ensuite appeler les renforts. Luttant pour conserver mon calme, je scrutai la rue. Uniquement des devantures de magasins. Toutes dans le noir, même si on apercevait quelques lumières aux étages supérieurs. Des appartements, peut-être. Et si on frappait à une porte au hasard pour demander asile ?

« Mais bien sûr..., me raisonnai-je. Six ados à l'allure pas très nette qui demandent à une petite vieille – *s'il vous plaît, madame !* – de les cacher de la police. Sans oublier que l'un d'eux pisse le sang. Aucune chance. »

C'est alors que je repérai une benne à ordures, de l'autre côté de la rue, posée en face d'un bâtiment qui semblait promis à la démolition. C'était l'un de ces grands containers industriels, mesurant environ deux mètres de haut et quatre de long, ouvert sur toute la partie supérieure. Une belle grosse boîte en acier.

Ce n'était pas une cachette géniale, mais on y logerait tous, et c'était mieux que rien.

– Là ! indiquai-je.

Alors que nous nous en approchions, une silhouette émergea d'une porte noyée de ténèbres sur notre gauche.

– Hé, les gamins... Ça vous tenterait une petite fiesta ?

Je poussai un hoquet de surprise, et ma lampe révéla le visage d'un type crasseux, mal rasé, et vêtu de guenilles, mais bien vivant. Il nous souriait, seulement son regard ne me disait rien de bon.

– Vous pouvez nous aider, monsieur ? lui demanda Maria d'une voix plaintive.

– Bien sûr, ma chérie, minauda l'individu. Pourquoi ne venez-vous donc pas avec moi ?

Il tendit la main vers elle. Ses ongles étaient longs et sales. Sans même comprendre ce que je faisais, je lui administrai un coup de Taser. Il s'écroula comme un sac de patates.

– Pourquoi tu as fait ça ? gémit Maria, des larmes venant briller sur son visage. Il nous aurait peut-être aidés !

– Je ne crois pas, marmonna Dave. Sage décision, Will.

– Ouais, acquiesça Harleen. Bonne décision.

Soudain, une sirène de police retentit.

– Vite ! m'écriai-je. On va se cacher dans cette benne.

On traversa la rue au pas de course. Parvenus devant le container, je demandai à Dave de déposer doucement Kyle sur un tas de cartons sans doute destinés à être recyclés. Il s'exécuta et, pendant que Harleen restait avec Kyle, le Burgermeister se positionna devant la benne et joignit les mains pour faire la courte échelle aux autres.

Ethan grimpa le premier et bascula à l'intérieur du container. Il fut suivi de Maria, puis d'Harleen. Après cela, Dave me fit monter sur le bord de la benne et, à nous deux, on parvint à y hisser Kyle en douceur – ce ne fut pas facile et ça ne dut pas faire beaucoup de bien au blessé, mais on y parvint. Enfin, avec autant de grâce qu'un gorille ivre, le Burgermeister se laissa tomber à nos côtés.

À l'exception de quelques planches cassées qui gisaient çà et là, le container était vide. C'était un coup de chance... Notre premier de la nuit.

– Qu'est-ce que tu as fait à cet homme, là-bas ? geignit Maria, énervée.

– Silence ! siffla Harleen, même si je voyais bien qu'elle était intriguée, elle aussi.

Ethan et Dave l'étaient également, d'ailleurs. Je tendis le couteau de poche de Tom et pressai le bouton numéro 2 :

– C'est un Taser. Je l'ai un peu grillé...

– Mais pourquoi ? insista Maria.

– Moins fort ! souffla Dave.

Je n'avais pas de temps à perdre avec ce genre d'explication. Me détournant, je jetai un coup d'œil à Kyle. Il était inconscient, et son visage à la lueur de la lampe torche était blême. Il avait perdu beaucoup de sang.

Déglutissant avec peine, je passai la radio-bracelet de Kyle à mon poignet.

À cet instant, quelqu'un me saisit par le bras. C'était Maria.

– Je veux savoir pourquoi tu as fait ça ! martela-t-elle, avec un regard accusateur.

Avant que je puisse répondre, Ethan me devança. Il avait l'air effrayé et totalement épuisé :

– Il l'a fait parce que ce type n'allait pas nous aider. C'est clair ?

Maria nous dévisagea tous les deux, mais ne dit rien de plus.

26

PRIS AU PIÈGE

La radio-bracelet ne marchait pas.

« En vérité, c'est une simple montre, achetée en supermarché, qu'on a bidouillée en y greffant des composants de téléphone portable, avait joyeusement expliqué Steve lors de l'un de ses exposés techniques. Mais ce téléphone ne permet de joindre qu'une seule personne : le Chatter de service. Tout ce que vous devez faire, c'est presser le petit bouton argenté qui se trouve sur le côté. » Eh bien, j'avais appuyé dessus comme un malade, et... rien. Pas même un petit grésillement. L'avais-je cassée lors de la bataille dans la base Alpha ou en escaladant la benne ?

Quoi qu'il en soit, ce n'était pas de chance.

Je m'efforçai de rester calme. Il y avait peut-être une vingtaine de Macchabs autour du container, et je n'avais aucun moyen d'appeler des secours. Les autres avaient tous les yeux rivés sur moi. Maria pleurait doucement. Harleen lui avait passé un bras autour des épaules. La bouche d'Ethan bougeait sans qu'en sorte un mot, comme s'il était plongé dans une prière silencieuse. À côté de moi, le Burgermeister était presque au garde-à-vous.

« Je ne suis pas le chef ! Ça ne m'intéresse pas ! »

– Bousillée ? chuchota Dave en désignant la montre.

Je hochai la tête, lugubre.

– Elle est cassée ?! s'exclama Maria trop fort.

De l'autre côté des grandes parois grises de la benne, les sirènes de police s'étaient tues. Je ne savais pas trop si c'était une bonne ou une mauvaise nouvelle.

– Que personne ne panique, dis-je à voix basse, en brandissant la radio-bracelet. Ce truc est équipé d'un traceur, rappelez-vous !

– D'une puce GPS, me corrigea machinalement Ethan.

– Appelle ça comme tu veux. L'important, c'est que, grâce à ça, ils peuvent nous retrouver. Les Anges-Gardiens seront ici en moins de deux. En attendant, il faut juste qu'on reste immobiles et qu'on ne fasse pas de bruit.

– OK, acquiesça immédiatement Dave.

Maria se mit à trembler.

– Je ne peux pas rester ici ! gémit-elle. Ils vont me retrouver ! Je ne peux pas ! Je ne peux pas !

– Chut, Maria, intervint Harleen, qui s'efforçait de ne pas montrer sa frousse. Personne ne va nous trouver.

– Qu'elle ferme son clapet ! gronda Dave.

Je levai la main, demandant le silence. Et, bizarrement, je l'obtins.

On entendait des bruits de pas dans la rue, ni très forts ni très pressés. Méthodiques... Quelqu'un qui cherche quelque chose. Mon regard passa d'une recrue à l'autre, chargé de cette autorité nouvelle dont je ne voulais pas.

– Pas de bruit !

Il n'y eut pas un bruit.

Les pas s'approchèrent.

C'était étonnant, la façon dont j'étais capable de distinguer les pas d'un mort de ceux d'un vivant. La différence était subtile. Quand ils ne couraient pas telles des gazelles apeurées, les Macchabs avaient tendance à traîner la jambe – pas vraiment comme les zombies des films, mais d'une manière assez proche pour que je le remarque.

Et les pas que j'entendais traînaient tout près de la benne, à quelques mètres maximum.

Je jetai un coup d'œil vers Maria. Harleen la serrait très fort, à présent, et avait posé une main en travers de sa bouche.

« Si elle crie, on est morts. »

Les bruits de pas s'interrompirent.

– *Pas. Trouvé. Tu. Sens. Toujours. Sang?*

– Tu connais la règle. Parle normalement, répondit une autre voix.

– *Pourquoi? Personne. Nous. Entend.*

– C'est la règle, grogna la seconde voix. Alors ?

– *Quoi. Alors?*

– Je ne les sens pas. Et toi ?

– *Pas. Sentir. Eux. Odeur. Douce. Sang. Cachée. Par. Odeur. Poubelle. Vermine.*

– Ils ne sont pas ici. Allez, on repart.

Un long silence s'ensuivit. Je fermai les yeux, serrant tant le pistolet à eau à moitié vide que mes articulations blanchirent.

– *D'accord. Mais. D'abord. Vérifier. Benne.*

Maria tressaillit. Harleen se colla un peu plus contre elle, et presque contre la paroi de la benne. Juste à côté, Ethan plaqua les deux mains sur sa bouche pour réprimer un cri.

Le premier Macchab n'était pas d'accord.

– *Pas. Envie. Sent. Mauvais.*

Dave saisit l'une des planches cassées et la brandit comme un gourdin. Il me regarda d'un air insistant. Je secouai la tête, pressant un doigt sur mes lèvres. À supposer que nous arrivions à nous débarrasser de ces deux Macchabs, il y en aurait sans doute d'autres qui arriveraient derrière… voire beaucoup d'autres.

Déçu, le Burgermeister acquiesça.

De l'autre côté, le deuxième Macchab s'impatientait.

– *Obéis ! Vérifie. Benne. Chef. Accuser. Nous. Si. Garçon. Échappé.*

– *Entendu ! Entendu !* maugréa son compagnon.

Les bruits de pas se rapprochèrent encore. Une nouvelle voix s'éleva, qui ne parlait pas la Morlangue :

– Hé, vous deux ! Vous avez trouvé quelque chose ?

– Rien ! répondit le premier Cadavre, en parlant normalement.

– Rien… *qui ?* demanda la nouvelle voix.

– Rien, chef ! Je veux dire… Rien, monsieur Booth !

– Donc vous n'avez rien trouvé ?

La nouvelle voix semblait différente de celle des autres, plus intelligente, plus autoritaire.

– Quand êtes-vous arrivés ?

– Il y a une semaine, chef… euh… monsieur Booth !

– Les autres ont été envoyés sur les routes empruntées d'ordinaire par la cible, expliqua nerveusement le second Macchab. On nous a laissés ici pour surveiller ce petit bout de rue.

– Le capitaine De Angelo est donc convaincu que les gamins sont en route vers leur mystérieux QG ?

– Oui, monsieur Booth.

– De Angelo est un imbécile ! railla la voix. Ce sont des recrues ! Ils ne savent même pas où aller ! Il est bien plus vraisemblable qu'ils aient trouvé une cachette de fortune, et ils attendent qu'on vienne à leur rescousse. Avez-vous seulement envisagé cette éventualité, l'un ou l'autre ?

– Bien sûr, monsieur Booth ! s'exclamèrent-ils de concert.

– Et vous n'avez encore rien trouvé ?

– N... non, monsieur Booth ! balbutièrent-ils.

– Crétins ! cracha le chef.

Puis, avant que je sache ce qui se passait, quelque chose – sans doute un poing mort – s'écrasa sur le flanc de la benne.

Maria s'arracha à l'étreinte de Harleen et poussa un hurlement terrifié. Cette dernière sursauta et plaqua de nouveau sa main sur la bouche de son amie.

Trop tard.

Le silence qui suivit était encore plus sépulcral que celui d'une tombe. Ethan se mit à sangloter silencieusement.

– Eh bien... qui se cache par ici ? siffla le chef, avant de poursuivre, sur un ton moqueur : aurais-je donc eu raison ?

Et, tout à coup, je sus que ce M. Booth était... Kenny Booth lui-même.

« Le présentateur de *Au fond des choses...* »

Apparemment, il jouissait d'une certaine notoriété parmi ses copains Macchabs.

– Monsieur Ritter ? s'enquit-il poliment.

Ma tête tournait sous l'effet de la terreur. Pourtant, je la combattais de toutes mes forces.

« On est fichus ! Non ! Les Fossoyeurs arrivent ! C'est obligé, ils arrivent ! »

– Monsieur Ritter, reprit Booth. Je sais que vous êtes là-dedans.

J'avais deux options : parler ou me taire. Si je ne disais rien, Booth enverrait ses potes en putréfaction dans la benne pour nous capturer. Si je répondais, peut-être gagnerions-nous un peu de temps.

– J'écoute, dis-je.

– Ah ! se réjouit Booth.

J'imaginais aisément son sourire narquois.

– Je suppose que vous n'êtes pas seul là-dedans...

– Continuez de supposer, rétorquai-je.

– Eh bien, il se trouve, monsieur Ritter, enchaîna calmement Booth, que je ne veux pas des autres. La seule personne qui m'intéressait dans ce raid, c'est vous.

Je sentis mon estomac effectuer un demi-tour sur lui-même.

– Pourquoi ça ? demandai-je d'une voix chevrotante.

– Nous aurons tout le temps d'en discuter plus tard. Sortez donc, sans armes, et peut-être laisserai-je vos petits amis en sécurité dans la benne à ordures. N'est-ce pas là une proposition des plus honnêtes ?

Je regardai tout autour de moi, mon esprit travaillant à cent à l'heure. Dave secouait la tête. Les autres me dévisageaient avec des yeux où l'espoir le disputait à l'horreur. Et soudain, ils entrevirent une solution pour s'en tirer. Il leur suffisait de me livrer.

– Je... je ne crois pas qu'il veuille te faire du mal, bredouilla Ethan d'une petite voix. Peut-être que...

– Pas question ! Tu répètes ça encore une fois, et je te fiche une raclée ! s'exclama Dave.

Mes genoux faillirent céder sous moi, tant je lui en étais reconnaissant ! Le Burgermeister n'avait peut-être pas inventé l'eau tiède, mais il avait du courage à revendre, et de la loyauté. Et là, j'avais besoin des deux en grosse quantité.

Ethan frémit, mais ne prononça plus un mot.

– Vous m'entendez, monsieur Ritter ? interrogea Booth.

– J'entends, confirmai-je d'un ton plus ferme.

Il devait y avoir une issue ! J'examinai frénétiquement la benne. Rien que de l'acier poli. Sauf... Minute !

« C'est quoi, ce truc sur la paroi d'en face, juste à côté de l'endroit où Harleen serre Maria ? »

Fronçant les sourcils, je dépassai Ethan et Dave, et j'enjambai précautionneusement le corps inerte de Kyle. Sous les yeux de toutes les recrues, je m'agenouillai à côté de Harleen et j'observai l'objet que j'avais repéré.

C'était une manette.

En l'actionnant, on ouvrait un petit sas à la base du container. Je fis signe à Ethan et à Dave d'approcher. Ce dernier regarda son gringalet de camarade d'un air mauvais, mais tous deux obéirent. En quelques secondes, nous étions donc rassemblés au fond de notre cage d'acier. Tous sauf Kyle, évidemment.

« Est-ce qu'il est mort ? »

Pas le temps pour ce genre de pensée !

– J'ai besoin d'une réponse, monsieur Ritter ! me héla Booth. Acceptez-vous mon offre ?

Je l'ignorai. Chuchotant à toute vitesse, j'expliquai aux autres ce que j'espérais être un plan vaguement potable. Je priais toujours pour que les Fossoyeurs arrivent sur leurs vélos et nous sauvent la peau comme Yan Solo à la fin de *Star Wars*. Le problème, évidemment, c'est qu'il n'y avait aucun moyen de savoir si le Refuge avait été informé de nos difficultés. Ils pouvaient se servir de la puce GPS pour nous retrouver, mais, pour cela, il fallait qu'ils soient au courant qu'on avait besoin d'aide…

Pour l'instant, nous devions nous débrouiller par nous-mêmes.

Ou mourir en essayant.

27

SUBTERFUGE

– C'est d'accord… Alors… voilà comment on va… procéder, bégayai-je à travers la paroi de la benne, essayant de mon mieux d'avoir l'air terrifié – ce qui n'était pas trop dur. Je vais sortir. Mais promettez-moi que vous laisserez mes amis partir !

– Eh bien, cela me semble parfaitement acceptable, répondit Booth sur un ton respirant la sincérité.

– Vous me promettez que vous ne leur ferez aucun mal, et que vous ne chercherez pas à les rattraper ?

– Si j'ai votre parole que vous sortez d'ici sans armes, sans le moindre de ces astucieux petits pistolets à eau…

– Marché conclu, dis-je.

– Marché conclu également, annonça Booth.

Je jetai un coup d'œil à Kyle. Il ne bougeait plus du tout.

– Ne l'oublie pas, murmurai-je à Dave.

Il hocha la tête. Je n'osai pas regarder les autres. Si je le faisais, je risquais de perdre mon courage.

– Sois prudent, me murmura Harleen.

J'acquiesçai, puis, en empêchant mon estomac de faire des bonds dans mon ventre, j'entrepris d'escalader la paroi de la benne. Mes baskets dérapèrent plus d'une fois avant que je réussisse à passer un pied par-dessus le bord. Évidemment, ça aurait été plus facile si Dave m'avait aidé, mais ce n'était pas comme ça que le plan marchait.

– Le pistolet à eau, monsieur Ritter, dit Booth.

Je n'étais pas encore prêt à le regarder… Pas encore. Détournant les yeux, je sortis l'arme de ma ceinture et la laissai tomber dans la rue aussi doucement que possible, en espérant – en priant – pour qu'elle ne se casse pas.

– Très bien, ronronna le Macchab. À présent, attention en descendant. Loin de moi l'envie que vous vous blessiez.

« Je vais crever. »

J'essayai de chasser cette pensée comme j'avais chassé ma peur et mes doutes pendant toute la nuit. Mais cette fois, elle était récalcitrante. Elle refusait de s'en aller. N'arrêtait pas de revenir. J'avais envie de pleurer.

« Maman… J'ai peur. »

Je fermai les yeux et glissai le long de la benne, atterrissant maladroitement sur le trottoir.

Les Macchabs s'approchèrent tout de suite. Je trouvai la force de leur faire face.

Kenny-le-Trépassé était de loin le mieux habillé. C'était aussi le plus frais. Les deux autres portaient un uniforme de policier et étaient de toute évidence des types 2. Ils dégageaient une monstrueuse odeur de putréfaction. Les mouches – un véritable essaim de mouches – ne les laissaient jamais tranquilles. Booth était un type 1, parasitant une dépouille extrêmement fraîche, le corps de quelqu'un probablement mort le matin même. Cet élément, ajouté au fait que les deux autres l'appelaient « chef », me fit songer que tous les Macchabs n'étaient pas égaux.

Presque machinalement, je me mis à loucher. Et je vis le Masque de Booth… Ce visage bien connu, ces cheveux blonds impeccablement coiffés, ce sourire de publicité pour dentifrice, qui faisaient de lui le présentateur télé le plus populaire de la ville. Ce visage – ce simulacre de visage – convenait bien mieux à ses vêtements taillés sur mesure que son visage mort, luisant, et aux yeux laiteux.

« Je me demande ce que *lui* voit. Quand Kenny Booth se regarde dans un miroir, quelle image lui renvoie son reflet ? »

– Joli costume, marmonnai-je.

– Merci beaucoup, monsieur Ritter, susurra Booth. Les vêtements sont rares, là d'où nous venons. La plupart de mes congénères les trouvent gênants, mais j'ai appris à reconnaître leur valeur. Ce n'est pas de nos actes que vient le pouvoir, mais de la façon dont les autres nous perçoivent. Et s'habiller élégamment donne une réelle prestance, vous ne trouvez pas ?

– Si vous le dites.

Le Macchab leva un poing dans lequel il tenait une boîte de Sweet-Rox. « Sweet-Rox », c'est le nom d'une marque de bonbons confectionnés ici même, à Philadelphie. Il en prit une poignée et, nonchalant, goba les sucreries colorées et fruitées qu'il lança les unes après les autres dans sa bouche. Je vis sa langue démesurément enflée s'enrouler avidement autour des bonbons. Et il poussa un soupir d'aise.

Au fond de mon ventre, mon estomac se retourna comme une crêpe.

Le plus dingue, c'était que, à l'image de tous les habitants de la ville, j'avais déjà vu Kenny Booth effectuer ce geste un millier de fois. Il engloutissait ces bonbons par poignées quand il passait à la télé. C'était presque devenu sa « marque de fabrique », si bien que la société lui avait demandé d'en devenir l'ambassadeur. Cette histoire avait d'ailleurs, d'après mes souvenirs, causé un petit scandale... Un journaliste qui faisait la promotion d'un produit. Mais, étant donné que je ne m'intéressais pas trop aux informations, je ne me rappelais plus comment l'affaire s'était terminée.

Quoi qu'il en soit, Kenny Booth était à la télé chaque soir, et il gobait toujours des Sweet-Rox.

Il y avait quelque chose d'étrange à voir cette scène en vrai, à voir cette carcasse mouvante le faire en vrai. À croire que j'étais dans un cauchemar totalement délirant.

– C'est pour le sucre, se justifia Booth-le-Mort, comme s'il lisait dans mes pensées. J'adore ça ! Ça me donne de l'énergie et ça m'aide à rester concentré. Voyez-vous ce que je veux dire, monsieur Ritter ?

Ça n'avait évidemment aucun sens. Il se baladait dans un corps mort qui n'était plus capable de digérer quelque nourriture que ce soit. Il était donc impossible que Booth se shoote au sucre.

– Je vois, répondis-je malgré tout.

– Je parie que vous aimez le sucre, vous aussi, monsieur Ritter.

Je haussai les épaules. Arborant toujours son infâme sourire, il s'adressa à ses deux sbires d'un ton guilleret :

– Grimpez dans cette benne, et tuez les autres.

– Quoi ? hurlai-je.

– Mais ça pue, là-dedans ! se plaignit l'un des Macchabs.

Booth lui décocha un regard noir.

– Est-ce que, au moins, on peut… s'amuser un peu tant qu'on y est ? demanda l'autre.

– Faites-vous plaisir, répondit Booth dédaigneusement. Mais attention à vous débarrasser des restes quand vous aurez fini. Je ne veux pas qu'on les retrouve.

– Pourquoi vous ne l'avez pas fait dès le début ? demandai-je avant de pousser un juron.

Il me gratifia d'un nouveau sourire qui dévoila ses dents jaunes :

– Et risquer de vous blesser ? Vous, ma récompense ? Il n'en était pas question ! Monsieur Ritter, ne vous rendez-vous donc pas compte de votre importance ?

Aussitôt, il se tourna vers ses larbins :

– Qu'est-ce que vous attendez ? Grimpez là-dedans et occupez-vous de ces morveux !

– Oui, monsieur Booth, répondirent-ils en chœur.

J'observai les deux flics morts tandis qu'ils grimpaient sur les flancs de la benne. Ils étaient rapides, bien plus rapides que je l'avais été ; ils arrivèrent en haut en quelques secondes. Puis ils se laissèrent tomber à l'intérieur. Deux chocs sourds, évoquant des coups de marteau, retentirent au moment où ils atterrissaient au fond de la benne.

Le sourire de Booth se fit cruel, fébrile d'impatience.

« Il attend que les cris retentissent. »

– Vous aviez promis de les épargner ! aboyai-je.

Le Macchab se tapota le menton du bout de l'index, l'air songeur, puis son sourire revint, plus large que jamais :

– J'ai menti.

Je sortis le couteau de Tom de ma poche :

– Moi aussi.

Et, d'un geste, j'enfonçai les deux pointes du Taser dans le ventre costumé de Kenny Booth en pressant le bouton numéro 2. Le corps parasité se raidit. À ma grande horreur, le sang partiellement coagulé gicla de son nez et de sa bouche. Il bascula en arrière. Je m'agenouillai à côté de lui, le Taser toujours pressé contre son ventre, mais en évitant soigneusement tout contact corporel. Tom m'avait dit qu'un Macchab suffisamment électrocuté serait obligé de se transférer. Eh bien, on allait voir... S'il m'était impossible de tuer cette chose, je pouvais au moins lutter efficacement contre elle.

J'entendis la voix de l'un des Cadavres monter de l'intérieur de la benne :

– Ils sont partis ! Il n'y a personne là-dedans !

Le corps de Booth tressautait comme un poisson hors de l'eau, les yeux grands ouverts et aveugles, sa langue saillant entre ses dents. Le sachet de Sweet-Rox tomba de sa main et son contenu bariolé se déversa sur l'asphalte. À cet instant, les deux autres têtes pourries jaillirent hors de la benne, leurs visages huileux trahissant leur confusion.

– Maintenant ! criai-je.

Les recrues arrivèrent en courant depuis le coin opposé du container. Ils étaient sortis pendant que j'escaladais bruyamment la boîte en acier.

– Courez ! hurlai-je.

– Et toi ? demanda Dave, qui transportait le corps inerte de Kyle.

– Je vous suis !

Les sbires de Booth aperçurent les gamins en fuite et poussèrent des cris de rage remarquablement similaires. À contrecœur, j'ôtai mon arme du Cadavre à présent immobile. Je détalai jusqu'à la benne, ramassai le pistolet à eau, et aspergeai le premier Macchab qui tentait de redescendre. La saumure lui éclaboussa le visage. Il battit l'air des bras avant de basculer en avant et s'écraser lourdement à côté de moi.

Je partis en toute hâte rejoindre les autres.

Je n'avais pas parcouru dix mètres que je risquai un coup d'œil par-dessus mon épaule. Les Macchabs ne nous poursuivaient pas, du moins pas encore. Booth était toujours là où je l'avais laissé. Était-il piégé, coincé dans le corps foudroyé ? Allait-il rester ainsi jusqu'à ce qu'un autre corps devienne disponible ? Steve nous avait expliqué que la portée d'un Transfert était courte, qu'elle allait à peine plus loin que la portée de la vue.

À cette pensée, un frisson glacé me parcourut l'échine.

Je cherchai Dave du regard et le repérai devant moi. Le corps immobile de Kyle pendait toujours entre ses bras.

– Burgermeister ! criai-je. Attention ! Je crois qu'il...

Je n'eus pas le temps de finir ma phrase.

Les mains mortes de Kyle jaillirent vers le haut et se refermèrent sur la gorge de mon ami. Sauf que ce n'était plus Kyle.

Le chef de la base Alpha avait disparu à jamais.

Et celui qui avait envahi son corps, c'était Booth.

Dave suffoqua et lâcha le garçon, mais le Macchab riposta avec une force étourdissante. Le Burgermeister se battit furieusement, incapable pourtant d'arracher les mains qui l'étranglaient. Je courus dans leur direction, hurlant aux autres de faire quelque chose. Pas un ne bougea. Ils se contentaient de regarder, pétrifiés par la peur ou le choc, les deux garçons qui tombaient sur le sol et roulaient l'un sur l'autre dans un duel frénétique.

Je les rejoignis quelques secondes plus tard, le couteau dans une main, le pistolet à eau dans l'autre. Le pistolet était presque vide, et je voulais conserver le peu qui restait dans le réservoir. D'un autre côté, si j'utilisais le Taser, Dave prendrait lui aussi une décharge, et ça n'accroîtrait pas nos chances de nous en tirer. Je choisis donc le pistolet. Je tirai sur une oreille qui avait été celle de Kyle.

Booth laissa échapper un drôle de gémissement. Ses mains glissèrent de la gorge de Dave. Le Burgermeister rugit en rejetant au loin le Cadavre, qui alla s'écraser sur le bitume.

– Merci, haleta-t-il tandis qu'il se remettait debout. Je t'en dois une.

– Oublie ça, dis-je. En avant !

Il se retourna pour s'élancer et s'immobilisa net.

Deux voitures de police, gyrophares allumés, surgirent au croisement, nous bloquant la voie. Maria se mit à hurler. Quatre Macchabs en sortirent, en uniforme. Deux type 2 et deux type 3 : une belle brochette moisie et bien dégoulinante.

– Allez ! appelai-je les autres. On part dans l'autre sens !

On se retourna.

Le second acolyte de Booth, celui du genre baveux, s'était échappé de la benne et se trouvait à présent à une quinzaine de mètres de nous. Quelques secondes plus tard, Booth, toujours dans le corps du pauvre Kyle, le rejoignait. Leurs visages se fendirent en deux grimaces identiques.

Nous étions à leur merci, et ils le savaient.

– On reste groupés ! m'écriai-je.

Ce n'était pas vraiment la peine. Mes camarades étaient déjà tout près de moi, tremblant de peur, du premier jusqu'au dernier.

J'avais toujours le pistolet à eau, mais il devait à peine rester de quoi lancer une rafale.

Booth et le Macchab de la benne avancèrent prudemment dans notre direction. Je levai mon arme. Ils s'immobilisèrent, toujours souriants. Voir Booth dans le corps de Kyle était totalement flippant. Il me fallait me convaincre que j'avais un monstre sous les yeux, pas un Fossoyeur. Alors, pour bien m'en persuader, je louchai brièvement. Le regard que j'aperçus sur le Masque du présentateur de télé n'atténua pas du tout ma peur.

Je jetai un coup d'œil désespéré autour de moi. Les bâtiments étaient sombres, et leurs portes cadenassées.

Nous étions piégés.

Je déglutis, essayant de combattre l'onde de panique qui montait en moi.

– Plus d'échappatoire possible, monsieur Ritter, déclara Booth.

Sur ce, les Macchabs commencèrent à se rapprocher, nous encerclant peu à peu.

– Qu'est-ce qu'on fait ? murmura Dave.

« JE NE SAIS PAS ! Est-ce qu'un chef est mort et qu'on m'a désigné pour prendre sa place sans m'en informer ? Ah oui : Kyle... »

Je me forçai à garder une voix calme et esquissai un mouvement de tête en direction du seul magasin des alentours dont l'entrée n'était pas barricadée :

– À mon signal, on file tous vers cette vitrine, là-bas. Quand on sera arrivés devant, ramassez une pierre ou un truc de ce genre et cassez la vitre. C'est compris ?

– Pas de problème, acquiesça Dave.

Sauf que, en fait, il y avait plusieurs problèmes. Les Macchabs allaient vite, et je n'étais même pas sûr qu'il y ait des pierres par terre. Et puis, très honnêtement, je ne pensais pas qu'on arrive ne serait-ce que jusqu'au trottoir avant qu'ils nous aient rattrapés. Mais bon, avec un petit coup de pouce du destin, l'un de nous y parviendrait peut-être. Ça lui donnerait une chance de survie, aussi maigre soit-elle.

Une recrue sur six. Tu parles d'un leader !

Mon cœur tapait si fort dans ma poitrine !

– À trois, dis-je. Un...

Je sentis les autres se tendre, prêts à s'élancer. Apparemment, même Ethan et Maria me faisaient confiance.

– Deux...

« À cause de moi, ils vont tous se faire tuer. »

Alors, une voix s'éleva :

– Qu'est-ce qui se passe, ici ? Il y a une fête ?

On pivota sur les talons, imités par les Macchabs.

Une demi-douzaine d'adolescents, au rang desquels se tenait Sharyn, étaient debout sur les toits des voitures de police. La jeune fille tenait Vador à deux mains. Les autres étaient armés de Méga-Blasters si gros qu'ils ressemblaient aux canons laser des films de science-fiction !

Le Cadavre le plus proche de Sharyn se jeta sur elle, bondissant à une vitesse ahurissante, dents découvertes et mains tendues. J'ouvris la bouche pour lancer un avertissement, mais Sharyn se contenta de sourire.

– Si on dansait ? dit-elle.

Sa lame fendit l'air d'un mouvement aérien, et la tête du Macchab vola de ses épaules.

Après cela, tout se passa très vite.

Les autres Cadavres, à l'exception de Booth, s'élancèrent vers les jeunes juchés sur les voitures. Leurs lèvres étaient immobiles, mais ils n'arrêtaient pas de s'exprimer en Morlangue. Pas de mots, cette fois, juste des rugissements d'une fureur terrifiante, inhumaine, qui faillirent bien me faire détaler en criant.

Les Anges-Gardiens, eux, ne crièrent pas. Ils brandirent leurs Méga-Blasters et appuyèrent sur les détentes. Les jets d'eau qui frappèrent les Macchabs étaient aussi puissants que des rayons laser. Les flics furent stoppés net dans leur élan, comme s'ils avaient heurté un mur invisible, et ils s'écrasèrent au sol, battant l'air dans tous les sens. Les Anges-Gardiens ne cessèrent pas de les asperger pour autant.

Le Burgermeister hurla littéralement de joie en frappant dans ses mains. Les autres se contentèrent de rester là, à regarder, ébahis, muets d'étonnement.

Quelques secondes plus tard, six Anges-Gardiens supplémentaires, ceux-là montés sur des Stingrays, se faufilèrent dans l'espace étroit entre les voitures de police. Ils dérapèrent juste devant nous.

– Je te dépose encore quelque part, mec ? me lança Chuck Binelli, sourire aux lèvres.

J'avais envie de sangloter de soulagement. J'essayai de trouver la réplique qui tue, mais tout ce qui me sortit de la bouche, ce fut :

– Beh…

– Pas mieux ! Allez, grimpe !

Je ne sais pas trop pourquoi j'attendis que toutes les autres recrues soient sur un vélo. Ça me semblait naturel. Enfin, je passai la jambe en travers de la selle banane de Chuck.

– Merci, lui dis-je.

– Je ne vis que pour ce genre de moment, répondit-il joyeusement.

– Monsieur Ritter !

La voix était chargée d'une telle rage que je sentis encore un frisson glacé courir le long de mon échine. En dépit de tous mes instincts, je me tournai et je regardai. Kenny Booth était à côté de la benne, hors de portée des pistolets. Il habitait toujours le corps de Kyle et il pointait un index dans ma direction :

– Ce n'est que le début, mon garçon ! Que le début !

– Je sais, murmurai-je.

Puis les Fossoyeurs quittèrent les lieux, laissant la terreur et le chaos dans leur sillage.

28

VICTIMES DE GUERRE

Personne ne parla durant le long trajet qui nous ramena au Refuge, sauf lorsque Sharyn nous ordonna de nous arrêter pour nous assurer que nous n'étions pas suivis. Lorsque les Stingrays amorcèrent leur descente dans le tunnel et s'élancèrent à travers le mur de briques, il n'y eut pas le moindre cri de joie.

Je quittai le vélo de Chuck à la seconde où il s'immobilisa. Ignorant les regards et les questions que tout le monde m'adressait, je partis chercher Tom.

Je le trouvai dans la section des Chatters, occupé à un rapide débriefing avec Sharyn. C'était elle qui parlait…

– … carrément. C'est un miracle que ceux-là aient survécu ! Kebab était sur mon porte-bagages, et il n'a pas arrêté de m'expliquer comment Will les a tous gardés soudés et comment il a risqué ses fesses pour les sauver.

– Des nouvelles d'Amy ? demanda Tom après un temps.

– Aucune. Les Macchabs se sont sans doute emparés d'elle, répondit Sharyn avec un soupir las. Faut qu'on donne aux recrues de quoi manger et des lits pour qu'ils dorment un peu.

– Nick va s'en charger, lui assura Tom. Tu dois aller voir quelqu'un d'autre, à qui tu as promis de tout raconter…

– Je sais, souffla Sharyn, avant de s'éloigner, la tête basse.

– Qu'est-il arrivé à Tara ? demandai-je.

– Je ne savais pas que tu étais là, lâcha Tom, visiblement surpris.

– Les Cadavres l'ont tuée ? insistai-je, sentant la bile monter dans ma gorge.

Il me dévisagea pendant plusieurs secondes avant de répliquer, d'un ton hésitant :

– Non. C'est elle qui nous a appelés et nous a dit ce qui se passait.

– Ensuite les Anges-Gardiens nous ont retrouvés grâce au GPS, c'est ça ?

– C'est ça, confirma Tom.

– Où est Tara ?

– À l'infirmerie.

J'ignorais qu'il y avait une infirmerie, mais, à la réflexion, ça n'avait rien de surprenant. Une semaine auparavant, j'aurais peut-être posé une question stupide, du genre : « Est-ce qu'elle est blessée ? » Mais j'avais beaucoup changé.

– C'est grave ? demandai-je calmement.

– Oui, grimaça Tom.

– Je veux la voir.

– Will, ce n'est sans doute pas une bonne idée…

– Je veux la voir.

– Suis-moi, céda-t-il enfin.

Il me conduisit à l'autre bout du Refuge, vers une grande section séparée de la zone principale par un épais rideau.

– À ton avis, qu'est-il arrivé à Amy ? l'interrogeai-je.

– Elle est sans doute morte, à présent, fit-il avec un haussement d'épaules.

– Pourquoi les Macchabs l'auraient-ils tuée ? m'étonnai-je. Elle travaillait pour eux !

– On a déjà abordé ce sujet. Quand une Taupe échoue, les Cadavres s'en débarrassent. Le job d'Amy était de trouver notre QG, et elle a raté.

– C'était peut-être sa mission au départ, rectifiai-je en secouant la tête, mais j'ai surpris une partie de sa conversation avec les Macchabs juste avant l'assaut. Booth ne s'intéressait plus au Refuge. Son objectif, c'était… moi.

Je scrutai le visage de Tom, attendant sa réponse.

– Ouais, je m'en doutais un peu.

– Ah oui ?

Il acquiesça. Nous venions d'atteindre le rideau.

– Qu'est-ce que j'ai de si spécial ? m'enquis-je.

Avant que Tom ait répondu, Sharyn surgit devant nous. Son regard passa de son frère à moi ; elle était en larmes. Lentement, de façon significative, elle secoua la tête.

– Will veut la voir, déclara Tom.

– Elle... euh... n'est pas en super état, rouquin. Les Macchabs, ils... Disons qu'ils l'ont salement amochée.

Je me rappelai ce que Steve nous avait raconté, et tout à coup je ne voulus plus entrer. Puis je songeai au sacrifice de cette jeune fille. N'était-ce vraiment arrivé qu'une heure auparavant ?

– Je dois le faire, affirmai-je doucement.

Sharyn me dévisagea. Puis elle fit un pas de côté et écarta le rideau. Je déglutis et j'avançai.

Un jour, quand j'avais huit ans, je suis tombé de vélo et je me suis cassé le bras. Mes parents m'ont conduit aux urgences à toute vitesse... C'est la seule fois de ma vie où j'ai mis un pied à l'hôpital. Dans mon souvenir, c'était un endroit brillant, bruyant et incroyablement propre.

L'infirmerie du Refuge ne ressemblait absolument pas à ça.

Il y avait une dizaine de lits, une table, un évier et quelques livres de médecine. Un garçon, maigre et pas très grand, arpentait la pièce avec un empressement presque désespéré. Il était habillé à la façon d'un chirurgien, avec un pantalon vert en lin et une chemise à manches courtes de la même couleur. Le devant de sa chemise était couvert de sang. Ses gants en latex également.

Je compris aussitôt d'où venaient les taches de sang.

Tara était allongée sur le lit du bout, pâle et toute petite. Elle avait été battue de façon horrible, et il me fut très difficile, en la voyant, de ne pas être gagné par la nausée. Mobilisant la moindre parcelle de courage que j'avais en moi, je m'approchai pour regarder cette fille qui avait tout risqué afin que les recrues de la base Alpha puissent s'en tirer.

Les Macchabs avaient sauvagement rempli leur sale besogne.

– Qui es-tu ? m'interpella le gamin en vert.

– C'est Will Ritter, intervint Tom depuis la porte.

– Oh..., murmura-t-il. Salut. Je m'appelle Ian McDonald.

– Ian est notre toubib, intervint Tom. Son père est médecin.

– Chirurgien, le corrigea Ian. Un grand chirurgien. En plus de son travail à l'hôpital, il enseigne à l'université de Pennsylvanie.

« Pourquoi n'est-il pas là, alors ? »

Je ne détachais pas les yeux de Tara.

– On doit la conduire aux urgences.

Ian jeta un coup d'œil impuissant à Tom, qui s'approcha de moi :

– Will, si on la dépose à l'hôpital, les Macchabs l'auront retrouvée en moins d'une heure, et là, soit ils la tueront discrètement, soit…

– Soit quoi ?

– Soit… ils… me feront… parler, intervint une petite voix fragile.

Je n'avais pas imaginé que Tara pouvait être consciente. L'unique œil qui lui restait me fixait. Elle parla de nouveau, en proie à de violentes souffrances :

– On… m'a dit… que… tu as… sauvé… tout le monde… Je savais… que tu… le… ferais.

– Chut…, la réprimanda doucement Ian, comme l'aurait fait un vrai docteur.

Je ne savais pas quoi dire. Mon esprit se bloqua sur une certitude que personne ne semblait prêt à admettre. Tara était en train de mourir, et nous ne pouvions rien y faire.

C'est à cet instant-là que j'en pris véritablement conscience : le Mal était entré dans ma vie. Jusqu'à présent, les Macchabs, aussi terrifiants soient-ils, étaient presque comme des monstres de l'enfance, comme les êtres imaginaires qui vivaient autrefois sous mon lit :

seuls les enfants pouvaient les voir, et il fallait courir pour éviter qu'ils vous attrapent.

Eh bien, les Macchabs avaient attrapé Tara.

Et mon enfance venait de toucher à son terme.

Tremblant, je m'agenouillai à côté du lit, incapable de détacher mon regard de son œil valide.

– Merci, chuchotai-je.

Cette réplique me semblait si pitoyable !

– Pas de problème, répondit-elle, en parvenant à esquisser un léger sourire.

Dans la rue, au moment où la situation était la plus désespérée, le Burgermeister m'avait dit la même chose. C'était aussi absurde à ce moment-là que ça l'était maintenant... Pouvait-on avoir du courage face à une fin aussi tragique qu'inéluctable ?

De la bravoure ?

Jusqu'à présent, le mot ne voulait rien dire pour moi. Soudain, j'avais l'impression de le comprendre avec une douloureuse clarté.

– Rends-moi... un service, murmura Tara.

– Tout ce que tu voudras, répondis-je.

Des larmes coulèrent sur mon visage. La boule dans mon ventre, à laquelle j'étais désormais habitué, me semblait aussi froide que la lune.

– Quand tout ceci sera terminé... dis à mon père... que j'étais une fille courageuse.

Des sanglots jaillirent du fond de ma gorge. J'enfouis mon visage dans mes mains et pleurai pendant plusieurs minutes. Autour de moi, personne ne prononça un mot.

Quelques-unes de mes larmes étaient pour Tara et son terrible sacrifice. Les autres – la plupart d'entre elles, je l'avoue à ma grande honte – étaient pour moi, pour tout ce que j'avais perdu, pour tout ce qu'on m'avait pris. Je pleurai parce qu'il m'était impossible de garder ça au fond de moi une seconde de plus, je pleurai jusqu'à ce que je me sente vide, essoré de mes larmes, asséché.

Je regardai de nouveau la jeune fille sur le lit et lui murmurai ces simples mots :

– Je le ferai.

Mais les yeux de Tara étaient fermés. Elle était morte sans un bruit. Elle avait toujours ce sourire doux et courageux sur les lèvres.

29

APRÈS LA BATAILLE

– Kenny Booth est encore plus connu chez les Macchabs que chez les humains, expliqua Tom. Apparemment, les autres l'appellent « chef ». Il a pris possession du corps de Kyle, et – pire encore – il semble bien qu'il pourchasse activement Will.

La réunion avait lieu dans un coin isolé du Refuge. Seuls les chefs d'équipe et moi y participions, assis sur quelques chaises pliantes disposées en demi-cercle. J'étais – de loin – le plus jeune, et je sentais le poids de tous leurs yeux sur moi.

– On ne s'explique pas vraiment pourquoi ils s'intéressent tant à lui, poursuivit Tom. Mais sans doute est-ce parce qu'ils se demandent pourquoi son père était le seul adulte Clairvoyant.

– Ça semble logique, fit remarquer Steve. La plus grande faiblesse des Cadavres, c'est notre capacité à les voir. Si cela s'étendait au reste de la population, ils seraient… à découvert.

– Ils seraient fichus ! corrigea Sharyn.

– Il est donc probable qu'ils essayent de capturer Will vivant… pour l'étudier, continua Tom.

L'idée de devenir le cobaye d'une espèce de mélange entre un savant fou et un cadavre aurait dû me terrifier. Bizarrement, ce n'était pas le cas.

J'étais trop engourdi.

Les événements de la nuit précédente avaient mis un sacré coup à l'optimisme ambiant du Refuge. Il y avait moins d'enthousiasme, et plus personne ne souriait. Je ressentais la même chose ; la tristesse semblait s'être installée pour de bon au fond de mon cœur.

Après avoir dormi quelques heures dans le dortoir des garçons, j'avais été réveillé en milieu de matinée par une Sharyn étonnamment silencieuse. On avait avalé un petit déjeuner sur le pouce, puis elle m'avait aussitôt conduit à cette réunion.

– Mais comment ont-ils réussi à pénétrer dans la base Alpha ? demanda Alex Bobson, le gars un peu irritant que j'avais rencontré le jour de mon arrivée.

Il venait d'être nommé chef des Teckos, en remplacement de Tara.

– Parce qu'ils avaient déjà essayé deux fois, précisa-t-il, et, à chaque fois, on les avait vus arriver à dix kilomètres...

Il se tourna vers Steve :

– Tes caméras et tes détecteurs de mouvements n'ont pas marché ?

Steve blêmit :

– Les caméras fonctionnaient parfaitement. Mais les détecteurs de mouvements avaient été désactivés. Je ne sais pas pourquoi.

– C'est à cause des rats, intervint Elisha Beardsley, chef des Hackers.

C'était une jolie fille, légèrement enrobée, qui me faisait douloureusement penser à Tara.

– Les alarmes n'arrêtaient pas de se déclencher à cause des rats, expliqua-t-elle, mal à l'aise. Surtout la nuit. Kyle avait donc pris l'habitude de désactiver les capteurs ; Tara me l'avait raconté. On n'avait pas eu d'attaque à la base Alpha depuis plus d'un an. Il a dû penser qu'il n'y avait plus de risques, à présent...

Steve grogna, et Alex décocha à Elisha un regard noir :

– Bon sang, Elisha ! Pourquoi tu ne l'as dit à personne ?

– Tara m'avait demandé de ne pas le répéter, avoua-t-elle en regardant nerveusement autour d'elle. Kyle et elle... ils s'appréciaient bien. Et c'était mon amie...

– Ton amie ! s'exclama Alex. Tu parles d'une amie ! Tu aurais dû...

– Ça suffit, le coupa Tom.

À ma grande surprise, Alex obéit immédiatement, prenant l'air d'un chien méchant à qui on vient de raccourcir la laisse.

– Lancer des reproches en l'air ne nous mènera nulle part, poursuivit Tom. Si cette tragédie doit servir à quelque chose, c'est à nous rappeler l'utilité des règles et des protocoles. Elisha, il aurait fallu que tu nous parles de ce que faisaient Kyle et Tara. J'en suis malade, de les avoir perdus tous les deux. Seulement, ils étaient Fossoyeurs ; ils n'auraient pas aimé que notre chagrin crée de la discorde entre nous, et nous aveugle face à ce qui est réellement important.

– Il a raison, dit Sammy Li, le chef des Chatters.

Sharyn parvint à sourire :

– Bien sûr qu'il a raison. C'est mon frère, non ?

Tout le monde éclata d'un rire peu convaincant.

– C'était ma faute, murmurai-je soudain.

– Quoi ? releva Tom, visiblement surpris.

– Au lieu de suivre Amy, j'aurais dû informer Kyle ou Tara de ce qui se tramait.

– Et pourquoi tu ne l'as pas fait ? demanda Alex.

– Je ne voulais pas passer pour une balance, expliquai-je en haussant les épaules. Pas avant de savoir ce qu'elle mijotait exactement. Il ne m'est pas venu à l'idée qu'elle pouvait être...

– Ouais..., acquiesça lentement Tom.

– Tu as raison : c'est de ta faute ! trancha Alex, les yeux flamboyants. Ils sont morts parce que tu as été trop stupide pour...

– Alex !

La voix de Tom avait claqué de façon si impérieuse que l'autre frémit.

Le chef parla calmement, en s'adressant à tout le monde :

– Bien qu'il ne soit âgé que de douze ans, et Fossoyeur depuis deux semaines, Will a réussi à se sortir d'une attaque violente, et à emmener quatre recrues avec lui. Il est parvenu à évacuer un Fossoyeur blessé d'une zone de combat ; ce n'est pas sa faute si Kyle est mort. Il a gardé son sang-froid et a failli se sacrifier pour son équipe...

« J'ai surtout fait de mauvais choix qui ont bien failli tous les tuer. »

– Je ne laisserai personne au Refuge lui reprocher quoi que ce soit, poursuivit Tom. Souvenez-vous de vos premières semaines... Est-ce qu'un seul d'entre vous aurait agi comme lui ?

– Aucune chance, admit Steve.

– Impossible, renchérit Sammy Li.

– Sa réaction était carrément cool, commenta Nick Rooney, le chef des Mères.

– Tu m'as entendu, Alex ? le relança Tom.

– Message reçu, confirma Alex Bobson, le visage rouge.

– Bien, dit le chef. À présent que cette question est réglée, nous avons besoin d'établir une nouvelle base Alpha. Elisha, mets ton équipe au travail ; tu connais la manœuvre. Trouve-moi un bâtiment condamné, avec pas mal d'espace, l'eau courante, et une boîte d'alimentation électrique pas trop loin.

– OK, répondit la fille.

– Sammy, tu continues à surveiller les fréquences radio. Essaye de découvrir si la police a parlé des événements d'hier soir.

– D'ac, chef !

– Nick, tu t'occupes d'accueillir les recrues parmi les Mères.

Nick Rooney hocha la tête, puis il me fit un clin d'œil malicieux :

– J'espère que t'es doué avec une serpillière, mon petit !

– Non, non..., rectifia Tom. Pas Will. Juste les autres.

– Will n'intègre pas l'équipe des Mères ? interrogea Alex, mécontent.

– Je veux qu'il commence à s'entraîner avec les Anges-Gardiens.

Un murmure surpris parcourut l'assemblée. Seule Sharyn n'avait pas l'air étonnée. Je dévisageai Tom, la bouche grande ouverte, mon chagrin, mon sentiment de culpabilité et mon malheur en général momentanément oubliés. Le chef me sourit.

Steve toussota avant de prendre la parole d'un ton prudent :

– Sans vouloir critiquer... est-ce qu'il n'est pas un peu jeune ?

– Un peu jeune ? s'esclaffa Alex. Il a douze ans ! Le plus jeune Ange-Gardien qui ait jamais existé en avait quatorze !

– C'est vrai, ça, Tom..., fit remarquer Sammy.

– Ce n'est pas une question d'âge, expliqua patiemment Tom, mais d'instinct guerrier. Regardez ce qu'il a accompli la nuit dernière ! Je sais que ça va vous sembler bizarre, mais Will a en lui cet instinct plus que quiconque de ma connaissance.

– Il a quand même fallu qu'on vienne le sauver, non ? observa Alex.

– Il n'avait ni les armes ni l'entraînement adéquats, répliqua Tom. Rien à voir avec un manque de talent.

Un silence gêné s'installa. Tous les regards étaient braqués sur moi, certains bienveillants, d'autres chargés de ressentiment. Finalement, Sharyn suggéra :

– Et si on lui demandait son avis ?

– Quoi ? fit Alex, de plus en plus en colère.

– Eh bien, Will se fait balancer dans une équipe, comme ça… Moi, ça me convient ; je serais contente de l'avoir avec moi. Mais Ange-Gardien, c'est un boulot risqué. Alors, on devrait peut-être commencer par demander à Will ce qu'il en pense, non ?

– Tu n'as pas tort, acquiesça Tom. Alors, Will, qu'en dis-tu ? Ça te brancherait de devenir un Ange-Gardien ?

Je ne répondis pas pendant près d'une demi-minute. Puis, levant la tête, je lâchai sans la moindre émotion :

– Je veux me battre contre les Macchabs.

– Sans blague ! s'écria Alex. Je vais te donner un scoop, mon gars : on veut *tous* se battre contre eux ! Franchement, ce n'est pas une réponse !

Je me retournai vers lui. Même si Alex n'était pas particulièrement grand, ses airs de gros dur arrogant auraient pu m'intimider, autrefois. Seulement, cette époque-là était révolue.

– Tu n'as pas compris ce que je voulais dire. Je n'ai pas envie de participer aux petites missions organisées par les Anges-Gardiens : arriver à temps pour sauver quelques gamins et se carapater. Je veux me battre contre eux. Je veux qu'ils payent pour ce qu'ils ont fait à Kyle et à Tara, pour ce qu'ils ont fait à Amy… pour ce qu'ils nous ont fait à tous.

Je marquai une courte pause avant de conclure :

– Je veux les tuer. Jusqu'au dernier.

Un silence de plomb s'abattit sur la petite assemblée.

– On veut tous ça, murmura Sharyn.

– Vraiment ? Je n'en ai pas encore vu la preuve.

– Will..., commença Tom.

– Non ! le coupai-je. Je sais ce que tu vas dire : que nous sommes Harriet Tubman, que nous sommes en position de défense. Que nous sommes moins nombreux, mal armés et dépassés sur tous les plans. Que, si nous leur déclarons la guerre, nous mourrons tous. N'est-ce pas, chef ?

Tom fronça les sourcils, mais n'ouvrit pas la bouche.

Ce fut Nick Rooney qui répondit :

– Oui, c'est ça.

– Non, c'est tout sauf ça ! lançai-je. Vous agissez comme ça depuis des années, et ce matin deux Fossoyeurs et une fille innocente sont morts. Vous savez pourquoi ça s'est produit ? Parce que les Macchabs sont en guerre. Elle est déjà déclarée. Ça ne leur pose aucun problème, à eux, de passer à l'attaque. Après tout, que risquent-ils ? S'ils tuent quelques Fossoyeurs, notre seule réaction consistera à trouver ça bien triste et à chercher une nouvelle base !

» Eh bien, moi, ça ne me convient pas ! Écoutez, je suis nouveau parmi vous et je suis jeune. Vous pensez sans doute que je ne sais pas de quoi je parle. Mais j'en ai déjà assez de me cacher ! Je veux faire payer ces sacs à vers ! Et si vous ne me le permettez pas en tant que Fossoyeur, alors je le ferai seul !

Enfin, je me tus, le visage empourpré. Je restai debout, les yeux braqués sur ceux de Tom, dont l'expression était devenue pensive. Sharyn essayait de réprimer un sourire. Les autres chefs semblaient en état de choc. Je me demandai soudain si quelqu'un s'était un jour exprimé comme je venais de le faire.

Finalement, d'un geste las, Tom se leva. Tout le monde le regardait ; personne ne parlait. Le chef des Fossoyeurs se tourna vers moi et, en dépit de ma colère indignée et de ma fanfaronnade, je détournai les yeux.

– Will, dit-il d'une voix posée, je veux que tu quittes cette réunion. Tout de suite.

J'eus soudain très envie de pleurer. Je ne le fis pas.

Au lieu de cela, je lui obéis et partis.

30
LA BOMBE

Le Refuge avait été conçu *par* et *pour* des enfants, et qui dit « enfants » dit « jeux et télévision ». L'espace dédié à la détente était le plus vaste de l'Entrepôt, et pour cause : il était le plus populaire et était subdivisé en une série de salles consacrées à toutes sortes de distractions. Il y avait des tables d'Air Hockey, des jeux vidéo – le tout absolument gratuit. De toutes ces zones, la plus prisée était évidemment la salle télé.

Six télévisions aux écrans de soixante-trois centimètres de diagonale, pas très récentes mais en bon état de marche, avaient été alignées le long des murs. Il y avait toujours quelques Fossoyeurs qui n'étaient pas de service installés devant. Les disputes au sujet du volume du son et du choix des programmes n'avaient rien de rare. Dessins animés ici, retransmissions de matches sportifs là-bas, jeux télévisés tout au bout... L'une des télés était constamment branchée sur la chaîne des infos. Je crois que, de toute ma vie, je n'avais pas dû regarder cette chaîne plus de cinq secondes. Les infos et moi...

L'endroit était donc bruyant. J'étais venu ici juste après la réunion parce que je ne savais pas où aller. Des yeux curieux m'observèrent tandis que je passais le rideau de perles en bois qui masquait l'entrée. Ils me suivirent pendant que j'avançais d'une démarche misérable vers l'arcade de jeux vidéo.

Quinze Fossoyeurs au moins s'y trouvaient, se partageant presque autant de machines. La silhouette du Burgermeister dominait toutes les autres. Il était plongé dans une partie de *Mortal Kombat*, et je vis son avatar musclé transformer son pauvre adversaire en sushi. Le Burgermeister lança ses gros poings vers le ciel en beuglant :

– C'est moi le boss !

– Bien joué ! commentai-je.

– Ah, mon pote ! m'accueillit-il, tout sourire. Comment s'est passée la réunion ?

– Hum..., commençai-je en considérant la façon dont les autres me regardaient. Si on allait plutôt dans la salle d'à côté, tu veux bien ?

– Pas de souci ! répondit Dave d'une voix sonore. L'un de vous veut continuer ma partie ? Mon pote et moi, on a des trucs à se dire !

Je poussai un soupir intérieur. On entra dans la salle d'Air Hockey, voisine et inoccupée.

– Alors, cette réunion ? répéta Dave.

– Moins fort, chuchotai-je. Ce ne sont pas de vrais murs, tu sais...

– Ah oui, désolé. Alors, il s'est passé quoi ? Ils ont parlé de nous ? Ils ont dit dans quels groupes ils nous mettaient ?

– Dans le groupe des Mères, répondis-je, et comme le Burgermeister commençait à geindre, j'ajoutai : sauf moi ; Tom voulait que je rejoigne les Anges-Gardiens.

– Quoi ? J'y crois pas !

Je secouai tristement la tête.

– C'est trop cool ! se réjouit Dave. Tu crois que tu peux me faire entrer aussi ? Je veux dire... peut-être pas tout de suite, mais dans deux ou trois mois ? Franchement, je vais pas supporter de faire la vaisselle et de ramasser les poubelles pendant très longtemps... Je suis quoi, moi ? Une femme de chambre ?

– Je ne pense pas que ça va arriver, l'interrompis-je.

– Tu ne penses pas que ça va arriver *quoi* ?

– Je ne pense pas que je vais faire partie des Anges-Gardiens.

– Hein ? fit Dave, dont les traits se relâchèrent un peu. Pourquoi ?

– Parce que je ne crois pas que je vais rester ici.

Je lui racontai alors la fin de la réunion, et mon long et stupide monologue au sujet des Macchabs.

– Bref, j'ai insulté le grand chef devant tout le monde, conclus-je. Même si je suis le fils de mon père, Tom ne pourra pas se permettre de me garder, après ça.

Dave réfléchit pendant une bonne minute avant de commenter, à côté de la plaque :

– Alors, c'est vrai, ce que tout le monde prétend ? C'est ton père qui a créé les Fossoyeurs ?

– Oui, on peut dire ça, acquiesçai-je avec un rire timide.

– Et c'était le seul adulte capable de voir les Macchabs ?

– Eh bien, jusqu'à ce que Tom et Sharyn aient dix-huit ans... oui.

– Waouh ! Pas étonnant que tu sois si bon !

– Quoi ?

– Eh bien, tu as sans doute hérité des talents de ton vieux.

– Quels talents ?

– Tes talents de fighter ! répliqua Dave en roulant des yeux. Et cette façon que t'as de toujours savoir ce qu'il faut faire !

– Dave, j'ai bien failli nous faire tous tuer hier soir, protestai-je d'une voix plaintive.

– Ah oui ? Eh bien, si j'avais été aux commandes, on ne serait jamais sortis de la cuisine ! Et tu crois que les autres auraient fait mieux ?

J'étais totalement sidéré.

– Je vais te dire autre chose, poursuivit Dave. Cette idée de porter la baston dans le camp des Macchabs, elle me semble bonne, à moi. Si tu te fais virer des Fossoyeurs, je pars avec toi !

Avant que j'aie répondu quoi que ce soit, une voix vint s'ajouter à celle de Dave :

– Moi aussi.

Helen était sur le seuil, et elle souriait. Je ne l'avais pas revue depuis qu'on s'était battus, plus d'une semaine auparavant.

– Salut, murmurai-je.

– Coucou, répondit-elle, avec un sourire encore plus grand.

– Helen, c'est ça ? intervint Dave.

– Exact. Et toi, tu dois être Dave Burger ?

– En personne ! confirma-t-il fièrement. Sauf que tout le monde m'appelle « Burgermeister ».

En fait, moi excepté, je n'avais entendu personne l'appeler comme ça, mais je décidai de ne pas le contrarier.

– Eh bien, Burgermeister..., enchaîna Helen, un peu gênée, je dois parler à Will, en privé. Ça t'ennuierait de... ?

Sa voix s'étiola. Elle rougit. J'eus soudain envie de devenir tout petit et de ramper sous le sol de ciment.

Le regard de Dave passa plusieurs fois d'elle à moi.

– Oh ! Je comprends ! Hmm... Pas de problème, je vais aller regarder des dessins animés...

Il me donna une grande tape dans le dos.

– Et pas de folies, hein ? dit-il, avant de sortir en sifflotant.

– J'aurais peut-être dû attendre un autre moment, non ?

– Peut-être.

– Il va parler... de nous, à ton avis ?

– Sans doute.

– Et ça ne te dérange pas ?

– Une armée de Macchabs est à mes trousses, avec pour projet de me capturer pour pratiquer des expériences scientifiques sur moi. *Ça*, ça me dérange.

– Je vois, balbutia-t-elle, les yeux baissés. Écoute, je pensais vraiment ce que je viens de dire. La réunion des chefs d'équipe est terminée, et Sharyn m'a raconté ce qui s'est passé. Si Tom te vire, je pars avec toi. Je suis sûre qu'un paquet de Fossoyeurs en fera autant.

– Mon objectif n'est pas de démanteler le groupe.

– Je le sais, dit-elle en se rapprochant pour parler plus bas. En fait, beaucoup d'entre nous veulent passer à l'offensive depuis un bon bout de temps. Mais Tom rejette toujours cette idée. Selon lui, on n'est pas encore prêts, on a encore besoin de gonfler nos effectifs.

– J'ai déjà entendu ses arguments.

Helen hocha la tête.

– Seulement, pendant que le nombre de Fossoyeurs augmente, les Macchabs aussi se multiplient ! D'après nos estimations, ils contrôlent environ un tiers des effectifs policiers ; le commissaire divisionnaire lui-même est un Cadavre. Il y en a même un qui siège au conseil municipal ! On ne sait pas d'où ils viennent, mais il en arrive toujours plus. Alors, même si on est de plus en plus nombreux, on sera toujours inférieurs en nombre.

– Je n'arrive pas à croire que Tom ne s'en rende pas compte, grognai-je après quelques instants.

– Il assure qu'il s'en rend compte, mais que ça ne change rien. Il prétend que, pour le moment, rester en vie est notre priorité numéro 1.

– Et pourtant Tara et Kyle sont morts, fis-je amèrement remarquer.

Le chagrin déforma le visage d'Helen.

– Oui.

– Tom est un bon leader.

– C'est un *grand* leader, confirma-t-elle tout de suite.

– Et un mec bien, ajoutai-je.

– Oui. Mais il a tort, et tu as raison. On doit commencer à riposter... avant que les Macchabs prennent le contrôle de toute la ville.

J'observai cette jolie fille en me demandant vaguement si j'étais toujours entiché d'elle. Je n'en étais pas sûr. J'avais l'impression qu'à présent il n'y avait plus assez de place en moi pour ce genre de sentiment.

– Will ?

– Oui ?

– Je... suis vraiment désolée pour ce qui s'est passé à la base Alpha.

Pensant qu'elle voulait parler de l'attaque des Cadavres la nuit précédente, je répondis :

– Pourquoi ? Tu n'étais même pas là.

– Je ne parle pas de ça, me détrompa-t-elle. Je parle de la semaine dernière, quand je t'ai frappé...

– Ah.

– J'en suis désolée.

– Je le méritais, reconnus-je en haussant les épaules. Je m'étais mal comporté avec toi ; j'avais été un vrai crétin.

– Oh, juste un petit peu..., acquiesça-t-elle en souriant. Donc, toi et moi, on n'est pas fâchés ?

– On n'est pas fâchés.

Soudain, la voix de Dave retentit depuis la salle de télévision :

– Hé, venez ! Venez vite !

Alarmés par son ton, Helen et moi nous précipitâmes dans la salle d'à côté.

Elle était bondée, et toutes les télés étaient allumées sur la même chaîne d'informations locale. Kenny Booth était assis derrière un bureau, dans le studio situé sur City Line Avenue. Il portait toujours le corps de Kyle, désormais vêtu d'un costume chic.

– Regardez ça ! s'exclama Dave en pointant l'écran du doigt.

Les autres le bombardèrent de « Chuuuuut ! » irrités. On voyait une phrase défiler sous le visage mort et couleur gris cendre de Kyle : *Le présentateur Kenny Booth annonce sa candidature aux élections municipales.*

Kenny Booth prononçait un discours, d'une voix ferme et rassurante. C'était la voix de Kyle, mais, évidemment, personne d'autre que nous ne pouvait l'entendre ni la reconnaître :

– *... suite à la démission de M. Rumston de son poste de maire, et avec les élections anticipées qui se tiendront dans seulement deux semaines, je ressens, en tant que membre de cette communauté, le besoin d'offrir mes services à la ville de Philadelphie.*

– Oh, non ! s'exclama Burton Moscova.

Il était debout, près de son frère Steve.

– *Je me doute que cette annonce sera un choc pour mes plus fidèles téléspectateurs*, poursuivait Kenny Booth. *Mon directeur, Peter Reubens, a lui-même été très surpris lorsque je lui ai fait part de mes intentions, ce matin. Mais sachez que ce n'est pas une décision prise à la légère. Philadelphie a subi un coup terrible avec la perte de Stuart Rumston, tout particulièrement dans les circonstances que l'on connaît... Je me sens poussé – que dis-je ? obligé – de me présenter à sa succession. Si je suis élu, j'apporterai à la municipalité non seulement mon expérience dans les affaires quotidiennes de cette ville que j'ai appris à aimer depuis mon arrivée, voilà trois ans, mais aussi ma détermination d'honnête citoyen. Ainsi, je ne reproduirai pas les errements politiques et moraux de mon prédécesseur. Merci à tous pour votre attention.*

Le silence retomba sur la salle de détente. Chacun d'entre nous fixait lugubrement les postes de télévision, qui à présent diffusaient tous la même publicité.

Soudain, le Burgermeister éclata de rire :

– Un maire Macchab !

Puis, regardant autour de lui, il ajouta :

– Pourquoi tout le monde tire la tronche ?

– Pourquoi tout le monde tire la tronche ? railla Steve en écho, incrédule. Kenny Booth vient d'annoncer qu'il se présente aux élections municipales !

– Ben oui ! Et alors ? En quoi ça nous intéresse, qu'il soit maire ? J'aurais même pas pu vous donner le nom de celui d'avant !

Steve leva les mains en l'air, dégoûté :

– Tu ne comprends pas ? S'il gagne, ce Cadavre sera aux commandes de la ville ! Et il sera en mesure d'aider d'autres Macchabs à accéder à des positions importantes ! Sans parler du fait que le poste de maire de Philadelphie est souvent un bon tremplin pour accéder au poste de gouverneur, à Harrisburg ! En tant que maire, Booth pourra envoyer toutes les forces de police à nos trousses ! Il disposera de toutes les ressources de cette ville pour nous traquer !

Le Burgermeister pâlit brusquement.

– Oh…, murmura-t-il.

– Ouais, aboya Steve. Comme tu dis : « Oh… »

Je jetai un coup d'œil au rideau de perles dans notre dos. Tom se tenait dans l'encadrement de la porte, sa sœur à côté de lui. Nos yeux se rencontrèrent.

– On ne peut pas laisser une chose pareille se produire…, déclarai-je.

31

DISSIDENCE

Ce mardi-là, à vingt heures, les Fossoyeurs s'étaient réunis pour une assemblée générale. Ce n'était pas une mince affaire, et l'organisation avait pris du temps. Il avait fallu rappeler la quarantaine d'Infiltrés des diverses opérations de terrain dans lesquelles ils étaient engagés. Mais, finalement, les cent vingt-deux Fossoyeurs étaient rassemblés au QG, ce qui, d'après Helen, était un événement très rare.

Un événement qui signifiait qu'il y avait un gros problème.

Nous tenions tous dans un espace ouvert de la grande salle ; certains étaient debout, d'autres assis en tailleur sur le béton. Des murmures anxieux emplissaient l'air. L'ambiance me rappelait celle des réunions du collège, sauf que le sentiment général n'était pas l'ennui mais la nervosité.

Tom passait de groupe en groupe, saluant chacun par son nom. Enfin, il se hissa sur une chaise pliante que Nick avait préparée à son intention. Là, bien en vue de tous, le chef des Fossoyeurs ouvrit grand les bras.

Les murmures cessèrent.

Il alla droit au but ; Tom Jefferson n'était pas du genre à tourner autour du pot :

– Fossoyeurs, Kenny Booth a annoncé au journal télévisé qu'il se présente pour le poste de maire.

Les chuchotements reprirent. Ceux qui n'avaient pas encore entendu la nouvelle la commentèrent bruyamment. Tom attendit que le silence revienne avant de continuer :

– Comme vous le savez peut-être, l'ancien maire de Philadelphie, Stuart Rumston, a démissionné il y a deux semaines, après s'être retrouvé impliqué dans un scandale de détournement de fonds. La moitié du conseil municipal l'a suivi. C'est le plus grand bouleversement politique de l'histoire de cette ville. Une dizaine d'élus au moins ont été forcés de quitter leurs postes, ou risquent de faire de la prison.

Je n'étais pas au courant de tout cela, mais Helen, à côté de moi, hocha la tête.

– C'est quoi, un détournement de fonds ? demanda Dave à voix basse.

– Nous avons suivi cette affaire de très près, poursuivit Tom, ce qui a confirmé nos soupçons : elle ne relève pas de la bêtise humaine ; ce sont les Macchabs qui ont tout organisé. C'est la première fois qu'ils lancent une opération de cette envergure.

» Ce scandale a chamboulé l'administration de la ville et laissé un vide à l'exécutif. Pour faire court : à l'heure actuelle, il n'y a aucun candidat naturel pour reprendre le poste de maire. Or, la ville en a besoin, et il existe une loi qui, dans ce genre de cas, prévoit les élections anticipées d'un suppléant. Ces élections ont été fixées au premier mardi de novembre, soit dans deux semaines, jour pour jour.

» Deux semaines, c'est très court pour une campagne municipale. Mais Kenny Booth n'est pas un candidat comme les autres. Il n'habite ici que depuis quelques années, seulement il a une solide base d'admirateurs. En fait, il est le présentateur de journal télé auquel les gens font le plus confiance. Vous avez tous entendu parler de lui avant de commencer à voir les Cadavres. Peut-être même qu'à l'époque vous l'aimiez bien. Si c'est le cas, il ne faut pas que cela vous sape le moral. *Tout le monde* l'aime.

» Évidemment, d'autres candidats vont se présenter... Un sacré paquet de candidats, en fait. Mais aucun ne jouit d'une estime comparable. C'est pourquoi nous pensons que Booth a ses chances de devenir maire de Philadelphie.

Tom marqua une pause, le temps que nous digérerions son analyse de la situation. Cette fois, lorsque les murmures reprirent, il enchaîna sans attendre le silence :

– Nous avons toujours eu dans l'idée que les Macchabs cherchaient à s'emparer de postes clés dans notre monde. Mais, jusqu'à présent, aucun n'avait approché ce but. Je n'ai pas besoin de vous expliquer les problèmes que cela engendrerait d'avoir un Cadavre pour maire...

» Un bon ami m'a dit qu'on ne pouvait pas laisser cela se produire. Eh bien, il a raison. Mais comment l'empêcher ? Ça ne va pas être facile de l'arrêter. Pour commencer, les Hackers sont en train de chercher des dossiers compromettants sur Kenny Booth. Nous avons évidemment des documents sur lui, mais rien de nature à lui coûter son élection. Nous allons donc devoir creuser plus loin.

J'écoutais ce discours, maussade.

– On s'en tape, de l'élection ! murmura Dave à mes côtés. Moi, je dis : on le bute, et c'est tout !

– Et comment comptes-tu t'y prendre ? lui répondit Helen. Même si tu lui coupes la tête, il reviendra...

– Chut ! les interrompis-je.

La voix de Tom se fit plus grave encore tandis qu'il continuait son discours :

– Autre chose : hier soir, lors d'un combat contre les Macchabs dans la base Alpha, nous avons perdu Tara Monroe et Kyle Standish. Trahis par une Taupe. Tous deux ont donné leur vie pour que les recrues dont ils avaient la charge puissent s'enfuir sans dommages. Leur mort est une tragédie, une tragédie d'autant plus affreuse que Booth a parasité le corps de Kyle.

» Je suis en deuil, comme vous tous, j'en suis sûr. Mais souvenez-vous que Tara et Kyle auraient voulu que nous poursuivions la lutte.

Il baissa la tête avant d'annoncer :

– Il y aura une cérémonie en leur honneur à dix heures. La dépouille de Kyle n'est pas ici, mais celle de Tara sera déposée sur un lit de camp, recouverte d'un drap, afin que vous puissiez vous recueillir à ses côtés. Et je n'ai pas besoin de vous rappeler qu'il ne faudra pas toucher à ce drap. On parle de chagrin, ici, Fossoyeurs... et aussi de respect. Ceux qui voudront prononcer un discours le pourront. Vous pourrez parler de Kyle et de Tara tant que vous voudrez. Puis, quand ce sera fini, nous irons déposer le corps de Tara devant l'hôpital le plus proche. J'aimerais faire mieux, mais nous sommes en guerre.

Lorsqu'il redressa la tête, le chef avait les yeux brillants d'une conviction nouvelle :

– Dès demain, nous nous en prendrons à Booth. Cela durera deux semaines. Ensuite, les Infiltrés retourneront sur le terrain ; les Chatters et les Hackers continueront comme avant.

» N'empêche que, entre-temps, nous allons coller aux semelles de Kenny Booth comme un chewing-gum ! Nous serons partout où il ira, nous verrons tout ce qu'il voit. Nous trouverons des informations à donner aux médias ou à un autre candidat, qui favoriseront sa chute ! Tout cela, nous le ferons en souvenir de Kyle et de Tara. Fossoyeurs, êtes-vous avec moi ?

L'assemblée explosa de joie ; la salle résonna d'applaudissements, de sifflements et de cris.

– Vous êtes avec moi ? répéta Tom, plus fort.

Nouvelles acclamations, plus bruyantes encore.

Dès qu'elles commencèrent à faiblir, Tom reprit la parole :

– À présent, vous pouvez me poser des questions. Quoi que vous ayez sur le cœur, n'hésitez pas.

Il passa donc la demi-heure suivante à répondre aux questions, assez futées pour certaines. « Peut-on déposer des micros dans le bureau ou la maison de Booth ? » « Ne pourrait-on pas essayer de l'asperger de saumure devant les caméras de télé ? » « Ne devrait-on pas se porter volontaires pour aider les autres candidats ? » Tom promit de réfléchir à toutes ces idées.

D'autres étaient nettement moins intelligentes, ou peut-être moins matures. « Si Booth devient maire, demandera-t-il aux policiers de nous tirer dessus ? »

« Et si les Macchabs tuaient tous les autres candidats pour être sûrs que Booth gagne… ? » « Peut-on aller chercher la Taupe de la base Alpha pour la tuer ? » Dans ces cas-là, Tom fit preuve de patience.

– Non, même s'il gagne, Booth ne peut pas ordonner qu'on abatte les Clairvoyants dans la rue. Non, ils sont trop intelligents pour assassiner les autres candidats. Et enfin, non, on ne va pas tuer une gamine qui, elle aussi, est une victime.

» Les Fossoyeurs ne tuent pas les gens, articula-t-il avec insistance. Nous ne sommes que des enfants, et Booth le sait. D'ailleurs, il compte là-dessus.

Bientôt, la réunion toucha à son terme. Tom invita tout le monde à rester jusqu'au service funèbre, à dix heures. Presque immédiatement, le rassemblement général se transforma en une série de petits groupes. Dans chacun d'eux, les discussions ne concernaient que les événements.

Je restai à distance raisonnable de Tom, que je vis sauter de sa chaise pour aller rejoindre Elisha Beardsley.

– C'était court, hein ? fit remarquer Dave. Je ne pense pas qu'il ait causé plus de cinq minutes, et tout le reste, c'était que des questions débiles…

– Elles n'étaient pas toutes stupides, protestai-je.

En fait, les questions stupides étaient les seules auxquelles le chef des Fossoyeurs semblait avoir de vraies réponses.

– Les discours de Tom sont toujours très courts, intervint Helen. Au-delà de dix minutes, tout le monde s'endort. Les Fossoyeurs n'ont pas l'habitude de rester assis à écouter des discours ; on a besoin d'agir.

– Ce n'est pas moi qui vais dire le contraire ! commentai-je.

Et, sur ces mots, je partis rejoindre Tom et Elisha, dont j'entendis un bout de la conversation.

– Il n'y va pas tous les dimanches soir, juste une fois par mois environ, disait Elisha.

– Et comment tu as découvert ça ? demanda Tom, visiblement impressionné.

– Il a un agenda personnel en ligne, relié au compte Internet de sa chaîne de télé.

– Elisha, tu es géniale !

– En fait, c'est Heather qui a réussi à craquer leur pare-feu, nuança-t-elle avec un sourire fier. Elle y a passé toute l'après-midi.

– Il ne faut pas que j'oublie de la complimenter pour ça, dit Tom.

– T'as intérêt ! Comme, en plus, elle te trouve trop beau..., plaisanta Elisha.

Tom répondit à la blague en lui lançant un petit coup de poing sur l'épaule.

– Où va-t-il le dimanche ? intervins-je en arrivant devant eux.

Surpris, tous deux me dévisagèrent.

– On parle bien de Booth, là ?

– Hum... salut, Will, bredouilla Elisha.

– Continue de creuser, lui conseilla Tom. Essaye de savoir comment il y va et combien de temps il y reste.

Elisha hocha la tête et disparut parmi la foule. Je me tournai vers Tom.

– Où Booth va-t-il le dimanche soir ? insistai-je.

– Il faut qu'on cause, mec...

– On est en train de causer.

– Tu sais très bien ce que je veux dire.

Tu parles que je le savais !

– Désolé pour ce matin, fis-je.

– Ne le sois pas, répondit Tom. Tu as dit ce que tu ressentais.

– Oui, mais je t'ai mis mal à l'aise devant les chefs d'équipe...

– Ouais, en effet...

– Désolé, bredouillai-je une nouvelle fois.

– Merci. Mais ce n'est pas de ça qu'on doit parler.

– Tu comptes me virer ?

– Quoi ?

M'armant de courage, je poursuivis :

– Si c'est le cas, je comprends. Seulement, s'il y a quoi que ce soit que je puisse faire pour réparer...

À ma grande surprise, Tom éclata de rire :

– Will ! Si je virais les Fossoyeurs qui me cherchent des poux aux réunions des chefs, ma sœur serait à la rue depuis des années ! Oublie ça ! Ce n'est pas important.

– Ah, désolé. Alors, de quoi voulais-tu me parler ? demandai-je d'un ton neutre, même si, intérieurement, je poussai un profond soupir de soulagement.

– Si tu arrêtais un peu de t'excuser, je pourrais te l'expliquer !

– D'accord, désolé, répétai-je sans m'en rendre compte.

Non sans effort, le chef calma son hilarité :

– Bon, pour le moment, on va mettre de côté mon idée de te faire intégrer les Anges-Gardiens.

Je fronçai les sourcils. La seconde d'avant, j'étais soulagé de n'avoir pas été banni, et voilà que la déception m'accablait.

– Comment ça ?

– Eh bien, certains des chefs ne sont pas très chauds... Bon, s'il n'y avait que ça, ce ne serait pas un problème. Mais, surtout, tu n'es pas encore dans le bon état d'esprit pour ce genre de boulot.

– Le bon état d'esprit ? demandai-je, soudain fâché. Qu'est-ce que ça signifie ?

– Tu es énervé... et tu as toutes les raisons de l'être. Mais un Ange-Gardien doit savoir garder son sang-froid sur le terrain. La colère peut te rendre intrépide, et pas question pour moi d'embaucher quelqu'un qui va agir en dehors des clous. Ça pourrait mettre ses coéquipiers en danger.

– Je ne ferais jamais ça ! m'exclamai-je.

– Je n'ai pas dit que tu le ferais. En revanche, pour être énervé, tu es énervé...

– Évidemment que je le suis ! Regarde tout ce qui s'est passé ! Tara et Kyle !

– Laissons passer un mois, négocia-t-il. D'ici là, tu peux intégrer l'équipe de ton choix. Puis, quand tu auras retrouvé un peu de sérénité, on songera de nouveau aux Anges-Gardiens. Je suis toujours convaincu que ta place est parmi eux – dès que tu seras prêt.

– Je suis prêt *maintenant* ! plaidai-je.

– Non, mec, tu ne l'es pas.

– Mais, dans un mois, l'élection du maire sera passée !

– Je sais.

Et soudain, je compris.

– Tu as peur que je m'en prenne à Booth ? lâchai-je.

– Ça m'a traversé l'esprit, en effet.

– Ce serait si mal que ça ?

– Tu te mettrais en danger en essayant.

– Et alors ? C'est ma vie, non ?

Tom arqua les sourcils :

– Dis ça à ta mère et à Emily.

Je détournai le regard. Tom patienta.

– Alors, je vais devoir intégrer les Mères ? demandai-je, abattu.

– Pas si tu n'en as pas envie.

– Les autres recrues vont être jalouses.

– Ça leur passera, murmura Tom avec un haussement d'épaules.

– Pourquoi ce traitement de faveur ?

– Parce que tu es un cas à part, et tu le sais.

Je le savais, oui, mais je ne comprenais toujours pas pourquoi. Était-ce vraiment à cause de mon père et de ce qu'il avait été ? Tom semblait, disons... plus futé que ça.

– J'aimerais bien essayer le Neurolab, dis-je.

– Tu veux travailler avec Steve ? s'étonna Tom.

– Tu serais d'accord ?

– Bien sûr. C'est juste que je ne m'y attendais pas. Il faudra seulement que tu préviennes Steve que ce ne sera que pour un mois.

– OK.

Sur ce, je revins vers Dave et Helen, qui m'attendaient un peu plus loin. J'étais d'humeur maussade. Helen enroulait nerveusement une mèche de cheveux autour d'un doigt. Dave faisait craquer ses phalanges. Ce fut lui qui parla le premier :

– Alors, t'es viré ?

– Non, mais il retarde mon entrée chez les Anges-Gardiens.

– Pour quelle raison ? s'enquit Helen.

– Il estime que je suis trop... émotif, je crois.

– Et où te met-il ?

– Il m'a laissé le choix. J'ai opté pour le Neurolab.

– Pourquoi ça ? demanda Dave avec une grimace.

J'ignorai sa question.

– Booth fait quelque chose de spécial, un dimanche par mois. J'ai surpris la conversation entre Tom et Elisha.

– Qu'est-ce que c'est ? voulut savoir Helen.

– Tom a refusé de me le dire.

– Ce type est un crétin ! cracha le Burgermeister.

– Non, pas du tout ! rétorqua Helen, énervée, avant de s'adresser de nouveau à moi : il essaye juste de te protéger.

– Je le sais, acquiesçai-je en fixant Helen droit dans ses yeux noisette. Tu connais quelqu'un dans l'équipe des Hackers ?

Ma question la surprit.

– Je connais deux ou trois personnes, oui...

– Une fille du nom de Heather ?

– Oui. Heather DiSalvino. On était ensemble à la base Alpha. Pourquoi ?

J'hésitai. Helen était mon amie, mais, même si elle avait assuré qu'elle me suivrait si je partais d'ici, elle semblait extrêmement loyale vis-à-vis de Tom. Seulement, je ne pouvais pas mettre mon plan en application tout seul.

– Tu penses qu'elle te dirait où va Booth, un dimanche par mois ?

Ce fut à son tour d'hésiter. Elle avait l'air inquiète.

– Will..., commença-t-elle.

– Ça ne signifie pas que je vais m'en mêler. Je suis juste curieux.

C'était un mensonge, et nous le savions tous les deux. Dave grimaça, ne comprenant de toute évidence pas grand-chose à cette conversation.

– Will..., répéta Helen.

– Helen, s'il te plaît...

Elle laissa échapper un long soupir.

– Je vais essayer, fit-elle à contrecœur.

– Merci.

– Pas de quoi.

32

CONSPIRATION

– Pour assembler une radio-bracelet, il faut deux choses : de la patience et les bons outils.

Je me trouvais dans le Neurolab, où Steve venait d'enlever la partie arrière d'une montre électronique bon marché. En élève appliqué, je l'observais tandis qu'il se servait d'une pince à épiler pour glisser un émetteur-récepteur miniaturisé et une puce GPS encore plus minuscule dans l'espace vide du boîtier où il aurait été difficile de faire entrer un petit pois.

– C'est plus simple que ça y paraît. Il suffit de les souder sur ce pivot argenté, juste à côté de la pile.

– Et pour le micro et l'enceinte ? demandai-je.

– C'est pour cela que j'ai choisi cette montre en particulier. Elle a une fonction mémo, qui permet d'enregistrer des messages sonores. On n'a plus qu'à y relier la puce.

– Cool, commentai-je.

– À ton tour ! décréta Steve.

Je m'emparai donc de la pince à épiler et du stylo à souder miniature. Je ratai mon premier essai, mais réussis le second. Steve avait raison ; ce n'était pas compliqué.

– Parfait ! Il ne te reste plus qu'à la ranger avec les autres. Les Anges-Gardiens n'arrêtent pas de les casser. C'est à peine si j'arrive à en avoir une d'avance. Allez, viens, le nouveau stock de saumure est sans doute prêt.

Tandis que nous traversions le Neurolab, les quatre autres Fossoyeurs qui y travaillaient me regardèrent en coin. Tout le monde réagissait ainsi depuis que le récit des événements de la base Alpha s'était répandu. Je m'étais habitué à être une sorte de célébrité malgré moi.

Alors que nous passions devant l'une des tables du Neurolab, Zack, un membre de l'équipe, arriva face à nous, une boîte entre les bras. Il en vida le contenu sans ménagement, dévoilant un assortiment de gadgets.

– Ils sont cassés, annonça-t-il.

Il y avait dans la pile deux Méga-Blasters, une bonne dizaine de pistolets à eau, au moins, de nombreuses radios-bracelets... ainsi qu'une sorte de mini-arbalète. Elle mesurait peut-être trente centimètres de long, et un câble d'acier était tendu entre ses deux extrémités.

– Qu'est-ce que c'est ? demandai-je.

– Un grappin, répondit Steve.

Puis il se tourna vers Zack :

– Que s'est-il passé, cette fois ?

Le garçon haussa les épaules :

– Il s'est enrayé au moment de tirer. Toujours le même problème : la corde ne se lance pas convenablement.

Steve gémit, saisit l'arbalète, et l'examina sous différents angles :

– Elle a pris trop de coups. Regarde ici : la soudure au niveau du bois a lâché.

– Un grappin ? Monté sur une arbalète ? C'est sérieux ?

– Quand ça marche, répliqua Zack. C'est-à-dire pas souvent.

– Qui l'a cassé ?

– Les Anges-Gardiens. Qui d'autre ?

– Ça sert à escalader les murs, expliqua Steve. En pressant la détente, on envoie un grappin à trois crochets à une quinzaine de mètres de haut. C'est très utile pour les missions de reconnaissance. Mais ce n'est qu'un prototype, le seul dont nous disposons.

Il soupira :

– OK, Zack, note tout ça dans le classeur avant de le jeter. Sauf le grappin, qu'on va examiner. Je suis toujours d'avis que ce gadget a du potentiel.

– Si tu le dis ! souffla Zack, l'air pas très convaincu.

Steve et moi, on poursuivit notre chemin et on s'arrêta devant une cuve posée sur une plaque chauffante.

– Vérifie la minuterie et la température, me demanda le chef du Neurolab.

La cuve contenait vingt litres d'eau du robinet, dans laquelle on avait dilué deux cents grammes de sel marin. Ça sentait... le sel. Un thermomètre placé à côté indiquait qu'on dépassait tout juste trente-sept degrés.

– La température est correcte, annonçai-je. Et ça chauffe depuis une demi-heure.

– Alors, c'est prêt.

On consacra les dix minutes qui suivirent à transvaser l'eau dans des bouteilles de soda, où le liquide serait conservé.

– Où as-tu appris à faire ça ? me renseignai-je.

– La saumure ? Ce n'est pas compliqué.

– Non, je veux dire... comment t'es-tu rendu compte que la saumure était efficace sur les Macchabs ?

– Oh..., grimaça-t-il. Tu tiens vraiment à le savoir ?

– Bien sûr.

Les autres grognèrent. Ils avaient apparemment déjà entendu l'histoire.

– Est-ce que tu sais ce que signifie le mot « sérendipité » ? m'interrogea Steve.

Je secouai la tête.

– Ça veut dire « heureux hasard ». Ça arrive parfois en science. Au XIXe siècle, un médecin anglais du nom d'Edward Jenner découvrit par hasard que les gens qui contractaient une maladie bénigne appelée « vaccine »

– également connue sous le nom de « variole de la vache » – n'attrapaient jamais la variole normale, qui causait, elle, bien des ravages. Cette découverte l'amena à développer le premier vaccin. De fait, le mot « vaccin » vient du latin « vacca »… qui signifie « vache ».

– Je vois, fis-je avec l'impression de me retrouver en cours de sciences. Mais quel est le rapport avec les Cadavres et la saumure ?

– La découverte, qui s'est produite de la même manière.

– Par accident ? demandai-je. Un cas de sérendipité ?

– Exactement. Quand j'étais au collège, j'ai dû faire un exposé sur les tests de salinité.

– Sur les tests de quoi ?

Il me dévisagea comme s'il était estomaqué par mon manque de savoir :

– De salinité. La quantité de sel dissoute dans un liquide. J'ai donc fait une étude. Je me suis servi de sel marin pour élaborer quatre types d'eau : eau douce, eau saumâtre, eau de mer, et saumure.

– Mais… il n'y a pas de sel dans l'eau douce.

– Bien sûr que si, me détrompa Steve. Mais en infime quantité.

– Ah, OK, murmurai-je en haussant les épaules. Et quand est-ce qu'il est question de Macchabs dans cette histoire ?

– C'est au moment où je travaillais sur cet exposé que j'ai commencé à les voir.

– Hein ?

– Il était dans le labo de son collège, après la fin des cours..., soupira Lisa, l'une des filles du Neurolab.

– Deux jours avant l'exposé..., ajouta un garçon, dénommé Andrew.

– Un agent d'entretien est entré dans la salle, et c'était un Macchab, ajouta Zack.

– Steve a tellement flippé qu'il s'est brûlé. Et, évidemment, le Cadavre d'entretien est passé à l'attaque ! poursuivit une autre fille dont je ne connaissais pas le nom.

– Ça suffit ! aboya Steve. C'est moi qui raconte l'histoire ! Et d'abord, je suis resté calme et...

– Il a carrément flippé ! insista la fille.

– Ça suffit, Kelly ! Bref, j'ai saisi la première arme qui m'est tombée sous la main... Un verre doseur rempli de ma saumure, et je l'ai jeté à la face du Cadavre. Je l'ai vu gesticuler dans tous les sens avant de basculer et de tomber. J'en ai profité pour prendre mes jambes à mon cou !

– Tu m'étonnes ! commentai-je.

– Ensuite, quand Burton m'a fait entrer chez les Fossoyeurs, j'ai suggéré à Karl, ton père, qu'on renouvelle l'expérience. Et ça a marché. Quelque chose dans la saumure perturbe le contrôle que les Macchabs exercent sur leurs corps hôtes. Sérendipité ! conclut-il en éclatant de rire.

Je ne comprenais pas très bien en quoi c'était drôle, mais je ris avec lui.

– Cool ! Donc c'est ton frère qui t'a fait entrer chez les Fossoyeurs ?

– Oui, dit-il, et son sourire disparut.

– Mais... n'est-il pas plus jeune que toi ?

Steve resta silencieux un bon bout de temps, et ce fut finalement Zack qui parla :

– Oui, d'un peu moins d'un an. Mais Burton avait déjà commencé à les voir, et il s'était enfui de la maison avant l'épisode de l'exposé de science.

– Tout le monde ne devient pas Clairvoyant au même âge, grommela Steve, les sourcils froncés.

– Eh oui, chef, il y en a chez qui la puberté se déclenche plus tard ! intervint Andrew.

Tous gloussèrent. Steve, embarrassé, prit une belle couleur tomate. De toute évidence, c'était une vieille blague dans le Neurolab... Un peu d'amusement aux dépens de celui qui était aux commandes.

Deux semaines plus tôt, j'aurais sans doute ri avec les autres. Mais ce temps-là était fini.

– En tout cas, il me semble que pas mal de Fossoyeurs seraient morts si Steve avait commencé à voir les Cadavres plus tôt.

Les rires diminuèrent. Steve me regarda, surpris.

– C'est vrai, ça : si Steve n'avait pas préparé cet exposé, on ne connaîtrait pas le pouvoir de la saumure. Et, sans la saumure, les Macchabs auraient tué bien plus de Clairvoyants, moi inclus.

Je tendis la main vers Steve :

– Sharyn a raison. Tu es un génie.

Steve fixa ma main, puis il la serra :

– Merci.

Quelque chose me dit qu'il me remerciait à plus d'un titre. Les autres reprirent leur travail, un peu gênés. Steve se racla la gorge :

– Euh... est-ce que tu veux qu'on en prépare une deuxième fournée ?

– Et comment, chef !

Tandis que je lavais et remplissais la cuve, Steve partit chercher une grande boîte de sel de mer, que les Fossoyeurs achetaient en gros.

– Tu peux gérer ça seul ? me demanda-t-il. Je dois m'occuper d'autre chose.

– Sans souci.

Je le regardai s'éloigner, la silhouette fière, et je souris. Puis j'entrepris d'effriter quelques épais morceaux de sel, que je plaçai dans un bol en céramique, avant de saisir une espèce de gadget à poignée. Steve appelait ça « un pilon et mortier ». L'idée était de broyer les cristaux de sel le plus finement possible. Ainsi, ils se dissolvaient mieux dans l'eau chaude.

Une fois ma tâche achevée, je pesai soigneusement le sel, vérifiant si la dose était exacte. Trop de sel, et le mélange encrasserait le mécanisme des armes. Pas assez, et il n'y aurait pas suffisamment de sel pour affecter les Cadavres.

– Psst ! fit soudain une voix.

Je levai la tête, surpris.

Dave se trouvait au bord du Neurolab, agitant frénétiquement les bras. Je jetai un coup d'œil par-dessus mon épaule. Steve était penché sur une table, triturant ce qui ressemblait à de petits bouts de polystyrène. Par bonheur, aucun des autres Fossoyeurs ne regardait dans ma direction.

– Quoi ? demandai-je à voix basse au Burgermeister.

– Helen veut te voir. Elle a quelque chose pour toi.

Je me sentis gagné par un frisson d'excitation. Enfin ! L'heure tournait ; nous étions déjà samedi.

– Où ça ?

– Dans la salle télé.

– J'arrive tout de suite. Maintenant, sauve-toi !

– D'accord.

Et il repartit en sifflotant, ses grosses paluches au fond des poches, attirant les coups d'œil intrigués de ceux qu'il croisait.

Je soupirai et me remis au travail. Peu de temps après, je demandai à Steve l'autorisation de faire une pause pipi.

– Pas de problème !

Il était quatorze heures, et la salle de repos était presque vide, la plupart des équipes étant occupées. En fait, les seuls Fossoyeurs présents étaient les Mères, qui travaillaient principalement le matin et le soir. Parmi eux, il y avait Maria, Ethan et Harleen, les yeux braqués sur un feuilleton pour ménagères.

– Will ! s'écria Harleen.

Je lui adressai un signe de la main :

– Est-ce que tu as vu Dave ?

– Helen et lui sont partis à l'arcade, expliqua Ethan.

À côté de lui, Maria gloussa bêtement :

– Je crois qu'ils s'aiment bien, ces deux-là...

Je lui souris sans enthousiasme et remontai le petit couloir jusqu'à l'entrée de l'espace dédié aux jeux vidéo. Il n'y avait que Dave et Helen, tout près l'un de l'autre. Ils examinaient une feuille de papier que Helen avait dans les mains.

– Que se passe-t-il ? demandai-je.

Ils levèrent les yeux.

– Fort Mifflin, annonça Helen.

– Je comprends toujours pas ! se plaignit Dave. C'est quoi, ce Fort Mifflin ?

Helen secoua le papier d'un geste impatient :

– C'est ça, Fort Mifflin !

– Ben oui, mais je veux dire... c'est quoi, *quoi* ! ?

– Hé, du calme, vous deux. Si vous m'expliquiez plutôt cette histoire de Fort Mifflin ?

– C'est le lieu où Kenny Booth se rendra demain soir, répondit Helen. C'est là qu'il va environ une fois par mois.

– Comment le sais-tu ?

– Ça n'a pas été facile. Heather était plus muette qu'une tombe. Et va tirer les vers du nez d'Elisha quand Tom lui a dit de la boucler ! Bref, il y a un autre Hacker, qui s'appelle Justin. Je crois qu'il...

Elle n'acheva pas sa phrase et rougit.

– ... qu'il aime bien Helen ! compléta tout de suite Dave.

Elle lui décocha un regard qui aurait fendu une pierre.

– Ah ? fis-je.

Je me sentis soudain bizarre... comme pris d'un léger mal de ventre. Que m'arrivait-il ? En tout cas, ce n'était pas ça ; ce n'était pas de la jalousie. Impossible.

– Il veut sortir avec elle, quoi ! poursuivit Dave, tout sourire.

– Hum... Donc ce Justin t'a raconté que Booth allait à Fort Mifflin ? demandai-je, voulant à tout prix changer de sujet.

– Oui, confirma Helen sur un ton amer.

– Le vieux Fort Mifflin ?

– Oui.

– Est-ce que quelqu'un va enfin me le dire : c'est quoi, Fort Mifflin ? brailla de nouveau Dave.

– C'est un fort qui date de l'époque révolutionnaire, lui expliquai-je. Il se trouve tout près de l'aéroport.

– Et c'est là que Booth va demain soir ? demanda le Burgermeister.

– Aux environs de minuit, précisa Helen.

Je savais quelques petites choses au sujet de Fort Mifflin. Ce bâtiment était situé au sud de la ville et donnait sur les rives du fleuve Delaware. C'était une forteresse, qui avait autrefois protégé Philadelphie des Anglais. Un siècle plus tard, lors de la guerre de Sécession, c'était devenu une prison militaire. À présent, c'était un musée… que j'avais visité lors d'une sortie scolaire. Dans mes souvenirs, l'endroit était assez sympa.

– Que fabrique Booth à Fort Mifflin en pleine nuit ? m'interrogeai-je à voix haute.

– C'est ce que Tom et Sharyn veulent découvrir, répliqua Helen. Les Anges-Gardiens y seront, pour surveiller les allées et venues.

– De l'intérieur ou de l'extérieur ? questionnai-je.

– De l'extérieur. À bonne distance, où ils ne risqueront rien… Du moins, selon Justin.

– Je m'en doutais ! fis-je. Et ce papier ?

– C'est une carte du fort, répondit Dave. Le petit ami d'Helen l'a imprimée.

Elle grinça des dents et me passa la feuille.

C'était une carte en couleur, assez sommaire, où l'on pouvait lire en gros caractères : *Découvrez Fort Mifflin à pied.* On y voyait les arêtes anguleuses de la forteresse, dont la forme évoquait une étoile, et des rectangles figurant les bâtiments à l'intérieur de l'enceinte, avec des légendes comme *Armurerie* ou *Maison du Commandant*. Un fossé ceinturait l'ensemble de la structure, à laquelle trois ponts seulement permettaient d'accéder.

« Booth sera là. »

Je songeai à Kyle et à Tara, et une colère à présent bien familière me submergea.

« Moi aussi, j'y serai. »

– Merci, Helen.

– De rien, répondit-elle en haussant les épaules d'un air embarrassé.

Je me retournai, m'apprêtant à partir.

– Hé, mec ! intervint Dave. C'est quoi, le plan ?

– J'y vais demain soir.

– Je crois pas, non ! gémit le Burgermeister. Sauf si je t'accompagne !

– Les gars, balbutia Helen, attendez une minute...

– Je ferais mieux d'y aller seul, dis-je à Dave.

– Pas question ! Tu crois que j'ai envie de rester ici, à récurer les chiottes ? Je veux être là où ça barde !

– Les gars ! s'exclama Helen, assez fort pour nous faire taire. Vous n'irez nulle part. Tom ne vous y autorisera pas.

– Je ne lui demanderai pas sa permission, décrétai-je.

Helen en resta bouche bée. Sa réaction me mit un peu en rogne... À moins que ce ne fût l'histoire de Justin ?

– Pourquoi crois-tu que je voulais apprendre tout ça ? lui demandai-je, sur un ton cassant.

– Tu m'as dit que c'était de la simple curiosité ! rétorqua-t-elle tout aussi durement. Tu n'as jamais parlé d'aller là-bas sans l'accord de Tom !

Je ne savais pas quoi répondre. J'avais menti à Helen. Mais j'étais presque sûr qu'elle savait pertinemment que je mentais. Pourquoi alors réagissait-elle comme si elle ne l'ignorait ?

– Écoute, plaida Helen, oublie les problèmes que tu risquerais d'avoir...

– Quel genre de problèmes ? intervint Dave.

Bonne question. Quelle forme prenait donc la discipline chez les Fossoyeurs ? Que pouvait me faire Tom ? Me mettre en détention pendant quelque temps ? M'envoyer au lit sans souper ? Je n'avais jamais entendu parler de quoi que ce soit de ce genre au Refuge. Les autres étaient-ils si obéissants parce qu'ils pensaient que la lutte contre les Macchabs le nécessitait ? Ou la personnalité de Tom était-elle assez forte pour que tous les gamins suivent les règles ? Quelles informations cela me donnait-il au sujet du chef. Et pourquoi m'était-il aussi facile de défier ce chef ?

« Parce que je suis un cas à part. »

Cette idée me fit sourire.

– Je ne sais pas à quelles sanctions vous vous exposez, admit Helen, exaspérée. De toute façon, vous ne pourrez pas sortir discrètement d'ici. Il y a des capteurs de mouvements sur toute la longueur du tunnel.

Le sourire s'évanouit de mes lèvres. Je n'avais pas pensé à cela.

– Du gâteau ! déclara joyeusement Dave. Will saura contourner ça. J'ai pas raison, Will ?

– Oui, sans doute, fis-je.

Helen jeta les mains en l'air en signe de dégoût :

– Vous êtes cinglés, tous les deux ! Même si vous parvenez à vous rendre à Fort Mifflin, qu'est-ce que vous croyez pouvoir faire ?

– Ce que Tom se refuse à faire, répondis-je. Je me faufilerai à l'intérieur et j'apprendrai ce qui se passe.

– Tu veux dire que *nous* le ferons, mec ! me corrigea Dave.

– OK, *nous* le ferons, cédai-je.

– Booth est un Macchab, martela Helen. Il n'y a aucun moyen de le tuer.

– Je le sais, Helen. Je ne suis pas stupide. Je ne vais pas me jeter sur lui en hurlant. Je veux juste découvrir ce qu'il manigance !

Pendant de longues secondes, Helen resta silencieuse, à me regarder avec une expression que j'étais incapable de déchiffrer. De l'admiration ? Du respect ? De l'inquiétude ? De la surprise ?

– Eh bien, dans ce cas, je viens aussi, finit-elle par dire.

33

LE PLAN

Pour mener notre mission clandestine à bien, il nous fallait trois choses : du matériel, de quoi nous rendre à Fort Mifflin – c'est-à-dire trois vélos –, et enfin un moyen de contourner l'obstacle des détecteurs de mouvements.

Le samedi, en fin d'après-midi, je me promenai dans le QG l'air de rien et je récupérai discrètement l'équipement dont nous aurions besoin : des pistolets à eau, des barres de céréales, et de quoi boire. Je collai le tout dans trois sacs à dos, que je dissimulai dans un recoin du Neurolab, où personne, à commencer par Steve, ne les remarquerait.

Le deuxième et le troisième problèmes me demandèrent plus de réflexion. Les Stingrays étaient garés dans un espace ouvert, que délimitait une simple corde.

Les subtiliser était impossible. Ce fut Helen qui trouva la solution.

– On n'a pas toujours utilisé les Stingrays, raconta-t-elle lors d'une discussion à voix basse entre nous trois, dans la cafétéria. Dans l'une des salles de stockage, sur la partie avant du bâtiment, il y a plein de vieux vélos. L'endroit n'est pas loin de la rampe ; donc, si on y va un par un, on pourra sans doute les sortir sans que personne ne s'en aperçoive.

– Et pour la rampe ? demandai-je.

– Je crois que j'ai trouvé un moyen de contourner cet obstacle-là aussi, répondit-elle, songeuse.

– Tu *crois* ? releva nerveusement Dave.

Si Helen disait vrai, il ne nous restait plus qu'à neutraliser les capteurs de mouvements. Encore une fois, ce fut elle qui trouva la solution. Le dimanche matin, à l'heure du petit déjeuner, elle s'installa sur le banc entre Dave et moi, déposa son plateau sur la table, et pencha la tête.

– Bonne nouvelle, chuchota-t-elle. Les capteurs du tunnel ne sont programmés que pour capter le flux descendant.

– T'as parlé en quelle langue, là ? grommela le Burgermeister.

– Les capteurs, reprit-elle, ne détectent que les signaux qui vont de l'extérieur vers l'intérieur, pas dans l'autre sens. Ils ne se déclencheront pas quand nous partirons.

– Juste quand nous reviendrons, murmurai-je.

« Si nous revenons. »

– Oui. Mais, d'ici là, tout le monde saura qu'on est partis, de toute façon.

Évidemment, elle avait raison.

– Mouais, fit Dave, amer. Super nouvelle...

Pourtant, c'était bel et bien une bonne nouvelle. Ça signifiait que nous étions prêts. Quant à la question de notre retour au Refuge, nous aurions tout le temps de nous en préoccuper.

Ce soir-là, on traîna tous les trois dans la salle de télévision, sans vraiment prêter attention aux programmes. Mes yeux ne cessaient de se tourner vers l'horloge. Les minutes s'étiraient comme des heures. Je ne pouvais rien faire d'autre que rester immobile, le regard englué sur la télé. Plus d'une fois, Helen me donna un coup de coude parce que je n'arrêtais pas de bouger nerveusement.

Enfin, l'heure arriva. On échangea un coup d'œil et, en silence, on quitta la salle à quelques minutes d'intervalle. Personne ne se rendit compte de quoi que ce soit. Je partis le dernier.

Les rares Fossoyeurs qui se trouvaient dans le quartier général étaient soit trop fatigués, soit trop absorbés dans leurs tâches pour lever la tête. Je parvins à me faufiler dans la salle de stockage sans le moindre problème. Helen et Dave avaient déjà pris leurs vélos.

Les meilleures bécanes avaient été démontées pour en récupérer les pièces détachées, et celles qui restaient n'avaient pas l'air en bon état. Dave s'était emparé d'un bon vieux Schwinn, tandis que Helen avait opté pour un Huffy peint en vert. Je pris un Roadmaster rouge, ancien et rouillé.

– Les Anges-Gardiens sont déjà partis, nous informa Helen. Dès que j'ai été sûre que personne d'autre ne sortirait par le tunnel, j'ai déposé une grosse planche de contreplaqué entre les deux rampes. Tom la laisse toujours là, au cas où on aurait besoin d'évacuer le Refuge en catastrophe.

« C'est du Tom tout craché », me dis-je, et je sentis un violent aiguillon de culpabilité me tarauder.

Il ne faisait aucun doute qu'il considérerait notre mission comme une trahison, même si elle se révélait fructueuse. Je palpai la poche de mon blouson, sentant le poids rassurant du couteau.

« Après cette nuit, il me faudra sans doute le rendre. Mais je dois aller dans ce fort. »

– Vous êtes prêts ? demandai-je.

Tous deux acquiescèrent.

– Alors, on y va !

On partit l'un après l'autre, en poussant nos vélos. Personne ne nous arrêta. Personne ne poussa de cri d'alerte. Personne ne regarda dans notre direction.

Moins d'une minute plus tard, on enfourchait nos vélos et remontait le tunnel, et une minute après, on était dans les rues sombres de Philadelphie.

On roula en silence jusqu'à la station de métro. Par chance, les bicyclettes étaient autorisées dans les trains de banlieue, et il nous fut très simple de prendre le R1 en direction de l'aéroport international. Après ça, il n'y aurait plus qu'à sortir de l'enceinte de l'aéroport, puis à pédaler sur les deux kilomètres qui nous sépareraient de Fort Mifflin.

Sauf que ça grimpait. Et je n'avais jamais autant pédalé de ma vie. Apparemment c'était la même chose pour Dave, qui soufflait et ahanait sur son Schwinn trop petit pour lui. Seule Helen avançait sans difficulté, sans même transpirer une goutte. On évita les voies principales au profit des routes secondaires, selon un plan établi à l'avance. Cette nuit d'octobre était fraîche, et des voitures ne cessaient de nous dépasser, produisant un appel d'air qui manquait chaque fois de nous renverser. Pire : comme nous étions proches de l'aéroport, d'énormes avions passaient sans arrêt au-dessus de nos têtes, si bruyants que je faillis perdre l'équilibre à plusieurs reprises.

C'est avec un soupir de soulagement non dissimulé qu'on s'engagea enfin sur la route qui conduisait à Fort Mifflin, nettement moins encombrée.

On coupa les phares de nos vélos quand on atteignit les abords du fort, craignant d'éveiller les soupçons des Anges-Gardiens, qui devaient déjà être en position. La nervosité me fit presque tourner la tête au moment où j'aperçus les arêtes de ces murailles âgées de deux cents ans. On discernait des lumières à l'intérieur, et des voitures qui arrivaient pour se garer sur le parking de la porte nord.

Beaucoup de voitures.

Il était temps de quitter la route.

Comme prévu, et alors qu'on était à plus de trois cents mètres du fort, Helen nous conduisit le long d'un petit sentier. Quelques minutes plus tard, dans un virage près d'une voie de chemin de fer, on abandonna nos vélos, que l'on dissimula derrière une haie d'arbres et de hautes herbes.

On poursuivit à pied, traversant en toute hâte la route qui conduisait aux bâtiments administratifs du fort. On avançait rapidement, ramassés sur nous-mêmes, attentifs aux véhicules qui affluaient avec une régularité constante. Booth n'était pas le seul visiteur du fort, loin de là ! Et je n'avais aucune intention de me retrouver pris dans les phares d'une voiture.

Enfin, on gagna la partie nord. De là, on apercevait deux entrées. L'une, la porte nord, était desservie par un pont au-dessus du fossé, à environ quarante mètres sur notre gauche. L'autre, dite « entrée principale », était plus proche du parking. Les deux étaient bien éclairées et bien gardées. Par bonheur, lors de nos préparatifs, nous en avions repéré une troisième.

– La réserve naturelle se trouve sur l'aile sud du fort, rappelai-je aux deux autres. C'est là que se trouve la passerelle. Suivons le fossé jusque là-bas. Et pas un bruit.

Notre progression fut bien plus ardue et nettement plus longue que je l'avais envisagé. Quand on émergea, grelottants, on était couverts d'égratignures et de boue. Des voix montaient depuis l'intérieur du fort. Échangeant des regards nerveux, on emprunta la passerelle étroite qui franchissait le fossé, et on s'approcha de la haute muraille.

Sans un mot, Dave se pencha et joignit les mains, m'offrant ainsi un point d'appui. Il poussa avec une telle force que je me retrouvai presque catapulté de l'autre côté. Helen suivit quelques secondes plus tard, et, à nous deux, on parvint à hisser le Burgermeister.

À peine arrivés sur l'épaisse muraille recouverte d'herbe, on se retourna. Face à nous se dressait le fort, éclairé et bruyant.

34

LE DISCOURS

On descendit à la faveur des ombres, et on se retrouva sur l'herbe. Avançant aussi rapidement que possible, on gagna l'armurerie, qui ressemblait davantage à un gros tertre percé de galeries en briques qu'à un véritable édifice. Là, je fis signe aux autres de rester accroupis. Nous n'avions pas été repérés, et j'avais bien l'intention que ça continue ainsi.

– Ça fout les boules, comme endroit ! murmura Dave.

– C'est à cause des fantômes qui vivent ici, répondit Helen.

– C'est pas drôle, grogna le Burgermeister.

– Normal, parce que je ne suis pas en train de plaisanter, répliqua-t-elle.

– Elle a raison, intervins-je. Fort Mifflin est le second endroit le plus hanté de toute la région. Il circule au sujet de ce fort des dizaines d'histoires de revenants. Je croyais que tout le monde savait ça !

– Pas moi, se plaignit Dave. Merci beaucoup de m'en avoir informé !

On se pencha pour jeter un coup d'œil prudent derrière le coude du bâtiment.

– Waouh ! lâcha Helen.

L'endroit était envahi de morts-vivants. Il devait y en avoir des centaines, dans toutes les tenues imaginables, de l'uniforme de soldat à la blouse de chirurgien. Leurs yeux laiteux se portaient de droite et de gauche, et ils s'agitaient nerveusement, comme dans l'attente de quelque chose.

– Eh bien, marmonna Dave, il y en a un sacré paquet !

– Approchons encore un peu, murmurai-je.

– Quoi ? s'étonna Helen.

Je les devançai, longeant l'armurerie et un atelier de forgeron. Finalement, on s'immobilisa dans les ombres entourant la demeure du commandant du fort. Cette bâtisse comportait un étage ; de là, on avait une bonne vue d'ensemble.

Et on y arriva juste à temps.

Car, à cet instant précis, Kenny Booth surgit. Il fendit la foule, toujours dans le corps de Kyle, et monta d'un pas assuré sur une estrade dressée au centre de la grande cour.

Le cadavre de Kyle était désormais vieux d'une semaine et il n'était plus très frais. La peau était devenue couleur de cendre, et ses cheveux commençaient à tomber. L'image grotesque et repoussante d'un Fossoyeur qui s'était sacrifié pour les siens. À voir le corps de Kyle ainsi maltraité, j'eus la nausée. « Profanation » : ce fut le mot qui me vint à l'esprit. J'avais à peine connu Kyle, mais j'étais sûr d'une chose : il méritait mieux que ce sort pitoyable. En outre, le futur maire portait un costume extravagant, avec une cravate assortie ; j'étais convaincu que Kyle aurait trouvé cette tenue complètement mortelle... enfin, façon de parler.

– Je ne supporte pas de le voir dans le corps de Kyle, gronda Helen.

– Moi non plus, répondis-je. Essaye plutôt de te concentrer sur son Masque.

Suivant mon propre conseil, je me forçai à loucher pour qu'au visage de Kyle se substitue celui, plus vieux et aux traits parfaitement dessinés, du présentateur de journal télévisé préféré des habitants de Philadelphie. Ça aidait un peu.

Derrière moi, le Burgermeister poussa un grognement :

– J'aimerais vraiment savoir comment vous faites !

Je faillis l'encourager, lui dire que ça viendrait, mais je me ravisai. Pour être tout à fait honnête, je n'étais pas totalement sûr qu'il en soit capable.

Sur l'estrade, Kenny Booth leva les poings vers le ciel, saluant triomphalement la foule des Macchabs, qui rugit en retour.

– Mes frères ! Mes sœurs ! les salua le Cadavre avec la voix de Kyle.

C'était déconcertant, mais, au moins, il parlait normalement. Il aurait été encore plus insupportable de devoir suivre ce discours en Morlangue.

– Cela fait des années que nous nous retrouvons ici en secret, attirés par l'histoire longue et sanglante de ce lieu. Mais le rassemblement de ce soir n'a rien d'ordinaire ! Cette nuit, à l'abri des regards humains, nous allons fêter ce qui s'annonce comme notre première grande victoire sur la planète Terre !

– Je suis sûre que des Macchabs en uniforme de policier ont été postés sur toutes les routes menant au fort, pour que personne ne vienne dans le coin, chuchota Helen.

– Ça va compliquer notre retour, acquiesçai-je.

– Comme prévu, continuait Booth, j'ai annoncé ma candidature au poste de maire de Philadelphie. Les années que j'ai passées à sourire aux caméras des humains, à cultiver la confiance et le respect des stupides habitants de cette ville, ont enfin porté leurs fruits. Dans deux semaines, je serai le premier d'entre nous à m'emparer des rênes du pouvoir d'une grande ville de cette planète ! Puis, avec le temps, je me frayerai un chemin dans la sphère politique humaine. Dans un mois, je prendrai les fonctions de maire, dans cinq ans, celles de gouverneur à Harrisburg, et dans dix ans... je serai à la Maison-Blanche !

– Il voit les choses en grand ! remarqua Dave.

– Beurk ! gémit doucement Helen en secouant la tête. Je n'arrive pas à rester concentrée sur son Masque ; ça me donne mal à la tête.

– Moi non plus, admis-je à contrecœur.

Je cessai de loucher, résigné à voir Booth dans le corps volé d'un Fossoyeur.

– Depuis que nous avons établi un pont sur ce monde, poursuivit Booth, trois années se sont écoulées, durant lesquelles je n'ai eu de cesse d'œuvrer afin d'élargir l'ampleur de notre invasion. Nos frères ont désormais commencé à infiltrer toutes les grandes villes de la côte Est des États-Unis. Mais il est logique que ce soit ici, là où notre campagne a commencé, que soient effectués les glorieux premiers pas qui nous mèneront au triomphe final ! Mes frères et mes sœurs ! Moi seul vous ai donné notre plus grande victoire à ce jour ! Ceci est *mon* succès ! *Mon* triomphe !

Les vivats de la foule des Macchabs furent presque assourdissants.

– Il parle comme s'il avait déjà remporté l'élection, commenta Dave.

Mes yeux étaient rivés sur cette chose qui se pavanait sur l'estrade, et je sentis la rage monter en moi, me consumant comme une coulée de lave.

– Par conséquent, avant que nous lancions les festivités de ce soir, continuait Booth, chacun de vous doit me renouveler son allégeance ! Car je suis le seul en mesure de nous conduire à la victoire totale ! Le seul à pouvoir faire de nous les maîtres de cette planète !

Ce qui suivit ressemblait moins à un serment qu'à un cri d'adoration. Aucun doute : quelle que fût l'enveloppe corporelle qu'il habitait, Booth était le chef des Macchabées.

« Ce type est le Mal incarné, le plus maléfique des Cadavres. »

Il reprit la parole, sur un ton plus sérieux :

– Toutefois, chers frères et sœurs, vous n'ignorez pas que nous avons des ennemis. Dès que nous avons commencé à nous emparer de leurs corps, sont apparus dans les rangs de ces pathétiques humains des individus capables de nous voir.

Un sifflement haineux monta de la foule.

– Au début, nous avons cru qu'il s'agissait de cas isolés et avons traité ces menaces à mesure qu'elles se présentaient. Après tout, ces soi-disant « Clairvoyants » n'étaient rien d'autre que des enfants. Les adultes n'écoutent que rarement les enfants. Quant à les croire…

» Jusqu'au jour où est apparu un adulte capable de nous voir, un policier du nom de Ritter. De tous les humains, c'est le seul qui a bien failli percer notre secret... et révéler notre existence au grand jour !

Nouveaux sifflements de mépris.

Je sentis un élan de fierté me gagner.

« C'est de mon père que se plaint ce Cadavre puant ! »

Booth eut alors un sourire féroce, ses lèvres émaciées se retroussèrent en un rictus qui découvrit des dents étonnamment blanches.

– Mais, finalement, je lui ai réglé son compte. Comme il m'a été doux de prendre la vie de ce misérable humain !

Un rugissement approbateur monta de l'assemblée. L'espace d'un instant, je crus que j'allais exploser de rage.

– Reste calme, Will, murmura Helen, posant sa main sur mon bras.

« Reste calme, Will. »

Je me forçai à me taire, à écouter. Booth continuait son petit discours :

– Suite à sa mort, cependant, nous nous sommes retrouvés confrontés à son héritage... Ces gamins qui, eux aussi, peuvent nous voir. Une véritable plaie ! Organisés, avec des meneurs efficaces, ils ont infiltré les écoles de la ville et s'emparent d'autres Clairvoyants avant que nous puissions nous occuper de leur cas. À quelles fins – je vous le demande, mes frères, mes sœurs ? Afin de constituer une armée pour s'opposer à nous. *S'opposer à nous !*

Comme un seul homme, les Macchabs éclatèrent de rire. Un son dur, grinçant, qui m'écorcha les oreilles. Booth eut un reniflement de mépris :

– Ils s'appellent les Fossoyeurs. Ils s'en prennent à nous à la nuit tombée et s'enfuient, invisibles, courant se réfugier dans leur repaire secret. Mais il ne s'agit que de simples gamins, bercés par des illusions infantiles de bataille et de gloire. Nous les avons tolérés, car que peuvent-ils vraiment contre nous ? Leurs armes ne nous causent aucun dommage permanent. Au pire, ils s'emparent de quelques Clairvoyants chaque année. C'est pourquoi, après avoir mollement essayé de découvrir leur cachette, nous les avions, pour ainsi dire, complètement oubliés... Jusqu'à aujourd'hui.

Sur son visage s'afficha une moue cruelle.

– Car nous avons un nouvel ennemi : le fils de Karl Ritter. Nous avons longtemps surveillé cet enfant, attendant qu'il montre les premiers signes de l'inexplicable pouvoir de son père. Hélas, lorsque ce jour est arrivé, les Fossoyeurs – ces maudits Fossoyeurs – se sont emparés de lui comme ils l'ont fait avec d'autres ! Maintenant, il est avec eux, et l'espionne que nous avions recrutée n'a pas réussi à le capturer.

Les auditeurs laissèrent libre cours à leur fureur. Je fus frappé par la puérilité de ces réactions – des acclamations quand le discours était positif, des sifflets quand il était négatif.

« Ce n'est pas une réunion secrète, mais une séance de motivation ! Et le gros lot qu'ils espèrent emporter à la fin, c'est moi ! »

– Mes frères, mes sœurs, nous devons nous emparer de William Ritter ! Nous devons le démembrer, examiner chaque cellule de son corps et apprendre ainsi comment certains humains sont capables de percer notre illusion à jour. Alors, il n'y aura plus rien pour nous barrer la route !

Nouvelles acclamations, encore plus bruyantes et terrifiantes que les précédentes. Je sentis la nausée me gagner.

– En tant que maire, je mettrai toutes les ressources de cette ville à contribution pour contrecarrer les actions des Fossoyeurs. Nous trouverons leur repaire secret, et nous nous débarrasserons une fois pour toutes de cette épine dans notre pied ! Et, au passage, nous capturerons l'unique fils de Ritter ! Je vous en fais le serment le plus absolu !

La frénésie des spectateurs monta encore d'un cran, devenant d'une intensité presque animale. Les Macchabs sautaient sur place, lançaient les bras en l'air et acclamaient Booth de leurs langues boursouflées et pourries. Ils étaient morts, tous, enveloppés dans les corps dérobés d'hommes et de femmes qui avaient autrefois été de vrais gens, menant de véritables vies.

Les Macchabs étaient bel et bien des envahisseurs. Des assassins, aussi. Mais surtout des voleurs, des voleurs de dignité.

– C'est quoi, ça ? demanda Dave en pointant un doigt.

On tendit le cou pour voir ce qu'il désignait. Un petit groupe de Cadavres, tous bien habillés, fendait la foule de leurs semblables. Quand je les aperçus, ma colère laissa la place à une grande crainte. L'assemblée était soudain devenue muette ; un silence de mauvais augure.

– Oh non…, murmura Helen.

Au milieu du groupe, minuscule et terrifiée, avançait Amy Filewicz.

Ses vêtements étaient sales, réduits à des lambeaux. Ses cheveux étaient poisseux et collaient à son crâne, son visage était marqué et strié de larmes. Soudain, en dépit de ce qu'elle avait fait, la voir ainsi me rendit malade. Quoi qu'il fût en train de se passer, Amy y jouait un rôle, et il était évident qu'elle ne l'avait pas choisi.

– Nous avons lavé le cerveau de cette gamine avec les Pelligogs, déclara Booth. Nous l'avons infiltrée dans le centre d'entraînement des Fossoyeurs afin de découvrir l'emplacement de leur repaire. Lorsque nous avons appris que William Ritter faisait partie de la même fournée de recrues qu'elle, nous lui avons ordonné de nous aider à le capturer. Mais, durant la confrontation qui s'est ensuivie, notre cible s'est échappée, après que cette petite a essayé de la tuer sans autorisation !

Les Cadavres qui escortaient Amy la saisirent par les bras et la hissèrent sur l'estrade, où elle resta immobile, fixant Booth de ses yeux écarquillés, tandis que ce dernier la considérait, un sourire au coin des lèvres.

– Je ne te blâme pas d'avoir échoué dans ta mission, mon enfant, dit-il d'un ton doucereux. Après tout, l'échec est le propre de ton espèce. Mais ce soir, tu vas avoir l'honneur de sceller de ton sang le serment que j'ai fait à mes frères !

Il lui toucha le visage de ses doigts visqueux et décomposés. Elle frémit et trembla, mais n'essaya pas de s'enfuir. Le Macchab grimaça, se pourléchant les lèvres d'une langue noircie qui luisait macabrement sous la lumière crue de la cour. Ses doigts s'immobilisèrent autour de la gorge de la jeune fille. Je compris avec douleur ce qui allait se produire.

« Il va la tuer, là, sous nos yeux ! »

Alors, je réagis instinctivement. Pas moyen d'abandonner cette fille à son sort, au milieu de cette bande de sadiques !

– Non ! m'exclamai-je en sortant le pistolet à eau de ma ceinture et en jaillissant d'entre les ombres.

– Will ! cria Helen... bien trop fort.

Dans la cour, des centaines d'yeux morts se braquèrent sur nous.

35

DÉSASTRE

Mon cœur effectua un bond dans ma poitrine quand je pris conscience de ce que je venais de faire. Une terreur froide et amère submergea mon esprit. Je m'accrochai désespérément aux mots du père de Tara : « Sois courageux. » Puis une phrase que mon père avait l'habitude de dire me revint en mémoire : « Il y a une différence entre être courageux et être suicidaire. »

Eh bien, c'était trop tard, à présent.

Je me sentais stupide tandis que je brandissais mon arme en direction de la haie de Macchabs. Ils étaient restés immobiles. Ils étaient si nombreux ! Ils me dévisageaient, de leurs yeux morts et avides. Leurs poings décomposés s'ouvraient et se refermaient dans un ensemble terrifiant.

Sur l'estrade, Kenny Booth sourit, tenant toujours Amy terrifiée, tremblant de tous ses membres.

– Monsieur Ritter, ronronna-t-il, voilà une agréable surprise !

Puis il aboya à l'intention des Cadavres :

– Capturez-le vivant, et indemne ! Et essayez de ne pas trop l'endommager…

Les Cadavres gloussèrent avant de s'approcher de moi. Le réservoir de mon pistolet me permettrait de lancer huit rafales, peut-être neuf.

« Quel crétin je suis ! »

Je m'étais précipité à la rescousse d'Amy sans réfléchir, sans même l'ombre d'un plan. Mais je ne concevais pas d'agir autrement. Booth était sur le point de la tuer, et l'idée de rester là, à assister à un spectacle pareil…

Non.

Peu importait l'issue, j'étais fier de ce que j'avais fait.

« Je suis désolé, maman. Embrasse Emily pour moi. »

Soudain, les projecteurs qui illuminaient la cour s'éteignirent.

Je clignai des yeux dans l'obscurité rendue plus épaisse encore par les nuages qui voilaient le ciel nocturne. Puis mon entraînement de Fossoyeur reprit le dessus, et je ne perdis pas de temps à me demander ce qui venait de se passer. C'était une chance, et je la saisis.

J'ignorais si les Macchabs étaient aussi aveuglés que moi. Cependant, je n'avais aucune intention de laisser mes yeux – et surtout les leurs – s'habituer à la pénombre. Je partis en courant sur la gauche, longeant la muraille. À une vingtaine de mètres sur ma droite, j'entendais le mur formé par les Cadavres se fissurer. Ils se bousculaient les uns les autres dans la confusion et les ténèbres. Me déplaçant aussi rapidement et calmement que possible, je contournai le gros de leur troupe, puis je me précipitai vers ce que j'espérais être l'estrade.

Je l'atteignis en un court instant, manquant de justesse de la heurter de plein fouet. Je me hissai dessus en toute hâte et plissai les yeux, essayant désespérément de repérer Booth et Amy. Pendant plusieurs secondes qui me parurent durer une éternité, je ne les vis pas.

Puis Booth lui-même vint à mon aide en s'adressant aux Macchabs :

– Déployez-vous ! Barrez toutes les issues ! Ne le laissez pas s'échapper de nouveau !

Là ! À quelques mètres de moi... Une grande silhouette qui en maintenait une autre, bien plus petite. J'entendais les sanglots de la fille terrifiée. Je m'approchai en catimini. Booth tournait la tête dans toutes les directions, fouillant les ténèbres.

« J'arrive, Macchabée ! Laisse-moi juste quelques secondes... »

J'envisageai un instant de me servir du Taser de Tom pour immobiliser le monstre, mais j'eus peur que l'éclair de lumière me révèle aux autres. Non, mon pistolet ferait mieux l'affaire… même si j'avais tout d'abord besoin d'une diversion.

Je pivotai sur mes talons et pressai trois fois la détente, aspergeant les rangs de Cadavres en contrebas. L'air s'emplit aussitôt de geignements de rage impuissante. J'entendis des corps se heurter, d'autres s'affaisser sur le sol.

Tout près de moi, Booth se raidit.

« Il sait que je suis là. Mais c'est trop tard. »

Toujours dans l'obscurité et en souriant, je changeai de cible et pressai une nouvelle fois la détente. Ce fut au tour de Kenny Booth de gémir. Il recula en titubant, tendant les bras à la manière d'un somnambule et ressemblant pour de bon à un zombie. Il s'approcha du bord de l'estrade et, sous mes yeux, tomba. Je me dis avec une certaine satisfaction que la boue de la cour allait ruiner son costume si chic.

Je courus jusqu'à Amy. Blessée et terrorisée, elle sursauta quand je la pris par la main.

– C'est moi, c'est Will, murmurai-je. Suis-moi.

– Qu… quoi ? balbutia-t-elle.

Je m'étais un peu habitué à la pénombre, et je voyais à présent son visage sale et ruisselant de larmes. De toute évidence, elle ne m'avait pas reconnu. Elle voulut dire quelque chose ; je posai ma main en travers de sa bouche.

– Pas un bruit et reste tout près de moi !

Amy hocha craintivement la tête.

Je la conduisis vers l'arrière de l'estrade et l'aidai à descendre sur l'herbe. Puis, me servant des contours massifs des bâtiments pour m'orienter, je partis vers la maison du commandant.

J'étais à mi-course lorsque les lumières revinrent brutalement.

De nouveau, mon cœur bondit dans ma poitrine. Une seconde auparavant, Amy et moi avancions tels des spectres, protégés par des ténèbres réconfortantes ; l'instant d'après, nous étions baignés dans une lumière aveuglante.

Amy hurla et serra ma main avec tant de force que mes articulations blanchirent.

Des dizaines de Macchabs nous entouraient, bloquant notre chemin. Toutes leurs têtes se tournèrent dans ma direction, et, cette fois, ils s'élancèrent vers moi au pas de course.

Je tirai Amy vers la seule brèche que j'entrevoyais au milieu des Cadavres. Une morte se jeta sur moi ; je lui aspergeai le visage de saumure. Un autre Macchab arriva sur ma gauche ; je fis volte-face et pressai encore la détente. Le mort s'affaissa sur le sol tandis que les dernières gouttes sortaient de mon arme en plastique.

Luttant contre la panique, je lâchai le pistolet et sortis le couteau de Tom, appuyant du même geste sur le bouton du Taser.

Au fond de moi, je savais que c'était sans espoir. Ils étaient bien trop nombreux, et ils étaient partout. D'ici quelques secondes, une dizaine de Cadavres seraient sur nous, et tout serait fini.

Soudain, un petit missile rond passa en sifflant au-dessus de ma tête. Le projectile frappa le Macchab le plus proche et explosa, clouant le mort sur place avant de l'envoyer sur l'herbe, où il s'agita inutilement, telle une tortue renversée. Avant que je comprenne ce qui se passait, un autre missile frappa un second Cadavre en pleine poitrine, le faisant tituber spasmodiquement. Puis un autre, et un autre encore... En quelques secondes le ciel s'était rempli de globes colorés de la taille de mon poing.

Des bombes à eau.

Je faillis éclater de rire.

Il devait y en avoir des dizaines qui s'écrasaient sur les morts-vivants, les transformant en une meute affolée. Tenant toujours Amy par la main, je me retournai.

Des Anges-Gardiens étaient alignés le long de la muraille ouest, tous armés de ce qui ressemblait à des lance-pierres. Des sacs remplis de bombes à eau pendaient à leurs ceintures. Ils calaient méthodiquement les bombes dans la bande de cuir, visaient, et lançaient leurs projectiles. En procédant ainsi, chacun des dix Anges-Gardiens était capable d'envoyer environ douze ballons d'eau à la minute !

Les yeux de Sharyn rencontrèrent les miens, et, pour une fois, elle ne souriait pas. Elle s'interrompit même quelques secondes pour me faire signe d'avancer vers elle. Je hochai la tête, puis me tordis le cou pour tenter d'apercevoir Dave et Helen. Dans un premier temps, je n'y parvins pas, puis Helen apparut, surgissant au coin de la maison du commandant, son pistolet à eau à la main. Elle aspergea un Macchab, puis un autre, avant de s'autoriser à me saluer rapidement.

Souriant de soulagement, je répondis à son geste... à la seconde où un Cadavre la saisissait par-derrière. Helen cria et se débattit violemment, mais le mort envoya valser son arme. Une lueur de triomphe dans ses yeux laiteux, il colla une main gluante et pourrie sur la bouche d'Helen et la tira en arrière, l'entraînant dans les ténèbres.

Je poussai un hurlement, m'arrachai à la poigne d'Amy et me précipitai en avant.

Un autre Macchab s'interposa. Celui-là battait des bras de façon erratique, aveuglé par une bombe à eau, ne se rendant absolument pas compte de ma présence. Pourtant, alors que je commençais à le contourner, il changea brusquement de direction... et, avec la force aveugle d'un ouragan, me heurta de plein fouet. Le coup était à la fois accidentel et incroyablement puissant. Je sentis mes pieds décoller du sol, vis le ciel nocturne filer devant mes yeux, et j'entendis un choc aussi mat que terrifiant quand ma tête heurta un mur.

Je tentai de me redresser ; mes bras et mes jambes refusèrent de coopérer.

« Helen ! » hurlai-je silencieusement.

Et les ombres m'engloutirent.

36

L'ANGE

– William ?

J'ouvris les yeux. J'étais allongé sur un lit de camp, sous une couverture légère. Des élancements me martelaient la tête. Mes épaules et mes bras me faisaient mal. Mes jambes et ma poitrine aussi. À vrai dire, même mes cheveux étaient douloureux.

Le pire, c'était la lumière. Elle était éblouissante... aveuglante, comme si les Macchabs avaient décidé de me torturer en me ligotant face à l'un des gigantesques projecteurs qui servaient à éclairer la cour du fort.

– William ?

À présent, j'étais sûr que celle qui répétait ainsi mon nom n'était pas un Cadavre. Leur voix n'était pas si douce, si mélodieuse. Cette voix ressemblait plutôt à celle de ma mère. Elle avait parfois exactement la même intonation.

Sauf que, bien sûr, il ne pouvait pas s'agir de maman. Elle appartenait désormais à une époque révolue. À une autre vie.

– William ?

La vue encore trouble, je posai les yeux sur la femme penchée au-dessus de moi. Elle était jolie et avait la peau claire. Son impressionnante chevelure blonde semblait remplir l'air autour d'elle d'un halo brillant.

Elle me gratifia du plus beau sourire que j'avais jamais vu.

– C'est bien...

Sa voix résonnait étrangement, comme si elle provenait de l'autre bout d'un tunnel, alors que la femme était tout près de moi.

– Qui... ? commençai-je, mais elle m'interrompit en posant un doigt sur mes lèvres.

– Chut. Ne parle pas, William. Pas encore. Tu es assez gravement blessé.

« Ah oui ? »

Je m'efforçai de me souvenir. Il y avait eu ce Macchab aveuglé. Il s'était jeté sur moi et m'avait heurté avec la force d'un camion lancé à toute allure.

– Je n'ai pas beaucoup de temps, William. Écoute-moi sans m'interrompre. Je connaissais ton père. Un jour, je lui ai donné un objet d'une grande valeur, dont il a ensuite fait cadeau à Tom Jefferson. Je pense que tu devines de quoi il s'agit…

Le couteau de poche. Ça ne pouvait être que ça. C'était donc cette femme qui avait donné cet étrange gadget à mon père ? Qui était-elle ? Je voulus lui poser ces questions, mais son doigt était toujours posé sur mes lèvres, me contraignant, gentiment mais fermement, au silence.

– Ne dis rien. Avant que je parte, tu auras le droit de me poser une question… rien qu'une. Prends le temps de la réflexion avant de la poser. Et, pour le moment, contente-toi de m'écouter. D'accord ?

Je hochai la tête, m'apercevant soudain que toute cette lumière émanait d'elle… Cette étrange femme aurait pu m'effrayer, mais ce n'était pas le cas. C'était même tout le contraire. Je me sentais parfaitement calme. Et je ressentais aussi autre chose… une sensation que je n'avais pas éprouvée depuis longtemps. Pas depuis ma plus tendre enfance. Pas depuis que… comment dire ?

Pas depuis l'époque où je croyais au Père Noël.

– William, tu as une destinée. Tu penses la connaître, mais c'est faux. Tu penses qu'il s'agit simplement de combattre les Malums… enfin, les Macchabs. En vérité, il y a plus que cela. Bien plus. Cette bataille n'est que la première. Ce qui ne signifie pas qu'elle n'est pas importante. Elle est très importante parce que tout ce qui s'ensuivra, tout ce qui fera ta destinée, en dépend. Tu dois garder cela à l'esprit, William. Tes amis Fossoyeurs et toi... vous devez l'emporter.

Je songeai que j'étais sans doute en train de rêver... toujours étendu dans la cour de Fort Mifflin, en attendant qu'un Cadavre vienne m'achever à coups de pied. Ou alors peut-être étais-je déjà mort, et cet ange venait m'emporter au paradis ? Mais, dans ce cas, pour quelle raison me parlait-elle de ma destinée ? Quel destin m'attendait si j'étais déjà mort ?

Hé, ça pouvait être ça, l'unique question à laquelle j'avais droit ! « Suis-je mort ? » Non, c'était stupide.

– Je dois partir, maintenant. Mais, avant cela, je vais te laisser quelque chose.

Elle glissa une main sous mon oreiller.

– Tu le trouveras à ton réveil. Fais-en bon usage, William.

Elle sourit encore, avant de reprendre :

– À présent, tu peux poser ta question. Une seule. Ce n'est pas moi qui ai fixé cette règle. C'est *la* règle, voilà tout. Alors réfléchis bien avant de m'interroger.

Elle ôta son doigt de ma bouche, et je restai silencieux, pensif. Un millier de questions se bousculaient dans mon cerveau endolori, comme si une tempête faisait rage à l'intérieur de mon crâne. Toutes me paraissaient importantes. Comment allais-je pouvoir choisir ? Une seule question ? C'était injuste !

Et soudain, une pensée chassa toutes les autres. Je me sentis presque coupable d'avoir hésité. Je déglutis avant de murmurer :

– Est-ce que… Helen est morte ?

La femme dorée – c'est ainsi que je la voyais – parut contente, comme si je venais de réussir une sorte de test. Pendant un long moment, elle ne répondit pas, se contentant de me regarder avec un air qui, une fois de plus, me fit vaguement songer à ma mère.

– Non, elle est en vie. Mais elle court un très grand danger. Elle est retenue captive dans la demeure de Kenny Booth, à Roxborough.

Ces mots crépitèrent à travers moi, chassant mes douleurs et mes élancements, me revigorant d'un coup. Helen était vivante ! Mais… et Dave ? Amy ? Les Anges-Gardiens ?

– Je pars, à présent, William. Nous nous reverrons, ne t'inquiète pas.

– Quand ? lâchai-je précipitamment.

Mais elle avait déjà disparu.

37

RÉCRIMINATIONS

– Will ?

J'ouvris les yeux.

Une autre femme était penchée au-dessus de moi, plus jeune. Elle n'était ni blonde ni claire de peau... mais, au moins, je la connaissais.

– Parfait, dit quelqu'un. Il est réveillé.

Sharyn esquissa un mince sourire :

– On dirait bien. Comment tu te sens ?

Je poussai un croassement de douleur :

– Helen ?

Le léger sourire de Sharyn disparut. Elle leva la tête, et son regard se porta vers Ian McDonald, le docteur de fortune du Refuge.

– Will, murmura-t-il. Je ne sais pas comment t'annoncer ça avec délicatesse... Helen est morte.

Je secouai la tête :

– Non, non. Elle est en vie, et je sais où les Macchabs la séquestrent.

Le visage de la jeune fille devint indéchiffrable, puis, comme celui de Ian, soucieux.

« Ils ne me croient pas. Ils pensent que je déraille parce que ma tête a heurté quelque chose. »

– C'est la vérité ! insistai-je. Elle est prisonnière à Roxborough, dans la maison de Booth !

– Roxborough, répéta Sharyn, avant de poursuivre, sur un ton plus hésitant : j'ai vu un Cadavre s'emparer d'elle, rouquin... Puis je t'ai vu tomber sur le sol. On a dû intervenir pour te récupérer avant les Macchabs... On a réussi à se tirer de là à coups de saumure et en s'emparant de la voiture de l'un d'eux. C'est comme ça qu'on t'a ramené ici. Tu étais dans les vapes, et tu n'as parlé à personne depuis... Alors, comment peux-tu savoir ça ?

Je fronçai les sourcils. Que lui répondre ? Sharyn était déjà convaincue que j'étais du genre à délirer. Qu'allait-elle dire si je commençais à lui parler d'une femme dorée aux cheveux brillants ?

– Et Dave ? Et Amy ? demandai-je.

– Dave a été blessé par un Macchab, déclara Ian. Il a la clavicule cassée, mais il s'en tirera.

– Et Amy va bien, ajouta Sharyn. Elle est juste totalement flippée. J'ose pas imaginer ce que les Cadavres lui ont fait endurer.

Je hochai misérablement la tête, déchiré par des émotions contradictoires. La nuit précédente, j'étais sorti sans autorisation et j'avais sauvé Amy. Je ne pouvais pas m'empêcher d'être fier de cet exploit. Mais valait-il la peine de perdre Helen ?

– Est-ce que je suis gravement blessé ? demandai-je à Ian.

– Tu as sans doute une légère commotion, soupira-t-il. Et ton bras droit est cassé, évidemment.

– Ah oui ? dis-je, surpris.

Je baissai la tête et examinai mon bras, posé en travers de mon torse par-dessus le drap. Il était replié à hauteur du coude et tenu en place par des attelles. J'essayai de remuer les doigts.

– Ça ne me fait pas mal.

Ian se gratta la tête :

– C'est bon signe. On n'a pas de quoi faire des radios, ici, alors c'est compliqué de savoir ce que tu as exactement. J'ai remboîté ton bras, en espérant que ça se passe bien. En revanche, je ne t'ai donné aucun médicament contre la douleur. Logiquement, tu devrais avoir très mal, en ce moment...

– Ce n'est pas le cas, insistai-je. Je me sens même très bien.

Je voulus m'asseoir, mais Sharyn me repoussa d'une main ferme.

– Tu restes immobile, rouquin ! Tu ne vas nulle part.

– Sharyn, grommelai-je, essayant de maîtriser ma frustration. Je te dis qu'Helen est vivante ! Elle est prisonnière dans la maison de Booth. On peut la délivrer !

– Peut-être que oui, peut-être que non, répondit doucement Sharyn. Ce qui est sûr, c'est que, *toi*, tu ne peux pas. Pas avec un bras cassé.

– Je… je pense que mon bras va bien, répétai-je en le remuant dans un sens et dans l'autre malgré l'attelle. Je n'ai pas l'impression qu'il est cassé.

– Ton état de choc pourrait expliquer cette absence de sensation, suggéra Ian.

– Je ne suis pas en état de choc ! rétorquai-je.

Je les vis échanger un nouveau regard inquiet. Je bouillais intérieurement, et ces deux-là étaient sur le point de me faire exploser de rage.

– Je vais bien ! assénai-je. On doit aller sauver Helen !

C'est alors qu'une autre voix s'éleva, posée mais aussi dure que la pierre :

– Il n'en est pas question.

Tom se tenait à l'entrée de l'infirmerie, devant le rideau. Il arborait une expression sinistre, et ses yeux étaient rivés sur les miens.

– Sharyn, Ian, laissez-nous seuls.

Sharyn sembla vouloir dire quelque chose, mais elle se ravisa. Au lieu de cela, elle se pencha au-dessus de moi, la main sur mon épaule valide et la serra amicalement. Puis elle suivit Ian hors de la pièce. Tom attendit qu'ils soient partis pour s'approcher de moi.

– Comment te sens-tu ? demanda-t-il d'un ton froid.

– Ça va, répondis-je, alors que je me sentais soudain pris de nausées.

– Dave a la clavicule cassée.

– Ian me l'a dit.

Le chef hocha la tête :

– Il sera hors d'état pendant un mois, minimum. Et, pour être honnête, il n'y a aucune technique pour réparer une clavicule cassée. Il lui faudra donc porter son bras droit en écharpe afin d'éviter de la solliciter. Tout ce qu'on peut faire, c'est espérer que la fracture se réduise d'elle-même.

Je me mordis la lèvre. Tom avança vers le pied de mon lit :

– Et puis il y a Helen.

– Tom, elle n'est pas..., commençai-je.

Il me fit signe de me taire :

– Est-ce que tu sais grâce à quoi le Refuge existe et fonctionne ?

– Quoi ?

– Le Refuge. Les Fossoyeurs. Tout ça. Tu sais ce qui fait que ça fonctionne ?

Au début, je ne sus pas quoi répondre, puis...

– La loyauté ? proposai-je en sentant mon estomac se soulever.

– On peut le dire comme ça. On peut aussi parler de discipline. Ou alors de devoir. Depuis deux ans que je suis le chef, personne n'avait agi comme tu l'as fait la nuit dernière. Personne. Il n'y a même pas de règle ou de procédure pour ça. On n'a pas d'équivalent du fond de cale, ou de la prison… Et on ne va pas non plus te jeter à la rue ! Surtout pas alors que les Macchabs ont fait de toi leur priorité.

J'eus envie de fondre en larmes. Je dus lutter pour me retenir.

– Donc, poursuivit Tom, qu'allons-nous faire de toi ? Je pourrais demander aux Teckos de bâtir une cellule, et t'y enfermer. Mais, alors, il faudrait que je désigne quelqu'un chargé de te nourrir et de te conduire aux toilettes. En plus de ça, la moitié des Fossoyeurs pensent que tu as été courageux. Même ma sœur est de cet avis. Si je t'enfermais dans une cage, ils péteraient sans doute un câble… Bref, je suis coincé, tu vois ?

– Tom, balbutiai-je. Je… Je suis désolé.

– Vraiment ? demanda-t-il en me dévisageant.

Je soutins son regard avec quelque difficulté, avant, finalement, d'admettre la vérité :

– Non, ce n'est pas vrai.

– Je m'en doutais, grommela Tom en secouant la tête. Cette connerie, ton père aurait pu la faire ; c'est exactement le même genre que celle qui lui a coûté la vie. La différence, c'est que ton père n'était pas sous mes ordres. C'était l'inverse. Et quand il partait accomplir ses petites vendettas personnelles, je n'avais rien à y redire.

Je me hasardai à me mettre en position assise. Ce fut plus facile que je l'avais cru. L'attelle sur mon bras me gênait plus qu'autre chose.

– Tom, bredouillai-je, ne punis pas Dave. Tout ce qu'il a fait, c'était me suivre.

– Mais quel était ton but, au juste, Will ? m'interrogea le chef d'un ton neutre.

– Découvrir ce que Booth manigançait, répondis-je en rougissant.

– Ça ne t'est pas venu à l'idée que j'avais la même intention ? questionna Tom.

– Tu ne voulais même pas aller *dans* le fort ! lâchai-je. Tu allais te contenter de rester dehors et de regarder qui viendrait à cette réunion !

– Et donc, tu as estimé qu'il valait mieux se risquer à l'intérieur pour voir tout ça de près ?

– Écoute, je sais que c'était dangereux... Je sais que Dave a été blessé, et Helen capturée. Mais on devait absolument entendre ce qui se passait ! Je veux dire... comment peut-on lutter contre les Macchabs si on ne sait même pas ce qu'ils mijotent ?

Tom glissa une main dans sa poche et en sortit un petit galet, de la taille d'une pièce de monnaie. Il le jeta dans ma direction. Je le saisis au vol et l'étudiai, avec une certaine surprise. L'objet était léger ; ce n'était pas de la pierre. On aurait plutôt dit du polystyrène peint en gris.

– Qu'est-ce que c'est ?

– Un émetteur sans fil. C'est Steve qui l'a fabriqué. La nuit dernière, après que les Anges-Gardiens sont arrivés à Fort Mifflin, Sharyn s'est servie de son lance-pierre pour en jeter plusieurs par-dessus le mur de la grande cour. Ils sont si légers qu'ils ne produisent aucun bruit en heurtant le sol. Les Macchabs n'y ont vu que du feu ; ce n'étaient que quelques cailloux de plus parmi des milliers. Et, grâce à eux, nous pouvions entendre le moindre mot du joli petit discours de Booth.

Je blêmis. Je me souvins soudain du projet sur lequel Steve planchait la veille, pendant que Dave et moi étions occupés à préparer notre plan.

– Comment crois-tu que nous avons su à quel moment intervenir pour sauver tes miches ? maugréa Tom. À la seconde où, en plein milieu de ce fichu rituel du sang, Sharyn t'a entendu charger, elle a reconnu ta voix et est arrivée au pas de course. Si elle ne l'avait pas fait, vous seriez morts tous les trois – tous les quatre, en comptant Amy.

– Je… je ne savais rien de tout cela, bégayai-je.

– Non, tu ne savais rien. En même temps, je n'étais pas censé tout te dire. Et, bien sûr, je n'avais pas vu venir ton petit exploit.

Tom s'assit au bord de mon lit et tendit la main. Me sentant incroyablement petit, je lui rendis l'émetteur.

– C'est Sharyn qui a coupé les projecteurs de la cour ?

– Non, c'est Helen. Selon Dave. Après que tu t'es élancé, prêt à en découdre avec quelques centaines de Cadavres, armé de ton petit pistolet à eau, Helen est partie dans une autre direction. Apparemment, elle avait compris que toutes les lumières étaient alimentées par un unique générateur. Pendant que tu t'amusais à jouer les héros, elle s'est faufilée et a coupé le jus.

– Pas bête, remarquai-je.

– Entraînement de Fossoyeur. Elle aurait été un super Ange-Gardien. Seulement, il n'a pas fallu longtemps aux Macchabs pour deviner ce qui se passait et remettre le courant.

– Ouais..., grommelai-je.

Après un moment de silence, je poursuivis :

– Je ne pouvais pas les laisser tuer Amy.

– Je sais.

– Tu aurais agi exactement de la même façon.

Tom fronça les sourcils :

– Non, absolument pas.

– Tu aurais laissé Amy mourir ? demandai-je en soutenant son regard.

Il hocha lentement la tête, à contrecœur.

– Je ne te crois pas ! m'exclamai-je.

– Ne me juge pas trop vite, Will. Nous sommes en guerre et, en temps de guerre, des gens meurent. Avant de te pavaner en te félicitant d'avoir sauvé la vie de cette pauvre fille, souviens-toi que Helen est morte à cause de ton geste.

– Elle est vivante ! Elle est prisonnière dans la maison de Booth à Roxborough !

– Comment sais-tu cela ? m'interrogea-t-il, bafouillant pour la première fois.

– Parce qu'une...

Je m'interrompis en plein milieu de ma phrase.

« Parce qu'une femme dorée me l'a soufflé dans un rêve ? »

– Disons, repris-je, que ce n'est qu'une intuition, mais une intuition très forte.

L'expression qui se dessina sur les traits de Tom m'apprit très clairement le peu d'importance qu'il accordait à mon intuition.

– Tu sais ce qui se passe au QG, en ce moment même ? me demanda-t-il.

Je secouai la tête.

– On remballe tout. Le matériel est mis dans des caisses et chargé dans des vans.

– De vans ? Comme celui de la base Alpha ?

– Nous avons une demi-douzaine de vans, qui nous servent en cas d'urgence. Nous sommes riches, souviens-toi. Nous les avons achetés d'occasion et les conservons dans un garage que nous louons au mois, un peu plus bas dans la rue. Nous sommes quelques-uns à savoir conduire, dont Sharyn et moi. Elisha s'est même introduite dans l'ordinateur du service des immatriculations pour nous créer quelques jolies plaques en règle. Faux nom, fausse adresse, évidemment.

– Mais pourquoi vous remballez tout ? demandai-je.

Exceptionnellement, je sentis la colère derrière les mots de Tom.

– Grâce à ton exploit, les Macchabs ont capturé Helen, qui connaît l'adresse du Refuge. Il est probable qu'à l'heure actuelle ils lui ont soutiré cette information, et ils se sont ensuite débarrassés d'elle. Les Cadavres ne gardent pas leurs prisonniers en vie pour une bonne raison, crois-moi !

– C'est ce que tu disais au sujet d'Amy, protestai-je. Et elle est vivante !

– Booth voulait se servir d'elle en mettant en scène son sacrifice, répondit-il froidement. Une petite démonstration spectaculaire devant ses sbires cadavériques. Seulement, la belle cérémonie de la nuit dernière est passée, à présent. Helen ne lui servirait à rien.

– Tu n'en sais rien ! insistai-je.

– Alors, parlons de ce que nous savons. Après trois années pendant lesquelles nous n'avons pas été inquiétés, les Macchabs savent où nous sommes. Par conséquent, nous devons mettre les voiles d'ici le coucher du soleil – ils ne se hasarderaient pas à lancer une offensive en plein jour. Il va nous falloir abandonner le Refuge, Will.

J'avais l'impression de recevoir un coup de massue en pleine poitrine.

– C'est de ma faute.

– Oui.

– Mais, où allez-vous partir ?

Je n'arrivais plus à dire « nous », plus maintenant.

– J'ai un local prêt depuis plus d'un an. Personne n'est au courant, excepté Sharyn. Ce qui sera compliqué, ce sera de faire en sorte que les Macchabs ne suivent pas les vans. À l'heure qu'il est, ils doivent déjà avoir commencé à surveiller les abords du bâtiment, mais il y a un moyen de contourner le problème.

– Tom, je... je..., balbutiai-je.

– Tu es désolé, à présent, Will ? me demanda-t-il, le regard dur. Maintenant que tu te rends compte de l'étendue des dégâts que tu as causés ?

– Laisse-moi ici, dis-je en refermant les yeux.

– Quoi ?

– Quand vous partirez, ce soir, laissez-moi ici.

– Ne commence pas à jouer les martyrs ; c'est idiot !

– Je suis sincère ! C'est ma faute ! Je suis responsable de tout ce gâchis ! Tu devrais me laisser ici, qu'on en finisse !

Pendant un long moment, Tom ne répondit pas. J'attendis, les yeux fermés et noyés de larmes. Finalement, à ma grande horreur, le chef des Fossoyeurs acquiesça posément :

– Oui, c'est ce que je devrais faire.

Le temps d'un battement de cœur, je me demandai où j'allais me réfugier, comment j'allais survivre seul.

– Mais, poursuivit Tom, je ne pourrais plus jamais visiter le Sanctuaire de Karl en sachant que j'aurais livré son unique fils aux Cadavres.

J'attendis que Tom conclue :

– Quand nous partirons, tu partiras avec nous.

Il me fallut m'armer de courage pour ouvrir les yeux, et, lorsque je le fis, je ne parvins pas à voir quoi que ce soit en raison du torrent de mes larmes. Quand ma vision s'éclaircit enfin, je constatai que les traits de Tom s'étaient adoucis. Sa froideur avait laissé la place à un profond chagrin.

Je l'avais blessé. Cette prise de conscience me rongea bien plus profondément que je l'aurais cru.

– Merci, parvins-je à couiner de façon pathétique.

– Tu ferais mieux de te reposer.

– Je n'ai pas besoin de repos. Je voudrais voir Dave et Amy.

Il réfléchit à ma demande :

– Comme tu veux. Dave est cloué au lit, dans le dortoir des garçons. Amy est juste à côté, dans celui des filles.

– C'est noté.

Tom se releva et s'avança vers la porte. Il me parut plus petit que le jour où il s'était adressé à l'assemblée des Fossoyeurs. Ses épaules étaient comme affaissées, et sa tête moins altière.

« C'est moi qui lui ai fait ça », songeai-je, et à cet instant je me haïs.

– On se voit tout à l'heure, dit Tom.

– D'ac, répondis-je.

La seconde d'après, j'étais seul dans l'infirmerie.

38

LE CADEAU

Je me rallongeai sur mon lit de camp. Je me sentais vraiment pitoyable. Ma guerre en solo contre Booth avait eu pour résultat de blesser un copain et peut-être de tuer une amie. Elle avait aussi entraîné la colère de Tom et contraint les Fossoyeurs à abandonner le Refuge.

Le point positif, c'est que j'avais sauvé Amy.

Mais non, je n'avais même pas fait ça. J'avais essayé de la sauver, mais je n'avais réussi qu'à me faire assommer. En vérité, c'était Sharyn et les Anges-Gardiens qui l'avaient sauvée.

Ma culpabilité le disputait à ma tristesse, mon chagrin à mes regrets, et finalement je ne fus même plus sûr de ce que je ressentais.

Le pire de tout, c'était que Helen était en danger, et personne ne la croyait encore en vie. Et moi qui étais cloué dans cette infirmerie, avec un bras cassé !

Je remuai de nouveau les doigts.

Je n'avais vraiment pas l'impression que mon bras était cassé. Je forçai un peu sur l'attelle et remuai prudemment le poignet. Rien. Pas la moindre douleur. J'examinai le bandage d'un peu plus près. L'attelle était en plastique. J'en avais déjà eu une, un jour où je m'étais blessé le genou en jouant au foot, sauf que le bandage était maintenu par une fixation en argent. Là, il était simplement noué.

Agissant une nouvelle fois plus par instinct que par réflexion, je défis le nœud. Le bandage, tendu au maximum, se relâcha d'un coup, et se déroula autour de mon bras à une vitesse telle que le tissu me cingla le visage. Puis deux petits bouts de bois, des bâtonnets pour remuer la peinture, tombèrent sur le lit.

Je dépliai le coude, m'attendant à éprouver une violente douleur.

Toujours rien.

Si mon bras était cassé, c'était une fracture étonnante !

Je me rassis sur la couchette, m'attendant à ressentir un élancement à la tête. Là encore, rien. Je me dis que j'allais être pris de vertige ou de nausées. Mais non. Je me sentais parfaitement bien... Mieux que bien. En pleine forme, vibrant d'énergie.

Je me souvins de la femme dorée.

M'avait-elle... soigné ?

L'idée était délirante, mais quelle autre explication pouvait-il y avoir ? Bien sûr, si elle m'avait soigné, cela signifiait qu'elle était réelle. Comment pouvais-je être sûr de l'un ou de l'autre ?

Tout à coup, je me rappelai le cadeau qu'elle m'avait fait, et je jetai immédiatement un coup d'œil vers l'oreiller. Y avait-il vraiment quelque chose là-dessous ? Une seule façon d'en avoir le cœur net : je tendis la main sous le coussin et palpai. Rien.

Si !

Je retirai la main.

Un couteau.

Je poussai un hoquet de surprise.

Ce n'était pas celui de Tom. Il n'était pas en argent, mais en or. Et il avait huit boutons au lieu de six. De plus, celui de Tom se trouvait dans une boîte sous ma couchette, avec mes chaussures et mon sac à dos. Apparemment, il n'était pas furieux au point de l'avoir récupéré.

Cela dit, je n'en avais plus besoin, puisque je venais apparemment d'hériter d'un couteau bien à moi.

« Quelle sorte d'ange distribue des couteaux de poche ? »

J'appuyai sur le bouton numéro 1 ; c'était un crochet de serrurier, comme sur l'autre. Le 2 était mon vieil ami le Taser. Quand j'appuyai sur le 3, une lame jaillit, exactement comme sur le couteau de Tom. Pareil pour le 4 – un tournevis –, le 5, et le 6 avec la lampe torche. Ce qui me laissait donc deux boutons inconnus.

Je priai pour qu'aucun ne change ce couteau en grenade...

Envahi par un mélange d'excitation et de crainte, je pressai le bouton 7. Un petit cylindre, d'un diamètre équivalent à celui d'une pièce de monnaie, sortit à l'autre bout. Je l'examinai soigneusement, le portai à mon œil gauche en clignant l'autre, afin d'inspecter l'intérieur.

C'était un télescope.

J'étais incapable de comprendre comment il fonctionnait. Ce qui était sûr, toutefois, c'est qu'il marchait à la perfection. Il y avait un cadran sur le cylindre, et lorsque je tournai celui-ci le grossissement augmenta. Poussé à son maximum, il me permettait de discerner les entrelacs de toiles d'araignées qui tapissaient le plafond de l'Entrepôt, très haut au-dessus de ma tête. Cool !

Je pressai une nouvelle fois la touche numéro 7, et le cylindre se rétracta.

J'avisai alors le bouton 8.

Quelle était la pire chose qui pouvait se produire ?

J'appuyai.

Toutes les lumières s'éteignirent.

« Oh, oh... »

Je restai assis dans un silence tendu, tandis que, de l'autre côté de la cloison, des cris inquiets montaient de toutes parts. Une voix apeurée demanda si c'étaient eux, s'ils arrivaient. Puis, après un chaos d'une minute, la voix de Tom résonna, calme mais ferme :

– Écoutez-moi attentivement ! Il me faut des Anges-Gardiens en position sur le toit et dans le tunnel. Enfilez les tenues de combat ! Les autres, laissez le champ libre ! Les consignes en cas d'intrusion rentrent en application dès maintenant !

D'autres bruits s'ensuivirent. Quelque chose s'écrasa avec un choc retentissant sur le sol de béton. De nouveaux cris, puis des bruits de pas, un véritable piétinement de troupeau affolé.

Devais-je dire quelque chose ? « Euh... je crois que c'est moi qui ai fait ça... » Hum... on allait éviter. J'avais déjà assez de problèmes comme ça.

Je me contentai donc de rester assis là, à écouter le Refuge tout entier se mobiliser pour affronter ce que tous pensaient être l'annonce d'un assaut imminent.

De longues minutes s'écoulèrent. Je m'attendais à voir quelqu'un arriver, s'inquiétant de mon sort. Personne ne vint. Tom s'était probablement dit que j'étais plus en sécurité à l'endroit où je me trouvais. Plus en sécurité, et à l'écart. Il avait raison, évidemment.

Je l'avais trahi.

C'était comme un poids autour de mon cou.

Mes excuses étaient sincères. Je ne m'étais rendu compte de l'importance de sa confiance qu'au moment où je l'avais perdue. Son expression quand il avait quitté l'infirmerie avait été plus violente qu'un coup à l'estomac.

« Seulement... si l'événement de la nuit précédente devait se reproduire, agirais-je différemment ? Non, pas le moins du monde. »

Je fis courir mes doigts sur la surface lisse du canif et je scrutai les ténèbres qui m'entouraient, incapable de les percer.

Helen était en vie. Ce canif en était la preuve. Comment aurait-il pu arriver sous mon oreiller si ce n'était parce que la femme dorée l'avait placé là ? Et si elle était réelle, alors sa réponse à mon unique question ne pouvait être que réelle, elle aussi.

Helen était prisonnière dans la demeure de Kenny Booth à Roxborough.

« Et Tom ne va rien faire pour venir à sa rescousse parce qu'il est persuadé que je suis taré. »

Je pourrais lui montrer le canif, lui parler de la femme dorée et de ce qu'elle avait dit. Mais étant donné la réputation que j'avais désormais, quelles chances avais-je qu'il me croie ? En l'état actuel des choses, Tom n'accepterait jamais ce que je lui dirais, quelles que soient les « preuves » que je lui apporterais. Même si je lui donnais le canif de l'ange, Tom se bornerait sans doute à me le confisquer et m'enverrait retrouver Ian pour qu'il me prescrive de l'aspirine...

Soudain, deux choses me parurent évidentes. La première, c'était que si quelqu'un était en mesure de sauver Helen, ce ne pouvait être que moi. La seconde, c'était que, quoi que je fasse, il me faudrait agir seul.

« Je ne vais pas trahir Tom une seconde fois. Plus jamais, je l'ai promis. Mais, cette fois, la seule personne que je mettrai en danger, ce sera moi ! »

Puis, dans un élan presque désespéré, je me pris à songer que si j'arrivais à trouver Helen et à la ramener saine et sauve, Tom m'accorderait peut-être son pardon.

Finalement, après ce qui me parut durer une heure mais qui n'excéda sans doute pas dix ou quinze minutes, la voix de Tom s'éleva de nouveau, forte et claire :

– Repos, tout le monde ! Ce n'était qu'un problème de courant ! Les plombs ont sauté ! Sharyn, tu restes en position, au cas où... Mais, tous les autres, vous pouvez vous détendre. La lumière va revenir dans...

À cet instant, tout se ralluma.

– ... maintenant ! conclut Tom, en éclatant d'un rire visiblement soulagé.

« J'ai fait flipper tout le monde... »

Je regardai le bouton numéro 8 avec un réel émerveillement. Je me souvins d'un jour, quand j'étais petit, où mon père m'avait emmené au canal Manayunk.

Un poisson avait sauté des eaux boueuses, étincelant brièvement dans le soleil du matin. Il n'était resté suspendu ainsi qu'une fraction de seconde, mais j'avais hoqueté devant un spectacle aussi beau et irréel. Je me sentais un peu pareil à ce moment-là, émerveillé par quelque chose de nouveau et qui me dépassait.

Je me demandai soudain comment les Fossoyeurs réagiraient si je coupais le courant une nouvelle fois.

Et, en dépit des événements, je faillis éclater de rire.

Alors, tout au fond de moi, s'esquissèrent les premiers contours d'un plan.

39

DAVE ET SON ÉCHARPE

En me rendant vers le dortoir des garçons, j'essayai autant que possible d'éviter tout contact visuel avec quiconque. Autour de moi, la grande salle était plus que jamais une ruche bourdonnante. On emballait les ordinateurs, les téléphones, les imprimantes et quantité d'autres objets. Le rideau en trompe-l'œil à l'entrée avait été remplacé par une rampe en bois, sur laquelle on poussait des diables chargés de matériel. Les Fossoyeurs évacuaient les lieux en toute hâte.

En dépit de tous mes efforts, je ne pus m'empêcher de voir les expressions de quelques-uns. Certaines étaient sympathiques. D'autres, comme Alex Bobson, me considéraient d'un air assez mauvais. Personne ne m'adressa la parole, ce qui me convenait parfaitement.

Le Burgermeister était assis sur sa couchette dans le dortoir, sa blessure l'empêchant de prendre part aux préparatifs de l'évacuation. Au moment où j'entrai, il était seul, le regard perdu dans le vague.

– Hé, mec ! s'exclama-t-il, et ses traits s'illuminèrent.

Il parvint à se redresser, ce qui n'était pas une mince affaire avec son bras en écharpe.

– Salut, dis-je en souriant. Comment va ta clavicule ?

– C'est pas grand-chose. Ma vieille mémé assène des coups bien plus violents que ces Macchabs ! répondit-il, sans parvenir pour autant à arborer un sourire aussi large que le mien. Et toi ? Tom m'a dit que tu avais le bras cassé.

Je haussai les épaules et tendis mon bras « cassé » vers lui :

– Bah, non...

– Tant mieux.

– Oui.

– Helen est morte, me dit-il, le visage soudain sombre.

– Non, répondis-je.

– Quoi ?

– Elle est en vie. Elle est retenue prisonnière dans la maison de Booth, à Roxborough.

À ma grande surprise, Dave laissa échapper un glapissement de joie :

– Génial ! Parfait ! Quand est-ce qu'on va la tirer de là ?

– On n'y va pas, déclarai-je d'une voix neutre.

– Quoi ? répéta-t-il.

– Tom ne me croit pas.

– Hein ? Pourquoi ? lâcha-t-il. Et d'ailleurs, mec, comment tu sais qu'elle est vivante ?

– Toi non plus tu ne me croirais pas si je te le disais.

– Will, marmonna Dave, le visage déformé par l'inquiétude. Tu es sûr que… ça va ?

Je changeai aussitôt de sujet :

– Au fait, Burgermeister, je voulais te dire que… je suis désolé.

– De quoi ? répliqua-t-il, étonné.

– De t'avoir entraîné avec moi, la nuit dernière. À cause de moi, tu as été blessé.

– C'est moi qui ai insisté pour venir avec toi, s'esclaffa-t-il, tu te rappelles ? C'est dingue, ça ! La nuit dernière, pour la première fois depuis que j'ai rejoint cette troupe à deux balles, il y a enfin eu de l'action ! T'as pas à être désolé de quoi que ce soit !

– Mais si. Les Anges-Gardiens avaient mis le fort sous écoute. Ils entendaient tout ce que nous entendions. On aurait aussi bien pu rester ici.

– Ah ouais ? Eh bien, tu iras répéter ça à Amy !

Je ne pris pas la peine de lui remémorer que c'étaient les Anges-Gardiens qui avaient sauvé Amy. Je ne lui rappelai pas non plus que, oui, Amy était libre, mais au prix de la capture d'Helen.

– Je vais aller la libérer, me contentai-je de répondre.

– Qui ? Amy ?

J'éclatai de rire malgré moi :

– Helen !

– Ah oui ? Vraiment ?

Je hochai la tête.

– Et Tom va te laisser faire ?

– Je ne vais pas le lui dire. Je ne vais le dire à personne… sauf à toi.

Le Burgermeister écarquilla les yeux :

– Mais… tu veux recommencer ?

– Je n'ai pas le choix. Elle est vivante, Dave. Je ne peux pas l'abandonner comme ça ! Elle, elle ne m'a pas fait faux bond, au collège !

– Hé, Will, c'est pas moi que tu dois convaincre ! Je suis de ton côté sur toute la ligne. Alors, on part quand ?

– Il n'y a pas de « on ». Cette fois, j'y vais seul.

– C'est hors de question, mec ! refusa-t-il, la mine sombre. Je viens avec toi !

– C'est très sympa de ta part… mais nous savons tous les deux que ce n'est pas possible. Pas avec cette écharpe autour de ton bras.

– T'as raison, reconnut le Burgermeister en se laissant retomber sur sa couchette, dépité.

Quand il releva la tête, je fus stupéfait de voir des larmes dans ses yeux.

– Si tu fais ça, bredouilla-t-il, tu ne pourras plus faire partie des Fossoyeurs.

– Je sais.

– Tu ne sauras même pas où aller... Surtout qu'on aura changé de QG. Tom n'a révélé à personne l'endroit où se trouve le nouveau Refuge.

– Ça aussi, je le sais.

– Tu ne devras compter que sur toi.

– Pas si je sauve Helen.

Dave considéra cette idée en fronçant les sourcils :

– Oui, je suppose que t'as raison. Donc, là, c'est un peu un au revoir ?

– Je crois bien que oui.

On se dévisagea l'un l'autre en silence pendant un long moment, qui, deux semaines auparavant, nous aurait paru aussi embarrassant que maladroit. À présent, avec tout ce qui s'était passé et tout ce qui allait se passer, ça semblait totalement naturel... et terriblement triste.

Dave tendit sa main valide :

– Bonne chance, Will. Fais attention à toi.

Je saisis sa main, sentis son énorme paluche envelopper complètement la mienne. Ça n'avait aucune espèce d'importance ; nous étions deux égaux. Nous étions des partenaires, au même niveau. Nous étions des amis.

– Toi aussi, Burgermeister, dis-je avec un léger sourire. À la prochaine.

La réponse de Dave me parut étrangement adulte :

– Je l'espère.

Je jetai un coup d'œil dans le dortoir des filles. Amy n'était pas là. Deux filles que je ne connaissais pas me décochèrent un regard mauvais avant de m'apprendre que « Nick Rooney avait emmené l'ex-Taupe à la cuisine pour y manger un morceau ». Je marmonnai un remerciement et partis.

Je dépassai la piste de skate, où deux garçons s'amusaient à faire des figures élaborées. Quand ils m'aperçurent, ils prirent un dernier half-pipe pour atterrir en douceur sur mon chemin, lâchant un petit rire et attrapant leurs planches d'un même geste. L'un était Chuck Binelli. L'autre Burton Moscova, le frère cadet de Steve. Tous deux étaient des Anges-Gardiens.

– Salut ! lança Chuck.

– Salut, répondis-je sans enthousiasme, n'ayant aucune envie de papoter avec quiconque. Vous n'êtes pas en train de préparer les cartons ?

– On a rempli notre quota, répliqua Chuck sans cesser de sourire. Et puis, Burton et moi, on a dit à Sharyn qu'on avait besoin de prendre une pause. Elle a accepté, à condition qu'on reste dans les parages, en cas de coup dur.

– Mais c'était il y a déjà une demi-heure, ajouta Burton, l'air ravi lui aussi. Depuis, je pense qu'elle nous a oubliés.

– Oh, fis-je.

Je ne m'étais encore jamais rendu compte qu'il y avait des tire-au-flanc au Refuge. C'était autant un soulagement qu'une déception. Après tout, les Fossoyeurs étaient des ados comme les autres.

Chuck se fit soudain sérieux :

– Écoute, on sait que ça craint au sujet d'Helen… mais on voulait quand même te dire qu'on trouve ça cool, ce que tu as fait la nuit dernière.

– Je n'aurais pas dû y aller sans avoir l'accord de Tom, bredouillai-je en secouant la tête. C'était stupide de ma part.

– Stupide ? répéta Burton. Tu t'es quand même tenu face à environ deux cents Macchabées armé d'un simple pistolet à eau !

– Ouais, on n'est pas près d'oublier ça ! intervint Chuck.

Je haussai les épaules.

– Je t'assure que c'était cool, affirma Chuck, toujours souriant.

Ces compliments étaient censés me remonter le moral. Peine perdue. Au lieu de cela, je n'arrivais pas à détacher mes pensées d'Helen… et du danger qu'elle courait.

– Merci, répondis-je sur un ton maussade.

Chuck se pencha vers moi, baissant la voix :

– Will, on est quelques-uns parmi les Anges-Gardiens à vouloir rester ici après l'évacuation de ce soir... On se barricaderait, prêts à affronter les Macchabs au moment où ils entreront.

– Vous allez vous faire tuer ! m'exclamai-je.

– Peut-être, répondit fermement Burton. Mais c'est tout de même mieux que de s'enfuir la queue entre les jambes !

Pas étonnant si Tom était remonté ! Avais-je détruit la belle harmonie des Fossoyeurs ? Je sentis une envie irrésistible de courir présenter mes excuses à Tom et à Sharyn. Et aussi à mon père.

– Bref, fit Chuck, on voulait juste, euh... que tu le saches.

– Merci, répétai-je, sans grand enthousiasme.

Les deux garçons hochèrent la tête ; puis Burton reprit la parole :

– En fait, on n'est pas en train de te dire qu'on va vraiment rester ici. On n'est pas aussi débiles que ça. Mais on y pense ! On a fait profil bas depuis tout ce temps. À rester cachés. À rester sur la défensive. À ne jamais passer à l'attaque. Tu vois où je veux en venir ?

Évidemment que je voyais où il voulait en venir !

– Eh bien, depuis que tu es des nôtres, quelque chose a changé. On est de plus en plus nombreux à douter de la manière avec laquelle Tom veut la jouer. On a envie de commencer à riposter pour de bon ! C'est toi qui nous as montré l'exemple, Will.

Je détestais entendre cela, mais je ne savais pas comment le formuler. Me sentant mal à l'aise, je décidai d'essayer de changer de sujet :

– Qu'est-ce qui s'est passé avec les lampes, tout à l'heure ?

Burton laissa échapper un petit rire nerveux :

– C'était un sacré bazar ! Au début, Tom était convaincu que les Macchabs avaient coupé le courant, d'autant plus lorsque les sentinelles sur les toits nous ont annoncé que tous les bâtiments à deux rues à la ronde étaient dans le même cas. Puis mon frère a vérifié les plombs, et il s'est rendu compte qu'ils avaient sauté.

– Lesquels ?

– Tous.

– Mais… qu'est-ce qui a pu provoquer ça ? demandai-je, tandis qu'un frisson glacé descendait le long de mon dos.

– Aucune idée ! Steve a changé les fusibles, et tout est redevenu normal, à l'exception des bâtiments du voisinage, où il n'y a toujours pas de jus. D'après mon frère, les seules explications, c'est un survoltage ou une IEM.

– Une IEM ?

– C'est l'abréviation de « impulsion électromagnétique », expliqua Chuck. Selon Steve, elles peuvent cramer à peu près tous les appareils électriques à leur portée.

– Ah, bredouillai-je. Et, euh… ça arrive souvent, les IEM ?

– C'est aussi fréquent que de se faire frapper par la foudre, gloussa Chuck.

– D'après Steve, ce qui peut causer une impulsion électromagnétique, ce sont des aimants géants, du genre de ceux dont se sert l'armée, et les explosions nucléaires. Étant donné qu'on est encore tous vivants, je pense qu'on peut rayer l'explosion de la liste des suspects…

– Alors… il croit que l'armée a un rapport avec ça ?

– Je ne sais pas ce que mon frère croit, répondit Burton en haussant les épaules. Je le sais rarement.

Une impulsion électromagnétique ? Était-ce là ce que produisait le bouton numéro 8 de mon tout nouveau canif doré ? J'étais bien incapable de comprendre à quoi cela pourrait bien me servir…

Et soudain, je compris.

Je me raclai la gorge :

– Eh bien, je suis sûr que Steve trouvera la réponse.

– Évidemment ! répondit Burton.

À côté de lui, Chuck ne paraissait pas aussi convaincu.

– En attendant, conclus-je, je dois y aller.

Chuck me retint un instant :

– Au sujet du truc dont on t'a parlé… Est-ce que tu serais d'accord pour venir avec nous en toucher un mot à Tom… essayer de le convaincre de changer de tactique ?

– Possible, répondis-je avec un sourire forcé. Je vais y réfléchir.

Je m'éloignai en hâte, essayant d'ignorer les pouces levés que les deux Anges-Gardiens tendaient vers moi. Je me sentais stupide, embarrassé, et terriblement coupable.

40

AMY L'EXILÉE

La cafétéria était presque déserte ; il n'y avait que Nick et Amy. Le chef des Mères se tenait derrière l'un des comptoirs, plongeant deux longues pinces dans l'un des trois bols alignés devant lui. Amy était à côté, un léger sourire aux lèvres, les yeux brillant d'une lueur pleine d'intérêt.

Comme je m'approchais, Nick passa une main en coupe sous le menton de la jeune fille tandis que, de l'autre, il ouvrait la pince et laissait tomber quelque chose de collant sur la langue d'Amy. Elle mastiqua, avala et poussa un soupir.

– Je te l'avais dit ! se réjouit-il. Rien de tel qu'une sucrerie pour se sentir mieux !

Le visage d'Amy s'illumina.

– Et que penserais-tu d'un peu de raisin, à présent ?

– Avec plaisir ! répondit-elle.

– Salut, dis-je, pour annoncer mon arrivée.

Ni lui ni elle ne parurent particulièrement heureux de me voir.

– Oh ! Salut, Will, déclara Nick sans grande émotion.

Amy blêmit. Je lui souris ; elle détourna le regard.

– Je pensais que vous seriez en train de ranger vos affaires, remarquai-je, tentant d'adopter un ton amical.

– On a presque fini, répliqua Nick en désignant du bras un tas de cartons empilés sur l'une des tables. Amy me donnait un coup de main. Et puis, on s'est laissé distraire par autre chose.

– Oh, fis-je.

– Ça te tenterait, un petit quelque chose enrobé de sucre ? me demanda-t-il.

– Comme quoi, par exemple ?

– Eh bien, on a des cacahuètes, des noix de cajou, du chocolat au lait et des bretzels. Choisis ce que tu préfères.

J'observai les contenus des trois bols. Chacun d'eux, rempli d'un sirop d'une couleur différente, était posé sur une plaque de cuisson séparée.

– Comment tu prépares ça ? m'enquis-je.

– C'est super simple, assura Nick.

Il prit précautionneusement un morceau de chocolat à l'aide de la pince et le plongea dans le bol rouge pendant quelques secondes avant de le retirer et de souffler dessus.

– C'est prêt ! Tends la main ! Ne t'inquiète pas, ça refroidit très vite.

– C'est du sirop à la cerise, annonça timidement Amy.

Je haussai les épaules et laissai Nick déposer la confiserie aux contours irréguliers dans le creux de ma main. Je la reniflai et l'enfournai d'un coup. Je me rappelais vaguement avoir goûté ces bonbons de fabrication maison lors de ma première journée au Refuge, mais je n'en avais pas mangé d'autres depuis. Celui-ci était meilleur que dans mon souvenir.

– C'est bon, dis-je.

– N'est-ce pas ? se félicita Nick. N'hésite pas si tu en veux d'autres.

– Pas maintenant, merci. En fait, j'espérais parler en tête à tête avec Amy pendant une minute...

Cette dernière devint plus pâle encore. Le visage habituellement doux de Nick s'assombrit.

– Eh bien, à dire vrai, elle est en train de me filer un coup de main, là...

– Ça ne durera pas longtemps, insistai-je. Promis.

– Tu ne crois pas qu'elle a déjà eu suffisamment de soucis, Will ?

– Je ne vais pas l'embêter.

– Ah bon ? Pourtant tu as embêté à peu près tout le monde, ici.

J'étais sur le point de rétorquer quelque chose, mais Amy intervint :

– C'est bon, Nick. Je vais parler avec lui.

Il la regarda, et ses traits s'adoucirent.

– Tu n'es pas obligée.

– Si, je dois le faire.

Le chef des Mères me jeta un coup d'œil mauvais, avant d'acquiescer à contrecœur :

– Eh bien, dans ce cas, pourquoi n'iriez-vous pas vous installer à cette table, là-bas ? Pendant ce temps, je continuerai à enrober ces bonbons. On en aura besoin quand on arrivera dans le nouveau Refuge... pour nous remonter le moral.

« Il veut garder un œil sur nous. »

Sharyn m'avait un jour décrit Nick comme quelqu'un qui veillait sur les autres et leurs besoins. J'ignorais ce que cela signifiait exactement, mais il était indéniable qu'il avait du plaisir à s'occuper des laissés-pour-compte parmi les Fossoyeurs. Au Refuge, tout le monde savait que, si vous étiez malheureux ou terrifié, vous pouviez toujours compter sur Nick pour vous réconforter.

Ou, en tout cas, essayer.

Et si quelqu'un en avait bien besoin maintenant, c'était Amy Filewicz. Sa trahison à la base Alpha avait entraîné deux morts. Alors, lavage de cerveau ou pas, la plupart des résidents du Refuge l'évitaient comme la peste. Nick, lui, l'avait prise sous son aile ; difficile de ne pas apprécier un gars de ce genre.

– Pas de souci, dis-je. Merci, Nick.

Je m'assis à côté d'Amy à la table la plus éloignée du chef des Mères, sentant son œil vigilant posé sur moi. Ni elle ni moi ne prononçâmes un mot pendant un moment aussi long qu'inconfortable. Puis elle parla la première, d'une voix qui n'était qu'un murmure :

– Tu me hais.

– Quoi ?

Elle ne répéta pas.

– Pourquoi tu dis une chose pareille ? l'interrogeai-je.

– J'ai essayé..., commença-t-elle, une larme venant couler lentement le long de sa joue. J'ai essayé de te tuer.

Elle déglutit et se reprit. Je n'avais aucune raison de la contredire :

– Oui, je sais.

Amy enfouit son visage dans ses mains et éclata en sanglots. Je lui caressai maladroitement les épaules. Nick me considéra d'un air où se lisait tout le dégoût que je lui inspirais.

– C'est bon, marmonnai-je.

– Non, ce n'est pas bon ! me reprit-elle misérablement. Ils font comme si ça allait, mais j'ai bien remarqué la façon dont ils me regardent dès que j'ai le dos tourné.

J'entends les murmures de certains quand je marche près d'eux. Ils pensent que j'ai trahi les Fossoyeurs... et c'est ce que j'ai fait. Ils se disent que je travaille peut-être encore pour les Macchabs, mais ce n'est pas vrai !

– Tout le monde est sur les nerfs après ce qui s'est passé la nuit dernière, lui dis-je gentiment. J'ai quitté le Refuge sans permission ; pour être honnête, je ne savais pas que tu serais là. Et, au milieu de tout ça, Helen s'est fait capturer par les Macchabs. Certains m'en tiennent pour responsable, et je pense que les autres estiment que c'est ta faute.

– J'ai tué Kyle, balbutia-t-elle, le teint cireux.

– Mais tu ne pouvais pas faire autrement. Les Cadavres te contrôlaient.

Elle secoua la tête de façon véhémente :

– Ce n'est pas comme ça que ça fonctionne ! Quand ils m'ont capturée, il y a environ un mois, ils m'ont conduite dans la maison de Kenny Booth. Il a une sorte de pièce, au sous-sol, où il garde ces... créatures qui ressemblent à des araignées. Sauf qu'elles ont dix pattes, pas huit. Il m'a dit de ne pas avoir peur, que son peuple était là pour venir en aide à la Terre. Il a promis de mettre un terme aux guerres, aux maladies et à la famine. Il a promis de secourir l'humanité. Je crois que, terrifiée comme je l'étais, j'ai eu envie de le croire, même s'il avait l'air...

– Mort ? suggérai-je, finissant sa phrase à sa place.

Elle hocha la tête.

Je me représentais aisément Booth faisant usage de ses manières suaves, en dépit de son aspect cadavérique, pour profiter des craintes de cette jeune fille innocente.

Mais les Macchabs volant au secours de l'humanité ? Ce n'était pas crédible du tout.

– Alors, il a ordonné à deux de ses serviteurs de s'emparer de moi, et ils m'ont forcée à m'allonger sur une table. M. Booth a pris l'une des espèces d'araignées et l'a déposée au creux de mon dos. Elle a commencé à... creuser un chemin sous ma peau ! Ça m'a fait mal ! Oh, Will, tu ne peux pas savoir à quel point ça faisait mal...

Je frissonnai.

« Non, je ne peux pas le savoir. Mais je peux l'imaginer. »

– Après un certain temps, j'ai été envahie par une drôle de sensation, une sorte de sérénité. Tout ce que M. Booth prétendait devenait crédible. Ses paroles coulaient de source. J'étais prête à faire tout ce qu'il me demanderait.

» Il m'a annoncé qu'il m'apprendrait à me servir d'un équipement spécial dont il disposait. Puis j'infiltrerais un camp de rebelles qui s'opposaient à son peuple, et donc à l'humanité tout entière. Il s'est arrangé pour que ses complices fassent semblant de me pourchasser, dans un quartier de la ville où il savait que les Fossoyeurs ne manqueraient pas de venir à ma rescousse. C'est exactement ce qui s'est passé. J'ai été conduite à la base Alpha, et tu connais la suite...

– Oui. Ce que je ne sais pas, c'est ce qui s'est passé exactement, cette fameuse nuit...

– M. Booth m'avait donné un petit téléphone portable, que je n'avais le droit d'utiliser qu'une seule fois, la nuit avant laquelle nous nous rendrions au Refuge. Si je m'en servais davantage, il avait peur que le téléphone soit détecté. Je l'ai donc caché dans l'une de mes chaussettes et j'ai attendu le lundi soir. Cette nuit-là, je me suis glissée hors du lit et j'ai appelé M. Booth, mais il ne voulait plus attendre le lendemain. Il voulait se lancer à l'assaut de la base Alpha à l'instant même... pour te capturer.

– Me capturer, fis-je en écho, sentant la bile me secouer l'estomac.

– Il ne m'a pas expliqué pourquoi, poursuivit Amy. D'après lui, tu étais dangereux, très dangereux, et te capturer était brusquement devenu plus important que de trouver le Refuge. C'est à ce moment-là que tu es arrivé dans la pièce.

Elle détourna le regard, fermant les yeux pour empêcher ses larmes de couler :

– J'ai essayé de... de te tuer... parce que j'avais peur de toi. Je pensais que tu étais maléfique. Que tous les Fossoyeurs étaient des êtres maléfiques. Puis, quand Kyle est arrivé, j'ai été si effrayée ! Je ne me suis même pas rendu compte que j'avais pris le couteau...

– Que s'est-il passé après que tu t'es enfuie ? la questionnai-je.

– J'ai couru droit sur M. Booth, qui était tout près de là, dans une voiture de police. Au début, il a paru heureux de me voir. Mais, quand je lui ai dit que j'avais essayé de te tuer, il est devenu fou et il m'a enfermée dans le coffre de la voiture. Je ne me rappelle pas de grand-chose, après ça. Nous sommes arrivés dans la maison de Booth, et les Macchabs m'ont enfoncé une aiguille là, au creux du cou. Tout à coup, tout a changé dans ma tête. Ce qu'ils m'ont administré a sûrement tué l'espèce d'araignée ; je ne sais pas... Ce que je sais, c'est que je me souvenais de ce que je t'avais fait, ainsi qu'aux autres Fossoyeurs, et j'étais dégoûtée de moi-même.

Elle laissa échapper d'autres sanglots. Devais-je l'enlacer pour la consoler ? Je n'avais pas beaucoup d'expérience avec les filles, et il me semblait que cela risquerait plutôt de la mettre mal à l'aise.

« Que ferait Tom à ma place ? »

Je poussai un soupir et passai un bras autour de la jeune fille, la laissant nicher sa tête contre mon épaule. Elle pleura, doucement mais profondément, pendant plusieurs minutes, détrempant mon tee-shirt et s'agrippant à moi de ses petites mains.

– Tout va bien, dis-je.

Mais nous savions tous les deux que ce n'était pas vrai. Dans ses rêves, Amy allait revivre, encore et encore, ce qu'elle avait fait, et ce jusqu'à la fin de ses jours.

Et à cet instant, je haïs les Macchabs plus que jamais. Booth tout particulièrement.

Chassant ses larmes du revers de sa main, Amy s'arracha à mon étreinte, m'offrit un petit sourire plein de gratitude et renifla :

– Bref, hier après-midi, ils m'ont conduite dans ce fort et m'ont enfermée dans l'un des bâtiments. M. Booth m'a dit que, même si j'avais échoué à remplir la mission qu'il m'avait confiée, je pouvais aider son peuple à venir au secours de l'humanité. D'une autre façon. Je lui ai répondu que je ne voulais l'aider à rien du tout ! Que je le haïssais ! Il s'est contenté de rire : ce que je voulais n'avait strictement aucune importance. Ça n'en avait jamais eu. Il est parti, puis des Cadavres sont venus me chercher.

Elle fixa ses yeux de biche sur moi :

– Je savais qu'ils allaient me tuer. Mais tu m'as sauvé la vie.

– Non, répondis-je. J'ai essayé, mais ils nous auraient eus tous les deux si les Anges-Gardiens n'étaient pas intervenus.

– Les Anges-Gardiens ne seraient jamais arrivés si tu n'avais pas risqué ta peau. Ils m'auraient laissée mourir.

Et, d'une voix timide, elle ajouta :

– Merci.

Incapable de délier ma langue, je me contentai de hausser les épaules.

– Est-ce que je peux faire quelque chose pour te montrer ma reconnaissance ? balbutia-t-elle.

– Oui.

– Tout ce que tu voudras.

– Donne-moi l'adresse de Booth.

41

UNE ARMÉE À MOI TOUT SEUL

Je passai l'après-midi au calme, à me préparer. Ce n'était pas facile. Partout où j'allais, les gens me dévisageaient, certains de façon amicale, d'autres pas. Ils étaient nombreux à émettre des commentaires déplaisants ou des gestes grossiers. Quelques-uns, au contraire, souriaient ou levaient le pouce en m'adressant un clin d'œil, comme si nous appartenions à une même organisation secrète œuvrant dans l'ombre.

Quoi qu'il en soit, l'attention qu'on me portait rendait quasiment impossible une expédition en toute discrétion...

Le plus difficile était de rassembler les fournitures nécessaires. La plupart des appareils du Neurolab étaient déjà empaquetés. Il me fallait donc attendre que l'équipe soit partie déjeuner et que Steve aille faire un tour aux toilettes. Mais ce gars devait avoir une vessie de la taille de la mairie de Philadelphie ! Quand *enfin* il partit se soulager, je m'approchai discrètement et passai rapidement d'un carton à l'autre, jusqu'à ce que je trouve ce dont j'avais besoin. Puis je m'éclipsai tout aussi vite, espérant que Steve et ses collaborateurs n'y verraient que du feu.

Après cela, il y eut une petite incursion dans la cuisine, où, de façon assez ironique, il me fallut attendre que les membres du Neurolab finissent leur repas. Ensuite, je rassemblai quelques provisions, notamment une poignée de barres chocolatées et des sachets de limonade en poudre. Je fourrai le tout dans mon sac à dos, avec le reste du matériel que je venais de subtiliser.

La rampe était noire de monde, mais personne ne surveillait les va-et-vient. Guettant ma chance, j'emboîtai le pas à une fille que je ne connaissais pas et qui peinait sous le poids d'une caisse pleine de téléphones et de câbles. Sans dire un mot, je saisis la caisse par un côté et l'aidai à la transporter. Elle me gratifia d'un sourire las. On remonta ensemble le long tunnel en spirale, et l'on déboucha sur Green Street, où un van blanc était garé, à moitié rempli de matériel.

En apercevant le véhicule, je me demandai vaguement si les Macchabs étaient déjà postés aux alentours, et, si tel était le cas, ce qui les empêcherait de suivre le van jusqu'au nouveau Refuge.

Mais ça, c'était le problème de Tom, pas le mien.

La fille et moi, on posa la caisse. Elle me remercia brièvement et se hâta de rentrer pour aller chercher d'autres objets.

Les deux garçons postés dehors s'appelaient Jonathan et Adam. Tous deux faisaient partie des Teckos, et ils me considérèrent avec un regard méfiant. Je restai silencieux, me contentant de sourire et de m'éloigner lentement.

Je pris la première rue à gauche et, avec un soupir de soulagement, disparus à leur vue. Mon intention était de marcher jusqu'à Market Street et de prendre le bus 61 jusqu'à Ridge Avenue, dans le quartier de Roxborough. Cet itinéraire me faisait traverser Manayunk, ce qui ne me comblait pas de joie, bien au contraire. Me retrouver si près de ma maison était plus une dangereuse tentation qu'autre chose. Mais, si je voulais retrouver Helen, je n'avais pas le choix.

– Hé, rouquin !

Je pivotai sur mes talons, manquant de peu de bondir hors de mes chaussures. Une silhouette émergea de l'allée enténébrée qui longeait le mur arrière du Refuge. Je dégainai machinalement mon pistolet à eau.

– Fais gaffe à ce que tu vises avec ton engin ! lança Sharyn. Tu risquerais bien de me décoiffer !

Ma surprise retomba. J'abaissai mon arme sans répondre.

– T'es encore parti en balade ? demanda-t-elle.

Je gardai le silence. Je me sentais dépité, vaincu.

– Ce sac à dos a l'air lourd ! remarqua Sharyn. Tu l'as bien rempli, hein ?

Je haussai les épaules. Sharyn s'adossa contre le mur de briques :

– Paraît que ton bras n'est pas cassé, en fait. Ian se cogne la tête contre les murs tellement il est incapable de comprendre ce qui s'est passé !

– Ce n'est pas comme si c'était un vrai docteur, intervins-je enfin.

– C'est clair. Mais c'est ce qu'on a de plus approchant, et, d'habitude, il se plante pas sur ce genre de truc. Ce qui est sûr, c'est que je t'ai vu, la nuit dernière, juste après que ce Macchab t'a envoyé valdinguer. Ton bras était cassé ; je serais prête à parier un an de salaire là-dessus... si j'avais un salaire, évidemment.

Elle éclata de ce rire musical qui n'appartenait qu'à elle. Je me contentai de hausser de nouveau les épaules.

– T'es pas d'humeur à causer, toi ! commenta-t-elle. C'est comme si tu revivais ta première journée, c'est ça ? Après tout ce qui s'est passé hier, j'imagine que tu dois péter les plombs.

– Oui, fis-je.

Sharyn acquiesça en signe d'empathie. Son sourire disparut de son visage.

– Will, tu penses vraiment que Helen est toujours en vie ?

Je hochai la tête.

– Et donc, c'est pour ça que tu pars. Pour la sauver. C'est ça, hein ?

Je déglutis, puis je hochai encore la tête.

– Et tu vas faire quoi, exactement ? Te pointer dans la baraque de Booth, mettre la pâtée aux méchants, voler à la rescousse de la demoiselle en détresse et te tirer avec elle ?

– Qu... quelque chose comme ça, balbutiai-je.

– Si Helen apprend un jour que tu la considères comme une demoiselle en détresse, elle te bottera les fesses ! gloussa Sharyn, avant d'ajouter, plus sérieusement : Et tu as l'intention de faire ça tout seul ?

– Hors de question que quelqu'un d'autre se retrouve en danger, lançai-je sur un ton de défi. Pas cette fois.

– Supposons, répondit Sharyn après m'avoir considéré une poignée de secondes, que Helen soit toujours de ce monde – ce qui, perso, me semble plus que douteux. Donc, tu vas la délivrer tout seul comme un grand – ce qui me semble encore plus douteux. Elle sera gardée. T'as vraiment l'intention de nous rejouer l'épisode : *Will contre le monde entier, armé d'un pistolet à eau* ?

– J'ai un autre pistolet dans mon sac à dos, rétorquai-je, sur la défensive.

– Ah, pardon ! Donc, c'est : *Deux pistolets à eau contre le monde entier* ?

Je ne répondis pas.

– T'es vraiment le fils de ton père ! dit Sharyn en éclatant de rire. Mais alors, carrément !

Elle commença à s'approcher.

– Minute ! protestai-je.

Elle s'immobilisa à mi-chemin. De mon côté, j'essayai de trouver les mots justes :

– Écoute, Sharyn, si tu as l'intention de m'en empêcher, tu peux le faire. Seulement...

– Qui a dit que j'avais l'intention de t'empêcher de faire quoi que ce soit ? demanda-t-elle.

Je restai à la regarder, interdit.

Elle soupira et reprit :

– Will, j'adore mon frangin. C'est un type génial, sympa... Après la mort de ton père, il a fait tourner cet endroit, armé de rien d'autre que sa cervelle et ses tripes. En fait, jusqu'à ton arrivée, rien ne pouvait remettre en question son rôle de chef.

– J'en suis désolé, murmurai-je tout de suite. Je n'avais pas l'intention de...

– Mais ça ne veut pas dire que je suis tout le temps d'accord avec lui, me coupa-t-elle. Tom est le meilleur pour tout ce qui concerne l'organisation, la sécurité et la défense. Mais moi, j'ai jamais été du genre à rester assise en attendant que les problèmes arrivent, tu piges ?

Donc, on s'embrouille souvent, lui et moi. Depuis des années, je lui répète qu'il est temps qu'on se frite avec les Macchabs sur une plus grande échelle. Mais il dit toujours qu'on n'est pas encore prêts. Et je finis toujours par lui obéir parce que... eh bien, c'est lui, le chef ! Et j'en changerais pour rien au monde. Personne le ferait. Tom Jefferson est l'incarnation des Fossoyeurs.

Elle me regarda avec une expression que j'eus du mal à déchiffrer :

– En fait, toi et moi, on pense de la même façon. On ressemble pas à Tom. On n'est pas capables d'abandonner quelqu'un parce que c'est dans l'intérêt du groupe. Tom n'ordonnera à personne de partir à la rescousse d'Helen ; il se hasardera pas à risquer une vie pour aller sauver une fille qui est sans doute déjà raide morte. Il irait lui-même, en revanche. Je sais qu'il veut le faire, qu'il en a sacrément envie. Est-ce qu'il le fera pour autant ? Non. Et tu sais pourquoi ?

Je secouai la tête.

– Parce que le Refuge est la priorité de mon frère. Parfois, ça le déprime complètement, seulement il le fait quand même... parce que c'est ce qu'il faut faire. Il se précipite pas au secours d'Helen parce qu'on a besoin de lui ici.

– Alors qu'on n'a pas besoin de moi..., dis-je calmement.

– Will, si tu étais n'importe qui d'autre que toi, je te filerais une petite taloche et te forcerais à revenir au Refuge à coups de pied dans les fesses. Mais t'es pas quelqu'un d'autre. Et, même si t'es quasiment le plus jeune de la bande, je pourrais mettre ma vie entre tes mains. Donc, je vais te laisser partir, ce qui ne signifie pas que je suis incapable de faire bouger la balance en ta faveur.

Elle s'enfonça dans l'ombre de l'allée et en ressortit quelques secondes plus tard, armée d'un Méga-Blaster.

– Tiens, prends ça.

Ce n'était pas le plus gros de la collection, avec son réservoir d'environ un demi-litre, mais il semblait facile à dissimuler sous mon manteau. Lorsque mon regard se porta de nouveau sur Sharyn, elle arborait une expression étrange... et tenait son sabre dans une main.

– Et ça aussi, ajouta-t-elle.

Mes yeux passèrent de la jeune fille à Vador, puis de nouveau à elle.

– Sharyn... Je ne peux pas...

– Ton père me l'a donné avant sa mort. C'est normal que je te le prête.

Elle éclata d'un petit rire nerveux :

– Mais c'est seulement un prêt, Will, rien de plus.

– Je serais incapable de m'en servir, balbutiai-je en examinant le fourreau dans lequel était glissé le sabre.

– C'est pas très compliqué. Tu assènes des coups sur les Macchabs avec le côté affûté.

Je tendis la main et me saisis de l'arme. Elle était plus lourde que le Méga-Blaster, mais, curieusement, elle semblait aussi légère qu'une plume. L'équilibre était étrange, et lorsque Sharyn me montra comment la cacher dans mon dos, sous ma veste, elle y logeait si bien que j'aurais presque pu l'oublier.

Presque.

Une fois le sabre en position, Sharyn posa ses mains sur mes épaules :

– Les événements de la base Alpha sont arrivés parce qu'ils voulaient s'emparer de toi. Tu t'en souviens ?

– Oui.

– Si Booth te capture, il aura ce qu'il désire le plus au monde. Tu ne pourrais pas lui rendre un plus grand service !

– Je le sais.

– Mais tu y vas quand même ?

– Je n'ai pas le choix.

– Pour Helen ?

J'acquiesçai, et Sharyn m'imita :

– J'aurais aimé t'accompagner. En fait, je *devrais* t'accompagner. Helen est mon amie, à moi aussi. Mais je peux pas. Ce genre de trahison, venant de moi, ça le tuerait.

Nous savions tous les deux de qui elle parlait.

– Je lui ferais jamais ça, conclut-elle.

– Je comprends, fis-je.

Puis, mu par je ne sais quoi, je glissai une main dans ma poche, en sortis le couteau en argent que Tom m'avait donné, et le tendis à Sharyn :

– Rends-lui ça. Dis-lui que, cette fois, je suis vraiment désolé.

– T'es sûr que t'en auras pas besoin ? me demanda Sharyn en prenant le couteau.

– Sûr, affirmai-je en songeant au second couteau, que j'avais sur moi.

La fille aux dreads me fixa droit dans les yeux :

– Alors, tu la délivres, rouquin, et tu fais bien gaffe à ce que vous rameniez vos deux misérables carcasses ici et en bon état.

– Je les ramène où, nos carcasses ? relevai-je. Vous aurez évacué le Refuge d'ici là. Comment fera-t-on pour vous retrouver ?

– T'inquiète pas pour ça, répliqua-t-elle en souriant de nouveau. On vous trouvera. Mais, une dernière chose avant que tu y ailles...

– Oui ?

Elle bondit sur moi si vite que je m'en rendis à peine compte. Une seconde, nous étions à plus d'un mètre l'un de l'autre, l'instant d'après, elle me serrait très fort dans ses bras. Son corps était chaud et musclé, très athlétique, et elle sentait le savon. Elle m'embrassa sur la joue.

– Souviens-toi de ce que tu as appris à l'entraînement, Fossoyeur ! murmura-t-elle.

Puis elle s'enfonça dans les ténèbres de l'allée. Je restai là, immobile, un picotement à la joue et le visage en feu.

– C'est promis, dis-je à personne en particulier.

Armé d'un sac à dos, d'un sabre et d'un Méga-Blaster, je m'avançai dans la rue, prêt à en découdre avec tout ce que cette journée aurait encore envie de lancer sur moi.

Après tout, j'étais un Fossoyeur.

42

EFFRACTION

Juste après dix-huit heures, alors que la nuit était sur le point de tomber sur le quartier de Roxborough, au nord-ouest de Philadelphie, je m'accroupis dans un buisson. En face de moi, de l'autre côté de la rue, se trouvait ce qui était sans aucun doute possible la maison la plus imposante de cette partie de la ville.

C'était là que vivait Kenny Booth, présentateur télé vedette, candidat à la mairie, Macchab. Et, quelque part à l'intérieur de cette maison, se trouvait sa captive : Helen.

Sans surprise, la demeure était gardée. En fait, à cet instant-là, j'avais les vigiles sous les yeux. Je les espionnais grâce au super télescope miniature intégré à mon nouveau couteau de poche. Habillées aussi tristement que des banquiers, ces sentinelles à la mine sévère patrouillaient aux abords immaculés de la demeure. Pour autant que je puisse voir, ils n'étaient pas armés – comme c'étaient des Cadavres, ils n'auraient de toute façon pas fait usage d'armes à feu.

Je décidai cependant de procéder avec la plus grande discrétion.

Le trajet qui m'avait amené jusque-là avait été aussi dur que de regarder les cadeaux en bas du sapin une veille de Noël. Le bus avait remonté Ridge Avenue, passant devant mon collège. Le pincement au cœur que j'avais ressenti en le voyant m'avait surpris. Pas plus tard que le mois précédent, je détestais cet endroit. Et voilà qu'il me manquait.

Pire encore : ma maison n'était qu'à quelques centaines de mètres. J'aurais pu appuyer sur le bouton d'arrêt du bus, et me retrouver chez moi en moins de dix minutes. Tout près de moi. Si près que je pouvais presque sentir la présence de ma mère.

Mais j'étais resté dans le bus.

Je chassai une nouvelle fois ces pensées. Il me fallait me concentrer sur ce qui m'attendait, là, maintenant. Sur Helen. Sur Booth. Sur la meilleure façon de m'introduire dans cette maison.

Il y avait sans doute un système d'alarme. Peut-être même des détecteurs de mouvements. Voire des caméras. Sans plan établi, je n'aurais pas fait trois mètres avant d'être repéré.

Heureusement, j'en avais un, de plan...

Toujours dissimulé dans les fourrés, je pris mon couteau de poche, observant pendant quelques secondes les reflets de la lumière des lampadaires sur la lame. « Fais-en bon usage », m'avait dit la femme dorée. C'était bien mon intention.

Je déglutis, puis pressai le bouton numéro 8. Je m'attendais à ressentir un choc, une décharge, quelque chose. Rien. En revanche, les lampadaires et toutes les lumières du voisinage s'évanouirent. Même les voitures qui circulaient dans la rue étroite se firent soudain silencieuses, et s'arrêtèrent, les phrases éteints, leurs conducteurs inquiets et désorientés par ce qui venait de se passer.

« IEM », songeai-je, émerveillé.

Je fis une nouvelle fois jaillir le télescope et scrutai les alentours de la maison de Booth. À mon grand étonnement, j'y voyais avec netteté, même si tout baignait dans une lueur verdâtre.

« Cet engin permet de voir dans le noir ! C'est génial ! »

Encore mieux : désormais, il n'y avait plus la moindre trace des gardes. Peut-être avaient-ils été rappelés à l'intérieur lorsque les plombs avaient sauté. En tout cas, c'était l'occasion que j'attendais...

Je glissai le couteau au fond de ma poche, j'émergeai d'entre les fourrés et je traversai la rue, Vador sanglé en travers de mon dos, le Méga-Blaster dans mes mains.

Je restai penché en avant et ne quittai le couvert des ombres à aucun moment. Je mentirais si je disais que je n'avais pas la trouille, mais c'était une peur que j'étais capable de maîtriser… et peut-être même de faire jouer à mon avantage. J'allais à la bataille, et la peur m'aiderait à rester alerte.

J'empoignai prudemment le portail. Pas de sirène. Je tirai fortement, mais il ne bougea pas. Je vis alors qu'une grosse chaîne noire était passée entre les barreaux, maintenue en place par un épais cadenas.

Je posai le Méga-Blaster sur mes épaules et sortis mon couteau de poche. Je pouvais me servir du crochet – à la base Alpha, on s'était entraînés à forcer ainsi des serrures –, mais j'eus une autre idée. J'appuyai sur le bouton 3, et la lame se déplia. « Il n'y a pas grand-chose qui résisterait à cette lame », avait dit Tom. Me sentant quelque peu stupide, je fis courir la lame sur l'acier du cadenas. À vrai dire, je ne pensais pas que cela eût quelque effet, excepté peut-être d'émousser un peu mon arme. Pourtant, la lame mordit profondément l'acier.

– Waouh !

Je me servis du couteau comme d'une scie, et il ne me fallut que cinq allers-retours pour que le verrou cède.

– Cool, marmonnai-je en ôtant la chaîne.

J'ouvris doucement le portail, me glissai à l'intérieur de la propriété, et jetai la chaîne et le verrou dans un buisson tout proche.

Une trentaine de mètres me séparaient de la maison. Grâce à l'IEM, toutes les fenêtres étaient plongées dans l'obscurité. Avec de la chance, il faudrait un peu de temps à Booth pour trouver des plombs qui avaient fondu et les remplacer. À présent, la lumière était mon ennemie.

Je scrutai le terrain une dernière fois à l'aide du télescope. Rien. Satisfait, je m'approchai du bâtiment, restant toujours caché et évitant l'allée.

Pur entraînement de Fossoyeur.

L'entrée principale serait évidemment gardée. Mais, par bonheur, j'en repérai une seconde, dans le mur nord. Je m'élançai dans cette direction, me servant des arbres pour me dissimuler. Là, je m'immobilisai, tendant l'oreille, à l'affût du bruit le plus infime. Rien, sauf le grondement sourd et lointain de la circulation, au-delà de la portée de l'IEM.

Je tournai la poignée, à tout hasard...

Fermée à clé.

Je me recroquevillai, glissai le crochet de mon couteau dans le trou de la serrure, et pressai le bouton numéro 1. Il y eut un léger bruit, une sorte de ronron.

Dix secondes plus tard, la porte était déverrouillée.

J'ouvris avec d'infinies précautions et me faufilai dans une vaste cuisine plongée dans les ténèbres et – coup de chance ! – déserte. Il y avait toute une série de plans de travail derrière lesquels il était facile de se planquer. Je passai de l'un à l'autre, m'approchant d'un passage voûté qui donnait sur une grande salle à manger.

Le sol de celle-ci était recouvert d'une épaisse moquette. Je traversai cette seconde pièce en silence, prenant soin d'éviter chaises et autres meubles. À l'extrémité opposée se trouvait un second passage voûté, plus large encore, qui donnait sur le hall d'entrée de la maison.

J'étais plongé dans le noir. Je m'arrêtai devant le seuil et tendis l'oreille. Des voix me parvenaient, lointaines. En Morlangue.

– *Plombs. Fondus.*

– *Comment ? Pourquoi ?*

– *Ignore. Enquête.*

– *Intrus ?*

– *Ignore. Alarme. Panne.*

– *Fille ?*

– *Sous-sol.*

– *Un. Garde. Non. Deux. Gardes. Prudence.*

– *Compris.*

Donc, Helen était au sous-sol, et apparemment vivante. Je m'efforçai de contenir le soulagement qui menaçait de me submerger. Je ne l'avais pas encore retrouvée.

Des bruits de pas. Je me plaquai contre le mur à la seconde où la porte du hall s'ouvrait, et je m'accroupis.

Un Macchab surgit, un type 3 à en juger par son aspect. Il semblait furax, et je le vis s'enfoncer dans un couloir, sur sa droite.

Quelques secondes plus tard, Kenny Booth sortait à son tour. Il portait toujours le cadavre de Kyle. Je pestai intérieurement.

Booth donnait l'impression d'attendre quelque chose, ou d'être perdu dans ses pensées. Quoi qu'il en soit, il ne bougeait pas, et c'était un problème... Je restai figé, tapi dans l'ombre, mes jambes commençaient à ne plus vouloir me soutenir. Une minute s'écoula. Deux. Booth était immobile, vigilant, mais manifestement pas inquiet. Je m'efforçai de respirer le plus régulièrement possible. Inspirer, expirer, inspirer, expirer... en priant pour que les battements assourdissants de mon cœur ne trahissent pas ma présence.

Quelque part dans la maison, une voix inquiète s'éleva, toujours en Morlangue :

– *Venir. Cuisine. Immédiatement.*

Booth émit un grognement, puis il s'éloigna. À chacun de ses pas, un clapotis répugnant montait de ses chaussures de luxe. Je ne le quittai pas des yeux, jusqu'à ce qu'il ait disparu à l'autre bout du couloir. Puis je me redressai et étirai en silence mes muscles endoloris.

Où se trouvait la porte donnant sur le sous-sol ? Chez moi, elle était sous les escaliers. La demeure de Booth était nettement plus grande, évidemment, mais la disposition des lieux ne semblait pas si différente que cela. Le hall, la porte d'entrée, et le grand escalier qui menait à l'étage... Avec un peu de chance, la porte que je cherchais était cachée sous ces marches.

Mais d'abord...

Je traversai le hall, pour examiner la porte par laquelle Booth était entré. Elle n'était pas verrouillée. Je me glissai dans la pièce. Il s'agissait d'un petit salon, à la décoration assez chic. Il n'y avait qu'une seule autre porte dans la pièce, donnant sur ce qui était sûrement un placard. Tous les rideaux étaient tirés, et seul un mince rayon de lune filtrait, baignant de lumière le dessus d'un bureau en chêne massif et, derrière celui-ci, un fauteuil en cuir si spacieux qu'un Père Noël de supermarché y aurait logé sans peine.

J'entrepris de fouiller, sans aucune vergogne, ce qui était sans doute le bureau personnel du plus puissant et du plus intelligent Macchab de Philadelphie. Mais je ne faisais pas cela au hasard – oh, que non ! Je cherchais quelque chose en particulier, quelque chose qui devait être rangé là. C'était obligé !

Enfin, dans le deuxième tiroir à droite, je le trouvai.

Bingo ! Je souris de toutes mes dents.

43
SAUVETAGE

À peine en avais-je fini avec le tiroir de Booth que les lumières revinrent. D'un coup, la lampe du bureau m'aveugla. Je tendis vivement la main afin de presser l'interrupteur, mais ne réussis qu'à la renverser. Je proférai un juron, remis la lampe… mais il était trop tard. Des bruits de pas retentirent à l'extérieur, et quelqu'un s'exprima en Morlangue :

– *Bruit. Ici. Quelque. Chose.*

– *Ouvre.*

La seconde voix était celle de Booth.

Je traversai la pièce en toute hâte et me glissai dans le placard, me dissimulant entre les nombreux imperméables et autres manteaux alignés là. La porte s'ouvrit aussitôt. Des pas résonnèrent dans la petite pièce. Je sortis le Méga-Blaster de Sharyn. Je n'avais pas vraiment prévu de me frayer un chemin de cette manière, mais s'il n'y avait pas le choix...

La voix de Booth tonna :

– *Quoi ? Bruit ! Quoi ?*

– *Rien. Vide.*

– *Bruit ? Cause ?*

– *Inconnue.*

– *Cherche.*

Je m'armai de courage. Ce n'était pas la joie. Si j'arrosais ces deux-là, ils allaient faire un boucan qui ne manquerait pas d'attirer toute la maisonnée. Je fronçai les sourcils, réfléchissant à toute vitesse. Si seulement les lumières étaient encore éteintes !

« Et pourquoi ne s'éteindraient-elles pas de nouveau ? »

Je sortis mon couteau, fis une rapide prière et pressai le bouton numéro 8.

Les plombs sautèrent.

J'eus du mal à réprimer un cri de triomphe.

– *Lumières. Éteintes. Plombs. Changés.*

– *Pas. Réparé. Vérifie.*

– *Recherche ?*

– *Trop. Sombre. Après.*

– *Entendu.*

D'autres pas, mais, cette fois, sortant de la pièce.

J'attendis de ne plus rien entendre d'autre que les battements de mon cœur. Puis je me glissai hors du placard. La porte de la pièce était restée entrouverte.

Je jetai un coup d'œil furtif dans le hall, tendant l'oreille, à l'affût du moindre bruit. Rien.

Méga-Blaster paré à tirer, je me dirigeai vers la partie arrière de la demeure. Je contournai l'escalier, évitai deux petites tables d'appoint, et faillis trébucher sur un tapis oriental. J'espérais juste ne pas me tromper quant à l'emplacement de la porte menant au sous-sol.

Mais j'avais raison. Elle était sous l'escalier.

Je tournai doucement la poignée. La porte n'était pas fermée à clé. Aussi vite que je l'osai, j'ouvris et je fis un pas en avant, me retrouvant sur un palier, devant un escalier en bois qui s'enfonçait dans les ténèbres. Je descendis marche après marche. Les sons étaient assourdis, et lorsque j'atteignis le béton qui recouvrait le sol de l'étage inférieur, j'étais convaincu de n'avoir attiré l'attention de personne.

J'aperçus une faible lumière, un peu plus loin, et m'orientai grâce à elle. Le sous-sol était spacieux, ressemblant par certains aspects à un laboratoire rempli de matériel aussi étrange qu'effrayant. Amy avait dit qu'elle avait été traînée jusque-là ; c'était là que quelqu'un avait posé une sorte d'araignée sur son dos.

Je frissonnai malgré moi.

« Domine-toi. Sers-toi de ta peur ; ne la laisse pas prendre le dessus. »

Je m'efforçai de respirer calmement et avançai vers la source de lumière. Il s'agissait d'une lampe à pétrole, posée devant une porte métallique. De chaque côté de celle-ci se trouvait un Macchab. Tous deux de type 3. Ils montaient la garde, mais leur tâche ne les passionnait guère. Je les écoutai discuter, tout en m'approchant discrètement.

– *Pas. Aimer.*

– *D'accord.*

– *Pas. Besoin. Nous.*

– *D'accord.*

– *Travail. Stupide.*

– *Nous. Obéir.*

– *Oui.*

Il avait prononcé le mot à contrecœur. Aucun des deux n'avait envie d'être là, à rester dans le noir pour surveiller une porte de métal. C'était assez compréhensible. Alors, je me souvins que Booth avait évoqué deux hommes postés devant la pièce où se trouvait *la fille*.

Il était temps de relever ces deux clowns de leur garde.

M'avançant dans la lumière, je brandis le Méga-Blaster. J'essayai de trouver la phrase qui tue, le genre de réplique qu'on entend dans les films d'action – en vain.

Je me contentai donc d'appuyer sur la détente.

Le Méga-Blaster projeta la saumure avec la puissance et la vélocité d'un ballon de foot. Le premier Cadavre se prit le jet en plein dans la bouche et alla s'écraser sur le mur de béton, où il resta à s'agiter, pris de tremblements spasmodiques. Le second tendit ses doigts pourris vers moi. Je visai et l'arrosai entre les yeux. Il poussa un hurlement et recula, portant les mains à son visage.

Je lâchai le Méga-Blaster et dégainai Vador.

Je n'avais jamais tenu une épée, mais, étrangement, je me sentais parfaitement à l'aise. Je la saisis à deux mains, à la façon d'un samouraï, et, prenant une profonde inspiration, je bondis pour l'abattre sur le Macchab aveuglé. La lame parut chanter en fendant l'air. La tête du Cadavre se détacha du tronc.

– Ah, ben ça... ! m'entendis-je dire.

Ce qui ne m'empêcha pas de continuer.

Je pivotai sur mes talons et fis décrire un arc de cercle à Vador, sectionnant le tronc de l'autre Macchab, qui se trémoussait toujours contre le mur. Comme à l'accoutumée, pas la moindre goutte de sang ne coula. Le sang de celui-là avait disparu depuis longtemps. En revanche, il cessa de s'agiter. Puis son corps se scinda à hauteur de la taille. La partie supérieure tomba d'un côté, et la partie inférieure de l'autre. Une substance gluante s'écoula du corps sectionné et forma sur le sol une flaque grisâtre et visqueuse.

« Beurk ! Vraiment dégueu ! »

Leurs cris avaient cessé, mais ceux qu'ils avaient poussés avant avaient forcément donné l'alerte. Il fallait que j'agisse vite. La porte était bloquée par une imposante barre de métal posée en travers. Je remis ma lame dans le fourreau et entrepris de faire glisser la tige de métal en tirant dessus à deux mains. Il me fallut m'y reprendre à plusieurs fois avant d'y parvenir. Une fois dégagée de l'un des crochets, je relâchai la barre, qui bascula toute seule.

J'ouvris la porte et éclairai la pièce à l'aide de la lampe torche de mon couteau. Recroquevillée dans un coin, une frêle silhouette se tourna dans ma direction. Ses vêtements étaient en lambeaux, et ses bras nus couverts de contusions et d'égratignures.

– Helen ?

La jeune fille poussa un gémissement. Je fis un pas vers elle. Elle leva les bras vers moi, l'air terrifiée.

– Will ? Ce... c'est toi ?

Je plaçai la lampe sous mon menton, le faisceau orienté vers le haut.

– Oui, c'est bien moi, dis-je d'une voix bien trop chevrotante. Tu ne croyais tout de même pas que j'allais t'abandonner à ces Macchabées, hein ?

Helen se redressa maladroitement, ayant du mal à rester debout, les mains tendues vers moi, comme si elle craignait que je ne sois qu'une illusion, que ses doigts ne touchent pas mon corps mais simplement de la lumière et de la fumée.

– Will ? demanda-t-elle une nouvelle fois, d'un ton chargé de nervosité et d'espoir.

– C'est moi, répétai-je. Je te jure que c'est moi !

– Tu es... seul ?

– Il n'y a que moi, acquiesçai-je en faisant de mon mieux pour esquisser un sourire.

Quelque chose dans ma réponse sembla la convaincre, car elle jeta ses bras autour de moi et elle éclata en sanglots. Mal à l'aise, je la laissai m'enlacer ainsi pendant quelques précieuses secondes. Puis je m'arrachai à son étreinte, doucement mais fermement :

– Viens. On n'a pas beaucoup de temps.

On dépassa les quatre morceaux de Cadavres qui avaient été les gardes. Tenant Helen par la main, je me dirigeai droit vers les escaliers, me servant de la lampe pour me guider. Nous étions à mi-chemin lorsque le courant revint.

– Hé, merde ! lâchai-je.

La main d'Helen serra la mienne un peu plus fort.

– Ça va aller, lui-dis-je, sans me retourner. Mon arme est encore bien remplie. Je suis convaincu qu'on va...

Un bras mince se posa sur mon cou. Avant que je puisse dire un mot, une main gracile se resserra sur ma gorge, m'empêchant de respirer et de parler.

– Oui, je suis sûre qu'on aurait pu..., susurra à mon oreille une voix douloureusement familière.

Je luttai de toutes mes forces, mais la prise d'Helen était implacable. Je songeai à me servir de mon Taser, puis chassai cette idée, me souvenant de cette première leçon qui m'avait tant coûté à la base Alpha : ne jamais se servir du Taser contre quelqu'un avec lequel on est en contact physique. Je donnai un coup de coude en arrière, qui s'enfonça dans les côtes de la jeune fille. Elle poussa un grognement douloureux, et son étreinte se relâcha. Je la saisis par le coude, tordis la tête, et poussai vers le haut… Encore une manœuvre apprise à l'entraînement. Je me libérai ainsi de l'étreinte d'Helen et me tournai vivement pour me trouver face à elle.

– Mais qu'est-ce que tu fiches ?

Elle ne répondit pas. Elle tenta juste de me frapper au visage avec un coup de poing asséné à la vitesse de l'éclair. Je réussis à bloquer cet assaut de justesse, puis un autre et encore un autre, sans cesser de reculer. Le couteau m'échappa des mains, et les attaques d'Helen me contraignirent à rester sur la défensive. Alors qu'on approchait de l'escalier, elle se ramassa sur elle-même, tendit brusquement une jambe et pivota. Son coup de balayette heurta mes genoux, me faisant basculer. Je heurtai lourdement le sol et me laissai rouler, mettant une nouvelle fois à profit mon entraînement à la base Alpha. Je me redressai et me jetai sur le côté, juste à temps pour éviter un nouvel assaut.

Je laissai le poing d'Helen effleurer mon visage, passai une jambe derrière son genou, et la poussai violemment. À son tour, elle tomba sur le sol. Je me jetai sur mon couteau de poche. Je l'avais presque en main lorsque Helen me saisit par la cheville. Elle s'installa à califourchon sur moi et entreprit de m'abreuver de jurons en me tirant les cheveux. Je tentai de me concentrer entièrement sur mon couteau. Il n'était plus qu'à trente centimètres. Vingt. Dix. Une petite main s'interposa et le saisit avant moi.

– C'est ça que tu cherches ? demanda Helen.

Elle bondit de mon dos. Devinant ce qui allait se passer, j'essayai de m'éloigner. Trop tard. Une décharge électrique irradia dans tout mon corps. Je tressaillis et me retournai sur le ventre, comme un poisson échoué à terre. Au même moment, des bruits de pas retentirent. Quelqu'un descendait les marches.

– Tout va bien, dit Helen. Il est à ma merci.

– C'est bien, ma jolie, répondit Kenny Booth.

44

CONFRONTATION

– Je vous avais prévenu que ce n'était pas fini, n'est-ce pas, monsieur Ritter ?

J'étais allongé sur le sol, paralysé, première victime du Taser de mon couteau de poche. Réduit à l'impuissance, je ne pus que regarder Kenny Booth s'agenouiller au-dessus de moi, puis retirer le sabre et le sac à dos de mes épaules. Il lui fallut me tordre le bras pour arriver à ses fins, ce qui ne le dérangea en rien. J'avais mal, mais je ne pouvais même pas pousser un cri.

Il se redressa et, sans plus de cérémonie, renversa le contenu du sac par terre, pour en faire un rapide inventaire :

– Deux pistolets à eau, un ridicule fusil de la même veine, et évidemment, le fameux sabre de Sharyn Jefferson. Paré pour la guerre, à ce que je vois !

Il jeta un regard dédaigneux vers les deux Macchabs que j'avais charcutés. Poussant un soupir dégoûté, il traversa la pièce et ouvrit une porte qui donnait sur un placard si encastré dans le mur que je ne l'avais pas remarqué avant.

De là, il sortit deux grands sacs noirs dotés d'une fermeture éclair. J'avais vu assez de films policiers pour savoir de quoi il s'agissait, et ce qui se trouvait à l'intérieur de ces sacs. Booth en posa un sur chacune des épaules pourtant malingres de Kyle, et revint, ainsi chargé, avant de laisser tomber ses fardeaux devant moi. Mon estomac fit un tour sur lui-même. Combien en avait-il en réserve dans sa cachette murale ?

– Eh bien ? demanda Booth. Qu'est-ce que vous attendez, tous les deux ?

Les portions de cadavres cessèrent de se trémousser spasmodiquement, et les corps intacts dans les sacs plastique ouvrirent brusquement les yeux.

– Un enfant ! les rabroua Booth tandis qu'ils se mettaient debout. Vous avez été battus par un enfant humain !

– *Désolé. Chef*, dit l'un d'eux en Morlangue.

Les deux Macchabs avaient l'air somnolents.

– *Enfant. Table*, ordonna Booth dans la même langue. *Immédiatement.*

Les Cadavres se libérèrent de leurs sacs. Tous deux étaient nus, ce qui ne semblait pas les gêner, mais ce qui n'arrangea pas la situation de mon estomac. Sans ajouter un mot, ils me saisirent par les bras et les jambes, et me déposèrent sur une étrange table en métal. Le visage plaqué contre l'acier froid, je les sentis poser mes bras sur deux rallonges latérales. Quand je fus étendu en croix sur le ventre, Booth leur ordonna de passer des sangles autour de mes poignets et de mes chevilles.

Durant tout le temps que durèrent ces préparatifs, Helen ne cessa de regarder Booth avec des yeux dégoulinant d'admiration.

« Quel crétin je suis ! J'aurais dû m'en douter ! »

La peur menaça de me submerger comme une montée de bile. Je luttai pour la réfréner. Les leçons de Sharyn me revinrent en mémoire. « Garde la tête froide, quoi qu'il advienne. Ça ne sert jamais à rien de pleurer. Pas plus d'implorer. Quand tu es en mauvaise posture, ne cesse jamais de chercher une façon de t'en tirer. »

– Vous tombez à pic, monsieur Ritter ! ronronna Booth. En ce moment même, vingt de mes hommes se préparent à lancer l'assaut sur votre petit entrepôt de Green Street. Voyez-vous, la belle Helen ici présente s'est montrée fort aimable en nous fournissant toutes les informations dont nous avions besoin. N'est-ce pas, ma chère ?

– Tout à fait, monsieur Booth, répondit immédiatement Helen.

– J'avais l'intention de donner pour instruction à mes collaborateurs de veiller à ne pas assassiner n'importe qui. Car je ne pouvais pas prendre le risque qu'ils vous tuent au cours de l'opération, comprenez-vous ? Pas après que vous m'avez glissé entre les doigts, non pas une fois mais deux !

Je l'entendis s'approcher, et sa voix devint un murmure rauque :

– Mais, étant donné que vous avez décidé de m'accorder une petite visite de courtoisie, mes sbires déchiquetteront les Fossoyeurs terrés dans le Refuge, du premier jusqu'au dernier, puis ils mettront le feu à votre quartier général !

Je me débattis machinalement, essayant de le frapper. Je ne parvins qu'à remuer faiblement les bras et les jambes. Le cri horrifié que je voulais pousser sortit sous la forme d'un vague gargouillis étranglé.

– Ne vous inquiétez pas, roucoula Booth. Vous serez de nouveau d'aplomb d'un instant à l'autre. Et, lorsque ce sera le cas, j'aurai quelques questions à vous poser.

Les trois Macchabs et la jeune humaine attendirent patiemment que les effets paralysants du Taser commencent à se dissiper. Au bout d'interminables minutes, je pus de nouveau remuer mes membres, et ma langue ne me fit plus l'effet d'une grosse boule de coton fourrée dans ma bouche.

– Il m'a l'air d'avoir bien récupéré, observa Helen.

– Heureux de l'entendre, se réjouit Booth en contournant la table, ce qui me força à tourner la tête pour le suivre du regard. Je dois avouer que vous m'impressionnez, jeune homme. Arriver aussi loin... tout seul !

– Qui a dit que j'étais seul ? bluffai-je. Il y a une dizaine de Fossoyeurs embusqués à l'extérieur et prêts à passer à l'assaut !

– Vraiment ? ironisa Booth, visiblement amusé. J'en doute fort. Quoi que vous ayez fait pour provoquer la coupure de courant, cela a été réparé. Nos mesures de sécurité sont donc de nouveau opérationnelles. Si d'aventure quelqu'un d'autre mettait le pied dans ma propriété, je le saurais. Voilà pourquoi il est tout à fait opportun que vous et moi ayons notre petite discussion...

– Je ne vous dirai rien ! m'exclamai-je, tout en regrettant que ma voix soit si altérée par la terreur.

– Votre petite amie prétendait exactement la même chose. Mais nous l'avons convaincue de certaines... évidences.

– C'est tout à fait juste, confirma Helen.

Je la dévisageai. Elle soutint mon regard sans ciller. Elle ne donnait pas l'impression d'avoir subi un lavage de cerveau, mais bon... Amy non plus.

– Qu'est-ce qu'ils t'ont fait subir ?

– Il n'y a rien eu d'autre que ce que M. Booth vient de te raconter, répondit-elle d'un ton égal. Ils m'ont fait voir la vérité.

– La vérité ? m'écriai-je. Mais ce sont des monstres !

– Non, des sauveurs.

– Elle a raison, monsieur Ritter, intervint Booth, passant l'un des bras pourrissants de Kyle autour des minces épaules d'Helen. Nous ne sommes pas les bêtes féroces que votre chef, Tom Jefferson, aime à vous décrire.

– Va raconter ça à Tara et à Kyle ! crachai-je.

– Ils n'ont eu que ce qu'ils méritaient, dit Helen. Ils n'auraient pas dû s'interposer.

– Astucieuse jeune fille ! commenta Booth avec un sourire pervers.

Soudain, son sourire disparut, et il fit un pas vers moi, agitant le couteau doré sous mon nez :

– Commençons sans plus attendre, voulez-vous ? Première question : où avez-vous obtenu ceci ?

– C'est Tom qui me l'a donné, mentis-je.

– Faux, intervint Helen. Tom t'a donné son couteau, qui était en argent et que ton père lui avait offert il y a deux ans. Celui-ci est en or, et c'est la première fois que je le vois.

Booth se pencha. Il exhalait une odeur absolument épouvantable, qu'il avait en vain essayé de masquer avec du parfum. Pourquoi avait-il pris cette peine ? À l'exception des Clairvoyants, personne ne pouvait sentir sa puanteur. Mais, évidemment, je connaissais la réponse...

L'arrogance. Ce type aimait nous considérer de haut, nous autres humains, mais il aimait encore plus s'imaginer qu'il était l'un des nôtres.

– Je repose donc ma question, monsieur Ritter : où avez-vous obtenu ceci ?

– Je ne dirai rien ! lâchai-je dans ce qui était à moitié un cri, à moitié un sanglot.

Le Cadavre approcha lentement ses lèvres noircies et retroussées de mon oreille :

– Oh, que si, monsieur Ritter ! Bien vite, vous me raconterez tout ce que j'ai envie de savoir, et vous le ferez avec joie. De votre propre chef. Et même avec un certain empressement. Parce que nous allons très rapidement devenir amis.

Il se raidit, se tourna vers Helen, et poursuivit à l'adresse de cette dernière :

– Ma chère, permettez-moi tout d'abord de vous remercier d'avoir pris part à notre petit traquenard. Vous vous en êtes admirablement bien sortie !

– Traquenard ? dis-je. Vous saviez que j'arrivais ?

Booth me jeta un rapide coup d'œil :

– À la seconde où les lumières se sont éteintes, j'ai supputé qu'une maladroite tentative de sauvetage était en cours. J'ai donc demandé à Helen d'enfiler ces vieux vêtements déchirés et de jeter un peu de poussière dans ses cheveux. Puis je lui ai dit de rejoindre la cellule du sous-sol et j'ai posté deux sentinelles à sa porte.

Elle avait pour instruction de feindre le soulagement au moment de sa libération, puis, à l'instant opportun, de se retourner contre son ou ses libérateurs. Pas une seconde je n'ai songé que vous seriez ce chevalier blanc, évidemment ! Ce ne fut qu'une belle et heureuse surprise. Ma chère, pourquoi ne retourneriez-vous donc pas à l'étage pour vous nettoyer ? suggéra-t-il à Helen.

– D'accord, fit cette dernière.

– Mais, je vous en prie, faites au plus vite, ma chère. J'ai besoin de vous ici dès que possible.

– Pas de souci, accepta Helen.

Elle me décocha un dernier coup d'œil et disparut en haut des marches. Booth la regarda s'éloigner, un mince sourire aux lèvres.

– Qu'est-ce que vous lui avez fait ? demandai-je.

Il se retourna pour me faire face :

– Dans ma langue, on appelle cela « Pellikoa », c'est-à-dire « retourner l'esprit ».

– Vous lui avez fait un lavage de cerveau !

– Quelle appellation ridicule ! Non, monsieur Ritter. Nous avons simplement aidé votre amie à réajuster son attitude. Vous seriez grandement surpris de constater combien de différences comportementales peuvent être obtenues rien qu'en altérant la chimie du cerveau d'un individu. Mais, voyons, pourquoi ne pas vous faire une démonstration, tout simplement ?

Le Cadavre s'avança vers une armoire. Sortant une clé de sa poche, il en ouvrit la porte et en sortit ce qui ressemblait à un grand tube cylindrique, de près de cinquante centimètres de diamètre. Sourire aux lèvres, il s'approcha de la table sur laquelle j'étais allongé et déposa l'objet sur un petit chariot.

Il ouvrit le couvercle. Le bruissement qui s'en échappa était si étrange qu'un frisson descendit le long de ma colonne vertébrale. Booth inclina le récipient, de sorte que la lumière du plafonnier vint en illuminer le contenu.

Je poussai un hoquet de surprise.

C'étaient des araignées. Un tas répugnant, grouillant, informe d'araignées. Il y en avait des centaines, s'escaladant les unes les autres, se glissant au-dessus ou au-dessous de leurs congénères. Sauf que, comme l'avait dit Amy, il ne s'agissait pas véritablement d'araignées. Les créatures étaient munies de dix pattes, de cinq yeux jaunes, et d'une sorte de dard effilé d'environ deux centimètres de long, saillant de l'endroit où aurait dû se trouver leur nez. Un peu comme des moustiques, en fait, en bien plus gros.

– Il s'agit de Pelligogs, monsieur Ritter. L'une des rares espèces à même de survivre au voyage entre nos deux mondes. Ils sont très difficiles à apprivoiser, très agressifs, mais aussi remarquablement utiles. Voyez-vous, les Pelligogs ont une conscience collective. Tous les membres d'un même nid sont dotés d'un unique esprit. Ce qui leur confère une capacité hors du commun.

» En deux mots, un Pelligog se creuse un chemin à travers l'épine dorsale de sa victime, dans laquelle il inocule certains éléments chimiques qui vont affecter le système nerveux central de ladite victime. Une fois cette opération menée à terme, l'hôte du Pelligog devient particulièrement... coopératif. Il conserve sa force de volonté et son intelligence, mais sa loyauté bascule d'un coup, pour se mettre au service de celui qui commande au nid... En l'occurrence, moi.

Je regardai fixement les araignées – ou Pelligogs, peu importait leur nom –, et ce qui me restait de courage et de détermination se mit à s'effriter. Le simple fait de m'imaginer l'une de ces choses à l'intérieur de mon corps – car c'était assurément ce que Booth avait en tête – me terrifiait plus que tout ce que j'avais enduré jusqu'à présent.

Une peur glacée me saisit aux tripes. Lâchant un unique gémissement désespéré, je me mis à lutter vainement contre les liens qui maintenaient mes poignets et mes chevilles entravés. Les mâchoires crispées, je ne quittais pas des yeux la masse de parasites, aussi grosse qu'un ballon de foot, qui grouillait à l'intérieur de ce cylindre métallique.

Soudain, tout ce qui s'était passé depuis le moment où j'étais sorti de chez moi et avais aperçu Pratt mort, tout ce qui m'avait conduit jusqu'à cet instant terrifiant, tout cela me heurta avec l'impact d'un coup de massue.

« Je n'ai que douze ans ! Je ne devrais pas être en train de vivre ça ! Je devrais être chez moi, à regarder la télévision, à aller au collège et à jouer avec mes amis ! Les seules choses dont je devrais avoir peur, ce sont mes devoirs et les interros de maths, et de savoir si telle ou telle fille m'aime bien, ou pas ! Je ne suis pas un soldat ! Je suis un garçon ! Un petit garçon ! »

J'essayai de trouver les mots pour exprimer toutes ces idées qui m'envahissaient, mais je ne parvins qu'à laisser échapper un pitoyable cri à demi étranglé :

– Je vous en prie...

Booth se pencha tout près de moi :

– Que dites-vous, monsieur Ritter ? Je n'ai pas très bien entendu.

– Je vous en prie, répétai-je, frissonnant de chaque fibre de mon être.

Le Macchab s'approcha un peu plus :

– Tu veux retrouver ta maman, William ? Tu aimerais courir jusqu'à elle et te jeter dans ses bras, sans avoir rien à craindre ? Tu as envie de rentrer chez toi, c'est ça ?

« Oui, oui ! Je veux rentrer chez moi ! Papa ! Tu m'as menti ! Tu m'avais dit que les monstres n'existaient pas ! Mais si, ils existent ! Ils existent pour de vrai ! »

Et, une nouvelle fois, je murmurai d'une voix rauque :

– Je vous en prie... Pas ça...

Évidemment, ça n'allait servir à rien ; il allait le faire.

Je le savais.

45

LE DEUXIÈME SUBTERFUGE

Booth gloussa. Puis, se redressant, il remit le couvercle en place. Je faillis m'évanouir de soulagement.

– Même s'ils sont d'un secours inestimable, dit-il, les Pelligogs ont leurs limites. Comme un nid entier ne comporte qu'un seul cerveau, il faut un nid entier pour modifier l'attitude d'une seule victime. Par conséquent, on ne peut contrôler qu'une seule personne à la fois. C'est un obstacle gênant.

» Vous comprenez donc, monsieur Ritter, qu'il m'est impossible de vous infecter tant que votre amie reste sous ma coupe. Par bonheur, elle ne m'est plus d'aucune utilité, désormais. Alors, lorsqu'elle redescendra, je supprimerai l'effet du Pellikoa qui l'habite, ainsi je libérerai l'esprit de la jeune fille. Je déposerai ensuite le nid de ces créatures sur votre dos, et deviendrai par conséquent votre maître à penser. Enfin, une fois votre loyauté acquise, vous me verrez briser la nuque d'Helen. Ce plan vous plaît-il ?

Transi d'horreur, je dus lutter pour m'empêcher de l'implorer encore plus, et toujours aussi inutilement. Quelque part en moi, je sentis que quelque chose changeait, comme si les fanfaronnades de Booth avaient transformé un peu de ma terreur en rage.

Il me restait un dernier tour dans mon sac, un élément que Helen n'avait pas pu dévoiler aux Macchabs, pour la simple raison qu'elle n'était pas au courant.

C'était un pari risqué, certes, mais c'était mieux que rien. Si je parvenais à garder mon sang-froid...

– Avant tout cela, reprit Booth, il y a un petit détail dont j'aimerais vous faire part. Puisque vous avez assisté à notre rassemblement hier soir, je n'ai pas besoin de vous révéler l'identité de l'assassin de votre père.

– Non, dis-je. Ce n'est pas la peine.

– Aimeriez-vous connaître la façon dont je m'y suis pris ?

Je déglutis, mais ne répondis pas.

Le Cadavre gloussa :

– J'ai attiré l'inspecteur Ritter dans un piège, cette nuit-là. Il est arrivé dans un bâtiment délabré, s'attendant à rencontrer un informateur qui lui ferait des révélations à notre sujet... et en particulier, qui lui apprendrait notre véritable but. Au lieu de cela, il est tombé sur moi. Je l'ai poignardé avec un couteau de cuisine et l'ai laissé se vider de son sang. En temps normal, nous n'aimons pas nous servir d'armes. Dans notre culture, ces moyens externes sont très mal considérés – on estime qu'ils sont lâches. J'aurais préféré mettre un terme à la vie de votre père à mains nues. Malheureusement, il était impératif que son trépas prenne toutes les apparences d'une vulgaire rixe. Il aurait été moins – comment dirais-je ? – *propre*, de l'étrangler ou de le battre à mort.

J'écoutais ce sac à vers ambulant parler de façon détachée du meurtre de mon père, et ma rage se raffermit un peu plus.

« Continue de causer, tas d'asticots, parce que chaque mot qui sort de ta bouche me rend un peu plus fou... et un peu moins apeuré. »

– Quel est votre véritable objectif, alors ? demandai-je. Et je ne veux pas entendre ces idioties sur l'aide que votre espèce va fournir à l'humanité ; ça ne prend pas avec moi.

Booth éclata de rire :

– Nous sommes *vraiment* venus vous aider ! Mettre un terme aux guerres, aux maladies et à la pauvreté... de la façon la plus radicale !

Il se pencha si près de moi que je faillis étouffer ; sa puanteur était insupportable.

– Nous sommes les Malums, monsieur Ritter, murmura-t-il en agitant sa langue purulente. Nous sommes des destructeurs de mondes. Depuis des ères innombrables, mon peuple parcourt l'éther entre les univers, à la recherche d'endroits où la vie prolifère. Et lorsque nous trouvons un tel lieu, nous nous y infiltrons, nous l'envahissons, puis nous le consumons, ne laissant que le vide derrière nous.

– Pourquoi ? l'interrogeai-je dans un hoquet.

Ses lèvres exsangues se retroussèrent en un rictus :

– Parce que la vie est précieuse, monsieur Ritter, et que nous autres Malums la réservons à nous-mêmes, et à personne d'autre. À nos yeux, toutes les autres formes de vie sont une abomination. Lorsque nous sommes arrivés dans ce monde – le vôtre –, nous y avons découvert une vie plus abondante et plus diversifiée que n'importe où ailleurs. Tant d'êtres humains… tant de tourments, de conflits. La fin de votre culture et la disparition totale de votre espèce seront notre plus grand triomphe !

Je levai les yeux et le dévisageai, entre dégoût et horreur. Le Macchab – le Malum – soutint mon regard, et pour la première fois, je décelai quelque chose d'intemporel en lui, comme si ce qui habitait le cadavre de Kyle existait depuis longtemps, dans des mondes inconnus et sous des appellations multiples.

Oui, il était très ancien. Mais il était aussi trop sûr de lui, totalement convaincu de sa supériorité et que sa destinée l'amènerait tout naturellement à la victoire.

Des bruits de pas légers retentirent ; Helen descendait les marches. Quelques secondes plus tard, elle refaisait son apparition, vêtue d'un jean et d'un tee-shirt bleu propres. Elle s'était rapidement recoiffée, chassant la poussière de ses cheveux.

– Ah, ma chère, vous revoilà enfin ! l'accueillit joyeusement Booth. Et toujours aussi ravissante. Vous vous sentez mieux ?

– Oui, monsieur Booth, répondit-elle. Merci.

– Mais de rien ! Pendant que vous vous faisiez une beauté, nous avons eu une petite discussion, William et moi. Helen, ma chère, je crains fort de devoir vous administrer une petite piqûre. Pour tout vous dire, vous risquez de ressentir une légère douleur, mais je suis sûr que vous êtes à même d'endurer cela.

– Tout à fait, confirma-t-elle en redressant le menton.

– Je le savais.

Booth adressa un signe à l'un de ses comparses :

– Peux-tu m'apporter le sérum anti-Pelligogs ?

– *Affirmatif*, répondit le cadavre nu en Morlangue.

Il alla chercher une énorme seringue dans un meuble de rangement et la tendit à Booth.

– Il s'agit d'une préparation à base de Pelligogs broyés, expliqua celui-ci. Lorsqu'on l'injecte dans le corps qui abrite le parasite, ce dernier meurt, libérant l'hôte de l'influence du nid. La composition chimique du cerveau est immédiatement restaurée à son état antérieur, et – le plus important en ce qui nous concerne – le nid se trouve de nouveau libre de prendre le contrôle d'un autre cerveau... Bref, Helen, ma chère, voulez-vous bien vous tourner, je vous prie ?

Elle n'en avait pas l'air très heureuse, mais elle s'exécuta. Impuissant, j'observai Booth tandis qu'il posait une main visqueuse, grouillante d'asticots, sur l'épaule d'Helen. Il enfonça sans ménagement la pointe de la seringue à la base de son cou. Elle poussa un hurlement.

– Laisse-la ! criai-je, tirant en vain sur mes liens.

Le Cadavre m'ignora. Il retira la seringue désormais vide du corps de la jeune fille, puis se retourna vers moi. Helen avait le visage tordu par la douleur. Elle frissonnait de tous ses membres. Je me sentais terriblement mal de rester là, à la regarder, seulement je ne pouvais rien faire. De plus, Booth était censé l'avoir libérée de l'influence des bestioles, et cela allait peut-être nous donner une chance, aussi infime soit-elle, de nous échapper avant que le sort qu'elle avait subi s'abatte sur moi.

Les traits d'Helen se détendirent peu à peu. Une expression hébétée traversa son visage, puis il y eut une terrifiante prise de conscience. Elle poussa un nouveau hurlement, trahissant cette fois-ci son angoisse. Elle tomba à genoux et enfouit son visage dans ses mains.

– Oh, Will ! gémit-elle. Je suis désolée ! Je suis tellement désolée !

– Tout va bien, dis-je, même si elle ne m'entendait pas.

Des sanglots déchirants, débordants de culpabilité, jaillissaient de sa gorge, noyant toutes mes paroles.

– Ce n'était pas ta faute ! Ils t'ont forcée ! m'écriai-je par-dessus ses pleurs.

– Non, hoqueta-t-elle en baissant les mains. Je *savais* que je te trahissais ! Je *voulais* le faire ! J'étais assise dans cette pièce et j'attendais impatiemment le moment de te piéger !

– C'est parce que les araignées te contrôlaient ! insistai-je. C'est l'effet qu'elles produisent !

– Ça suffit !

C'était Booth. L'un de ses sbires saisit Helen par les cheveux et la força à se lever. Puis il la prit par le bras et, de sa poigne d'acier, la maintint immobile. Booth eut un sourire pervers :

– À votre tour, monsieur Ritter. Quels bons amis nous allons être !

Il rouvrit le cylindre contenant les Pelligogs. Le bruit émis par cette boule compacte et mouvante de créatures si semblables à des insectes manqua de me faire flancher. Booth tendit la main, saisit l'une des monstruosités à dix pattes et au nez en pointe, et je faillis en perdre la raison.

« Sers-toi de ta peur ! »

– Ôte-lui sa veste et sa chemise ! ordonna Booth à l'autre Cadavre.

Au prix d'un terrible effort, je me concentrai sur le visage strié de larmes de mon amie. Aucun enfant de notre âge ne devrait vivre ce genre de moment. Aucun.

– Helen, murmurai-je, essayant de parler d'une voix calme.

Elle cligna des yeux et les braqua sur moi.

– Souviens-toi : ne teste rien... sauf si tu as vu trois autres personnes au moins essayer avant toi.

Elle me fixa sans comprendre. Je sentis qu'on relevait ma veste et ma chemise, mettant à nu la peau couverte de taches de rousseur de mon dos.

– *Trois* fois ! répétai-je.

Son grand regard noisette s'illumina, et un léger sourire vint incurver ses lèvres.

– Oui, je me souviens.

– Cessez donc vos babillages, monsieur Ritter ! gronda Booth. Et ne résistez pas. Vous ne réussiriez qu'à avoir un peu plus mal.

– *Boîte. Sur. Dos*, déclara soudain son sbire.

– Boîte ? Quelle boîte ? répondit machinalement Booth. Et qu'est-ce qui est fixé à son...

Je serrai les dents et fermai les poings avec autant de force que possible.

Le réservoir rectangulaire que j'avais fixé au bas de mon dos, le prototype de Steve, explosa sur-le-champ, arrosant de saumure les visages penchés des Macchabs. Booth gémit et tituba en arrière. Le cylindre fut projeté et alla s'écraser sur le mur de béton. Le sbire de Booth porta les mains à sa face avant de s'écrouler en une masse informe qui se trémoussa spasmodiquement sur le sol.

Au même instant, Helen baissa la tête, puis la redressa violemment, donnant un coup de boule au Cadavre, qui, surpris, la lâcha. En moins d'une seconde, elle avait pivoté sur ses talons et lui avait décoché un puissant coup de pied dans la rotule. Le Macchab se plia en deux. Helen abattit ses poings sur la tempe de son adversaire, touchant un point névralgique. Il tomba sur le sol, où il s'agita, toujours nu comme un ver.

– Détache-moi ! haletai-je. Vite !

Helen défit les liens qui me maintenaient à la table. Elle m'étreignit avec une intensité qui, en dépit de notre situation plus que périlleuse, me fit frémir et rougir à la fois.

– Tu es un génie ! s'exclama-t-elle. Tu savais ça ? Un pur génie !

– Merci. Nous... euh... devrions sortir de là.

– Pas sans armes, répliqua-t-elle.

On se précipita vers le contenu de mon sac à dos renversé. Helen saisit le Méga-Blaster, je pris le sabre de Sharyn, on abandonna le reste.

– Un instant, dis-je.

Je m'approchai de Booth, toujours étendu et agité de soubresauts. Je glissai une main dans la poche de son pantalon et récupérai mon couteau.

– Le corps que tu occupes était celui d'un Fossoyeur. Il est hors de question que ça continue...

Je brandis Vador. La lame siffla en descendant, et la tête roula des épaules du Cadavre. Aussitôt après, Helen et moi repartîmes vers les marches en courant.

46

LA VERRIÈRE

En haut des marches, je jetai un coup d'œil de l'autre côté de la porte. Le hall d'entrée était désert.

– Combien de Macchabs accompagnent Booth, en temps normal ?

– Ils sont quatre. Les deux autres sont sans doute postés devant la porte d'entrée.

– Dans ce cas, passons par l'arrière. Je suis arrivé par la cuisine. Tu connais une autre issue ?

Elle réfléchit pendant quelques secondes :

– Oui, je crois bien !

Elle avança vers l'autre bout du couloir, ouvrit une porte, et l'on parvint dans une pièce profonde et étroite, qui semblait être la dernière, à l'arrière de la demeure. Le mur du fond était couvert de meubles hors de prix.

La partie avant était une verrière, courant sur toute la longueur de la pièce, du sol au plafond.

– Il appelle cet endroit son solarium, expliqua Helen. Il y passe beaucoup de temps, à lire les journaux et à regarder la télévision.

– Les Macchabs regardent la télévision ? demandai-je, surpris.

J'essayai de me représenter une bande de cadavres aux yeux laiteux assis devant leur télé et captivés par une rediffusion de la série *Scrubs*.

– Booth aime croire qu'il est humain.

– Oui, j'avais remarqué. Il y a une porte qui donne sur l'extérieur ?

– Tout au bout, indiqua-t-elle avec un mouvement de la main. Une porte coulissante. Dehors, il y a un sentier qui mène à la colline. Booth me l'a montré ce matin, quand nous étions encore... amis.

Et elle frissonna à ce souvenir.

– Ce n'était pas ta faute, lui répétai-je.

– C'est pourtant l'impression que j'ai, répondit-elle en me regardant droit dans les yeux.

– Allons-y.

On traversa le solarium. La nuit était si épaisse de l'autre côté des vitres que la seule chose que l'on apercevait sur notre gauche, c'était notre reflet sur le verre. J'espérais de tout cœur qu'il n'y avait pas d'autres

Macchabs dehors ; si tel était le cas, il leur aurait été difficile de ne pas nous voir.

La pièce débouchait sur deux portes. La première était en verre et coulissante – celle dont avait parlé Helen. La seconde était tout ce qu'il y a de plus ordinaire, ouvrant sans doute sur une autre partie de la grande demeure. À l'instant où nous atteignions la première, la seconde explosa, volant littéralement hors de ses gonds pour aller s'écraser sur un écran de télévision tout proche.

« Finies les redifs de *Scrubs* ! »

Un Macchab bondit dans le solarium. C'était un type 2, la peau encore luisante mais qui commençait à se marbrer. Il était en outre horriblement et totalement nu.

– Bonsoir, monsieur Ritter, siffla-t-il.

Je me forçai à loucher. Le masque du Macchabée se révéla à moi, découvrant des traits séduisants et télégéniques déformés par la rage.

Booth !

Comment avait-il déjà réussi à se transférer ? Je ne le lui demandai pas ; cela n'avait aucune espèce d'importance.

Helen brandit son Méga-Blaster, hélas pas assez rapidement. Booth lui asséna un coup qui lui arracha l'arme des mains. Dans le même temps, il la frappa à la poitrine, ce qui la précipita au sol.

– Helen ! criai-je, tandis que sa tête heurtait une bibliothèque avec force.

Elle poussa un gémissement et s'immobilisa.

Je dégainai Vador et lançai un assaut désespéré. Booth évita ma botte, se déplaçant bien plus vite que je l'aurais cru possible dans ce corps pourrissant. Alors que je me préparais à repartir à l'attaque, il me saisit le poignet et écarta la lame. Son autre main se resserra sur ma gorge. Il me souleva, et je me retrouvai sur la pointe des pieds. Il serra plus fort. L'épée glissa entre mes doigts et tomba avec fracas. Je ne pouvais plus respirer. Je faufilai une main dans ma poche pour en sortir le couteau. Le visage du Macchab se fendit en un hideux sourire.

– Pas cette fois, monsieur Ritter, siffla-t-il.

Me tenant toujours à bout de bras, il me secoua sans ménagement. J'eus la sensation d'être une poupée de chiffon dans la gueule d'un chien enragé. J'essayais en vain de tenir le couteau, d'appuyer sur le bouton 2 pour faire usage de mon précieux Taser... seulement, j'étais trop secoué. Et je lâchai l'arme.

Booth resserra encore sa prise et me souleva un peu plus, si bien que mes pieds balançaient désormais dans le vide. La douleur était insupportable. Je posai une main sur la sienne, arrachant des bouts de chair morte ; il ne parut même pas s'en rendre compte.

– Tu aimes mon nouveau corps, gamin ? demanda-t-il, visiblement énervé. Pas moi. J'ai pris celui-là parce qu'il était dans le placard. « Faute de grives, on mange des merles », comme dit votre proverbe. J'ai eu du mal à m'extraire du sac mortuaire, mais... me voilà !

Lorsque j'étais à la base Alpha, Steve m'avait fait part d'une théorie : pour pouvoir en prendre possession, un Macchab devait avoir le corps vide qu'il convoitait sous les yeux. Apparemment, Steve avait tort sur ce point. Dommage pour moi ; je n'aurais jamais l'occasion de lui indiquer son erreur.

– Dites-moi quelque chose, monsieur Ritter..., enchaîna Booth, reprenant un peu de sa superbe.

Il m'emportait à présent avec lui dans les profondeurs du solarium, d'une démarche nonchalante, comme si transporter un enfant de douze ans et quarante kilos luttant et se débattant ne le gênait en aucune façon.

– ... avez-vous déjà entendu parler du système des castes ?

Il n'attendit même pas ma réponse, ce qui n'était pas plus mal, car je n'aurais pas su quoi répondre.

– C'est le terme que l'on emploie pour décrire le fonctionnement de sociétés dans lesquelles les membres sont séparés en classes distinctes, selon des critères précis basés sur le statut culturel, l'éducation, la richesse, ou parfois l'intelligence. Un système semblable a cours sur ma planète. La plupart des Malums que vous avez eu l'occasion de croiser, par exemple, appartiennent à notre caste des guerriers. On leur inculque le sens de la loyauté et de la prouesse, mais pas nécessairement l'intelligence. Je suis, quant à moi, un digne représentant de la classe régnante. Nous sommes nés pour diriger, destinés à être plus spirituels et plus vifs d'esprit que nos frères et sœurs des rangs subalternes.

» Laissez-moi vous donner un exemple. Mes sous-fifres sont toujours en train d'essayer de se remettre des dégâts que vous et votre amie leur avez causés à l'étage du bas. J'ai pu, en ce qui me concerne, me transférer et sortir du sous-sol pour... – comment dites-vous, déjà ? – *intervenir au moment opportun.*

Ma vision se brouilla. Sa voix paraissait me parvenir de très loin. Constatant cela, Booth me tourna sur le côté, puis, d'un simple revers de poignet, m'envoya voler contre le mur. Le choc fut violent. Je m'affaissai sur le sol. Je relevai la tête vers lui, passant une main sur mon cou meurtri.

– Un bien bel effort, monsieur Ritter, mais les jeux sont faits. Les Pelligogs attendent. Il n'y a pas moyen d'y échapper. Il n'y a jamais eu moyen de vous en tirer.

– Non ! croassai-je.

Je tentai de me redresser ; ma tête tanguait, et je retombai sur mes fesses. Soudain, une image de ma mère, particulièrement saisissante, surgit dans mon esprit. J'observai le Macchab au-dessus de moi avec des yeux chassieux.

– Vous ne… vous emparerez… jamais… de notre planète, hoquetai-je.

– Vraiment ? demanda Booth. Et pour quelle raison ?

Je m'efforçai de parler d'une voix claire, ce qui ne fut pas une réussite :

– Je… vous… en… empêcherai.

– Ah oui ? ironisa-t-il en s'agenouillant près de moi, embaumant l'air d'une puanteur de tombe et de mort. Seul ou avec une armée ?

Soudain, la paroi du solarium vola en éclats dans un épouvantable fracas. Booth bondit sur ses pieds et pivota sur ses talons. Des silhouettes surgirent des ténèbres, enjambant les débris de verre et se déployant dans la pièce dévastée. Ils étaient plus d'une vingtaine, tous armés de Méga-Blasters. Au centre de la ligne d'assaut, un garçon à la peau sombre s'avança, suivi d'une jeune fille d'une taille légèrement inférieure à la sienne et coiffée de dreadlocks.

– Quelqu'un a parlé d'une armée ? s'enquit Tom.

47

LA PRESSION MONTE

Je les vis à travers un voile de douleur et de vertige, et je n'en crus pas mes yeux. Ils étaient venus. Encore mieux : ils étaient *tous* venus ! Le regard de Tom trouva le mien, et on se dévisagea un instant. Le chef souriait.

« Il n'a pas l'air en colère. »

Mon regard se porta vers Sharyn. Elle me fit un clin d'œil. Booth fulminait, ses yeux caves et laiteux jaugeant cette nouvelle menace surgie de nulle part. Puis, à ma grande surprise, le Macchab sourit, lui aussi.

– Monsieur Jefferson, je présume ? demanda-t-il d'un ton presque affable.

– Lui-même ! répondit Sharyn à sa place.

Le sourire de Booth s'élargit encore, ce qui n'était pas beau à voir.

– Quelle divine surprise ! J'ai tant entendu parler de vous !

– Pareil, répliqua Tom.

– Je suis surpris que vous ayez réussi à passer ma sécurité maintenant que l'électricité fonctionne de nouveau.

– Ton système de sécurité n'est pas aussi bon que dans tes rêves, dit Tom en haussant les épaules.

– Vraiment ? J'exigerai de mes hommes qu'ils fassent une enquête afin d'en avoir le cœur net. Et qu'en est-il de mes deux acolytes ?

Tom brandit son Méga-Blaster :

– Ils ne sont pas dans leur assiette, là... Quant aux vingt Macchabs que tu as envoyés au Refuge, ils ont trouvé l'endroit désert. Va comprendre pourquoi !

Booth ne parut pas plus troublé que cela :

– Ah ! Mais nous vous avons observés pendant que vous chargiez votre matériel. À l'heure qu'il est, votre van a conduit mes collaborateurs à votre nouveau repaire.

– De quel van parles-tu, au juste ? rétorqua Tom avec un sourire féroce. Lorsque celui que nous avions chargé s'est mis en route, quatre autres – rigoureusement identiques mais vides – circulaient déjà dans les rues du voisinage, chacun prenant une direction différente. Tes hommes n'ont rien trouvé, crois-moi.

À ces mots, Booth éclata de rire :

– Je vois ! Quel plan ingénieux ! Je n'en attendais pas moins de la part du meneur d'un groupe qui se joue de moi avec succès depuis quelques années.

– Merci.

Le sourire de Booth disparut, laissant la place à un rictus menaçant :

– Évidemment, je ne vous ai pas trop combattus. Les Fossoyeurs ne représentaient qu'une menace négligeable. Quelques Clairvoyants. Quelques sauvetages avec des mises en scène dramatiques. Rien de très gênant.

– Tout cela va changer, déclara Tom, le visage de marbre.

– C'est vrai ? Vous êtes prêts à faire monter la pression ? En êtes-vous certain, mon garçon ? Parce que, depuis ce soir, vous êtes réellement devenus pénibles. Alors, je vais commencer à pourchasser votre petit gang à la *Peter Pan*, et je le disperserai aux quatre coins de cette ville. Je n'aurai de cesse de vous trouver jusqu'à ce que le dernier des fouineurs que vous êtes soit mort !

– Tu te la racontes un peu, intervint Sharyn. Je te ferais remarquer que c'est nous qui avons les flingues, là...

– Faites donc usage de vos jouets ! déclara Booth, ouvrant grand les bras, et toujours nu comme un ver. Je reviendrai, aussi fort que jamais ! Je deviendrai maire de Philadelphie, et ce jour-là, plus rien ne m'empêchera de mettre toutes les ressources de cette ville à contribution à la seule et unique fin de vous anéantir ! Vous n'êtes rien, monsieur Jefferson ! Un enfant qui joue au général, commandant à une armée de gamins. Même avec vos gadgets et vos petits tours, vous n'êtes pas de taille contre nous ! Pas de taille contre moi !

– Sérieux ? demanda Tom, imperturbable.

Un grand sourire vint lentement se dessiner sur son visage. Il tendit son Méga-Blaster à Sharyn, qui le prit sans poser de questions, en dépit de la soudaine appréhension que je lus dans ses yeux.

Tom fit un pas en avant, me regarda, puis Helen, qui était toujours immobile sur le sol.

– Quand il s'agit de cogner les enfants, tu es balaise, Booth, n'est-ce pas ? Ça te dirait de voir ce que tu vaux avec un adversaire un peu plus à ta mesure ?

Cette proposition parut ravir le Macchab.

« C'était exactement ce qu'il attendait ! »

– Avec plaisir, Fossoyeur ! s'exclama-t-il.

Il se lança en avant avec une telle vitesse que je poussai involontairement un cri d'avertissement. Impossible de croire que Tom, aussi bon fût-il, pourrait résister à un assaut aussi fulgurant.

Et pourtant...

Le chef des Fossoyeurs fit un pas de côté, évitant la charge impétueuse du Cadavre. Il tendit le pied devant lui au tout dernier instant. Booth trébucha avec un beuglement de frustration. Il se ressaisit aussitôt, bondissant sur ses pieds avec une grâce féline, ses grands yeux laiteux écarquillés de rage.

Tom se retourna pour lui faire face, une moue amère sur le visage. Le long de la verrière fracassée, les Anges-Gardiens, hésitants, se regardaient les uns les autres. L'habituel sourire de Sharyn avait disparu. Pour la première fois, je la voyais avoir peur. Peur pour son frère.

Levant une main, Tom remua l'index à l'adresse de Booth. Le Macchab s'avança, lentement, sans quitter sa proie des yeux. Tom attendit, calmement mais résolument, sans un geste.

– Chope-le, murmurai-je.

À l'instant où le jeune homme fut à sa portée, Booth frappa à la vitesse de l'éclair. Tom évita le poing qui s'abattait sur lui, puis le second. À aucun moment il n'essaya de parer les coups – cela se serait révélé désastreux, étant donné la force physique de Booth, largement supérieure à celle de Tom. Il se contentait d'éviter les coups assénés par le Cadavre.

Ce petit manège dura pas loin d'une minute, même s'il parut bien plus long. À chaque seconde qui passait, Booth s'emportait un peu plus. Finalement, poussant un cri furieux, il s'élança en avant avec l'intention de heurter son adversaire et de l'envoyer rouler à l'autre bout de la pièce.

Cette fois, Tom n'esquiva pas. Il ne se recroquevilla pas sur lui-même. Il choisit le bon moment et frappa, une seule fois. Son pied s'écrasa dans le ventre de Booth. Le Macchab se plia en deux. Le garçon saisit le bras droit décomposé de son adversaire, le tordit, puis, d'un coup, l'arracha. Sharyn poussa un petit glapissement victorieux, même si elle avait toujours l'air effrayée.

Booth recula, chancelant, constatant les dégâts. Évidemment, il ne ressentait pas la moindre douleur, mais une terrible humiliation se lisait dans ses yeux.

– Tu vas payer pour ça, lança-t-il d'un ton cinglant.

Tom se contenta de sourire, tenant toujours le membre arraché. Le Cadavre s'avança, et les doigts de la main qui lui restait se tordirent comme les serres d'un rapace tandis qu'il tentait de saisir son adversaire à la gorge. Tom se servit du bras arraché comme d'une batte de baseball et en asséna un coup puissant sur la tempe de Booth, produisant un bruit écœurant qui me fit tressaillir.

Quand j'ouvris les yeux, le Macchab était debout, totalement immobile. Sa tête pendait à moitié sur son cou, et ses yeux étaient perdus dans le vide. Tom l'examina pendant quelques secondes avant de lâcher le bras, pour s'approcher du Cadavre désormais inoffensif.

– *Peux. Pas. Me. Tuer*, dit péniblement Booth en Morlangue.

Le chef posa la main sur le torse frémissant de son adversaire :

– Je n'en ai pas l'intention.

Il administra une chiquenaude à Booth, qui s'abattit en arrière comme un arbre sous la cognée d'un bûcheron. Le Macchab atterrit sur le dos, la tête tordue au bout de son cou brisé. Il ne bougeait plus ; il ne pouvait plus bouger. Il était pris au piège à l'intérieur d'un corps humain, d'un corps qui avait ses limites.

Tom s'agenouilla et parla à travers ses mâchoires crispées :

– Je veux que tu comprennes bien le message, espèce de sac de viande pourrie. Depuis trois ans que nous nous opposons à vous, nous nous sommes contentés de rester sur la défensive. Cette époque-là est révolue. À partir de maintenant, les Fossoyeurs vous déclarent la guerre. Nous allons riposter, et nous n'irons pas de main morte – si je puis dire. Nous ne savons peut-être pas comment vous tuer, mais nous sommes capables de réduire vos plans à néant. Tu nous considérais comme gênants, Booth ? Tu vas découvrir que nous sommes un véritable nid de vipères. Tout ce que vous bâtirez, nous le détruirons. Chaque fois que vous croirez avoir remporté une bataille, vous vous apercevrez qu'il s'agit d'une défaite. Où que vous soyez, quoi que vous fassiez, nous serons là.

Il se releva et s'adressa à Sharyn, sur un ton presque désinvolte :

– Tu as récupéré ton sabre, frangine ?

Elle ramassa Vador là où je l'avais laissé tomber :

– Ouaip !

– Tu n'as plus qu'à t'en servir.

Les Anges-Gardiens se rassemblèrent autour de Sharyn tandis que celle-ci se mettait à la tâche. Tom, lui, alla voir Helen. Il lui palpa la gorge et posa la paume de sa main sur son front.

– Elle a une sacrée bosse, me dit-il, mais rien de grave.

Un immense soulagement m'envahit.

Dissimulée derrière un cordon d'Anges-Gardiens, l'épée de Sharyn se levait et s'abaissait, se levait et s'abaissait... Je compris en frissonnant qu'elle faisait plus que décapiter Kenny Booth. Elle en faisait de la chair à pâté.

« Mais ce n'est pas ça qui va le tuer. Il sera redevenu dangereux dès l'aube. Sauf si... »

Tom s'approcha de moi et me tendit la main. Je la saisis pour qu'il m'aide à me redresser.

– Comment tu te sens ? On n'a vu ce qui se passait à travers la verrière qu'au moment où on escaladait la colline ; on n'a pas pu intervenir avant qu'il ne t'étrangle.

J'avais très mal à la gorge, mais je pouvais respirer. Je hochai la tête.

– Rien de cassé ?

– Je... je ne crois pas.

Le chef secoua la tête :

– Ian va en perdre son latin. Il était persuadé que tu avais le bras cassé.

– Je vais bien, assurai-je, avant d'ajouter, la tête baissé : Je suis désolé.

– Ne le sois pas, mec. C'est moi qui suis désolé. J'étais si obnubilé par l'idée d'assurer notre sécurité que j'en avais oublié la première règle de toute armée. Ne jamais abandonner un soldat en danger, quels que soient les risques encourus pour le secourir. C'est ma sœur qui me l'a fait comprendre. Après ton départ, elle est venue me trouver. Elle m'a dit ce que tu avais fait et ce qu'elle pensait de ma guerre défensive.

– Elle n'aurait pas dû ! protestai-je, ébranlé.

– Si. J'en avais besoin. Elle m'a dit que Will Ritter était un vrai chef, lui. Elle avait raison : tu étais prêt à porter la guerre dans le camp de l'ennemi, tout seul, pour venir en aide à un compagnon en difficulté. J'ai honte de reconnaître qu'il m'a fallu si longtemps pour m'en rendre compte.

Je me sentis traversé par un élan de fierté, qui ne dura pas. Me souvenant brusquement du danger, je m'écriai :

– Tom ! Il y a deux autres Macchabs au sous-sol ! J'en ai eu un avec de la saumure, et Helen s'est occupée de l'autre. Mais tu sais comment ces créatures...

Le chef leva la main en un geste apaisant :

– T'inquiète. C'est réglé.

– Mais…

Il glissa une main dans la poche de poitrine de ma veste – une poche que je n'utilisais presque jamais. Il en sortit un caillou. Ou plutôt un objet qui ressemblait à un caillou.

– Tu m'avais mis sur écoute ? balbutiai-je.

– Pas moi. Sharyn. Quand elle t'a serré dans ses bras devant le Refuge, juste avant que tu partes. Seulement, comme c'est un émetteur à ondes courtes, on n'entendait rien avant d'arriver devant la maison de Booth. À ce moment-là, toi et Helen étiez déjà dans cette pièce et en fâcheuse posture. En revanche, on a entendu Booth parler à ses comparses du sous-sol. Les Fossoyeurs que j'ai envoyés s'occuper des gardes de l'extérieur ont réglé leur compte à ceux-là aussi. Ils ne vont pas bouger avant un petit bout de temps…

Mon regard passa du micro-espion à Tom. J'éclatai d'un rire nerveux :

– Mais alors, pourquoi s'est-il passé autant de temps avant que vous interveniez ?

Tom eut un air perplexe :

– Il s'est produit un drôle de truc. Le van était presque au bout de Ridge Avenue quand, d'un coup, le moteur a lâché, comme ceux de toutes les voitures sur la rue et comme les lampadaires et les lumières des maisons. On a eu beau faire, impossible de redémarrer. On a dû finir à pied !

Je réprimai un fou rire. Un jour, il faudrait que je leur donne une explication.

– En tout cas, votre timing était parfait ! m'exclamai-je. C'était une sacrée entrée en scène !

– Remercie Sharyn. Elle est incapable d'arriver quelque part sans se faire remarquer, celle-là ! À ce propos... Dis donc, frangine, tu as fini ?

Sharyn brandit son sabre. Bien sûr, la lame ne dégoulinait pas de sang. Toutefois, à la façon dont elle tenait son arme, on voyait que la jeune fille avait fourni un sacré effort.

– Je crois que le message est passé !

– Tant mieux ! Allez, on s'arrache !

Sharyn donna le signal du départ. Les Anges-Gardiens se mirent immédiatement en action, se glissant hors de la demeure en passant à travers les débris de la verrière. Tom prit Helen dans ses bras. Moi, je courus récupérer mon couteau. J'en profitai pour jeter un coup d'œil à ce qui restait de Kenny Booth. Pas grand-chose, en fait. Sharyn l'avait réduit à une série de petits bouts de chair, des morceaux de viande grisâtre qui tressautaient sur le sol. J'eus des regrets pour le type à qui ce corps avait autrefois appartenu – l'être humain, bien sûr, pas Kenny Booth. Au moins, la créature qui y était emprisonnée n'irait nulle part. Car quelque chose me dit que, pour le moment, Booth n'avait plus de cadavres à disposition dans les parages.

– Vous n'avez pas l'air en forme, monsieur Booth, lui susurrai-je, mais je suis sûr qu'une poignée de Sweet-Rox vous remontera le moral.

L'un des yeux laiteux du Cadavre démembré me parut braqué sur moi. Je souris de toutes mes dents.

– Tu viens ? me demanda Tom.

– Et comment !

On traversa la verrière et on se dirigea vers le bas de la colline, où nous attendaient les autres Fossoyeurs. On était à mi-parcours, suffisamment loin pour qu'ils ne puissent pas nous entendre, lorsque Tom s'immobilisa :

– Attends une seconde.

Je m'arrêtai, intrigué. Tom me regarda un instant, puis un grand sourire lui fendit le visage :

– Tu sais à quoi je pense ?

– À quoi ?

– Je pense que Karl Ritter aurait été fier de son fils.

Je le fixai. Il était baigné de clarté lunaire, debout et immobile, la forme sombre et inerte d'Helen dans les bras. Cette image du chef des Fossoyeurs semblait le définir, et je savais que je m'en souviendrais jusqu'à la fin de mes jours.

« Tu es venu à notre rescousse, ce soir. Tu peux prétendre que c'est Sharyn qui t'a convaincu, mais je n'en suis pas si sûr. Personne ne peut te convaincre de quoi que ce soit, sauf si c'était quelque chose que tu voulais déjà faire secrètement. Tu voulais venir. Tu avais juste besoin que quelqu'un te le rappelle. Tu es le chef des Fossoyeurs, mon chef, et je te promets ceci : je me battrai pour toi. Je ne te trahirai plus jamais. Et, si besoin, je mourrai pour toi. »

Nos regards se croisèrent ; je me sentis plus adulte que jamais.

– Je pense qu'il aurait été fier de ses deux fils, répondis-je calmement.

Pour la première fois depuis que je le connaissais, je vis Tom perdre de son aplomb. Une larme, une seule, coula sur sa joue.

– Je suis flatté, murmura-t-il.

– Allez, viens, dis-je. Rentrons chez nous.

48

PAF LE CHIEN

— … *Voilà pourquoi je soutiens que je suis victime de ce que l'on doit bien appeler du « terrorisme intérieur »*.

J'étais assis à côté d'Helen, au milieu de presque tous les Fossoyeurs, face au poste de télévision. La salle était un peu plus grande que celle d'avant ; elle était tout de même pleine à craquer. Le nouveau QG, en revanche, était plus petit que l'ancien Refuge.

Mais il était bien plus intéressant…

Durant les heures précédant l'aube, les Fossoyeurs avaient dit adieu à l'entrepôt de Green Street, emportant tout le matériel dans leurs nouveaux quartiers, situés au sous-sol du gigantesque bâtiment de la mairie de Philadelphie. Un sous-sol si profond que tout le monde en avait oublié l'existence. Situé à l'angle de

Broad Street et de Market Street, l'édifice, qui datait d'un siècle, abritait toute une série d'étages souterrains. Ils n'étaient plus usités, ni même visités, depuis plus de cinquante ans. Ce nouveau Refuge ne comprenait pas une unique grande salle ; c'était un dédale de couloirs et de pièces de tailles variées. Ici, chacun aurait un peu d'espace privé.

Non que notre nouveau repaire fût parfait, loin de là.

Contrairement à celui de Green Street, les Fossoyeurs ne louaient pas ce local. Nous étions devenus de véritables squatteurs, connectés clandestinement au réseau municipal. La situation était certes un peu plus bancale, mais, au moins, les Macchabs ne pourraient pas fouiller dans les dossiers administratifs de la ville pour nous retrouver. En plus de cela, les conditions étaient loin d'être aussi confortables. Les murs de briques étaient froids, l'air sentait le renfermé, et le système électrique était assez vétuste. Et – pire que tout – la seule façon d'entrer ou de sortir était d'emprunter un vieux tunnel de service, dont la porte laissée à l'abandon débouchait sur une ligne de métro.

Ça n'avait pas été une mince affaire de transporter le matériel, même si les leurres de Tom avaient bien fait leur travail. Nous étions persuadés d'avoir semé les Macchabs dans le labyrinthe de rues obscures de la ville. Tout le reste de la nuit, nous avions déchargé des caisses, les portant dans un escalier désaffecté, puis le long du tunnel du métro. Des sentinelles avaient été postées à tous les endroits stratégiques du quartier, et leurs signaux d'avertissements répétés avaient beaucoup ralenti la manœuvre.

Enfin, il y avait le problème des chats. Les sous-sols de la mairie en étaient infestés. De gros chats sauvages, que l'on avait autrefois introduits dans les lieux pour se débarrasser des rats. Depuis, ils avaient fait des petits, qui avaient à leur tour engendré de nouvelles portées, et ainsi de suite jusqu'à la situation présente : des générations entières de félins qui n'avaient jamais vu la lumière du jour. Ces chats ne se montraient que peu. Seuls quelques Fossoyeurs prétendaient en avoir aperçu les silhouettes dans les couloirs les plus éloignés du QG. D'autres avaient fait état d'étranges miaulements dans l'obscurité, du genre à ficher la trouille !

Les Teckos travaillaient déjà d'arrache-pied pour régler tous ces soucis. De nouvelles voies d'accès seraient bientôt aménagées, à des endroits soigneusement choisis, dans et autour de la mairie. Des caméras et des détecteurs de mouvements allaient être installés. Des radiateurs portatifs et des déshumidificateurs étaient d'ores et déjà en place. Des pièges spéciaux allaient être posés à des points stratégiques, pour attraper les chats qui s'aventureraient trop près et qu'on relâcherait un peu plus loin.

En moins d'une semaine, avait promis Tom, nous serions installés confortablement et en sécurité

– personne ne se douterait jamais de notre présence en ces lieux.

– La nuit dernière, ma demeure a été le théâtre d'une attaque impitoyable, visant ma personne, menée par un gang de criminels en herbe qui se font appeler les Fossoyeurs.

Nous étions mardi, il était dix-huit heures – vingt-quatre heures s'étaient écoulées depuis nos mésaventures à Roxborough. C'était le temps qu'il avait fallu à Kenny Booth pour se transférer dans un nouveau corps. Le Cadavre que l'on voyait à la télévision, sur la chaîne NBC, était impeccablement habillé, et son visage arborait une expression d'indignation outragée. C'était un corps de type 1, qui allait durer un bon moment.

– Pour l'heure, la police ignore l'identité des agresseurs. Mais, à mes yeux, leurs intentions sont évidentes : ils veulent que je retire ma candidature aux élections. Ils veulent que je renie ma promesse aux habitants de cette ville : celle de ramener la loi et l'ordre dans les rues. Ils sont entrés dans ma demeure par effraction, ont blessé mon personnel, et ont occasionné des dégâts matériels dont le montant se chiffre à plusieurs milliers de dollars... tout cela dans une lâche tentative de m'intimider et de me faire plier.

– Chouette cravate, quand même ! observa Chuck Binelli.

– Ouais, acquiesça Burton Moscova.

– Mais je leur assure – et, par la même occasion, à vous, chers concitoyens – qu'il est hors de question pour moi de

renier mes valeurs à cause de ces terroristes. Jamais je ne mettrai un terme à ce que j'estime devoir faire. Mon avenir sera consacré à cette glorieuse cité, et rien ni personne ne m'empêchera d'avancer en ce sens !

À l'écran, le cadavre habité par Kenny Booth émit un horrible sourire. Je pris soudain conscience que les habitants de la ville tout entière ne voyaient pas la même chose que nous. Eux observaient un journaliste aux dents aussi blanches que celles d'un acteur de publicité pour dentifrice. J'aurais évidemment pu me mettre à loucher pour cesser d'avoir cette chair purulente sous les yeux. Mais à quoi bon ?

– Je vous répète donc, de tout mon cœur et malgré les risques que cela me fait courir : je suis candidat à l'élection municipale de Philadelphie !

Les flashes d'appareils photos crépitèrent. Booth répondit aux questions de l'assemblée réunie autour de lui. Il était à son aise, comme un poisson – mort – dans l'eau.

Dans la salle de télévision du nouveau Refuge, l'humeur était morose. Personne ne parlait, chacun avait les yeux rivés sur l'écran, la mine sombre, se contentant de soupirer ou de remuer nerveusement les jambes.

Soudain, une voix forte résonna depuis la porte. Toutes les têtes se tournèrent.

– Ne vous faites pas de bile, Fossoyeurs ! dit Tom.

Il s'avança parmi nous, sa sœur à ses côtés et l'air aussi confiant que Booth sur le petit écran. Il s'installa près du poste qui nous montrait Booth répondant aux questions avec l'aisance d'une vedette de cinéma rompue à l'exercice. Sharyn prit la télécommande des mains d'Alex et coupa le son.

– Booth peut déblatérer tout ce qui lui chante ! déclara le chef des Fossoyeurs. Nous avons un nouveau repaire et un nouveau plan d'action. Nous allons passer à l'attaque. Nous allons les frapper là où ça fait mal, avec toute la force dont nous disposons. Et nous allons trouver le moyen de faire voir ce que nous pouvons voir au reste du monde. En attendant ce moment, nous allons botter les fesses de ce bon vieux Booth.

» À l'heure qu'il est, chacun de vous a entendu parler de l'autre promesse de Booth, celle qu'il n'a faite qu'à nous, hors caméras. À partir d'aujourd'hui, ils s'en prendront à nous. Ils nous traqueront sans pitié. Finies les amabilités. La guerre est ouvertement déclarée. Eh bien, moi, je dis qu'on va la lui livrer, sa guerre ! Nous sommes prêts !

Il ne fut pas acclamé, mais certains Fossoyeurs sourirent et certains murmurèrent des mots d'encouragement. Il traversa la pièce pour venir se mette à côté de Sharyn, Helen et moi.

– Nous sommes avec toi, déclara Helen.

– Je le sais. Merci.

– Tu peux remettre le son ? demanda quelqu'un.

– Pour quoi faire ? demanda Sharyn.

– Allez ! lança Alex, visiblement impatient.

Poussant un grognement, Sharyn appuya sur le bouton, et la voix de Booth emplit de nouveau la salle.

– *Non, je ne crois pas aux vendettas. Les dégâts occasionnés sur ma demeure sont réparables, et l'assurance prendra tout cela en charge. Les blessures subies par mes courageux employés sont, dans l'ensemble, sans gravité, et tous seront rétablis sous peu. Quant à mes propres blessures...*

Il grimaça, puis sourit de nouveau en fixant la caméra :

– *... disons que j'ai la chance de cicatriser très vite.*

» Je ne cours pas après la vengeance, mais après la justice. Et lorsque je serai devenu maire, je veillerai à ce que soient poursuivis ces Fossoyeurs ainsi que quiconque enfreint les lois de cette belle ville.

– Tu parles d'un hypocrite ! observa Sharyn.

Mais je l'entendis à peine. Je regardais Booth, revenu à ses premières amours : il avait un sachet de Sweet-Rox à la main et, entre deux questions, enfournait des poignées entières de bonbons.

– Je vous jure à tous, grogna Tom, qu'on chopera ce type tôt ou tard.

Un léger sourire vint incurver mes lèvres.

– Avec un peu de chance, ce sera plus « tôt » que « tard ».

Sur l'écran, Kenny Booth se mit soudain à tousser. Il s'excusa et essaya de se recomposer un visage. La toux ne fit qu'empirer. Quelques secondes plus tard, il haletait et portait la main à sa gorge. Quelqu'un cria d'appeler les secours. Quelqu'un d'autre demanda à ce que les caméras cessent de filmer, mais elles continuèrent de tourner. Les halètements se firent gargouillis, et les gargouillis croassements étranglés. Booth n'avait plus rien d'un homme sûr de lui ; en l'espace de quelques secondes, ses traits s'étaient troublés, puis déformés sous l'effet de la terreur.

Enfin, sous les yeux d'un million de spectateurs, Kenny Booth explosa.

Cela se passa si vite, de façon si abrupte, que personne – ni nous ni les gens qui se tenaient à côté de lui – ne sembla s'en rendre compte tout de suite. Un instant, Booth était là, se soutenant à son pupitre. L'instant d'après, il avait explosé comme un melon trop mur qui s'écrase sur le sol.

C'était un cadavre de type 1, frais de surcroît, et apparemment même pas embaumé. Il y avait du sang, beaucoup de sang. Les murs en furent aspergés, les objectifs des caméras également. Le podium semblait à présent recouvert d'une couche de vernis rouge.

D'un coup, ce fut la panique. Des gens coururent dans toutes les directions. Certains poussaient des hurlements, d'autres des ordres. Dans un premier temps, les caméras bougèrent frénétiquement, puis elles se stabilisèrent. Au bout de quelques secondes, un journaliste – humain jusqu'au bout des ongles, celui-là – apparut sur l'écran. Il était choqué, et son visage et ses vêtements étaient maculés du sang de Booth.

Du sang qu'il pouvait *voir et sentir* ! Le Masque de Booth avait disparu.

– *Mesdames, messieurs. Quelque chose de terrible vient de se produire. Il semblerait que Kenneth Booth a…*

Le journaliste parut ne remarquer qu'à cet instant qu'il avait du sang plein le visage, et il passa une main dessus pour tenter de l'ôter.

– *Mon Dieu ! Enlevez-moi ça ! Que quelqu'un…*

Je ne pense pas que quiconque au Refuge ait entendu ce qu'il dit ensuite. Notre attention était totalement absorbée par le petit podium où Booth se tenait une seconde avant de se transformer en pulpe sanglante.

Il y avait quelque chose.

La forme ressemblait à celle d'un homme, mais n'avait ni consistance ni masse. On ne la vit que durant un court instant, un instant qui nous suffit à tirer deux conclusions. La première, c'était que, quoi que fût cette forme, elle n'était pas humaine, elle n'avait strictement rien d'humain. La seconde, c'est que cette chose était mourante.

Sur le plateau de télévision, personne ne l'avait vue. C'était sûr et certain. Il fallait être un Clairvoyant pour la remarquer. La créature s'était agitée, comme en proie à d'intenses souffrances, comme si elle cherchait à fuir – vers un autre corps, peut-être ? –, puis elle avait cessé d'exister, se transformant en une sorte de boule avant de disparaître avec un petit bruit sec.

Sharyn éteignit la télévision.

Là, personne ne s'en plaignit.

Il flottait à présent dans la salle de télévision du Refuge une espèce de silence atterré. Pendant près d'une minute, personne ne prononça un mot. Je ne suis même pas sûr que quiconque ait respiré.

– C'était quoi, ça ? finit par demander Burton dans un murmure.

– Je pense qu'il est mort. Que le Macchab est mort ! répondit Nick.

– C'est impossible ! s'exclama Chuck. Je veux dire… que ce n'est pas possible, hein ?

– Il était incapable de survivre sans son enveloppe corporelle, suggéra Steve. Quoi que Booth ait subi, cela a détruit le corps qu'il parasitait, de la façon la plus absolue, et la chose à l'intérieur s'est retrouvée exposée, sans défense.

– Mais comment ? balbutia Alex.

Je restai silencieux, mais je ne pus réprimer le sourire qui vint se dessiner sur mes lèvres. Jetant un coup d'œil autour de moi, je vis que Helen me regardait fixement.

– William Karl Ritter, articula-t-elle d'une voix qui, pendant une seconde, me fit penser à celle de ma mère. Qu'est-ce que tu as fait ?

Tous les visages se tournèrent dans ma direction. J'eus soudain l'impression que quelqu'un avait allumé des projecteurs et les avait braqués sur moi. Même Tom et Sharyn me dévisageaient, bouche bée.

Je rougis.

– Je..., commençai-je, mal à l'aise face à tant d'yeux rivés sur moi.

Je décidai de contempler mes chaussures et repris :

– Avant de partir chez Booth, hier soir, j'ai pris quelques morceaux de sel de mer dans la cuisine et je les ai trempés dans du sucre coloré. Puis je les ai laissés refroidir et je les ai mis dans un petit sachet. Plus tard, quand j'étais planqué dans le bureau de Booth, j'ai trouvé son sachet de Sweet-Rox dans l'un des tiroirs. J'ai juste caché mes bonbons salés avec les siens. Je me suis dit que, eh bien... si on ne pouvait pas le tuer de l'extérieur...

Ma voix s'effilocha, et c'est Helen qui conclut à ma place :

– ... on pourrait peut-être le tuer de l'intérieur ! Will ! Tu es génial !

Et j'eus soudain peur qu'elle vienne m'étreindre. Dave, le bras toujours en écharpe, se montra tout aussi enthousiaste :

– Fabuleux !

Sur ce, c'est lui qui se jeta dans mes bras.

– Je n'arrive pas… à y… croire ! balbutia Tom.

C'était la première fois que je le voyais chercher ses mots.

– Mais qu'est-ce qui s'est passé, au juste ? s'enquit Alex Bobson. Est-ce qu'il a…

– … éclaté comme un ballon ! compléta Elisha Beardsley.

– Ouais ! s'exclama le nouveau chef des Teckos. Comme un ballon !

– Les cellules du corps hôte ont soudain perdu toute cohésion, opina sagement Steve. Ça a été brutal, violent, et…

– Et paf le chien ! lança joyeusement Harleen Patel.

– Est-ce qu'il est vraiment mort ? demanda Amy d'un ton plein d'espoir.

Personne ne dit rien pendant plusieurs secondes. Puis, dans une sorte de rire incrédule, Sharyn parla à son tour :

– Il a explosé ! C'est plutôt bon signe !

Helen plaqua ses mains sur sa bouche, comme une fillette qui découvre ses cadeaux sous l'arbre de Noël. Puis elle pivota sur elle-même et bondit à près d'un mètre en hauteur :

– Will a réussi ! Il a réussi !

Des vivats fusèrent de toute la salle. Des dizaines de Fossoyeurs se jetèrent sur moi et me portèrent à travers la porte, puis le long du couloir souterrain. Je riais tellement que j'en eus un point de côté, chevauchant une marée de mains qui me promena sur toute la surface du Refuge, jusque dans la grande salle qui servait de centre de commandement.

Tous ces cris, c'était embarrassant.

Mais je mentirais en prétendant que ça ne me plaisait pas.

49

LE FILS PRODIGUE

Susan Ritter, épuisée, ouvre la porte de sa maison, à Manayunk, et prend le courrier dans sa boîte aux lettres rouillée. Sa main est tremblante et ses ongles rongés. La rue est paisible. Même son voisin, M. Pratt, qui s'est montré si attentionné depuis quelque temps, demandant toujours si elle avait des nouvelles de Will, semble avoir compris, et il la laisse désormais tranquille.

Cela fait plus de deux semaines, à présent. Les explications du collège ont été peu convaincantes. Will et une fille dont elle n'avait jamais entendu parler se sont enfuis en courant. C'est tout. L'un des professeurs a été blessé au cours de l'incident. Les détails sont pour le moins sommaires, et Susan ne peut s'empêcher de songer qu'on lui cache une partie de la vérité.

Emily est dans le salon, occupée à regarder Dora l'exploratrice. *La fillette sait que son frère a disparu, et sa mère sent que cette disparition la fait souffrir, en dépit de son jeune âge. Parfois, Susan doit se faire violence pour s'occuper d'elle. À d'autres moments, elle s'accroche à elle comme à une bouée de sauvetage. Après tout, Emily est la dernière personne qui lui reste de sa famille, autrefois heureuse et au complet. Tout d'abord Karl. Puis Will. Dieu tout-puissant !*

Dans les jours qui ont suivi la disparition, les événements se sont enchaînés. La police, les représentants du collège, la famille éloignée et les voisins ne cessaient de lui rendre visite. Mais lorsqu'une semaine, puis deux se sont écoulées, les visites sont devenues moins fréquentes. Susan appelle la police deux fois par jour, espérant apprendre quelque chose. Ils lui répondent, ils sont gentils avec elle.

Aujourd'hui, à l'exception de la visite quotidienne de sa sœur, elle reste seule.

Susan n'arrive pas à déterminer ce qui est pire : l'attention de chaque instant qu'on lui portait, ou cette terrifiante sensation d'abandon. Will est quelque part, et tout son être veut partir à sa recherche. Mais il y a Emily, sans parler, évidemment, du fait qu'elle n'a aucune idée de l'endroit où chercher.

Elle fait donc la seule chose possible. Elle continue à vivre, normalement, sans lui. Exactement comme elle l'a fait après la mort de Karl.

Une douleur pure.

Le peu de sommeil qu'elle réussit à grappiller est toujours empli de rêves : Will en danger. Will dans la souffrance. Will qui l'appelle au secours, son visage pâle inondé de larmes. Elle se réveille en pleine nuit, en pleurs ou en hurlant, ce qui effraye parfois Emily. Puis mère et fille s'étreignent, jusqu'à ce que, se réconfortant ainsi l'une l'autre, elles retrouvent le sommeil.

Susan pense à tout ceci en feuilletant le courrier du jour. Des publicités, des factures. Toujours plus de factures. Elle s'est mise en disponibilité au travail ; elle sait que cela ne pourra pas durer encore longtemps. Il faut acheter à manger et il faut continuer à rembourser le crédit de la maison.

Ses mains se figent quand, dans le lot, elle trouve une enveloppe blanche non cachetée. Aucun expéditeur. En fait, il n'y a rien du tout sur l'enveloppe, à l'exception d'un mot, écrit à la main et en majuscules, dont elle reconnaît immédiatement l'auteur.

Son cœur fait un bond dans sa poitrine.

MAMAN.

Sentant soudain un mélange d'excitation et de terreur, elle laisse tomber tout le reste et ouvre frénétiquement l'enveloppe. Elle ne contient qu'une feuille de papier.

Ma chère maman,

Je vais bien. Je suis désolé, mais je ne peux pas encore rentrer à la maison. Je suis également désolé de ne pas pouvoir te dire où je suis. Il y a ce truc que je dois faire, et c'est important. Je sais que tu es triste. Je suis triste, moi aussi. Je sais que tu t'inquiètes beaucoup à mon sujet. Mais je veux vraiment, vraiment que tu me fasses confiance. Il se passe des choses effrayantes, et il faut que je m'en occupe. C'est un combat que papa avait commencé avant sa mort, et ma mission est de le terminer. Je sais que tu ne comprends pas ce que je te raconte ; c'est plus sûr pour toi ainsi.

Je ne suis pas seul. J'ai quelques très bons amis, et nous travaillons d'arrache-pied pour que je puisse rentrer à la maison. Jusqu'à ce que ce moment arrive, il faut que tu sois très prudente, c'est pourquoi tu dois brûler cette lettre. Prends soin de ma sœur et essaye de ne pas trop t'en faire. Je te demandais souvent d'arrêter de me traiter comme un bébé. Je te répétais que je n'étais plus un enfant. C'était vrai à ce moment-là, c'est encore plus vrai aujourd'hui.

Tu me manques. Je t'aime,

Will.

Susan lit la lettre et la relit, son cœur martelant sa poitrine. Qu'est-ce que ça signifie ? De toute évidence, quelqu'un a déposé cette enveloppe dans sa boîte aux lettres, sans doute la nuit dernière. Une blague horrible ? Mais c'est bien l'écriture de Will ! Elle en est certaine !

Il est vivant ! Quelque part, là, dehors, seul au monde, son fils est vivant !

Susan rentre lentement dans sa maison et ferme la porte d'entrée derrière elle. Elle tourne le verrou machinalement, comme en pilotage automatique. Puis elle traverse le salon, dans lequel Emily est installée, assise trop près de la télévision.

– Recule, Emily, dit-elle sur un ton neutre, comme dans un nuage.

La fillette hoche la tête et s'éloigne d'une quinzaine de centimètres.

– Je vais m'allonger un moment, ma chérie. Viens me chercher si tu as besoin de moi, d'accord ?

– OK, maman.

Susan monte les marches et entre dans la chambre inoccupée de son fils, serrant la lettre si fort qu'elle en a mal aux jointures des doigts.

La chambre de Will est telle qu'il l'a laissée : le lit est mal fait, son pyjama roulé en boule sur le sol. Sa sœur propose régulièrement de la ranger, mais Susan s'y refuse. « Il le fera quand il rentrera à la maison », répète-t-elle sans arrêt, comme une prière.

À présent, elle s'assied sur le lit et reprend la lettre pour la troisième fois.

Il est vivant.

Son esprit hébété a grand mal à enregistrer l'idée. Quant aux autres informations, plus déroutantes, eh bien, elle aura le temps d'essayer de les comprendre.

Susan s'allonge sur le lit de son fils disparu, calant l'oreiller de son fils disparu sous sa tête, et s'installe en chien de fusil sur la couverture de son fils disparu.

Alors, elle commence à pleurer.

50

LA ROUTE DEVANT SOI

Au Refuge, il y avait un événement rarissime : une fête.

Sans surprise, c'était Sharyn qui avait suggéré de célébrer la première victoire des Fossoyeurs. Tom avait accepté à condition de laisser passer un délai de vingt-quatre heures pour vérifier si le nouveau QG était sûr. Sa sœur l'avait traité de rabat-joie, mais avait cédé.

Quelques recrues furent envoyées acheter des chips et des sodas. D'autres des banderoles et des crécelles. À la tombée de la nuit qui suivit l'explosion de Booth en direct à la télévision, une débauche de nourriture et de musique, d'éclats de rires et de danses envahit le Refuge.

Pendant un court moment, les Fossoyeurs redevinrent des enfants.

Sharyn tournoyait autour de la salle, passant de l'un à l'autre, attirant les gens vers un endroit où il n'y avait pas grand monde et qu'elle avait décrété être la piste de danse. Elle prit les commandes de la sono que les Teckos venaient tout juste d'installer et improvisa un karaoké, chantant plusieurs morceaux de rap avant de confier le micro à Mike qui s'avéra assez doué pour imiter Elvis Presley.

Moi, je restais en retrait, détendu, regardant les allées et venues depuis un coin. Helen virevoltait sur la piste de danse, aux côtés du Burgermeister, rouge comme une tomate, et qui, de toute évidence, passait un super moment.

Je vis Tom, debout près de l'une des portes, et m'approchai de lui. On échangea un sourire.

– Sympa, cette fête ! commenta-t-il, l'air à moitié convaincu.

– Beaucoup de bruit, fis-je.

– Oui.

– Tu as peur que quelqu'un entende ?

– Ça m'étonnerait, répondit Tom en haussant les épaules.

– C'est ton boulot de te soucier de ce genre de détail, hein ?

– En effet.

Soudain, je n'enviais pas ce type.

– Tu crois que les Macchabs vont trouver un remplaçant à Booth ? m'enquis-je.

– Étant donné ce qu'il t'a dit au sujet de leur système de caste, c'est certain, déclara-t-il après un temps de réflexion. D'ici un mois, sans doute, un nouveau membre de leur classe dirigeante fera son apparition. Il ne sera peut-être pas présentateur, mais ce sera une personnalité. Ça, c'est la mauvaise nouvelle. La bonne, c'est qu'il leur faudra beaucoup de temps, peut-être des années, avant qu'ils se retrouvent en position de placer quelqu'un dans le fauteuil du maire.

– Mais qu'en est-il des Macchabs des autres villes ? demandai-je. Des autres chefs ?

– Chaque chose en son temps. On a déclaré la guerre à Philadelphie. Alors, on commence par là, tu veux bien ?

– Ça marche.

– Tu as envie de t'éclipser un moment, là ?

– Oui, admis-je.

– Viens. Je vais te montrer quelque chose.

Il me conduisit le long d'un couloir. On dépassa une demi-douzaine de portes donnant sur des salles qui avaient toutes été transformées en lieux d'habitation. On longea la nouvelle cuisine, le nouveau Neurolab, et la nouvelle version du Sanctuaire consacré à Karl Ritter.

« Sois fier de moi, papa. »

On parvint à une porte en fer, rouillée, sans signe extérieur distinctif. Tom l'ouvrit avec difficulté, luttant contre les vieux gonds. Il posa un doigt sur ses lèvres et me fit signe de le suivre. Une volée de marches conduisait vers le haut.

On déboucha devant une autre porte. Elle dissimulait ce qui semblait être une salle d'archives. Des cartons remplis de dossiers encombraient les étagères, le tout recouvert d'une épaisse couche de poussière. Personne n'avait mis les pieds dans cet endroit depuis des années, semblait-il.

– Où sommes-nous ?

– Toujours dans les sous-sols de la mairie, me répondit Tom, mais à un étage supérieur, et qui est encore usité. Il est assez tard, il n'y a donc presque plus personne dans le bâtiment. Quelques membres du personnel d'entretien, quelques gardiens de nuit, tout au plus. Donc, tant que nous ne ferons pas de bruit, personne ne viendra nous déranger. Il faudra juste que tu t'immobilises au moment où je te le dirai, compris ? Il y a des caméras de surveillance.

– D'accord.

Tom connaissait le trajet. Combien de fois était-il venu ici, et pour quelle raison ? me demandai-je.

On monta encore plus haut, évitant les ascenseurs au profit de longs escaliers en colimaçon, dépassant des étages remplis de bureaux, de salles de réunion, et de lieux d'accueil du public. On ne croisa pas âme qui vive. Tom me fit signe de m'arrêter une ou deux fois, et il surveilla de ses yeux noirs les mouvements des caméras de surveillance suspendues au plafond. Il attendait qu'elles soient braquées dans une autre direction pour que nous repartions en toute hâte.

On atteignit enfin le sixième étage, où une petite exposition était consacrée à la longue histoire du bâtiment.

– C'est ça… que tu voulais… me montrer ? me renseignai-je en reprenant mon souffle.

J'essayai de me souvenir de la dernière fois que j'avais gravi autant de marches. Le chef, remarquai-je avec un certain désarroi, ne semblait pas le moins du monde fatigué.

– Non, non, fit-il en remuant un doigt.

Je poussai un grognement et le suivis jusqu'à un ascenseur à côté duquel une pancarte indiquait qu'il permettait d'accéder à « *la tour* ».

Tout à coup, je sus où j'étais.

J'étais déjà venu ici, avec ma famille, des années auparavant. Seulement, dans la pénombre, je n'avais pas reconnu l'endroit. C'était le Musée de la tour de l'hôtel de ville, et l'ascenseur conduisait à la plateforme située au sommet du bâtiment, au pied de la gigantesque statue de William Penn.

Tom sortit une clé qui servait à mettre l'ascenseur en marche. On monta ainsi, à plus de cent cinquante mètres de hauteur, dépassant les immenses horloges qui ornaient chacun des quatre côtés de l'édifice, pour aboutir à l'entrée de la plateforme extérieure.

Oubliant ma fatigue, je bondis littéralement hors de la cabine lorsque la porte s'ouvrit. Je me précipitai vers le point d'observation, saisi par l'air frisquet de cette nuit d'octobre. Tom, sur mes talons, riait de bon cœur.

La ville de Philadelphie s'étalait à nos pieds, un panorama de taches de lumière et de gratte-ciel étincelants, emplissant l'espace entre les replis noirs et sinueux des fleuves Delaware et Schuykill. Je fis le tour du pont d'observation, examinant la ville sous tous les angles, scrutant ses milliers de facettes, ses couleurs, et entendant le grondement sourd et lointain de la circulation, quarante étages plus bas. Puis je tendis le cou et contemplai la statue de l'homme qui avait fondé la ville. William Penn était un quaker. Il avait quitté son Angleterre natale pour vivre librement sa religion, et il avait créé cette cité, qu'il avait baptisée d'un nom grec signifiant « la ville de l'amour fraternel ».

Bon, ce n'était peut-être pas exactement ce qu'était devenue Philadelphie, songeai-je. Mais c'était chez moi. Le seul chez-moi que j'avais jamais connu. Une maison pour laquelle je me battais, pour laquelle nous nous battions.

– Ton homonyme, fit remarquer Tom.

– Quoi ?

– Un autre William, précisa-t-il en désignant la statue.

– Oui, acquiesçai-je en souriant.

On resta silencieux pendant de longues minutes, côte à côte, à contempler les lumières de la ville. Il faisait froid, mais je m'en moquais.

Au bout d'un moment, Tom sortit de la poche de son blouson le couteau que mon père lui avait donné. Il le regarda pendant quelques secondes, le tournant entre ses mains puissantes. Sortant mon propre couteau, celui que la mystérieuse femme dorée m'avait offert, j'en fis autant.

– Tu as reçu d'autres visites de demoiselles venues t'apporter des cadeaux ?

Je secouai la tête.

– Je peux te poser une question ?

– Bien sûr.

– Pourquoi ne m'as-tu pas parlé du nouveau couteau quand tu étais à l'infirmerie ?

– Tu étais déjà tellement remonté contre moi ! Qu'est-ce que j'étais censé faire ? Commencer à te parler d'un ange qui s'était approché de mon lit, m'avait laissé un cadeau, et m'avait chuchoté quelque chose au sujet de mon destin ? Tu aurais pensé que j'étais cinglé !

– Tu crois ? rétorqua-t-il sur un ton sérieux. Je suis le chef d'une bande d'adolescents qui se battent contre des cadavres parasités par des créatures venues de je ne sais où. Franchement, je suis assez ouvert aux idées saugrenues.

– OK, cédai-je. Si elle réapparaît, je te jure que tu seras le premier au courant.

– Super, dit-il avec un sourire de gratitude, avant de jeter un nouveau coup d'œil à son propre couteau. Donc, c'est elle qui a donné ce couteau-là à ton père ?

– Oui.

– Et elle savait qu'il me l'avait offert ensuite ?

– Oui.

– Alors, ça ne la dérange pas qu'il m'appartienne, à présent, supposa-t-il d'un air songeur.

– Personne n'en est plus digne que toi, répondis-je. Du moins, plus depuis que j'ai le mien !

On éclata de rire avant de nous taire à nouveau. Certes, le spectacle était magnifique, mais tant de choses incertaines nous attendaient. En bas, les Fossoyeurs faisaient la fête. Moi, je n'arrivais pas à me mettre dans l'ambiance. Pas maintenant. Pas encore. Pas avec tout ce qui nous restait à faire. J'étais sûr que Tom éprouvait les mêmes sentiments.

« C'est pour ça qu'il m'a fait monter ici. »

Oui, les Fossoyeurs avaient remporté une victoire, la première, une victoire importante.

Mais la guerre ne faisait que commencer.

– Les destructeurs de mondes, dit Tom calmement.

Je hochai la tête, et on redevint silencieux.

Je respirais l'air de la ville, je regardais les étoiles. Il était tard. Emily devait être couchée, maman en train de regarder la télévision. Demain, toutes deux iraient à l'église.

La vie. Ma vie normale.

– Ta mère te manque ? demanda Tom, comme s'il lisait dans mes pensées.

J'acquiesçai.

– Ta sœur aussi ?

– Oui.

– Tu veux toujours rentrer chez toi ?

– Plus que jamais, répondis-je avec mélancolie.

– Parfait : ça te donne une bonne raison de te battre.

– Je sais.

Je levai la tête pour l'interroger à mon tour :

– Tu penses vraiment qu'on peut y arriver, Tom ?

– Arriver à quoi ?

– À vaincre les Macchabs ?

– Oui, répondit-il sans hésiter. On peut y arriver.

– Comment en es-tu si sûr ?

– Tu veux que je sois honnête ?

– Évidemment.

– Tu risques de ne pas aimer la réponse.

– Essaye toujours, dis-je en haussant les épaules.

Le chef des Fossoyeurs passa un bras autour de mon épaule et la pressa fortement. Il avait fait le même geste lors de mon premier jour au Refuge, quand il m'avait conduit au Sanctuaire. La première fois, je n'avais pas du tout aimé, trop effrayé et désorienté. Aujourd'hui, j'étais toujours effrayé – il n'y avait pas de doute là-dessus –, mais je n'étais plus désorienté. Je savais ce que je devais faire, et aussi incertaine que fût ma vie, c'était mieux que rien.

– À cause de toi, Will, conclut Tom. Je pense que nous pouvons gagner... parce que nous t'avons avec nous.

Cet ouvrage a été mis en pages
par DV Arts Graphiques à La Rochelle

Impression réalisée
par Rotolito Lombarda
en mars 2014

Imprimé en Italie
N° d'impression :